U0514069

唐宋八大家文鈔

〔清〕张伯行　选编

肖瑞峰　点校

上海古籍出版社

图书在版编目(CIP)数据

唐宋八大家文钞 /（清）张伯行选编；肖瑞峰点校.
—上海：上海古籍出版社，2019.9（2024.5重印）
（国学典藏）
ISBN 978 - 7 - 5325 - 9204 - 3

Ⅰ.①唐… Ⅱ.①张… ②肖… Ⅲ.①唐宋八大家—
古典散文—散文集 Ⅳ.①I264.2

中国版本图书馆 CIP 数据核字(2019)第 066769 号

国学典藏

唐宋八大家文钞

［清］张伯行 选编

肖瑞峰 点校

上海古籍出版社出版发行

（上海市闵行区号景路159弄1-5号A座5F 邮政编码 201101）

（1）网址：www.guji.com.cn

（2）E-mail：guji1@guji.com.cn

（3）易文网网址：www.ewen.co

江阴市机关印刷服务有限公司印刷

开本 890×1240 1/32 印张 15.75 插页 5 字数 375,000
2019 年 9 月第 1 版 2024 年 5 月第 5 次印刷
印数：8,801— 9,900
ISBN 978 - 7 - 5325 - 9204 - 3
I·3379 定价：65.00 元

如有质量问题，请与承印公司联系

前　言

肖瑞峰

　　"唐宋八大家"，是唐宋时期八位成就卓著的散文作家的合称，包括：唐代的韩愈(字退之)、柳宗元(字子厚)，宋代的欧阳修(字永叔)、苏洵(字明允)、苏轼(字子瞻)、苏辙(字子由)、曾巩(字子固)、王安石(字介甫)。追溯其名之由来，一般认为肇始于明代茅坤编选的《唐宋八大家文钞》。这当然是不错的。但有必要指出：在茅坤以前，明初的朱右(一作朱佑，字伯贤)已经采录这八位作家的名篇佳什，编为《八先生文集》(或名《唐宋六家文衡》，其中合苏洵、苏轼、苏辙为一家，今佚)。继朱氏之后，明成化年间，李绍在为江西吉安府重刊《大苏七集》所作之序中曾提出过"七大家"的称呼："古今文章作者非一，其以之名天下者，唯唐昌黎韩氏、河东柳氏、宋庐陵欧阳氏、眉山二苏氏及南丰曾氏、临川王氏七大家。"与茅坤同为明代"唐宋派"宿将的唐顺之，也纂有《文编》一书。尽管书名并没有着意标榜"八家"，但所选录的唐宋散文，却仅限于韩、柳、欧、三苏、曾、王八家作品。这正昭示了编者推崇和瓣香八家的初衷。因此，可以说它同样为茅坤编选的《唐宋八大家文钞》奠定了基础。但正式将韩、柳等八人合称为"唐宋八大家"，则始于茅坤的《唐宋八大家文钞》。

　　作为明代文坛上自张一帜的"唐宋派"的代表作家，唐顺之、茅坤等推崇"唐宋八大家"的散文作品，并将其编选刊行，当然有其既定的旨归，那就是试图扭转前后"七子"标榜秦汉所促致的拟古主义倾向：以李梦阳、何景明为代表的"前七子"和以李攀龙、王世贞为代表的"后七子"，主张"文必秦汉，诗必盛唐"，其本意是为了救治明初"台阁体"的空虚、萎靡之弊；但撇却唐宋散文的优良传统，而直接以秦汉散文作为创作规范，刻意摹拟，不敢稍有逾越，这不仅使他们自身创作的散文变得诘屈聱牙，古奥难懂，而且造成了拟古之风的泛滥。在这一背景下，唐、茅等人公然推举"唐宋八大家"的散文作品，以与前后"七子"的复古主张相抗衡，也就具有了补偏救弊的时代意义。

众所周知，韩、柳作为唐代古文运动的领袖，在创作理论与创作实践两方面都卓有建树，为时人及后人所闻风向慕，韩愈更被誉为"文起八代之衰，道济天下之溺"的一代宗师。而欧阳修成功发起和领导的宋代古文运动，就其精神实质而言，是与唐代古文运动一脉相承的，可视为曾经一度偃息的唐代古文运动的浪潮在新的历史河床中的狂飙乍起、洪峰再兴；作为欧的同道与盟友，三苏、曾、王则与他桴鼓相应，创作出一系列典范性的作品，洵为有宋一代散文作家的杰出代表。要言之，韩、柳、欧、苏等八人，虽然文学造诣有高下之分，但却各有戛戛独造的艺术成就，可以卓然名家，独树一帜。

作为唐宋八大家之首，韩愈的散文雄浑奔放，"如长江大河，浑浩流转"（苏洵《嘉祐集》卷十二《上欧阳内翰第一书》），汹涌澎湃；又"若千里之驹，而走赤电，鞭疾风，常者山立，怪者霆击"（茅坤《唐宋八大家文钞论例》），一扫六朝文体之卑弱，为中唐以后的古文创作树立起崭新的典范。

柳宗元是韩愈的好友，二人齐名，其散文虽然不如韩文堂庑阔大，但奇古峻洁之处，迥出韩文之上。尤其是《永州八记》等小品文，语言精炼，刻画细致，文势劲峭，"如奇峰异嶂，层见叠出"（刘熙载《艺概》），堪称中国古代山水游记中的极品。

欧阳修是宋代古文运动的领军。他的散文，语言自然舒畅，意蕴含蓄浑厚，深婉有致，章法上回环迭宕，摇曳多姿，"纡余委备，往复百折，而条达疏畅，无所间断；气尽语极，急言竭论，而容与间易，无艰难劳苦之态"（苏洵《上欧阳内翰第一书》），"如清风，如云，如霞，如烟，如幽林曲涧，如沦，如漾，如珠玉之辉，如鸿鹄之鸣而入寥廓"（姚鼐《惜抱轩文集》卷一《答鲁絜非书》）。

苏轼之文则体现出了宋代散文艺术的最高成就，汪洋恣肆，滔滔汩汩，"意之所到，则笔力曲折，无不尽意"（何薳《春渚纪闻》卷六）；又如风行水上，自然成文，"嬉笑怒骂皆成文章"（黄庭坚《山谷集》卷十四《东坡先生真赞》）。

其他几家如大政治家王安石，其文识度高远，笔力雄健，峻洁严整，奇峭刚劲，虽然"雄不如韩，逸不如欧，飘宕疏爽不如苏氏父子兄弟，而匠心所注，意在言外，神在象先，如入幽林邃谷而杳然洞天，恐亦古来所罕者"（茅坤《唐宋八大家文钞·王文公文钞》）；曾巩的散文则典重深醇，委曲周详，"立言于欧阳修、王安石之间，纡徐而不烦，简奥而不晦"（《宋史·曾巩传》）；苏洵的散文纵横苍劲，笔锋老辣，析理精微，"其指事析理，引物托类，侈能尽之约，远能见之近，大能使之微，小能使之著，烦能不乱，肆能不流。其雄壮俊伟，若决江河而下也；其辉光明白，若引星辰而上也"（曾巩《元丰类稿》卷四十一《苏明允哀辞》）；苏辙的散文虽然没有其父兄奔放凌厉的气势，但也澹泊疏宕，一波三折，"汪洋淡泊，有一唱三叹之声，而其秀杰之气，终不可没"（苏轼《东坡全集》卷七十四《答张文潜书》）。

与此同时，唐宋八大家的文学思想与创作趋向却又颇为接近。韩愈首先揭橥的"修其辞以明其道"（《诤臣论》）、"通其辞者，本志乎古道者也"（《题哀辞后》）等主张，也普遍为其他七家所接受，成为他们建构自己文学理论的前提。他们都倡导"文以明道"，强调文章应当"有为而作",应当对现实社会有所针砭和裨益,使文章成为参与政治斗争的强有力的舆论工具,反对骈俪雕琢、浮艳绮靡的文风。在此基础上,他们同样注重作家道德修养的提升,注意文章艺术规律、艺术技巧的探寻和把握。韩愈一再提出的"夫所谓文者,必有诸其中,是故君子慎其实"(《答尉迟生书》)、"养其根而俟其实,加其膏而希其光"(《答李翊书》)等要求,在中唐以后便如空谷传音,应者寥寥,但在宋代六大家那里却得到了理论上的响应和实践上的贯彻。因而,将他们合称为"唐宋八大家",当属实至名归,恰如其分地反映出我国古代散文史上自汉代以后又一个创作高峰时期的最高艺术水准。

唯其如此,自茅坤的《唐宋八大家文钞》(以下简称茅编《文钞》)行世后,治古文者大多以八家为宗,将他们奉为创作上的圭臬。清人杭世骏甚至说:"为古文而不源于'八家',支离虬琐,其失也俗;为今时文而不出于'八家',肤浅纤弱,其失也庸。"(《道古堂文集》卷八《古文百篇序》)而"唐宋八大家"之目,虽然自问世以后也出现过不少的异议(如清初王夫之《姜斋诗话》卷二谓:"有皎然《诗式》而后无诗,有《八大家文钞》而后无文。立此法者,自谓善诱童蒙,不知引童蒙入荆棘,正在于此。"袁枚也对此不以为然,《小仓山房文集》卷十九《书茅氏八家文选》谓:"于古文又分为八,皆好事者之为也,不可以为定称也。"),但最终却随《唐宋八大家文钞》的流传而家喻户晓,成为文学史上一个足以与"唐诗""宋词"并足齐肩的专门术语,流传至今。有清一代,复有多种唐宋八大家散文选本刊布,如沈德潜的《唐宋八家古文读本》三十卷、张伯行的《唐宋八大家文钞》十九卷、吕留良的《晚村精选八大家古文》八卷、储欣的《唐宋八大家类选》、刘大櫆的《唐宋八家文百篇》、孙琼的《山晓阁唐宋八大家文选》、魏源的《纂评唐宋八大家文读本》八卷等。流风所及,甚至连东邻日本,从江户时代到明治时代都涌现出了许多唐宋八大家文的选本、注本。在以上标举"八大家"的选本中,清代张伯行的《唐宋八大家文钞》既与茅编《文钞》同名,体例也略无舛异;但其卷帙仅为茅编《文钞》的八分之一,而其选录标准与评鉴眼光则颇有独到之处。这就理所当然地引起世人的注目。

张伯行,字孝先,晚号敬庵,卒谥清恪,河南仪封(今兰考东北)人。生于清世祖顺治八年(1651),卒于清世宗雍正三年(1725)。康熙三十四年(1685)进士,累官至礼部尚书,以清廉刚直称。其政声与治绩,尤著于巡抚江苏、福建任内。据《国朝先正事略》卷十,伯行解职离任时,"苏州等郡相继报罢市,士民扶老携幼,具果蔬来献。公辞。皆泣曰:'公在任止饮吴江一杯水,今将去,子民一片心不可却也。'乃取腐一块、菜一束。"其廉洁自律与遗爱百姓如此,以至于康熙誉其为"天下清官第一","是真能以百姓为心者也"。清世以名臣从祀孔子庙者仅三人,伯行为其中之一。其生平事迹除见于《清史稿》(卷二六五)、《清史列传》(卷十二)外,还为《国朝耆献类征》(卷六一)、《碑传集》(卷十七)、《从政观法录》(卷十二)、《汉名臣传》(卷九)、《颜李师承记》(卷六)、《清儒学案小识》(卷二)、《文献征存录》(卷六)、《国朝名臣言行录》(卷十)等诸多史传、笔记所载录。

张伯行博通文史,学殖深厚,而以力崇程、朱为己任,是清初理学名臣,及门受学者数千人。早年读书至程、朱《语类》,欣然慕曰:"入圣门庭在是矣。"于是,"尽发濂、洛、关、闽诸大儒之书,口诵手抄者七年"(《清史稿》卷二六五)。其著作宏富,有《正谊堂文集》十二卷、《续集》八卷,及《居济一得》《小学集解》《二程语录》《性理正宗》《广近思录》《续近思录》《困学录》《续困学录》《道统录》《道南源委》《伊洛渊源续录》《学规类编》《濂洛风雅》等,并传于世。《唐宋八大家文钞》则作为《正谊堂全书》续刻本之一种,于清同治八年(1869)由福建正谊书院刊行。

张伯行的《唐宋八大家文钞》(以下简称张编《文钞》)选录韩愈(韩文公)文3卷60篇,柳宗元(柳柳州)文1卷18篇,欧阳修(欧阳文忠公)文2卷38篇,苏洵(苏文公)文1卷2篇,苏轼(苏文忠公)文1卷27篇,苏辙(苏文定公)文2卷27篇,曾巩(曾文定公)文7卷128篇,王安石(王文公)文2卷17篇,合计19卷317篇。这组很不均衡的数字,表明张编《文钞》与茅编《文钞》在选目和编选宗旨上颇有出入。通行明万历刻本茅编《文钞》凡164卷,计选录韩愈文16卷352篇、柳宗元文12卷120篇、欧阳修文32卷286篇(附《五代史钞》20卷)、苏洵文10卷60篇、苏轼文28卷251篇、苏辙文20卷172篇、曾巩文10卷87篇、王安石文16卷219篇,共计1 371篇。将二者略作对比,我们便不难发现,张编《文钞》对曾巩其人其文情有独钟,而对三苏,主要是苏洵,则着意贬抑。个中原因,一如编者在卷首的《曾文引》中所揭示的那样,不外乎曾文"原本'六经'",且为"朱子喜读"。而苏洵文之所以"聊存一二",也是因为朱子说过"人不可读此等文字"的话(见《三苏文引》)。这意味着其选录标准在很大程度上是以朱子的好恶为转移的。如朱熹曾论曾巩之文云"南丰文却近质。他初亦只是学为文,却因学文渐见些子道理,故文字依傍道理做,不为空言"(《朱子语类》卷一百三十九),"曾南丰议论平正,耐点检"(《朱子语类》卷一百三十七);但评论苏洵之文时却谓"老苏但为欲学古人说话声响,极为细事"(《晦庵先生朱文公文集》卷七十四《沧州精舍谕学者》)。作者在《三苏文引》中还特别强调,对苏轼、苏辙文"亦择其醇正者而录之"。这"醇正"二字,正是编者用以衡量八家文的准绳。在编者看来,不惟三苏,即便他所偏爱的曾巩文亦属"有醇有疵",尚未能尽归于"醇正"。在《原序》

中,他一一指摘八家文之"疵",曾巩也未能幸免,所谓"曾南丰论学
虽精,而本原未彻"是也(这也不免拾人牙慧之嫌。朱熹就曾评论曾
巩之文道:"只是关键紧要处,也说得宽缓不分明。缘他见处不彻,
本无根本功夫。"见《朱子语类》卷一百三十九)。而"醇正"与否,则
取决于是否发乎圣心、中乎理学、合乎道统。这样,在编者心目中,
"唐宋八大家"之文固然属于"立言而能不朽者","彬彬乎可以追西
汉之盛"(《原序》),但较之"六经"以及程、朱之文,则相差不可以道
里计。这其实是沿袭了宋代自程、朱以后道学家们持"性理"为准绳
来评诗论文的陈词滥调,不能不说是步入了某种观念上的误区。

　　尽管如此,在众多的"唐宋八大家"选本中,张编《文钞》仍然不
失为一部有特色的选本,对后世的影响,也远远超过了其他的同类
之什。首先,规模适中,便于阅读、传播。全编约三十万字,除苏洵
之外,其余七家文中的名篇大半已网罗其中,一编在手,即可览其精
华,并进而窥其堂室,测其涯涘。可知编者虽以程、朱之文为圭臬而
崇尚"醇正",但在具体选录作品时,并没有画地为牢,执一而求。较
之洋洋百万言的茅编《文钞》,它自然要显得简明精要些,更适合初
治古文者披览。其次,卷首冠有八家"文引",篇末缀有诸家评语。
"文引"——指陈八家文之得失,为读者指引津梁,虽因力崇程、朱而
致持论过苛,有失平允,却是一家之言,不无参考价值。评语除第
16 卷所录曾巩文有 31 篇阙如外,其余 285 篇皆缀有一条或数条。
凡仅缀有一条评语者,均为编者自抒其见;凡缀有两条以上评语者,
则兼采王慎中(字道思,号遵岩居士)、唐顺之(字应德,学者称荆川
先生)、茅坤(字顺甫,号鹿门)三家之说。采录三家评语,既可印证
或补充己见,又可使读者借以考知茅编《文钞》的基本倾向和基本思
路,并进而探究以三家为代表的明代唐宋派的文学主张和文体要
求,实有裨助之功。而编者自撰的评语则重在品鉴,虽未能脱去道

学气息，但于作者之"文心"与作品之"文法"，每能抉微显幽，切中肯綮，显示出相当敏锐的艺术鉴赏力。另外，茅编《文钞》自问世以后，虽然"一二百年来，家弦户诵"（《四库全书总目》卷一百八十九《唐宋八大家文钞》提要），"盛行海内，乡里小生无不知茅鹿门者"（《明史·茅坤传》），但因卷帙浩繁，其中不乏疏舛之处，颇受清初学者讥讽，如黄宗羲《答张自烈书》中便指摘其"圈点勾抹，多不得要领"、"不知宋制"等多条。而张编《文钞》对于茅编《文钞》中的相关篇目及评语，往往能择善而从，去其荒芜，得其精华，从而在一定程度上避免了茅编《文钞》的诸多弊端和错误，不致产生误导，更适宜于一般读者的阅读欣赏。这样，也就有必要将张编《文钞》校点出版，以飨读者了。

1936年，商务印书馆曾将张编《文钞》收入《丛书集成初编》（王云五主编），加以刊行。在本书校点过程中，我们除了以《丛书集成初编》本与《正谊堂全书》续刊本互校外，还参校以八家文集，衍者删之，脱者补之，讹者正之，异文则择善而从。为了节省篇幅，均不出校记，而于文中径改、径补。此书初版于2007年，此次修订重版，对错漏之处进行了订正匡补，个别标点不当者，亦予以更改。限于学殖，谬误殆难避免，尚祈读者有以教之。

2019年5月于杭州

目　录

1

卷之四　柳柳州文 / 83

卷之十六　曾文定公文 / 381

原　序

　　古之所称三不朽者，曰立德、立言、立功。是三者果可分而视之哉？夫惟古之圣贤，本其德而垂诸言，以为功于万世。尧、舜、禹、汤、文、武、周公、孔、曾、思、孟能兼是三者而有之，六经、四子之书是也。自孔门设教分为四科，有以德行称者，有以言语、政事、文学称者。群弟子学焉，而得其性之所近。至于后世，源远而流益分，则三者之各有所立，以不朽于世者，其不能兼亦宜矣。是以文章一道，近于古之所谓立言者，而盛衰升降，亦同源异流，不可胜纪。综而论之：六经，治世之文，文之本也；《国语》，衰世之文也；《战国策》，乱世之文也；秦焚书，故无文；汉之文，贾谊、董仲舒、刘向为盛；东汉之文弱；三国之文促；六朝之文，淫哇靡丽，乱杂而无章，立言之士，盖寥寥焉。至唐有韩退之、柳子厚，宋有欧阳永叔、曾子固、王介甫、苏氏父子，数百年间，文章蔚兴，固不敢望六经，而彬彬乎可以追西汉之盛。后之论者，因推以为大家之文，傥所谓立言而能不朽者耶！

　　夫立言之士，自成一家为难；其得称为大家，抑尤难也！是故巧言丽辞以为工者，非大家也；钩章棘句以为奥者，非大家也；取青妃白，骈四俪六，以为华者，非大家也；繁称远

1

引,搜奇抉怪,以为博者,非大家也。大家之文,其气昌明而伟俊,其意精深而条达,其法严谨而变化无方,其词简质而皆有原本;若引星辰而上也,若决江河而下也;高可以佐佑六经,而显足以周当世之务。此韩、柳、欧、曾、苏、王诸公,卓然不愧大家之称,流传至今而不朽者,夫岂偶然也哉?盖诸公天分之高,既什百于人,而其勤一生之精力,以尽心于此道者,固非浅植薄蓄之士所能仿佛其万一也!虽然,道者,文之根本;文者,道之枝叶;圣贤非有意于文也,本道而发为文也。文人之文,不免因文而见道。故其文虽工,而折衷于道,则有离有合,有醇有疵,而离合醇疵之故,亦遂形于文而不可掩。韩子之文正矣,而三上宰相书,何其不自重也。子厚失身遭贬,而悲戚之意形于文墨。欧阳子长于论事,而言理则浅。曾南丰论学虽精,而本原未彻。至于王氏坚僻自用,苏氏好言权术,而子瞻、子由出入于仪、秦、老、佛之余,此数公者,其离合醇疵,各有分数,又不可不审择明辨于其间,而概以其立言而不朽者,遂以为至也。余故选其文而论之,不特以资学者作文之用,而穷理格物之功,即于此乎在。盖学者诚能沿流而溯其源,究观古圣贤所以立言者,则由六经、四子而下,惟有周、程、张、朱五夫子之书可以上接尧、舜、禹、汤、文、武、周公、孔、曾、思、孟之心传,兼立德、立言、立功以不朽于万世者。夫岂唐宋文人之所及也哉!

康熙四十八年己丑孟夏毂旦,仪封后学张伯行题于榕城之正谊堂。

八家文引

韩 文 引

韩昌黎文起八代之衰,学者仰之如泰山北斗。然读其文而不知其所以为文,虽徒仰之何益?李汉序其文,以为日光玉洁、周情孔思,可谓善形容矣。而所以为文者,汉不能道也。老泉比之长江大河,浑灏流转;鱼鼋蛟龙,万怪惶惑。亦犹李汉之见也。他如宋景文赞其刊落陈言;黄山谷称其无一字无来处;东坡以为文至韩子乃集大成。其论当矣,而犹未知公所以为文者。何也?公固自言之矣。曰:"非三代两汉之书不敢观,非圣人之志不敢存。"是其学为文之心也。曰:"行之乎仁义之途,游之乎诗书之源。"是其养乎文之道也。曰:"沉潜乎训义,反复乎句读,砻磨乎事业,而奋发乎文章。"是其积之厚以为文之本也。曰:"本深而末茂,实大而声宏,行峻而言厉,心醇而气和;昭晰者无疑,优游者有余。"所以尽乎文之妙也。曰:"为文宜师古圣贤人,师其意不师其辞。"曰:"文无难易惟其是。"曰:"能自树立不因循。"是所以提纲挈要,教人为文之法也。盖公所以为文者,尽乎公所自言者矣。自李汉以下,推尊公文者,能言其然,而不能言其所以然。非不能言也,无以复加乎公所自言也。后之学者,毋徒读公之文,当知公所以为文者。于公之言深味之,无患乎趋向之不正矣。

柳 文 引

　　唐世文章称韩、柳,柳非韩匹也。韩于书无所不读,于道见其大原,故其文醇而肆。柳自言其为文,以为本之《易》、《诗》、《书》、《礼》、《春秋》,参之《穀梁》、《国语》、孟、荀、庄、老、《离骚》、太史。其平生所读书,止为作文用耳。故韩文无一字陈言,而柳文多有摹拟之迹。是岂才不及韩哉? 其见道不如故也。然李朴有言:"柳醇正不如韩,而气格雄绝,亦韩所不及。"吾尝论韩文如大将指挥,堂堂正正,而分合变化,不可端倪;柳则偏裨锐师,骁勇突击,囊沙背水,出奇制胜,而刁斗仍自森严。韩如五岳、四渎,奠乾坤而涵万类;柳则峨嵋、天姥,孤峰矗云,飞流喷雪,虽无生物之功,自是宇宙洞天福地。其并称千古,岂虚也哉? 虽然,柳子所工者,文也;余所执以绳柳子文者,道也。谓柳子无见于道固不可,然道有离合,岂可因其文之工而掩之乎? 择之约,论之严,不为柳子恕,而后可以见柳子。

欧阳文引

　　五代之季,文体坏矣。宋兴,士犹仍旧习。景祐中,石守道、穆伯长、尹师鲁辈,务为古学,以力变靡丽余波,然而文尚未盛也。至欧阳公出,文章遂为天下宗匠,学者翕然师尊之,争自濯磨,以通经学古为事。此其起衰之功,不在昌黎下。公博极群书,好学不倦;为人质直闳廓,见义敢为;立朝侃侃,无所回挠。故其文如其人,即昌黎所谓"本深而末茂,实大而声宏,行峻而言历,心醇而气和"者,岂可袭取而强为之哉?公之文最长于论事,其所上札子,委曲畅切,得人臣纳忠之道。序记文字,敷腴温润,令人喜悦。世之号为文章,非繁缛则浅陋,非庸腐则怪奇,安得公之文以变其所趋耶?朱子曰:"六一文一唱三叹,今人是如何作文?"又称其"平淡中却自美丽,有不可及处"。读公之文者,当以是说味之。

三苏文引

朱子曰:"李泰伯文字得之经中虽浅,然皆自大处起议论;老苏父子自史中《战国策》得之,故皆自小处起议论。"此言极得苏氏之病。然旴江之文传之者少,而三苏文章不惟倾动一时,至今学者家习而户诵之。盖正大之旨难入,而巧辩之词易好也。且以其便于举业,而爱习苏氏者,尤胜于韩、柳、欧、曾。及其习焉既久,与之俱移,不觉权术之用,生于心而形于文字,莫有知其弊者。朱子自谓老苏文字初亦

3

喜看，后觉自家意思都不正当，以此知人不可读此等文字。夫文字愈工，议论愈快，其移人愈速。朱子尚觉其如是，况学者乎？苟惟苏氏之文是习，其不至为心术之坏也几希。余选三苏文，老泉聊存一二，东坡、子由亦择其醇正者而录之，其多从小处起议论者不录。知道之士，必能识予去取之深意也。

曾 文 引

南丰先生之文，原本"六经"，出入于司马迁、班固之书。视欧阳庐陵，几欲轶而过之，苏氏父子远不如也。然当时知之者亦少。朱子喜读其文，特为南丰作年谱，尝称其文字确实，又以为比欧阳更峻洁。夫文不确实，则不足以发挥事理；不峻洁，则其体裁繁蔓、字句瑕累，亦不足以成文矣。南丰之文深于经，而濯磨乎《史》、《汉》。深于经，故确实而无游谈；濯磨乎《史》、《汉》，故峻而不庸、洁而不秽。文而至于是，亦可以上下千古而卓然垂不朽于著作之林矣！虽然，以先生之好学深思，而仅以文人著称，何也？朱子以为南丰初亦止学为文，于根本工夫见处不彻，所以如此。今观朱子之文，波澜矩度似亦从南丰来；而其义理广大精微，发于圣心，传以垂教万世者，视南丰相去何如也？吾因选南丰之文，特表而出之，以告学者。

王 文 引

　　王介甫以学术坏天下，其文本不足传。然介甫自是文章之雄，特其见处有偏，而又以其坚僻自用之意行之，故流祸至此；而其文之精妙，终不可没也。当时曾子固荐其文于欧阳公，公击节叹赏，为之延誉。二公皆文章哲匠，其倾服之如此，则介甫之文可知矣。其后用之而祸天下，世之君子嫉其人，而因以不重其文。使介甫不用以终其身，或用矣，而仅处以翰墨之职，使其以文章流传于世，而不得大行其志，则介甫之名当益尊。至其以学术坏天下，固天下之不幸，而即介甫之不幸也。虽然，文也肖其人而出之者也。介甫文虽精妙，而其学术意见，隐然有倔强之意，形于笔墨间，固不待其用之之后，而乃知其祸天下也。余特择其文为世所传诵者若干首评之，以质知言之君子。

卷之一 韩文公文

论佛骨表

臣某言：伏以佛者，夷狄之一法耳，自后汉时流入中国，上古未尝有也。昔者黄帝在位百年，年百一十岁；少昊在位八十年，年百岁；颛顼在位七十九年，年九十八岁；帝喾在位七十年，年百五岁；帝尧在位九十八年，年百一十八岁；帝舜及禹，年皆百岁。此时天下太平，百姓安乐寿考，然而中国未有佛也。其后殷汤亦年百岁；汤孙太戊，在位七十五年，武丁在位五十九年，书史不言其年寿所极，推其年数，盖亦俱不减百岁；周文王年九十七岁，武王年九十三岁，穆王在位百年。此时佛法亦未入中国，非因事佛而致然也。

汉明帝时，始有佛法，明帝在位才十八年耳。其后乱亡相继，运祚不长。宋、齐、梁、陈、元魏以下，事佛渐谨，年代尤促。惟梁武帝在位四十八年，前后三度舍身施佛，宗庙之祭，不用牲牢，昼日一食，止于菜果；其后竟为侯景所逼，饿死台城，国亦寻灭。事佛求福，乃更得祸。由此观之，佛不足事，亦可知矣。

高祖始受隋禅，则议除之。当时群臣，材识不远，不能深知先王之道、古今之宜，推阐圣明，以救斯弊，其事遂止。臣常恨焉！

伏惟睿圣文武皇帝陛下,神圣英武,数千百年已来,未有伦比。即位之初,即不许度人为僧尼道士,又不许创立寺观。臣常以为高祖之志,必行于陛下之手;今纵未能即行,岂可恣之转令盛也!

今闻陛下令群僧迎佛骨于凤翔,御楼以观,舁入大内,又令诸寺递迎供养。臣虽至愚,必知陛下不惑于佛,作此崇奉,以祈福祥也。直以年丰人乐,徇人之心,为京都士庶设诡异之观、戏玩之具耳。安有圣明若此,而肯信此等事哉!然百姓愚冥,易惑难晓,苟见陛下如此,将谓真心事佛。皆云:"天下大圣,犹一心敬信;百姓何人,岂合更惜身命?"焚顶烧指,百十为群;解衣散钱,自朝至暮;转相仿效,惟恐后时;老少奔波,弃其业次。若不即加禁遏,更历诸寺,必有断臂脔身,以为供养者。伤风败俗,传笑四方,非细事也。

夫佛本夷狄之人,与中国言语不通,衣服殊制,口不言先王之法言,身不服先王之法服,不知君臣之义、父子之情。假如其身至今尚在,奉其国命,来朝京师,陛下容而接之,不过宣政一见,礼宾一设,赐衣一袭,卫而出之于境,不令惑众也。况其身死已久,枯朽之骨,凶秽之余,岂宜令入宫禁!

孔子曰:"敬鬼神而远之。"古之诸侯,行吊于其国,尚令巫祝先以桃茢祓除不祥,然后进吊。今无故取朽秽之物,亲临观之,巫祝不先,桃茢不用,群臣不言其非,御史不举其失,臣实耻之。乞以此骨付之有司,投诸水火,永绝根本,断天下之疑,绝后代之惑,使天下之人,知大圣人之所作为,出于寻常万万也。岂不盛哉!岂不快哉!佛如有灵,能作祸

祟，凡有殃咎，宜加臣身，上天鉴临，臣不怨悔。无任感激恳
恻之至！谨奉表以闻。

　　茅鹿门曰：韩公以天子迎佛，特以祈寿护国为心，故其议论亦只
以福田上立说，无一字论佛宗旨。
　　张孝先曰：韩公此文，斥异端，扶世道，明目张胆，不顾利害，是宇
宙间大有关系文字。

论今年权停举选状

　　右臣伏见今月十日敕，今年诸色举选宜权停者。道路
相传，皆云以岁之旱，陛下怜悯京师之人，虑其乏食，故权停
举选以绝其来者，所以省费而足食也。
　　臣伏思之：窃以为十口之家，益之以一二人，于食未有
所费。今京师之人，不啻百万；都计举者不过五七千人，并
其僮仆畜马，不当京师百万分之一。以十口之家计之，诚未
为有所损益。又今年虽旱，去岁大丰，商贾之家，必有储蓄，
举选者皆赍持资用，以有易无，未见其弊。今若暂停举选，
或恐所害实深：一则远近惊惶，二则人士失业。臣闻古之
求雨之词曰："人失职欤！"然则人之失职，足以致旱。今缘
旱而停举选，是使人失职而召灾也。
　　臣又闻君者阳也，臣者阴也，独阳为旱，独阴为水。今
者陛下圣明在上，虽尧舜无以加之；而群臣之贤，不及于古，

又不能尽心于国,与陛下同心,助陛下为理。有君无臣,是以久旱。以臣之愚,以为宜求纯信之士,骨鲠之臣,忧国如家、忘身奉上者,超其爵位,置在左右,如殷高宗之用傅说,周文王之举太公,齐桓公之拔宁戚,汉武帝之取公孙弘。清闲之余,时赐召问,必能辅宣王化,销殄旱灾。

臣虽非朝官,月受俸钱,岁受禄粟,苟有所知,不敢不言。谨诣光顺门,奉状以闻,伏听圣旨。

茅鹿门曰:议论博大而气亦昌。

张孝先曰:人材者国之本也。因岁旱而停选举,不过为省费计耳。先言选举之人集于京师,未有大费;而后极论人之失职,足以致旱,欲人主求贤致治以召天和。此因事纳忠之道,必推至于尽而后已也。但以齐桓、汉武与高宗、文王并列而言,此特行文顺势写出,学者融会观之可耳。

上张仆射书

九月一日愈再拜:受牒之明日,在使院中,有小吏持院中故事节目十余事来示愈。其中不可者,有自九月至明年二月之终,皆晨入夜归,非有疾病事故辄不许出。当时以初受命不敢言。古人有言曰:"人各有能有不能。"若此者,非愈之所能也。抑而行之,必发狂疾,上无以承事于公,忘其将所以报德者;下无以自立,丧失其所以为心。夫如是,则安得而不言？

　　凡执事之择于愈者，非为其能晨入夜归也，必将有以取之。苟有以取之，虽不晨入而夜归，其所取者犹在也。下之事上，不一其事；上之使下，不一其事。量力而任之，度才而处之，其所不能，不强使为是，故为下者不获罪于上，为上者不得怨于下矣。孟子有云："今之诸侯无不相过者，以其皆好臣其所教，而不好臣其所受教。"今之时，与孟子之时又加远矣，皆好其闻命而奔走者，不好其直己而行道者。闻命而奔走者，好利者也；直己而行道者，好义者也。未有好利而爱其君者，未有好义而忘其君者。今之王公大人，惟执事可以闻此言，惟愈于执事也可以此言进。

　　愈蒙幸于执事，其所从旧矣。若宽假之使不失其性，加待之使足以为名，寅而入，尽辰而退；申而入，终酉而退。率以为常，亦不废事。天下之人闻执事之于愈如是也，必皆曰：执事之好士也如此，执事之待士以礼如此，执事之使人不枉其性而能有容如此，执事之欲成人之名如此，执事之好于故旧如此。又将曰：韩愈之识其所依归也如此，韩愈之不谄屈于富贵之人如此，韩愈之贤能使其主待之以礼如此。则死于执事之门无悔也！若使随行而入，逐队而趋，言不敢尽其诚，道有所屈于己，天下之人闻执事之于愈如此，皆曰：执事之用韩愈，哀其穷，收之而已耳；韩愈之事执事，不以道，利之而已耳。苟如是，虽日受千金之赐，一岁九迁其官，感恩则有之矣，将以称于天下曰知己知己，则未也。

　　伏惟哀其所不足，矜其愚，不录其罪；察其辞，而垂仁采纳焉。愈恐惧再拜。

> **茅鹿门曰：**古之人有言曰：道屈于不知己者，而伸于知己。昌黎根气自如此。
>
> **张孝先曰：**士君子中有蕴蓄，姑寄迹于旅进旅退之中，时人未必能识也。如韩昌黎于张仆射是已！故因晨入夜归一事，大发其胸中磊磊落落、不可一世之气，欲使仆射知其志在义而不在利，待之以国士而不与庸人为伍耳。其曰"直己行道"，曰"言不敢尽其诚，道有所屈于己"，则公之所蕴蓄，以愿效于仆射者，岂与夫随行逐队之徒比哉？特其词气激昂，如曰"死于执事之门无悔"云云，未免节侠余习，非士君子气象，学者亦宜知之。

与孟尚书书

愈白：行官自南回，过吉州，得吾兄二十四日手中数番，忻悚兼至。未审入秋来眠食何似？伏惟万福。

来示云：有人传愈近少信奉释氏。此传之者妄也。潮州时，有一老僧号大颠，颇聪明，识道理，远地无可与语者，故自山召至州郭，留十数日，实能外形骸，以理自胜，不为事物侵乱。与之语，虽不尽解，要自胸中无滞碍。以为难得，因与来往。及祭神至海上，遂造其庐；及来袁州，留衣服为别。乃人之情，非崇信其法，求福田利益也。孔子云："丘之祷久矣。"凡君子行己立身自有法度，圣贤事业，具在方册，可效可师。仰不愧天，俯不愧人，内不愧心，积善积恶，殃庆自各以其类至。何有去圣人之道，舍先王之法，而从夷狄之教以求福利也？《诗》不云乎："恺悌君子，求福不回。"《传》又曰："不为威惕，不为利疚。"假如释氏能与人为祸祟，非守道君子之所惧也，况万万无此理。且彼佛者果何人哉？其行事类君子邪？小人邪？若君子也，必不妄加祸于守道之人；如小人也，其身已死，其鬼不灵。天地神祇，昭布森列，非可诬也，又肯令其鬼行胸臆，作威福于其间哉？进退无所据，而信奉之，亦且惑矣？

　　且愈不助释氏而排之者，其亦有说。孟子云：今天下不之杨则之墨，杨、墨交乱，而圣贤之道不明，则三纲沦而九法斁，礼乐崩而夷狄横，几何其不为禽兽也！故曰："能言拒杨、墨者，圣人之徒也。"扬子云云："古者杨、墨塞路，孟子辞而辟之，廓如也。"夫杨、墨行，正道废，且将数百年，以至于秦，卒灭先王之法，烧除其经，坑杀学士，天下遂大乱。及秦灭，汉兴且百年，尚未知修明先王之道。其后始除挟书之律，稍求亡书，招学士，经虽少得，尚皆残缺，十亡二三。故学士多老死，新者不见全经，不能尽知先王之事，各以所见为守，分离乖隔，不合不公，二帝、三王、群圣人之道于是大坏。后之学者无所寻逐，以至于今泯泯也。其祸出于杨、墨肆行而莫之禁故也。孟子虽贤圣，不得位，空言无施，虽切何补？然赖其言，而今学者尚知宗孔氏，崇仁义，贵王贱霸而已。其大经大法皆亡灭而不救，坏烂而不收，所谓存十一于千百，安在其能廓如也？然向无孟氏，则皆服左衽而言侏离矣。故愈尝推尊孟氏，以为功不在禹下者，为此也。

汉氏已来，群儒区区修补，百孔千疮，随乱随失，其危如一发引千钧，绵绵延延，浸以微灭。于是时也，而唱释老于其间，鼓天下之众而从之，呜呼，其亦不仁甚矣！释、老之害过于杨、墨，韩愈之贤不及孟子；孟子不能救之于未亡之前，而韩愈乃欲全之于已坏之后，呜呼，其亦不量其力且见其身之危，莫之救以死也！虽然，使其道由愈而粗传，虽灭死万万无恨！天地鬼神临之在上，质之在傍，又安得因一摧折，自毁其道以从于邪也！

籍、湜辈虽屡指教，不知果能不叛去否？辱吾兄眷厚而不获承命，惟增惭惧，死罪死罪！愈再拜。

茅鹿门曰：古来书自司马子长答任少卿后，独韩昌黎为工，而此书尤昌黎佳处。

又评：翻覆变幻，昌黎书当以此为第一。

张孝先曰：三代以下，学术分裂，异端蜂起，而佛教尤甚。公既抗疏辟之，及贬潮州，乃与大颠往来，或者疑其屈吾道以从彼。公特明其平生辟邪崇正大旨，以自附于孟子之后。读此书，正大光明如青天白日。而彼邪淫之徒，所谓传灯公案者，犹以大颠往来留衣为别之事，援昌黎为彼护法。噫，其亦诞妄甚矣！又按朱子《韩文考异》，谓此书称许大颠之语，多为后人妄为隐避，删节太过，失其正意。盖韩公之学，见于原道者，虽有以识于大用之流行，而于本然之全体，则疑其有所未睹。且于日用之间，亦未见其有以存养省察而体之于身也。是以虽其所以自任者不为不重，而其平生用力深处，终不离乎文字语言之工。至其好乐之私，则又未能卓然有拔于流俗。所与游者，不过一时之文士；其于僧道，则亦仅得毛干、畅观、灵惠之流耳。是以身心内外，所立所资不越乎此，亦何所据以为息邪距诐之本，而充其所以自任之心乎？是以一旦放逐，憔悴亡聊之中，无复平日饮博过从之乐，方且郁郁不能自遣，而卒然见夫瘴海之滨、异端之学，乃有能以义理自胜、不为事物侵乱之人，与之语，虽不尽解，亦岂不足以荡涤情累，而暂空其滞碍之怀乎？然则凡此称誉之言自不必讳，而于公所谓不求其福、不畏其祸、不学其道者，初亦不相妨也。虽然，使公于此能因彼稊黄之有秋，而悟我禾稷之未熟，一旦翻然反求诸身，以尽圣贤之蕴，则所谓以理自胜、不为外物侵乱者，将无复羡于彼，而吾之所以自任者，益恢其有余地矣，岂不伟哉！

与于襄阳书

七月三日，将仕郎守国子四门博士韩愈，谨奉书尚书阁下：士之能享大名、盈当世者，莫不有先达之士、负天下之望者为之前焉。士之能垂休光、照后世者，亦莫不有后进之士、负天下之望者为之后焉。莫为之前，虽美而不彰；莫为之后，虽盛而不传。是二人者，未始不相须也，然而千百载乃一相遇焉；岂上之人无可援，下之人无可推欤？何其相须之殷而相遇之疏也？其故在下之人负其能不肯谄其上，上之人负其位不肯顾其下。故高材多戚戚之穷，盛位无赫赫之光，是二人者之所为皆过也。未尝干之，不可谓上无其人，未尝求之；不可谓下无其人。愈之诵此言久矣，未尝敢以闻于人。

侧闻阁下抱不世之才，特立而独行，道方而事实，卷舒不随乎时，文武唯其所用，岂愈所谓其人哉？抑未闻后进之士有遇知于左右，获礼于门下者，岂求之而未得邪？将志存乎立功，而事专乎报主，虽遇其人，未暇礼邪？何其宜闻而久不闻也！愈虽不材，其自处不敢后于恒人，阁下将求之而未得欤？

古人有言："请自隗始。"愈今者惟朝夕刍米仆赁之资是急，不过费阁下一朝之享而足也。如曰：吾志存乎立功，而事专乎报主，虽遇其人，未暇礼焉，则非愈之所敢知也。世之龊龊者既不足以语之，磊落奇伟之人又不能听焉，则信乎命之穷也！

谨献旧所为文一十八首，如赐览观，亦足知其志之所存。愈恐惧再拜。

茅鹿门曰：前半瑰玮游泳，后半婉娈凄切。

张孝先曰：莫为之前虽美不彰，莫为之后虽盛不传，古今传诵以为名言。自余论之，以为理固如是；然上之人当汲汲以求贤，而下之人不可皇皇以干进，韩公合而言之，不几长世人奔竞之心乎？且上之人所贵汲汲求贤者，固欲与之修德讲学，以共成天下之务，守先王之道以待后之学者，但非藉后进之士，为之后以传其盛，而使之垂休光、照后世已也。苟以是而为心，则求贤之念固已屈于一己之私，而非圣贤正谊明道之旨矣。然则公之诵此言者，不知其何所本，而欲人知其志之所存者，又不知其果何志也？姑存其文而论之如此。

上兵部李侍郎书

十二月九日，将仕郎守江陵府曹参军韩愈谨上书侍郎阁下：愈少鄙钝，于时事都不通晓，家贫不足以自活，应举觅官，凡二十年矣。薄命不幸，动遭谗谤，进寸退尺，卒无所成。性本好文学，因困厄悲愁无所告语，遂得究穷于经传史记百家之说，沈潜乎训义，反复乎句读，砻磨乎事业，而奋发乎文章。凡自唐、虞已来，编简所存，大之为河海，高之为山岳，明之为日月，幽之为鬼神，纤之为珠玑华宝，变之为雷霆风雨，奇辞奥旨，靡不通达。惟是鄙钝不通晓于时事，学成而道益穷，年老而智益困，私自怜悼，悔其初心，发秃齿豁，不见知己。

夫牛角之歌，辞鄙而义拙；堂下之言，不书于传记。齐桓举以相国，叔向携手以上，然则非言之难为，听而识之者难遇也！

伏以阁下内仁而外义，行高而德巨，尚贤而与能，哀穷而悼屈，自江而西，既化而行矣。今者入守内职，为朝廷大臣，当天子新即位，汲汲于理化之日，出言举事，宜必施设。既有听之之明，又有振之之力，宁戚之歌，鬷明之言，不发于左右，则后而失其时矣。

谨献旧文一卷，扶树教道，有所明白；南行诗一卷，舒忧娱悲，杂以瓌怪之言，时俗之好，所以讽于口而听于耳也。如赐览观，亦有可采，干黩严尊，伏增惶恐。愈再拜。

张孝先曰：韩公生平实历见于此书。学问底蕴，固未易测其涯涘。其曰："沉潜乎训义，反复乎句读，砻磨乎事业，而奋发乎文章。"其精细有实用处，学者当玩味于斯言。

上考功崔虞部书

　　愈不肖，行能诚无可取；行已颇僻，与时俗异态；抱愚守迷，固不识仕进之门。乃与群士争名竞得失，行人之所甚鄙，求人之所甚利，其为不可，虽童昏实知之。如执事者，不以是为念，援之幽穷之中，推之高显之上。是知其文之或可，而不知其人之莫可也；知其人之或可，而不知其时之莫可也。既以自咎，又叹执事者所守异于人人，废耳任目，华实不兼，故有所进，故有所退。且执事始考文之明日，浮嚣之徒已相与称曰：“某得矣，某得矣。”问其所从来，必言其有自。一日之间，九变其说。凡进士之应此选者，三十有二人；其所不言者，数人而已，而愈在焉。及执事既上名之后，三人之中，其二人者固所传闻矣，华实兼者也，果竟得之，而又升焉；其一人者则莫之闻矣，实与华违，运与时乖，果竟退之。如此则可见时之所与者，时之所不与者之相远矣。

　　然愚之所守，竟非偶然，故不可变。凡在京师八九年矣，足不迹公卿之门，名不誉于大夫士之口。始者谬为今相国所第，此时惟念以为得失固有天命，不在趋时，而偃仰一室，啸歌古人。今则复疑矣！未知夫天竟如何，命竟如何？由人乎哉？不由人乎哉？欲事干谒，则患不能小书，困于投刺；欲学为佞，则患言讷词直，卒事不成，徒使其躬儳焉而不终日。是以劳思长怀，中夜起坐，度时揣己，废然而返，虽欲从之，末由也已。

又常念古之人日已进，今之人日已退。夫古之人四十而仕，其行道为学，既已大成，而又之死不倦，故其事业功德，老而益明，死而益光。故《诗》曰："虽无老成人，尚有典刑。"言老成之可尚也。又曰："乐只君子，德音不已。"谓死而不亡也。夫今之人务利而遗道，其学其问，以之取名致官而已。得一名，获一位，则弃其业而役役于持权者之门，故其事业功德日以忘，月以削，老而益昏，死而遂亡。愈今二十有六矣，距古人始仕之年尚十四年，岂为晚哉？行之以不息，要之以至死；不有得于今，必有得于古，不有得于身，必有得于后。用此自遣，且以为知己者之报，执事以为如何哉？其信然否也？今所病者在于穷约，无僦屋赁仆之资，无缊袍粝食之给。驱马出门，不知所之，斯道未丧，天命不欺，岂遂殆哉？岂遂困哉？

窃惟执事之于愈也，无师友之交，无久故之事，无颜色言语之情，卒然振而发之者，必有以见知尔。故尽暴其所志，不敢以默。又惧执事多在省，非公事不敢以至，是则拜见之不可期，获侍之无时也。是以进其说如此，庶执事察之也。

张孝先曰：公受知于崔虞部，而其志则与竞仕进者不同，故自述其进学之切如此。"不有得于今，必有得于古；不有得于身，必有得于后。"噫，此士之所以贵自立也！眼前之穷约，何足为之介意哉？

与孟东野书

与足下别久矣！以吾心之思足下，知足下悬悬于吾也。各以事牵，不可合并，其于人人，非足下之为见，而日与之处，足下知吾心乐否也！吾言之而听者谁欤？吾唱之而和者谁欤？言无听也，唱无和也，独行而无徒也，是非无所与同也，足下知吾心乐否也！

足下才高气清，行古道，处今世，无田而衣食，事亲左右无违，足下之用心勤矣，足下之处身劳且苦矣。混混与世相浊，独其心追古人而从之，足下之道，其使吾悲也。

去年春，脱汴州之乱，幸不死，无所于归，遂来于此。主人与吾有故，哀其穷，居吾于符离睢上。及秋，将辞去，因被留以职事，默默在此，行一年矣。到今年秋，聊复辞去，江湖余乐也，与足下终，幸矣。李习之娶吾亡兄之女，期在后月，朝夕当来此。张籍在和州居丧，家甚贫。恐足下不知，故具此白，冀足下一来相视也。自彼至此虽远，要皆舟行可至。速图之，吾之望也。春且尽，时气向热，惟侍奉吉庆。愈眼疾比剧，甚无聊，不复一一。愈再拜。

茅鹿门曰：两情凄切。

张孝先曰：公于朋友笃挚之情如此。然观"才高气清"数语，东野之人品，倏然出于尘俗之外，所以得公悬悬之思者，其故可想矣。

与崔群书

自足下离东都，凡两度枉问，寻承已达宣州，主人仁贤，同列皆君子，虽抱羁旅之念，亦自可以度日，无入而不自得。乐天知命者，固前修之所以御外物者也，况足下度越此等百千辈，岂以出处近远累其灵台耶？宣州虽称清凉高爽，然皆大江之南，风土不并以北；将息之道，当先理其心，心闲无事，然后外患不入；风气所宜，可以审备，小小者亦当自不至矣。足下之贤，虽在穷约，犹不能改其乐，况地至近，官荣禄厚，亲爱尽在左右者耶？所以如此云云者，以为足下贤者，宜在上位，托于幕府则不为得其所，是以及之，乃相亲重之道耳，非所以待足下者也。

仆自少至今，从事于往还朋友间，一十七年矣，日月不为不久；所与交往相识者千百人，非不多；其相与如骨肉兄弟者，亦且不少。或以事同；或以艺取；或慕其一善；或以其久故；或初不甚知而与之已密，其后无大恶因不复决舍；或其人虽不皆入于善，而于己已厚，虽欲悔之不可。凡诸浅者固不足道，深者止如此，至于心所仰服，考之言行而无暇尤，窥之阃奥而不见畛域，明白淳粹，辉光日新者，惟吾崔君一人。仆愚陋无所知晓，然圣人之书无所不读，其精粗巨细，出入明晦，虽不尽识，抑不可谓不涉其流者也。以此而推之，以此而度之，诚知足下出群拔萃，无谓仆何从而得之也。与足下情义，宁须言而后自明耶？所以言者，惧足下以为吾

15

所与深者多，不置白黑于胸中耳。既谓能粗知足下，而复惧足下之不我知，亦过也。

比亦有人说足下诚尽善尽美，抑犹有可疑者。仆谓之曰："何疑？"疑者曰："君子当有所好恶，好恶不可不明。如清河者，人无贤愚无不说其善，伏其为人。以是而疑之耳。"仆应之曰："凤皇芝草，贤愚皆以为美瑞；青天白日，奴隶亦知其清明。譬之食物，至于遐方异味，则有嗜者有不嗜者；至于稻也、粱也、脍也、炙也，岂闻有不嗜者哉？"疑者乃解。解不解，于吾崔君无所损益也。

自古贤者少，不肖者多。自省事已来，又见贤者恒不遇，不贤者比肩青紫；贤者恒无以自存，不贤者志满气得；贤者虽得卑位则旋而死，不贤者或至眉寿。不知造物者意竟如何？无乃所好恶与人异心哉？又不知无乃都不省记，任其死生寿夭耶？未可知也。人固有薄卿相之官、千乘之位，而甘陋巷菜羹者。同是人也，犹有好恶如此之异者，况天之与人，当必异其所好恶无疑也！合于天而乖于人，何害？况又时有兼得者耶！崔君崔君，无怠无怠！

仆无以自全活者，从一官于此，转困穷甚，思自放于伊、颍之上，当亦终得之。近者尤衰惫；左车第二牙无故动摇脱去；目视昏花，寻常间便不分人颜色；两鬓半白，头发五分亦白其一，须亦有一茎两茎白者。仆家不幸，诸父诸兄皆康强早世，如仆者又可以图于久长哉？以此忽忽，思与足下相见，一道其怀。小儿女满前，能不顾念！足下何由得归北来？仆不乐江南，官满便终老嵩下，足下可相就，仆不可去矣。珍重自爱，慎饮食，少思虑，惟此之望。愈再拜。

茅鹿门曰：大较昌黎与崔群相知深，故篇中情悃与诸篇不同。

张孝先曰：此书只是从肝膈中流出，想见公含毫伸纸时，心心相照，读之使人增友义之重。

与卫中行书

大受足下：辱书，为赐甚大。然所称道过盛，岂所谓诱之而欲其至于是欤？不敢当，不敢当！其中择其一二近似者而窃取之，则于交友忠而不反于背面者少近似焉，亦其心之所好耳。行之不倦，则未敢由谓能尔也。不敢当，不敢当！

至于汲汲于富贵、以救世为事者，皆圣贤之事业，知其智能谋力能任者也。如愈者，又焉能之？始相识时，方甚贫，衣食于人；其后相见于汴、徐二州，仆皆为之从事，日月有所入，比之前时丰约百倍，足下视吾饮食衣服亦有异乎？然则仆之心或不为此汲汲也，其所不忘于仕进者，亦将小行乎其志耳。此未易遽言也。

凡祸福吉凶之来，似不在我，惟君子得祸为不幸，而小人得祸为恒；君子得福为恒，而小人得福为幸。此其所为似有以取之也。必曰“君子则吉，小人则凶”者，不可也。贤不肖存乎己，贵与贱、祸与福存乎天，名声之善恶存乎人。存乎己者,吾将勉之;存乎天、存乎人者,吾将任彼而不用吾力焉。其所守者,岂不约而易行哉? 足下曰:"命之穷通,自我为之。"吾恐未合于道。足下征前世而言之,则知矣;若曰以道德为己任,穷通之来,不接吾心,则可也。

穷居荒凉,草树茂密,出无驴马,因与人绝,一室之内,有以自娱。足下喜吾复脱祸乱,不当安安而居、迟迟而来也!

茅鹿门曰:公之卓然自立处固在。

张孝先曰:祸福之来有应有不应,应者其常,而不应者其变也。君子岂能预筹之使必应哉? 亦贵有以自信而已矣。以道德为己任,穷通之来不接吾心,非韩公见道之明何以及此。

答李翊书

六月二十六日愈白李生足下:生之书辞甚高,而其问何下而恭也! 能如是,谁不欲告生以其道? 道德之归也有日矣,况其外之文乎? 抑愈所谓望孔子之门墙而不入于其宫者,焉足以知是且非耶? 虽然,不可不为生言之。

生所谓立言者是也,生所为者与所期者甚似而几矣。抑不知生之志蕲胜于人而取于人也,将蕲志于古之立言者耶? 蕲胜于人而取于人,则固胜于人而可取于人矣;将蕲至于古之立言者,则无望其速成,无诱于势利,养其根而俟其实，加其膏而希其光。根之茂者其实遂，膏之沃者其光晔；仁义之人，其言蔼如也。

抑又有难者：愈之所为，不自知其至犹未也，虽然，学之二十余年矣。始者非三代两汉之书不敢观，非圣人之志不敢存，处若忘，行若遗，俨乎其若思，茫乎其若迷。当其取于心而注于手也，惟陈言之务去，戛戛乎其难哉。其观于人，不知其非笑之为非笑也。如是者亦有年，犹不改，然后识古书之正伪，与虽正而不至焉者，昭昭然白黑分矣，而务去之，乃徐有得也。当其取于心而注于手也，汩汩然来矣。其观于人也，笑之则以为喜，誉之则以为忧，以其犹有人之说者存也。如是者亦有年，然后浩乎其沛然矣。吾又惧其杂也，迎而距之，平心而察之，其皆醇也，然后肆焉。虽然，不可以不养也。行之乎仁义之途，游之乎诗书之源，无迷其途，无绝其源，终吾身而已矣。

气，水也；言，浮物也。水大而物之浮者大小毕浮。气之与言犹是也：气盛，则言之短长与声之高下者皆宜。虽如是，其敢自谓几于成乎？虽几于成，其用于人也奚取焉？虽然，待用于人者，其肖于器耶？用与舍属诸人。君子则不然：处必有道，行己有方；用则施诸人，舍则传诸其徒，垂诸文而为后世法。如是者，其亦足乐乎？其无足乐也？

有志乎古者希矣！志乎古必遗乎今，吾诚乐而悲之。亟称其人，所以劝之，非敢褒其可褒而贬其可贬也。问于愈者多矣，念生之言不志乎利，聊相为言之。愈白。

唐荆川曰：此文当看抑扬转换处。累累然如贯珠,其此文之谓乎?

茅鹿门曰：篇中云"仁义之人,其言蔼如也",即此中间又隔许多岁月阶级。只因昌黎特因文以见道者,故犹影响,非心中工夫实景所道故也。

又评：要窥作家为文,必如此立根基。今人乃欲以句字求之何哉?

张孝先曰：读昌黎此书,其于立言之道,本末内外,工夫节候,一一详悉。公之文起八代之衰,而学者仰之如泰山北斗者,夫岂偶然之故哉?

重答翊书

愈白李生：生之自道其志可也,其所疑于我者非也。人之来者,虽其心异于生,其于我也,皆有意焉。君子之于人,无不欲其入于善,宁有不可告而告之,孰有可进而不进也? 言辞之不酬,礼貌之不答,虽孔子不得行于互乡,宜乎余之不为也! 苟来者,吾斯进之而已矣,乌待其礼逾而情过乎?

虽然,生之志求知于我邪,求益于我邪? 其思广圣人之道邪,其欲善其身而使人不可及邪? 其何汲汲于知而求待之殊也! 贤不肖固有分矣,生其急乎其所自立,而无患乎人不己知。未尝闻有响大而声微者也,况愈之于生恳恳邪? 属有腹疾,无聊,不果自书。愈白。

张孝先曰：公前书告李生为文养气之道，详且尽也。想李生不甚体会，而徒欲公不以众人待之，故又答以此书。前段言接引后学之意：人人皆欲进之，而生乃求待之殊，则未免有徇外好高之病，恐难与于斯道矣。故戒之曰："生其急乎其所自立，而无患乎人不己知。"即上篇无望其速成、无诱于势利之意也。噫，士幸而得及公之门，闻公之论，不能思所以自立，而徒欲其待之殊，其殆非有志者耶？

答张籍书

愈始者望见吾子于人人之中，固有异焉；及聆其音声，接其辞气，则有愿交之志；因缘幸会，遂得所图，岂惟吾子之不遗，抑仆之所遇有时焉耳。近者尝有意吾子之阙焉无言，意仆所以交之之道不至也；今乃大得所图，脱然若沉疴去体，洒然若执热者之濯清风也。然吾子所论排释、老不若著书，嚣嚣多言，徒相为訾。若仆之见，则有异乎此也。

夫所谓著书者，义止于辞耳。宣之于口，书之于简，何择焉？孟轲之书，非轲自著；轲既殁，其徒万章、公孙丑相与记轲所言焉耳。仆自得圣人之道而诵之，排前二家有年矣。不知者以仆为好辩也，然从而化者亦有矣，闻而疑者又有倍焉。顽然不入者，亲以言谕之不入，则其观吾书也固将无得矣。为此而止，吾岂有爱于力乎哉？

然有一说：化当世莫若口，传来世莫若书。又惧吾力之未至也！三十而立，四十而不惑，吾于圣人，既过之犹惧不及；矧今未至，固有所未至耳。请待五六十然后为之，冀其少过也。

吾子又讥吾与人人为无实驳杂之说，此吾所以为戏耳；比之酒色，不有间乎？吾子讥之，似同浴而讥裸裎也。若商论不能下气，或似有之，当更思而悔之耳。博塞之讥，敢不承教；其他俟相见。

薄晚须到公府，言不能尽。愈再拜。

茅鹿门曰：籍所遗昌黎书甚当，而昌黎答籍，特气不相下耳。

张孝先曰：能言距杨、墨者，圣人之徒也；谓必待著书以排之，似迂缓矣。但文公以口排释、老，而自己未免好为无实驳杂之说，亦何以动人敬信乎？张文昌讥之诚是。而公犹以戏自解，何耶？故张横渠有言：戏谑不惟害事，志亦为所动；不戏谑，亦持志之一端。须晓此意，方得儒者气象。

重答张籍书

吾子不以愈无似，意欲推而纳诸圣贤之域，拂其邪心，增其所未高；谓愈之质有可以至于道者，浚其源导其所归，溉其根将食其实：此盛德者之所辞让，况于愈者哉？抑其中有宜复者，故不可遂已。

昔者圣人之作《春秋》也，既深其文辞矣；然犹不敢公传道之，口授弟子，至于后世，然后其书出焉。其所以虑患之道微也。今夫二氏之所宗而事之者，下乃公卿辅相，吾岂敢昌言排之哉？择其可语者诲之，犹时与吾悖，其声哓哓；若遂成其书，则见而怒之者必多矣，必且以我为狂为惑；其身之不能恤，书于吾何有？夫子，圣人也，且曰："自吾得子路，而恶声不入于耳。"其余辅而相者周天下，犹且绝粮于陈，畏于匡，毁于叔孙，奔走于齐、鲁、宋、卫之郊。其道虽尊，其穷也亦甚矣！赖其徒相与守之，卒有立于天下；向使独言之而独书之，其存也可冀乎？

今夫二氏行乎中土也，盖六百年有余矣。其植根固，其流波漫，非所以朝令而夕禁也。自文王没，武王、周公、成、康相与守之，礼乐皆在，及乎夫子，未久也；自夫子而及乎孟子，未久也；自孟子而及乎扬雄，亦未久也。然犹其勤若此，而后能有所立，吾其可易而为之哉？其为也易，则其传也不远，故余所以不敢也。

然观古人，得其时行其道，则无所为书；书者，皆所为不行乎后世者也。今吾之得吾志失吾志未可知，俟五六十为之未失也。天不欲使兹人有知乎；则吾之命不可期；如使兹人有知乎，非我其谁哉？其行道，其为书，其化今，其传后，必有在矣。吾子其何遽戚戚于吾所为哉！

前书谓吾与人商论，不能下气，若好胜者然。虽诚有之，抑非好己胜也，好己之道胜也；非好己之道胜也，己之道乃夫子、孟轲、扬雄所传之道也。若不胜，则无以为道。吾岂敢避是名哉！夫子之言曰："吾与回言终日，不违如愚。"则其与众人辨也有矣。驳杂之讥，前书尽之，吾子其复之。

昔者夫子犹有所戏，《诗》不云乎："善戏谑兮，不为虐兮。"《记》曰："张而不弛，文武不能也。"恶害于道哉？吾子其未之思乎！

孟君将有所适，思与吾子别，庶几一来。愈再拜。

张孝先曰：观昌黎此书，其抵排异端，具一段深心厚力，使得宰相之位以行其志，则必将尽举天下之佛老而除之矣，岂非千古一大快事哉？第不知公即得位行志，果能尽除之否也？至以孔孟与扬雄并称，正恐于本领有疏脱处耳。

答李秀才书

愈白：故友李观元宾，十年之前示愈别吴中故人诗六章。其首章则吾子也，盛有所称引。元宾行峻洁清，其中狭隘不能包容，于寻常人不肯苟有论说。因究其所以，于是知吾子非庸众人。时吾子在吴中，其后愈出在外，无因缘相见。元宾既殁，其文益可贵重；思元宾而不见，见元宾之所与者则如元宾焉。

今者辱惠书及文章，观其姓名，元宾之声容恍若相接；读其文辞，见元宾之知人，交道之不污。甚矣，子之心有似于吾元宾也！

子之言以愈所为不违孔子，不以琢雕为工，将相从于此。愈敢自爱其道而以辞让为事乎？然愈之所志于古者，不惟其辞之好,好其道焉尔。读吾子之辞而得其所用心,将复有深于是者与吾子乐之,况其外之文乎? 愈顿首。

> 茅鹿门曰:因与李秀才无旧,独于元宾诗中得其人,故遂始终托元宾,以写两与之情。

> 张孝先曰:因元宾不妄交人,而知其所与者必非庸众。此可见取人之严。因元宾不可复见,而见其所与者即如元宾。此又可想友谊之厚。严则流品不浑,厚则死生不忘。公于朋友一伦,最认得真。彼世之滥交不择而轻相背弃者,朋友之伦废矣。读公文能无恶乎?

答冯宿书

垂示仆所阙,非情之至,仆安得闻此言? 朋友道缺,绝久无有相箴规磨切之道,仆何幸乃得吾子! 仆常闵时俗人有耳不自闻其过,懔懔然惟恐己之不自闻也。而今而后,有望于吾子矣。

然足下与仆交久,仆之所守,足下之所熟知。在京城时,嚣嚣之徒相訾百倍,足下时与仆居,朝夕同出入起居,亦见仆有不善乎? 然仆退而思之,虽无以获罪于人,亦有以获罪于人者。仆在京城一年,不一至贵人之门,人之所趋,仆之所傲。与己合之则从之游,不合者虽造吾庐未尝与之坐。此岂徒足致谤而已,不戮于人则幸也! 追思之可为战栗寒心。故至此已来,克己自下,虽不肖人至,未尝敢以貌慢之,况时所尚者耶？以此自谓庶几无时患，不知犹复云云也。闻流言不信其行，呜呼，不复有斯人也。

君子不为小人之恟恟而易其行，仆何能尔？委曲从顺，向风承意，汲汲恐不得合，犹且不免云云，命也，可如何！然子路闻其过则喜，禹闻昌言则下车拜。古人有言曰："告我以吾过者，吾之师也。"愿足下不惮烦，苟有所闻，必以相告。吾亦有以报子，不敢虚也，不敢忘也！

茅鹿门曰：于喜闻过中，却有自家一段直己而守的意在。

张孝先曰：公在当时众口腾谤者，忌其才高耳。故作《原毁》，作《释言》，其忧谗畏讥之意可见。此书盖感冯宿之以谤言告己而喜之也。其心地流露纸墨间，千载之下宛然可掬。噫，公所谓侧肩帖耳、有舌如刀者，今皆安在？而泰山北斗终古长存也。士贵自修耳，何患多口哉？

卷之二 韩文公文

答吕医山人书

愈白：惠书责以不能如信陵执辔者。夫信陵，战国公子，欲以取士声势倾天下而然耳。如仆者，自度若世无孔子，不当在弟子之列。以吾子始自山出，有朴茂之美意，恐未砻磨以世事。又自周后文弊，百子为书，各自名家，乱圣人之宗，后生习传，杂而不贯。故设问以观吾子：其已成熟乎，将以为友也；其未成熟乎，将以讲去其非而趋是耳。不如六国公子有市于道者也。

方今天下入仕，惟以进士、明经及卿大夫之世耳。其人率皆习熟时俗，工于语言，识形势，善候人主意。故天下靡靡，日入于衰坏，恐不复振起。务欲进足下趋死不顾利害去就之人于朝，以争救之耳，非谓当今公卿间无足下辈文学知识也。不得以信陵比。

然足下衣破衣，系麻鞋，率然叩吾门；吾待足下，虽未尽宾主之道，不可谓无意者。足下行天下，得此于人盖寡，乃遂能责不足于我，此真仆所汲汲求者。议虽未中节，其不肯阿曲以事人者灼灼明矣。方将坐足下三浴而三熏之，听仆之所为，少安无躁。

茅鹿门曰：此文奇气。

张孝先曰：公以师道接引后进，而山人不知，以为欲借宾客以为重。故以信陵执辔责公，亦可谓愚且妄矣。公自明其意以答之，词旨峻厉中仍是一片惓惓接引之意。此公之所以不可及也。

答窦秀才书

愈白：愈少驽怯，于他艺能自度无可努力，又不通时事，而与世多龃龉。念终无以树立，遂发愤笃专于文学。学不得其术，凡所辛苦而仅有之者，皆符于空言而不适于实用，又重以自废。是故学成而道益穷，年老而智愈困。今又以罪黜于朝廷，远宰蛮县，愁忧无聊，瘴疠侵加，惴惴焉无以冀朝夕。

足下年少才俊，辞雅而气锐，当朝廷求贤如不及之时，当道者又皆良有司，操数寸之管，书盈尺之纸，高可以钓爵位，循次而进，亦不失万一于甲科。今乃乘不测之舟，入无人之地，以相从问文章为事。身勤而事左，辞重而请约，非计之得也。虽使古之君子，积道藏德，遁其光而不曜，胶其口而不传者，遇足下之请恳恳，犹将倒廪倾囷，罗列而进也。若愈之愚不肖，又安敢有爱于左右哉！

顾足下之能，足以自奋；愈之所有，如前所陈。是以临事愧耻而不敢答也。钱财不足以贿左右之匮急，文章不足以发足下之事业，稛载而往，垂橐而归，足下亮之而已。

愈白。

张孝先曰：公时以言事黜宰山阳，喜窦之自远从学也，故特为之写其恳款之意。读之者如坐春风中矣。

答尉迟生书

愈白尉迟生足下：夫所谓文者，必有诸其中，是故君子慎其实。实之美恶，其发也不掩。本深而末茂，形大而声宏，行峻而言厉，心醇而气和，昭晰者无疑，优游者有余。体不备，不可以为成人；辞不足，不可以为成文。愈之所闻者如是，有问于愈者，亦以是对。

今吾子所为皆善矣，谦谦然若不足而以征于愈，愈又敢有爱于言乎？抑所能言者，皆古之道。古之道不足以取于今，吾子何其爱之异也？

贤公卿大夫在上比肩，始进之贤士在下比肩，彼其得之，必有以取之也。子欲仕乎？其往问焉，皆可学也。若独有爱于是而非仕之谓，则愈也尝学之矣，请继今以言。

张孝先曰：论文精要之语，此篇与《答李翊书》尽之。学者玩味而有得焉，自不敢卤莽以为文矣。

答侯继书

裴子自城来，得足下一书。明日，又于崔大处得足下陕州所留书。玩而复之，不能自休。寻知足下不得留，仆又为考官所辱，欲致一书开足下，并自舒其所怀。含意连辞，将发复已，卒不能成就其说。及得足下二书，凡仆之所欲进于左右者，足下皆以自得之。仆虽欲重累其辞，谅无居足下之意外者，故绝意不为。行自念方当远去，潜深伏隩，与时世不相闻，虽足下之思我，无所窥寻其声光。故不得不有书为别，非复有所感发也。

仆少好学问，自五经之外，百氏之书，未有闻而不求、得而不观者，然其所志惟在其意义所归。至于礼乐之名数，阴阳、土地、星辰、方药之书，未尝一得其门户。虽今之仕进者不要此道，然古之人未有不通此而能为大贤君子者。仆虽庸愚，每读书，辄用自愧。今幸不为时所用，无朝夕役役之劳，将试学焉。力不足而后止，犹将愈于汲汲于时俗之所争，既不得而怨天尤人者，此吾今之志也。惧足下以吾退归，因谓我不复能自强不息，故因书奉晓。冀足下知吾之退未始不为进，而众人之进未始不为退也。

既货马，即求船东下，二事皆不过后月十日。有相问者，为我谢焉。

张孝先曰：因不遇于时，而益进其所学。故遇不足以为乐，而不遇不足以为戚。此豪杰之士所以自树立者，岂庸众人所能窥测哉？

答刘正夫书

愈白进士刘君足下：辱笺教以所不及，既荷原赐，且愧其诚然。幸甚，幸甚！

凡举进士者，于先进之门何所不往，先进之于后辈，苟见其至，宁可以不答其意邪？来者则接之，举城士大夫莫不皆然，而愈不幸独有接后辈名，名之所存，谤之所归也。

有来问者，不敢不以诚答。或问：为文宜何师？必谨对曰：宜师古圣贤人。曰：古圣贤人所为书具存，辞皆不同，宜何师？必谨对曰：师其意，不师其辞。又问曰：文宜易宜难？必谨对曰：无难易，惟其是尔。如是而已，非固开其为此，而禁其为彼也。

夫百物朝夕所见者，人皆不注视也。及睹其异者，则共观而言之。夫文岂异于是乎？汉朝人莫不能为文，独司马相如、太史公、刘向、扬雄为之最。然则用功深者，其收名也远。若皆与世沉浮，不自树立，虽不为当时所怪，亦必无后世之传也。足下家中百物皆赖而用也，然其所珍爱者，必非常物。夫君子之于文，岂异于是乎？今后进之为文，能深探而力取之，以古圣贤人为法者，虽未必皆是，要若有司马相如、太史公、刘向、扬雄之徒出，必自于此，不自于循常之徒也。若圣人之道不用文则已，用则必尚其能者。能者非他，能自树立，不因循者是也。有文字来，谁不为文，然其存于今者，必其能者也。顾常以此为说耳。

愈于足下忝同道而先进者，又常从游于贤尊给事，既辱厚赐，又安得不进其所有以为答也。足下以为何如？愈白。

张孝先曰：此篇论文是昌黎公登峰造极之旨。曰"师其意不师其辞"；曰"无难易，惟其是尔"；曰"用功深者，其收名也远"；曰"能者非他，能自树立，不因循者是也"。为文本领，何其切至！公可谓文中之圣矣。特其一生精神专用于文，而以司马相如辈为标准，故后之儒者不无遗憾云。

与汝州卢郎中论荐侯喜状

右其人为文甚古，立志甚坚，行止取舍，有士君子之操。家贫亲老，无援于朝，在举场十余年，竟无知遇。愈常慕其才而恨其屈！与之往还，岁月已多，尝欲荐之于主司，言之于上位。名卑官贱，其路无由。观其所为文，未尝不掩卷长叹。去年，愈从调选，本欲携持同行，适遇其人自有家事，迍遭坎坷，又废一年。及春末自京还，怪其久绝消息。五月初至此，自言为阁下所知，辞气激扬，面有矜色，曰："侯喜死不恨矣！喜辞亲入关，羁旅道路，见王公数百，未尝有如卢公之知我也。比者分将委弃泥涂，老死草野，今胸中之气勃勃然，复有仕进之路矣！"

愈感其言，贺之以酒，谓之曰："卢公，天下之贤刺史也。未闻有所推引，盖难其人而重其事。今子郁为选首，其言

'死不恨'固宜也。古所谓知己者,正如此耳。身在贫贱,为天下所不知,独见遇于大贤,乃可贵耳。若自有名声,又托形势,此乃市道之事,又何足贵乎?子之遇知于卢公,真所谓知己者也。士之修身立节,而竟不遇知己,前古已来,不可胜数:或日接膝而不相知,或异世而相慕。以其遭逢之难,故曰'士为知己者死',不其然乎,不其然乎!"

阁下既已知侯生,而愈复以侯生言于阁下者,非为侯生谋也。感知己之难遇,大阁下之德,而怜侯生之心,故因其行而献于左右焉。谨状。

茅鹿门曰:文婉曲感慨,卢郎中当为刺心推毂矣。

张孝先曰:首叙其怀才见屈,中叙其受知自喜。惟屈之极,故喜之甚。此文字著精神处。忽然生出贺之以酒一段,言受知不足喜,惟受知于大贤乃真足喜,将卢公身分抬高;而侯喜平日文古志坚,有士君子之操;照应生色,此又是文字加倍精神处也。收亦斡旋得高妙。

送许郢州序

愈尝以书自通于公,累数百言。其大要言:先达之士,得人而托之,则道德彰而名闻流;后进之士,得人而托之,则事业显而爵位通。下有矜乎能,上有矜乎位,虽恒相求而喜不相遇。于公不以其言为不可,复书曰:"足下之言是也。"于公身居方伯之尊,蓄不世之材,而能与卑鄙庸陋相应答如影响，是非忠乎君而乐乎善，以国家之务为己任者乎？愈虽不敢私其大恩，抑不可不谓之知己，恒矜而诵之。情已至而事不从，小人之所不为也。故于使君之行，道刺史之事，以为于公赠。

凡天下之事成于自同而败于自异。为刺史者恒私于其民，不以实应乎府；为观察使者恒急于其赋，不以情信乎州。繇是刺史不安其官，观察使不得其政，财已竭而敛不休，人已穷而赋愈急，其不去为盗也亦幸矣。诚使刺史不私于其民，观察使不急于其赋；刺史曰："吾州之民，天下之民也，惠不可以独厚。"观察使亦曰："某州之民，天下之民也，敛不可以独急。"如是而政不均、令不行者，未之有也。其前之言者，于公既已信而行之矣；今之言者，其有不信乎？县之于州，犹州之于府也。有以事乎上，有以临乎下，同则成，异则败者皆然也。非使君之贤，其谁能信之？

愈于使君，非宴游一朝之好也，故赠其行不以颂而以规。

唐荆川曰：此文作二段，后总较。

茅鹿门曰：按《唐书》于公多刻，退之文多托之以讽。

张孝先曰：主意在讽观察使赋敛苛急，使刺史不得安其官。若显言之，则无以为于公地矣。故欲于公听其言，却先从于公平日虚己受言说起，此陪法也。中段欲言观察使不可急于其赋，却先言刺史不可私于其民，此又是陪法也。结处言"不以颂而以规"，意中明是规于公，文中却言规使君，所谓言者无罪、闻之者足以戒也。深得立言之体。

赠崔复州序

有地数百里,趋走之吏,自长史、司马已下数十人,其禄足以仁其三族及其朋友故旧。乐乎心,则一境之人喜;不乐乎心,则一境之人惧。丈夫官至刺史,亦荣矣。

虽然,幽远之小民,其足迹未尝至城邑;苟有不得其所,能自直于乡里之吏者鲜矣,况能自辨于县吏乎! 能自辨于县吏者鲜矣,况能自辨于刺史之庭乎! 由是刺史有所不闻,小民有所不宣。赋有常而民产无恒,水旱疫之不期,民之丰约悬于州,县令不以言,连帅不以信,民就穷而敛愈急,吾见刺史之难为也。

崔君为复州,其连帅则于公。崔君之仁,足以苏复人;于公之贤,足以庸崔君。有刺史之荣,而无其难为者,将在于此乎! 愈尝辱于公之知,而旧游于崔君,庆复人之将蒙其休泽也,于是乎言。

茅鹿门曰:此与《送许郢州序》同意,而规训于公处最含蓄。

张孝先曰:大吏之赋敛难宽,小民之疾苦莫诉。损上益下既不能,剥下奉上又不忍:刺史难为,可胜浩叹! 隐望于公宽赋恤民。仁义之言,其利溥哉!

送杨少尹序

昔疏广、受二子，以年老，一朝辞位而去。于时公卿设供帐，祖道都门外，车数百两；道路观者多叹息泣下，共言其贤。汉史既传其事，而后世工画者又图其迹，至今照人耳目，赫赫若前日事。

国子司业杨君巨源方以能诗训后进，一旦以年满七十，亦白丞相去归其乡。世常说古今人不相及，今杨与二疏，其意岂异也？

予忝在公卿后，遇病不能出。不知杨侯去时，城门外送者几人，车几两，马几匹？道边观者，亦有叹息知其为贤与否？而太史氏又能张大其事，为传继二疏踪迹否？不落寞否？见今世无工画者，而画与不画固不论也。

然吾闻杨侯之去，丞相有爱而惜之者，白以为其都少尹，不绝其禄。又为歌诗以劝之，京师之长于诗者，亦属而和之。又不知当时二疏之去，有是事否？古今人同不同未可知也。

中世士大夫以官为家，罢则无所于归。杨侯始冠举于其乡，歌《鹿鸣》而来也。今之归，指其树曰："某树，吾先人之所种也；某水某丘，吾童子时所钓游也。"乡人莫不加敬，诫子孙以杨侯不去其乡为法。古之所谓"乡先生没而可祭于社"者，其在斯人欤，其在斯人欤！

唐荆川曰：前后照应，而错综变化不可言。此等文字，苏、曾、王集内无之。

茅鹿门曰：以二疏美少尹，而专于虚景簸弄，故出没变化不可捉摸。

张孝先曰：羡杨少尹能全引退之义，却将二疏来相形，言其事迹之同不同未可知，而清风高节则无不同也。文法错综尽态，意在言外，令人悠然想见。末段遂言其归故乡之乐，贤于世之贪爵慕禄者远矣。唐人诗云："相逢尽说休官去，林下何曾见一人。"士大夫出处之际，可念也夫。

送石处士序

河南军节度御史大夫乌公，为节度之三月，求士于从事之贤者，有荐石先生者。公曰："先生何如？"曰："先生居嵩、邙、瀍、穀之间，冬一裘，夏一葛；食，朝夕饭一盂，蔬一盘。人与之钱，则辞；请与出游，未尝以事辞；劝之仕，不应。坐一室，左右图书。与之语道理，辨古今事当否，论人高下，事后当成败，若河决下流而东注，若驷马驾轻车就熟路，而王良、造父为之先后也，若烛照数计而龟卜也。"大夫曰："先生有以自老，无求于人，其肯为某来耶？"从事曰："大夫文武忠孝，求士为国，不私于家。方今寇聚于恒，师环其疆，农不耕收，财粟殚亡。吾所处地，归输之涂，治法征谋，宜有所出。先生仁且勇，若以义请而强委重焉，其何说之辞？"于是撰书词，具马币，卜日以授使者，求先生之庐而请焉。

先生不告于妻子，不谋于朋友，冠带出见客，拜受书礼于门内。宵则沐浴，戒行李，载书册，问道所由，告行于常所来往。晨则毕至，张筵于上东门外。酒三行，且起，有执爵而言者曰："大夫真能以义取人，先生真能以道自任，决去就，为先生别。"又酬而祝曰："凡去就出处何常？惟义之归。遂以为先生寿。"又酬而祝曰："使大夫恒无变其初，无务富其家而饥其师，无甘受佞人而外敬正士，无味于谄言，惟先生是听，以能有成功，保无子之宠命。"又祝曰："使先生无图利于大夫，而私便其身图。"先生起拜，祝辞曰："敢不敬蚤夜以求从祝规。"

于是，东都之人士咸知大夫与先生果能相与以有成也，遂各为歌诗六韵，遣愈为之序云。

茅鹿门曰：以议论行叙事，当是韩之变调。然予独不甚喜此文。

张孝先曰：石处士怀抱高才，不苟应聘，而幡然赴乌公之命。写得有声有色。但当时藩镇权重，聘士皆引为私人；而士之游幕下者，孳孳为利而已。故欲乌公听处士之谋划，以保宠命；又欲处士无怀利以事大夫。此作序之大旨，妙在尽托他人之言，使观者浑然不觉，而深味无穷。

送温处士赴河阳军序

伯乐一过冀北之野，而马群遂空。夫冀北马多于天下，伯乐虽善知马，安能空其群耶？解之者曰：吾所谓空，非无马也，无良马也。伯乐知马，遇其良，辄取之，群无留良焉。苟无良，虽谓无马，不为虚语矣。

东都固士大夫之冀北也。恃才能深藏而不市者，洛之北涯曰石生，其南涯曰温生。大夫乌公以铁钺镇河阳之三月，以石生为才，以礼为罗，罗而致之幕下。未数月也，以温生为才，于是以石生为媒，以礼为罗，又罗而致之幕下。东都虽信多才士，朝取一人焉，拔其尤；暮取一人焉，拔其尤。自居守、河南尹以及百司之执事，与吾辈二县之大夫，政有所不通，事有所可疑，奚所咨而处焉？士大夫之去位而巷处者，谁与嬉游？小子后生，于何考德而问业焉？缙绅之东西行过是都者，无所礼于其庐。若是而称曰："大夫乌公一镇河阳，而东都处士之庐无人焉。"岂不可也？

夫南面而听天下，其所托重而恃力者，惟相与将耳。相为天子得人于朝廷，将为天子得文武士于幕下，求内外无治，不可得也。

愈縻于兹，不能自引去，资二生以待老。今皆为有力者夺之，其何能无介然于怀耶？生既至，拜公于军门，其为吾以前所称为天下贺，以后所称为吾致私怨于尽取也。

留守相公首为四韵诗歌其事，愈因推其意而序之。

茅鹿门曰：以乌公得士为文，而温生之贤自见。

张孝先曰：全篇以"空群"二字作眼目，所以极写温生之贤也。而其精神命脉在"为天子得人"数句。言斯人之贤，总为效忠天子耳，非为一己之私也。结句"前所称"即指此段；"后所称"乃指"愈縻于兹"

一段。文法自明，读者多混，故及之。

送董邵南序

燕赵古称多感慨悲歌之士。董生举进士，连不得志于有司，怀抱利器，郁郁适兹土，吾知其必有合者。董生勉乎哉！

夫以子之不遇时，苟慕义强仁者，皆爱惜焉，矧燕赵之士出乎其性者哉！然吾尝闻风俗与化移易，吾恶知其今不异于古所云邪？聊以吾子之行卜之也。董生勉乎哉！

吾因子有所感矣。为我吊望诸君之墓，而观于其市，复有昔时屠狗者乎？为我谢曰：明天子在上，可以出而仕矣！

茅鹿门曰：文仅百余字，而感慨古今，若与燕赵之士相为叱咤呜咽其间，一涕一笑，其味无穷。昌黎序文，当属第一首。

张孝先曰：此因送董邵南而讽藩镇归顺之意。先言燕赵多豪士，仁义出于其性，此行必有遇合；继又虑风移俗染，人心不古，其不遇亦未可知也；遇不遇不关于一身，而关于世道，故曰："以吾子之行卜之也。"忽然转一感慨，以为乐毅之才、荆轲之侠，彼中应自有人，当令其奋身报国，为明天子佐太平，方是豪士，何苦为跋扈不臣之徒乎？所以警动而招徕之者，微旨可想。此等沉郁顿挫文字，韩昌黎下无人攀跻得到。

送王埙秀才序

　　吾常以为孔子之道大而能博，门弟子不能遍观而尽识也，故学焉而皆得其性之所近。其后离散分处诸侯之国，又各以所能授弟子，源远而末益分。

　　盖子夏之学，其后有田子方；子方之后，流而为庄周。故周之书，喜称子方之为人。荀卿之书，语圣人必曰孔子、子弓。子弓之事业不传，惟太史公书《弟子传》有姓名字，曰馯臂子弓。子弓受《易》于商瞿。孟轲师子思，子思之学盖出曾子。自孔子没，群弟子莫不有书，独孟轲氏之传得其宗，故吾少而乐观焉。

　　太原王埙示余所为文，好举孟子之所道者。与之言，信悦孟子，而屡赞其文辞。夫沿河而下，苟不止，虽有迟疾，必至于海。如不得其道也，虽疾不止，终莫幸而至焉。故学者必慎其所道。道于杨、墨、老、庄、佛之学，而欲之圣人之道，犹航断港绝潢，以望至于海也。故求观圣人之道，必自孟子始。今埙之所由，既几于知道，如又得其船与楫，知沿而不止，呜呼，其可量也哉！

　　唐荆川曰：此是立主意之文，而紧要全在"好举孟子之所道者"一句。

　　茅鹿门曰：通篇以孟子作主，是退之立自己门户，故其文有雄视一世气。

　　张孝先曰：朱子云：韩退之言"轲死不得其传"，此非深知所传者何事，则未易言也。读此篇，于孔门传授本支派别极其分明，自汉以来，无此见识。

送齐皥下第序

古之所谓公无私者，其取舍进退，无择于亲疏远迩，惟其宜可焉。其下之视上也，亦惟视其举黜之当否，不以亲疏远迩疑乎其上之人。故上之人行志择谊，坦乎其无忧于下也；下之人克己慎行，确乎其无惑于上也。是故为君不劳，而为臣甚易。见一善焉，可得详而举也；见一不善焉，可得明而去也。及道之衰，上下交疑，于是乎举仇、举子之事，载之传中而称美之，而谓之忠。见一善焉，若亲与迩不敢举也；见一不善焉，若疏与远不敢去也。众之所同好焉，矫而黜之乃公也；众之所同恶焉，激而举之乃忠也。于是乎有违心之行，有怫志之言，有内愧之名。若然者，俗所谓良有司也。肤受之诉不行于君，巧言之诬不起于人矣。乌虖，今之君天下者不亦劳乎！为有司者不亦难乎！为人向道者不亦勤乎！是故端居而念焉，非君人者之过也；则曰有司焉，则非有司之过也；则曰今举天下人焉，则非今举天下人之过也。盖其渐有因，其本有根，生于私其亲，成于私其身。以己之不直，而谓人皆然。其植之也固久，其除之也实难，非百年必世不可得而化也，非知命不惑不可得而改也。已矣乎，其终能复古乎！

若高阳齐生者,其起予者乎?齐生之兄为时名相,出藩于南,朝之硕臣皆其旧交。齐生举进士,有司用是连枉齐生,齐生不以云,乃曰:"我之未至也,有司其枉我哉?我将利吾器而俟其时耳。"抱负其业,东归于家。吾观于人,有不得志则非其上者众矣,亦莫计其身之短长也。若齐生者既至矣,而曰:"我未也。"不以闵于有司,其不亦鲜乎哉?吾用是知齐生后日诚良有司也,能复古者也,公无私者也,知命不惑者也。

茅鹿门曰:大圈己嫉时之论,而入齐生才数语,只看他操纵如意处。

张孝先曰:凡人避嫌者,皆内不足也。知其材之可举,以大臣子弟为嫌,而故枉之,庸非私乎?齐生不愠,其志可尚,故韩公许之。

送李愿归盘谷序

太行之阳有盘谷,盘谷之间,泉甘而土肥,草木丛茂,居民鲜少。或曰:谓其环两山之间,故曰"盘"。或曰:是谷也,宅幽而势阻,隐者之所盘旋。友人李愿居之。

愿之言曰:"人之称大丈夫者,我知之矣:利泽施于人,名声昭于时,坐于庙朝,进退百官而佐天子出令。其在外,则树旗旄,罗弓矢,武夫前呵,从者塞途,供给之人,各执其物,夹道而疾驰。喜有赏,怒有刑。才畯满前,道古今而誉盛德，入耳而不烦。曲眉丰颊，清声而便体，秀外而惠中，飘轻裾，翳长袖，粉白黛绿者，列屋而闲居，妒宠而负恃，争妍而取怜。大丈夫之遇知于天子，用力于当世者之所为也。吾非恶此而逃之，是有命焉，不可幸而致也。

"穷居而野处，升高而望远，坐茂树以终日，濯清泉以自洁。采于山，美可茹；钓于水，鲜可食。起居无时，惟适之安。与其有誉于前，孰若无毁于其后；与其有乐于身，孰若无忧于其心。车服不维，刀锯不加，理乱不知，黜陟不闻。大丈夫不遇于时者之所为也，我则行之。

"伺候于公卿之门，奔走于形势之途，足将进而趑趄，口将言而嗫嚅，处秽污而不羞，触刑辟而诛戮，侥幸于万一，老死而后止者，其于为人贤不肖何如也！"

昌黎韩愈闻其言而壮之。与之酒，而为之歌曰：盘之中，维子之宫。盘之土，可以稼；盘之泉，可濯可沿；盘之阻，谁争子所？窈而深，廓其有容；缭而曲，如往而复。嗟盘之乐兮，乐且无央！虎豹远迹兮，蛟龙遁藏；鬼神守护兮，呵禁不祥。饮且食兮寿而康，无不足兮奚所望！膏吾车兮秣吾马，从子于盘兮，终吾生以徜徉。

茅鹿门曰：通篇全举李愿说话，自说只数语，此又别是一格。而其造语形容处，则又铸六代之长技矣。

张孝先曰：大丈夫处世非行则藏，岂可不顾廉耻以求富贵？纵使求之而得，已可羞矣，况未必得耶？何如洁身归隐之为高也。借题写意，警人愦愦。

送陈秀才彤序

　　读书以为学，缵言以为文，非以夸多而斗靡也，盖学所以为道，文所以为理耳。苟行事得其宜，出言适其要，虽不吾面，吾将信其富于文学也。

　　颍川陈彤，始吾见之杨湖南门下，欣然其长，熏然其和。吾目其貌，耳其言，因以得其为人。及其久也，果若不可及。夫湖南之于人不轻以事接。争名者之于艺，不可以虚屈。吾见湖南之礼有加，而同进之士交誉也，又以信吾言之不失也。如是而又问焉以质其学，策焉以考其文，则何不信之有？故吾不徵于陈，而陈亦不出于我，此岂非古人所谓"可与智者道，难与俗人言"者类耶？

　　凡吾从事于斯也久，未见举进士有如陈生而不如志者。于其行，姑以是赠之。

　　茅鹿门曰：有蕴藉沉著大意。以彤之为人，不待考其文而可见也。

　　张孝先曰：韩公文字有奇奇怪怪者，而其论文学处乃质实如此。其于陈秀才，非以文信其人，乃以人信其文，自是大贤具眼。

送高闲上人序

　　苟可以寓其巧智，使机应于心，不挫于气，则神完而守固,虽外物至,不胶于心。尧、舜、禹、汤治天下,养叔治射,庖丁治牛,师旷治音声,扁鹊治病,僚之于丸,秋之于弈,伯伦之于酒,乐之终身不厌,奚暇外慕?夫外慕徙业者,皆不造其堂、不哜其胾者也。

往日张旭善草书,不治他伎。喜怒窘穷,忧悲愉佚,怨恨思慕,酣醉无聊不平,有动于心,必于草书焉发之。观于物,见山水崖谷,鸟兽虫鱼,草木之花实,日月列星,风雨水火,雷霆霹雳,歌舞战斗,天地事物之变,可喜可愕,一寓于书。故旭之书,变动犹鬼神,不可端倪。以此终其身,而名后世。

今闲之于草书,有旭之心哉?不得其心,而逐其迹,未见其能旭也。为旭有道,利害必明,无遗锱铢,情炎于中,利欲斗进,有得有丧,勃然不释,然后一决于书,而后旭可几也。今闲师浮屠氏,一死生,解外胶,是其为心,必泊然无所起;其于世,必淡然无所嗜。泊与淡相遭,颓堕委靡,溃败不可收拾。则其于书,得无象之然乎?然吾闻浮屠人善幻多技能,闲如通其术,则吾不能知矣。

张孝先曰:"乐之终身不厌,奚暇外慕"数句,可谓名言。艺士之于艺,君子之于道,其致一也。

荆潭唱和诗序

从事有示愈《荆潭唱和诗》者,愈既受以卒业,因仰而言曰:"夫和平之音淡薄,而愁思之声要妙;欢愉之辞难工,而穷苦之言易好也。是故文章之作,恒发于羁旅草野。至若王公贵人,气满志得,非性能好之,则不暇以为。今仆射裴公,开镇蛮荆,统郡惟九;常侍杨公,领湖之南,壤地二千里。德刑之政并勤,爵禄之报两崇,乃能存志乎诗书,寓辞乎咏歌,往复循环,有唱斯和,搜奇抉怪,雕镂文字,与韦布里间憔悴专一之士,较其豪厘分寸。铿锵发金石,幽眇感鬼神,信所谓材全而能巨者也。两府之从事,与部属之吏,属而和之,苟在编者,咸可观也。宜乎施之乐章,纪诸册书。"

从事曰:"子之言是也。"告于公,书以为《〈荆潭唱和诗〉序》。

> 张孝先曰:文章之妙,非公不能道之。行间墨里,亦具有铿锵金石之声。

五 箴 序

人患不知其过,既知之不能改,是无勇也。余生三十有八年,发之短者日益白,齿之摇者日益脱;聪明不及于前时,道德日负于初心。其不至于君子而卒为小人也,昭昭矣!作《五箴》以讼其恶云。

> 张孝先曰:先儒谓昌黎因文以见道,观此序知其省身克己之勇如

此，固非文人所能及也。学者亦可因是以自奋矣。

徐泗濠三州节度掌书记厅石记

书记之任亦难矣！元戎整齐三军之士，统理所部之甿，以镇守邦国，赞天子施教化，而又外与宾客四邻交。其朝觐、聘问、慰荐、祭祀、祈祝之文，与所部之政，三军之号令升黜，凡文辞之事，皆出书记。非闳辨通敏兼人之才，莫宜居之。然皆元戎自辟，然后命于天子。苟其帅之不文，则其所辟或不当，亦其理宜也。

南阳公自御史大夫、豪寿庐三州观察使，授节移镇徐州，历十一年，而掌书记者三人。其一人曰高阳许孟容，入仕于王朝，今为尚书礼部郎中；其一人曰京兆杜兼，今为尚书礼部员外郎、观察判官；其一人陇西李博，自前乡贡进士授秘书省校书郎，方为之。南阳公文章称天下，其所辟实所谓闳辨通敏兼人之才者也。后之人苟未知南阳公之文章，吾请观于三君子；苟未知三君子之文章，吾请观于南阳公可知矣。蔚乎其相章，炳乎其相辉。志同而气合，鱼川泳而鸟云飞也！

愈乐是宾主之相得也，故请刻石以记之，而陷置于壁间，俾来者得以览观焉。

茅鹿门曰： 此文雅致。

张孝先曰：书记之任至重，非有才不足以居之；而书记之才与否，又视其帅何如。天下之才人固非庸眼所能物色也。推之用人取友，莫不皆然。同声相应，同气相求，其故盖微矣哉。

圬者王承福传

圬之为技，贱且劳者也。有业之其色若自得者。听其言，约而尽。问之，王其姓，承福其名，世为京兆长安农夫。天宝之乱，发人为兵，持弓矢十三年，有官勋。弃之来归，丧其土田，手镘衣食，余三十年。舍于市之主人，而归其屋食之当焉。视时屋食之贵贱，而上下其圬之佣以偿之；有余，则以与道路之废疾饿者焉。

又曰：粟，稼而生者也；若布与帛，必蚕绩而后成者也；其他所以养生之具，皆待人力而后完也。吾皆赖之。然人不可遍为，宜乎各致其能以相生也。故君者，理我所以生者也；而百官者，承君之化者也。任有小大，惟其所能，若器皿焉。食焉而怠其事，必有天殃。故吾不敢一日舍镘以嬉。夫镘，易能可力焉，又诚有功，取其直，虽劳无愧，吾心安焉。夫力，易强而有功也；心，难强而有智也。用力者使于人，用心者使人，亦其宜也。吾特择其易为而无愧者取焉。嘻！吾操镘以入富贵之家有年矣。有一至者焉，又往过之，则为墟矣；有再至三至者焉，而往过之，则为墟矣。问之其邻，或曰：噫！刑戮也。或曰：身既死，而其子孙不能有也。或曰：死而归之官也。吾以是观之，非所谓食焉怠其事而得天殃者邪？非强心以智而不足，不择其才之称否而冒之者邪？非多行可愧，知其不可而强为之者邪？将富贵难守，薄功而厚飨之者邪？抑丰悴有时，一去一来而不可常者邪？吾之心悯焉，是故择其力之可能者行焉。乐富贵而悲贫贱，我岂异于人哉！

又曰：功大者，其所以自奉也博。妻与子皆养于我者也，吾能薄而功小，不有之可也。又吾所谓劳力者，若立吾家而力不足，则心又劳也。一身而二任焉，虽圣者不可能也。

愈始闻而惑之，又从而思之，盖贤者也，盖所谓独善其身者也！然吾有讥焉，谓其自为也过多，其为人也过少。其学杨朱之道者邪？杨之道，不肯拔我一毛而利天下。而夫人以有家为劳心，不肯一动其心以畜其妻子，其肯劳其心以为人乎哉？虽然，其贤于世之患不得之而患失之者，以济其生之欲，贪邪而亡道以丧其身者，其亦远矣！又其言有可以警余者，故余为之传，而自鉴焉。

茅鹿门曰：以议论行叙事，然非韩文之佳者。

张孝先曰：人生天地间，任有大小，功有劳逸，断无食焉而怠其事之理。世之贪冒富贵者，不度德量力，而苟焉居之，多行可愧，自谓无患，而不知殃祸之随其后也。《易》曰："负且乘致寇至。"负也者，小人之事也；乘也者，君子之器也。小人而乘君子之器，盗思夺之矣。圣人之垂戒天下后世如此，而人不悟，何也？公见当时此等辈甚多，故借圬者目中口中写出盈虚消息道理，真如清夜钟声，令人警省。通篇抑扬错落，尽文字之趣。谓非韩文之佳，似未深知文者也。

卷之三　韩文公文

原　道

　　博爱之谓仁,行而宜之之谓义;由是而之焉之谓道,足乎己无待于外之谓德。仁与义,为定名;道与德,为虚位。故道有君子小人,而德有凶有吉。老子之小仁义,非毁之也,其见者小也。坐井而观天,曰天小者,非天小也,彼以煦煦为仁,孑孑为义,其小之也则宜。其所谓道,道其所道,非吾所谓道也;其所谓德,德其所德,非吾所谓德也。凡吾所谓道德云者,合仁与义言之也,天下之公言也;老子之所谓道德云者,去仁与义言之也,一己之私言也。

　　周道衰,孔子没,火于秦,黄老于汉,佛于晋、魏、梁、隋之间,其言道德仁义者,不入于杨,则入于墨;不入于老,则入于佛。入于彼,必出于此。入者主之,出者奴之;入者附之,出者污之。噫!后之人其欲闻仁义道德之说,孰从而听之? 老者曰:"孔子,吾师之弟子也。"佛者曰:"孔子,吾师之弟子也。"为孔子者,习闻其说,乐其诞而自小也,亦曰:"吾师亦尝师之云尔。"不惟举之于其口,而又笔之于其书。噫!后之人虽欲闻仁义道德之说,其孰从而求之? 甚矣,人之好怪也! 不求其端,不讯其末,惟怪之欲闻。

　　古之为民者四,今之为民者六;古之教者处其一,今之教者处其三。农之家一,而食粟之家六;工之家一,而用器之家六;贾之家一,而资焉之家六。奈之何民不穷且盗也!

古之时,人之害多矣。有圣人者立,然后教之以相生相养之道。为之君,为之师,驱其虫蛇禽兽而处之中土。寒,然后为之衣;饥,然后为之食;木处而颠,土处而病也,然后为之宫室。为之工,以赡其器用;为之贾,以通其有无;为之医药,以济其夭死;为之葬埋祭祀,以长其恩爱;为之礼,以次其先后;为之乐,以宣其壹郁;为之政,以率其怠倦;为之刑,以锄其强梗。相欺也,为之符玺、斗斛,权衡以信之;相夺也,为之城郭、甲兵以守之。害至而为之备,患生而为之防。今其言曰:"圣人不死,大盗不止,掊斗折衡,而民不争。"呜呼,其亦不思而已矣!如古之无圣人,人之类灭久矣。何也?无羽毛鳞介以居寒热也,无爪牙以争食也。

是故君者,出令者也;臣者,行君之令而致之民者也;民者,出粟米麻丝,作器皿,通货财,以事其上者也。君不出令,则失其所以为君;臣不行君之令而致之民,则失其所以为臣;民不出粟米麻丝,作器皿,通货财,以事其上,则诛。今其法曰:必弃而君臣,去而父子,禁而相生相养之道,以求其所谓清净寂灭者。呜呼!其亦幸而出于三代之后,不见黜于禹、汤、文、武、周公、孔子也;其亦不幸而不出于三代之前,不见正于禹、汤、文、武、周公、孔子也。

帝之与王,其号名殊,其所以为圣一也。夏葛而冬裘,渴饮而饥食,其事虽殊,其所以为智一也。今其言曰:"曷不为太古之无事?"是亦责冬之裘者曰:"曷不为葛之之易也?"

责饥之食者曰："曷不为饮之之易也?"《传》曰："古之欲明明德于天下者,先治其国;欲治其国者,先齐其家;欲齐其家者,先修其身;欲修其身者,先正其心;欲正其心者,先诚其意。"然则古之所谓正心而诚意者,将以有为也。今也欲治其心,而外天下国家,灭其天常,子焉而不父其父,臣焉而不君其君,民焉而不事其事。孔子之作《春秋》也,诸侯用夷礼则夷之,进于中国则中国之。经曰："夷狄之有君,不如诸夏之亡。"《诗》曰："戎狄是膺,荆舒是惩。"今也,举夷狄之法,而加之先王之教之上,几何其不胥而为夷也!

　夫所谓先王之教者,何也? 博爱之谓仁,行而宜之之谓义;由是而之焉之谓道,足乎己无待于外之谓德。其文《诗》《书》《易》《春秋》,其法礼乐刑政,其民士农工贾,其位君臣、父子、师友、宾主、昆弟、夫妇,其服丝麻,其居宫室,其食粟米果蔬鱼肉。其为道易明,而其为教易行也。是故以之为己,则顺而祥;以之为人,则爱而公;以之为心,则和而平;以之为天下国家,无所处而不当。是故生则得其情,死则尽其常;郊焉而天神假,庙焉而人鬼飨。曰:"斯道也,何道也?"曰:"斯吾所谓道也,非向所谓老与佛之道也。尧以是传之舜,舜以是传之禹,禹以是传之汤,汤以是传之文、武、周公,文、武、周公传之孔子,孔子传之孟轲,轲之死,不得其传焉。荀与扬也,择焉而不精,语焉而不详。由周公而上,上而为君,故其事行;由周公而下,下而为臣,故其说长。"

　然则如之何而可也? 曰:"不塞不流,不止不行。人其人,火其书,庐其居,明先王之道以道之,鳏寡孤独废疾者有养也。其亦庶乎其可也！"

茅鹿门曰：退之一生辟佛老在此篇。然到底是说得老子而已，一字不入佛氏域。盖退之元不知佛氏之学，故佛骨表亦只以福田上立说。

又评：辟佛老是退之一生命脉，故此文是退之集中命根。其文源远流洪，最难鉴定；兼之其笔下变化诡谲，足以眩人，若一下打破，分明如时论中一冒一承六腹一尾。

张孝先曰：朱子云："仁者，天地生物之心，而人得以生者，所谓元者善之长也。"又云："仁者，本心之全德。"又云："义者，心之制、事之宜也。"是仁之为仁，兼四德，统万善，虽主于爱，而爱不足以尽仁；况立爱之中有差等，若以博爱谓仁，恐邻于兼爱之说，而学者亦无随分自尽之功。义之合宜，虽见乎外，而义之裁制，实由于中。单以行之宜言义，则遗却心之制一边，恐混于义外之说，立言不能无弊。但其辩道统之真传，辟邪说之悖谬，议论煞有关系，不独文起八代之衰已也。按真西山《文章正宗》载程正公曰："退之晚年为文，所得处甚多。学本是修德，有德然后有言。退之因学文日求其所未至，遂有所得。如云'轲死不得其传'，似此言语非蹈袭前人，非凿空撰出，必有所见。若无所得，不知言所传者何事。"又曰："韩愈亦近世豪杰之士。如《原道》中，语言虽有病，然自孟子以后，能将许大见识寻求者，才见此人。"又曰："孟子以后，却只有《原道》一篇，大意尽近理。"又曰："《原道》云孟子醇乎醇。"又曰："荀、扬释不精、语不详，若不是他见得，岂千余年后便能断得如此分明也。"又曰："韩文不可漫观，晚年所见尤高。朱文公曰：'自古罕有人说得端的，惟退之《原道》庶几之。'或问扬子、韩子优劣。曰：各有长处。韩公见得大意已分明，如《原道》不易得也。扬子之学似本于老氏，如清静渊默之语。皆是韩公纲领正，却无他近老氏底说话。"又曰："《原道》中说得仁义道德极好。问：定名虚位之说如何？曰：后人多讥议之，某谓如此亦无害。盖此仁也此义也便是定名。此仁之道仁之德,义之道义之德,则道德乃总名乃虚位也。且须知他此语为老子说。老子谓失道而后德,失德而后仁,失仁而后义,失义而后礼。所以《原道》云'吾之所谓道德,合仁与义言之也'。须知此意,方看得程、朱二先生有取于《原道》者如此。惟发端二语,则程子尝曰'仁是性,爱是情',岂可专以爱为仁?退之言'博爱之谓仁'非也。仁者固博爱,然便以爱为仁则不可。而朱子亦曰'韩愈云云,是指情为性'。又曰'仁义皆当以体言,若曰博爱,曰行而宜之,则皆用矣'。又曰'博爱为仁,则未博爱之前将非仁乎?''问由是而之焉之谓道。'曰:此是说行底,非是说道体。问'足乎己无待于外之谓德'。曰:此是说行道而有得于身者,非是说自然得之于天者也。"学者即二先生之说而参玩之,则此篇大旨了然于胸中矣。

原　毁

　　古之君子,其责己也重以周,其待人也轻以约。重以周,故不怠;轻以约,故人乐为善。闻古之人有舜者,其为人也,仁义人也。求其所以为舜者,责于己曰:"彼,人也;予,人也。彼能是,而我乃不能是!"早夜以思,去其不如舜者,就其如舜者。闻古之人有周公者,其为人也,多才与艺人也。求其所以为周公者,责于己曰:"彼,人也;予,人也。彼能是,而我乃不能是!"早夜以思,去其不如周公者,就其如周公者。舜,大圣人也,后世无及焉;周公,大圣人也,后世无及焉。是人也,乃曰:"不如舜,不如周公,吾之病也。"是不亦责于己者重以周乎!其于人曰,曰:"彼人也,能有是,是足为良人矣；能善是，是足为艺人矣。"取其一，不责其二；即其新，不究其旧；恐恐然惟惧其人之不得为善之利。一善易修也，一艺易能也；其于人也，乃曰："能有是，是亦足矣。"曰："能善是，是亦足矣。"是不亦待于人者轻以约乎！

今之君子则不然，其责人也详，其待己也廉。详，故人难于为善；廉，故自取也少。己未有善，曰："我善是，是亦足矣。"己未有能，曰："我能是，是亦足矣。"外以欺于人，内以欺于心，未少有得而止矣，是不亦待于己者已廉乎！其于人也，曰："彼虽能是，其人不足称也；彼虽善是，其用不足称也。"举其一，不计其十；究其旧，不图其新；恐恐然惟惧其人之有闻也。是不亦责于人者已详乎！夫是之谓不以众人待其身，而以圣人望于人，吾未见其尊己也。

虽然，为是者有本有原，怠与忌之谓也。怠者不能修，而忌者畏人修。吾常试之矣。尝试语于众曰："某良士，某良士。"其应者，必其人之与也；不然，则其所疏远不与同其利者也；不然，则其畏也。不若是，强者必怒于言，懦者必怨于色矣。又尝语于众曰："某非良士，某非良士。"其不应者，必其人之与也；不然，则其所疏远不与同其利者也；不然，则其畏也。不若是，强者必说于言，懦者必说于色矣。是故事修而谤兴，德高而毁来。呜呼！士之处此世，而望名誉之光、道德之行，难已！

将有作于上者，得吾说而存之，其国家可几而理欤！

茅鹿门曰：此篇八大比，秦汉来故无此调，昌黎创之。然感慨古今之间，因而摹写人情，曲画骨里，文之至者。

张孝先曰：人心不古，责己薄，责人厚，侈己之长，掩人之善，往往然矣。昌黎此篇深有慨乎其言之也。然士君子求其在我而已，岂以悠悠之口为荣辱哉！

诤　臣　论

或问谏议大夫阳城于愈：可以为有道之士乎哉？学广而闻多，不求闻于人也。行古人之道，居于晋之鄙；晋之鄙人，薰其德而善良者几千人。大臣闻而荐之，天子以为谏议大夫。人皆以为华，阳子不色喜。居于位五年矣，视其德如在野，彼岂以富贵移易其心哉！

愈应之曰：是《易》所谓"恒其德贞，而夫子凶"者也，恶得为有道之士乎哉？在《易》，《蛊》之上九云："不事王侯，高尚其事。"《蹇》之六二则曰："王臣蹇蹇，匪躬之故。"夫不以所居之时不一，而所蹈之德不同也？若《蛊》之上九，居无用之地，而致匪躬之节；以《蹇》之六二，在王臣之位，而高不事之心；则冒进之患生，旷官之刺兴，志不可则，而尤不终无也。今阳子在位，不为不久矣；闻天下之得失，不为不熟矣；天子待之，不为不加矣。而未尝一言及于政，视政之得失，若越人视秦人之肥瘠，忽焉不加喜戚于其心。问其官，则曰"谏议也"；问其禄，则曰"下大夫之秩也"；问其政，则曰"我不知也"。有道之士，固如是乎哉？且吾闻之：有官守者，不得其职则去；有言责者，不得其言则去。今阳子以为得其言乎哉？得其言而不言，与不得其言而不去，无一可者也。阳子将为禄仕乎？古之人有云："仕不为贫，而有时乎为贫。"谓禄仕者也。宜乎辞尊而居卑，辞富而居贫，若抱关击柝者可也。盖孔子尝为委吏矣，尝为乘田矣，亦不敢旷其职，必曰"会计当而已矣"，必曰"牛羊遂而已矣"。若阳子之秩禄，不为卑且贫，章章明矣，而如此，其可乎哉？

　　或曰：否，非若此也。夫阳子恶讪上者，恶为人臣而招其君之过，而以为名者。故虽谏且议，使人不得而知焉。《书》曰："尔有嘉谟嘉猷，则入告尔后于内，尔乃顺之于外。曰：'斯谟斯猷，惟我后之德。'"夫阳子之用心，亦若此者。

　　愈应之曰：若阳子之用心如此，滋所谓惑者矣。入则谏其君，出不使人知者，大臣宰相者之事，非阳子之所宜行也。夫阳子，本以布衣隐于蓬蒿之下，主上嘉其行谊，擢在此位。官以谏为名，诚宜有以奉其职，使四方后代知朝廷有直言骨鲠之臣，天子有不僭赏从谏如流之美。庶岩穴之士闻而慕之，束带结发，愿进于阙下而伸其辞说，致吾君于尧舜，熙鸿号于无穷也。若《书》所谓，则大臣宰相之事，非阳子之所宜行也。且阳子之心，将使君人者恶闻其过乎？是启之也。

　　或曰：阳子之不求闻而人闻之，不求用而君用之，不得已而起，守其道而不变，何子过之深也？

　　愈曰：自古圣人贤士，皆非有求于闻用也。闵其时之不平，人之不义，得其道，不敢独善其身，而必以兼济天下也。孜孜矻矻，死而后已。故禹过家门不入，孔席不暇暖，而墨突不得黔。此二圣一贤者，岂不知自安佚之为乐哉？

诚畏天命而悲人穷也。夫天授人以贤圣才能，岂使自有余而已？诚欲以补其不足者也。耳目之于身也，耳司闻而目司见；听其是非，视其险易，然后身得安焉。圣贤者，时人之耳目也；时人者，圣贤之身也。且阳子之不贤，则将役于贤以奉其上矣；若果贤，则固畏天命而闵人穷也，恶得以自暇逸乎哉？

或曰：吾闻君子不欲加诸人，而恶讦以为直者。若吾子之论，直则直矣，无乃伤于德而费于辞乎？好尽言以招人过，国武子之所以见杀于齐也。吾子其亦闻乎？

愈曰：君子居其位，则思死其官；未得位，则思修其辞以明其道。我将以明道也，非以为直而加人也。且国武子不能得善人，而尽好言于乱国，是以见杀。《传》曰："惟善人能受尽言。"谓其闻而能改之也。子告我曰："阳子可以为有道之士也"，今虽不能及已，阳子将不得为善人乎哉？

茅鹿门曰：截然四问回答，而首尾关键如一线。

张孝先曰：词义严正，令人无可置喙。末引《传》言非为自家避尤也，正是欲阳子改过处。盖君子爱人以德，望之切，故不觉其言之长。但以墨者并二圣而论，则似有未当耳。

讳　辨

愈与李贺书，劝贺举进士。贺举进士有名，与贺争名者毁之,曰:"贺父名晋肃,贺不举进士为是,劝之举者为非。"听者不察也,和而唱之,同然一辞。皇甫湜曰:"若不明白,子与贺且得罪。"愈曰:"然。"

律曰:"二名不偏讳。"释之者曰:"谓若言'征'不称'在',言'在'不称'征'是也。"律曰:"不讳嫌名。"释之者曰:"谓若'禹'与'雨'、'邱'与'蓲'之类是也。"今贺父名晋肃,贺举进士,为犯二名律乎?为犯嫌名律乎?父名晋肃,子不得举进士;若父名'仁',子不得为人乎?

夫讳始于何时?作法制以教天下者,非周公、孔子欤?周公作诗不讳,孔子不偏讳二名,《春秋》不讥不讳嫌名。康王钊之孙,实为昭王。曾参之父名晳,曾子不讳"昔"。周之时有骐期,汉之时有杜度,此其子宜如何讳?将讳其嫌,遂讳其姓乎?将不讳其嫌者乎?汉讳武帝名"彻"为"通",不闻又讳车辙之"辙"为某字也;讳吕后名"雉"为"野鸡",不闻又讳治天下之"治"为某字也。今上章及诏,不闻讳"浒"、"势"、"秉"、"机"也。惟宦官宫妾,乃不敢言"谕"及"机",以为触犯。士君子言语行事,宜何所法守也?今考之于经,质之于律,稽之以国家之典,贺举进士为可耶?为不可耶?

凡事父母,得如曾参,可以无讥矣。作人得如周公、孔子,亦可以止矣。今世之士,不务行曾参、周公、孔子之行,而讳亲之名,则务胜于曾参、周公、孔子,亦见其惑也。夫周公、孔子、曾参,卒不可胜;胜周公、孔子、曾参,乃比于宦者、宫妾,则是宦者、宫妾之孝于其亲,贤于周公、孔子、曾参者耶?

　　茅鹿门曰：此文反复奇险，令人眩掉，实自显快。前分律、经、典三段，后尾抱前辩难。只因三段中时有游兵点缀，便足迷人。

　　又评：古今以来，如此文不可多得。

　　张孝先曰：争名者之毁，似不待辩而明，而昌黎亦必据律引经，稽之国典，证之圣贤。所谓狮子搏兔，亦用全力者也。

进 学 解

　　国子先生晨入太学，招诸生立馆下，诲之曰："业精于勤，荒于嬉；行成于思，毁于随。方今圣贤相逢，治具毕张，拔去凶邪，登崇俊良。占小善者率以录，名一艺者无不庸。爬罗剔抉，刮垢磨光。盖有幸而获选，孰云多而不扬？诸生业患不能精，无患有司之不明；行患不能成，无患有司之不公。"

　　言未既，有笑于列者曰："先生欺余哉！弟子事先生，于兹有年矣。先生口不绝吟于六艺之文，手不停披于百家之编；记事者必提其要，纂言者必钩其玄；贪多务得，细大不捐；焚膏油以继晷，恒兀兀以穷年。先生之业，可谓勤矣。抵排异端，攘斥佛老；补苴罅漏，张皇幽眇；寻坠绪之茫茫，独旁搜而远绍；障百川而东之，回狂澜于既倒。先生之于儒，可谓有劳矣。沉浸醲郁，含英咀华；作为文章，其书满家。上规姚姒，浑浑无涯；周诰殷盘，佶屈聱牙；《春秋》谨严，左氏浮夸；《易》奇而法，《诗》正而葩；下逮庄、骚，太史所录;子云、相如,同工异曲。先生之于文,可谓闳其中而肆其外矣。少始知学,勇于敢为;长通于方,左右具宜。先生之于为人,可谓成矣。然而公不见信于人,私不见助于友。跋前踬后,动辄得咎。暂为御史,遂窜南夷。三年博士,冗不见治。命与仇谋,取败几时。冬暖而儿号寒,年丰而妻啼饥。头童齿豁,竟死何裨! 不知虑此,而反教人为?"

先生曰:"吁! 子来前。夫大木为杗,细木为桷,欂栌侏儒,椳闑扂楔,各得其宜,施以成室者,匠氏之工也。玉札丹砂,赤箭青芝,牛溲马勃,败鼓之皮,俱收并蓄,待用无遗者,医师之良也。登明选公,杂进巧拙,纡余为妍,卓荦为杰,校短量长,唯器是适者,宰相之方也。昔者孟轲好辩,孔道以明,辙环天下,卒老于行;荀卿守正,大论是弘,逃谗于楚,废死兰陵。是二儒者,吐辞为经,举足为法,绝类离伦,优入圣域,其遇于世何如也? 今先生学虽勤而不繇其统,言虽多而不要其中,文虽奇而不济于用,行虽修而不显于众。犹且月费俸钱,岁糜廪粟;子不知耕,妇不知织;乘马从徒,安坐而食;踵常途之促促,窥陈编以盗窃。然而圣主不加诛,宰臣不见斥,兹非其幸欤! 动而得谤,名亦随之。投闲置散,乃分之宜。若夫商财贿之有亡,计班资之崇庳,忘己量之所称,指前人之瑕疵,是所谓诘匠氏之不以杙为楹,而訾医师以昌阳引年,欲进其豨苓也。"

茅鹿门曰:此韩公正正之旗、堂堂之阵也。其主意专在宰相。盖大才小用,不能无憾。而以怨怼无聊之辞托之人,自咎自责之辞托之己,最得体。

张孝先曰：持论甚正。但以荀卿并孟子，而谓二儒优入圣域。夫孟子固不待言，至荀卿敢为异说而不顾。孟子谓性善，荀卿独谓性恶，甚且诋孟子为乱天下。如此之人，乌得与孟子列？昌黎之见谬矣！然能于怨怼无聊中，寓自咎自责之意，堪为恕己尤人者下一针砭。

获 麟 解

麟之为灵昭昭也！咏于《诗》，书于《春秋》，杂出于传记百家之书，虽妇人小子皆知其为祥也。

然麟之为物，不畜于家，不恒有于天下。其为形也不类，非若马牛犬豕豺狼麋鹿然。然则虽有麟，不可知其为麟也。角者，吾知其为牛；鬣者，吾知其为马；犬豕豺狼麋鹿，吾知其为犬豕豺狼麋鹿。惟麟也，不可知。不可知，则其谓之不祥也亦宜。

虽然，麟之出，必有圣人在乎位。麟为圣人出也。圣人者，必知麟。麟之果不为不祥也。

又曰：麟之所以为麟者，以德不以形。若麟之出不待圣人，则谓之不祥也亦宜。

唐荆川曰：以"祥"、"不祥"二字作眼目。

茅鹿门曰：文凡四转，而结思圆转，如游龙，如辘轳，愈变化而愈劲厉。此奇兵也。

张孝先曰：朱子有云："凤凰、嘉禾、驺虞、麟趾，皆载于书，咏于诗，其为瑞也章章矣。而或者谓休符不于祥，于其仁。"与昌黎此篇可相发明。

释　言

元和元年六月十日，愈自江陵法曹诏拜国子博士，始进见今相国郑公。公赐之坐，且曰："吾见子某诗，吾时在翰林，职亲而地禁，不敢相闻。今为我写子诗书为一通以来。"愈再拜谢，退录诗书若干篇，择日时以献。

于后之数月，有来谓愈者曰："子献相国诗书乎？"曰："然。"曰："有为谗于相国之座者曰：'韩愈曰：相国征余文，余不敢匿，相国岂知我哉！'子其慎之！"愈应之曰："愈为御史，得罪德宗朝，同迁于南者凡三人，独愈为先收用，相国之赐大矣！百官之进见相国者，或立语以退，而愈辱赐坐语，相国之礼过矣！四海九州之人，自百官已下，欲以其业彻相国左右者多矣，皆惮而莫之敢，独愈辱先索，相国之知至矣！赐之大，礼之过，知之至，是三者于敌以下受之宜以何报？况在天子宰乎！人莫不自知，凡适于用之谓才，堪其事之为力，愈于二者，虽日勉焉而不逮。束带执笏立士大夫之行，不见斥以不肖，幸矣，其何敢敖于言乎？夫敖虽凶德，必有恃而敢行。愈之族亲鲜少，无扳联之势于今；不善交人，无相先相死之友于朝；无宿资蓄货以钓声势；弱于才而腐于力，不能奔走乘机抵巇以要权利。夫何恃而敖？若夫狂惑丧心之人，蹈河而入火，妄言而骂詈者，则有之矣。而愈，人知其无是疾也，虽有谗者百人，相国将不信之矣！愈何惧而慎欤？"

既累月，又有来谓愈曰："有谗子于翰林舍人李公与裴公者，子其慎欤！"愈曰："二公者，吾君朝夕访焉，以为政于天下而阶太平之治。居则与天子为心膂，出则与天子为股肱。四海九州之人，自百官已下，其孰不愿忠而望赐？愈也不狂不愚，不蹈河而入火，病风而妄骂，不当有如谗者之说也。虽有谗者百人，二公将不信之矣！愈何惧而慎？"

既以语应客，夜归，私自尤曰：咄！市有虎，而曾参杀人，谗者之效也。《诗》曰："取彼谗人，投畀豺虎。豺虎不食，投畀有北。有北不受，投畀有昊。"伤于谗，疾而甚之之辞也。又曰："乱之初生，僭始既涵。乱之又生，君子信谗。"始疑而终信之之谓也。孔子曰："远佞人。"夫佞人不能远，则有时而信之矣。今我恃直而不戒，祸其至哉！徐又自解之曰：市有虎，听者庸也；曾参杀人，以爱惑聪也；《巷伯》之伤，乱世是逢也。今三贤方与天子谋所以施政于天下，而阶太平之治，德聪而视明，公正而敦大。夫聪明则听视不惑，公正则不迩谗邪，敦大则有以容而思。彼谗人者，敦敢进而为谗哉？虽进而为之，亦莫之听矣！我何惧而慎？

既累月，上命李公相。客谓愈曰："子前被言于一相，今李公又相，子其危哉！"愈曰：前之谤我于宰相者，翰林不知也；后之谤我于翰林者，宰相不知也。今二公合处而会言，若及愈,必曰:"韩愈亦人耳,彼敖宰相,又敖翰林,其将何求?必不然!"吾乃今知免矣,既而谗言果不行。

张孝先曰:自修为弭谤之端,自信乃消谗之策,世路嵚崎,人情叵测,又何暇计哉?昌黎之自尤自解,虽涉顾虑之私,而能度人度己,写出独立不惧处,其学识非寻常所及。

师 说

古之学者必有师。师者,所以传道受业解惑也。人非生而知之者,孰能无惑?惑而不从师,其为惑也终不解矣。生乎吾前,其闻道也,固先乎吾,吾从而师之;生乎吾后,其闻道也,亦先乎吾,吾从而师之。吾师道也,夫庸知其年之先后生于吾乎?是故无贵无贱,无长无少,道之所存,师之所存也。

嗟乎!师道之不传也久矣,欲人之无惑也难矣!古之圣人,其出人也远矣,犹且从师而问焉;今之众人,其下圣人也亦远矣,而耻学于师。是故圣益圣,愚益愚,圣人之所以为圣,愚人之所以为愚,其皆出于此乎?爱其子,择师而教之;于其身也,则耻师焉。惑矣!彼童子之师,授之书而习其句读者也,非吾所谓传其道解其惑者也。句读之不知,惑之不解,或师焉,或不焉,小学而大遗,吾未见其明也。巫医、乐师、百工之人,不耻相师;士大夫之族,曰师曰弟子云者,则群聚而笑之。问之,则曰:"彼与彼年相若也,道相似也。位卑则足羞,官盛则近谀。"呜呼!师道之不复可知矣!巫医、乐师、百工之人,君子不齿,今其智乃反不能及,其可怪也欤!

圣人无常师,孔子师郯子、苌弘、师襄、老聃。郯子之徒,其贤不及孔子。孔子曰:"三人行,则必有我师。"是故弟子不必不如师,师不必贤于弟子;闻道有先后,术业有专攻,如是而已。

李氏子蟠,年十七,好古文,六艺经传皆通习之,不拘于时,学于余。余嘉其能行古道,作《师说》以贻之。

茅鹿门曰:昌黎当时抗师道以号召后辈,故为此以倡赤帜云。

张孝先曰:师者师其道也,年之先后,位之尊卑,自不必论。彼不知求师者,曾百工之不若,乌有长进哉?《说命》篇曰:"德无常师。"朱子释之,以为天下之德无一定之师,惟善是从,则凡有善者皆可师。亦此意也。

伯　夷　颂

士之特立独行,适于义而已,不顾人之是非,皆豪杰之士,信道笃而自知明者也。一家非之,力行而不惑者,寡矣;至于一国一州非之,力行而不惑者,盖天下一人而已矣;若至于举世非之,力行而不惑者,则千百年乃一人而已耳。若伯夷者，穷天地亘万世而不顾者也。昭乎日月不足为明，崒乎泰山不足为高，巍乎天地不足为容也！

当殷之亡、周之兴，微子贤也，抱祭器而去之；武王、周公圣也，从天下之贤士与天下之诸侯而往攻之。未尝闻有非之者也。彼伯夷、叔齐者，乃独以为不可。殷既灭矣，天下宗周，彼二子乃独耻食其粟，饿死而不顾。繇是而言，夫岂有求而为哉？信道笃而自知明也。

今世之所谓士者，一凡人誉之，则自以为有余；一凡人沮之，则自以为不足。彼独非圣人，而自是如此。夫圣人乃万世之标准也！余故曰：若伯夷者，特立独行，穷天地亘万世而不顾者也。虽然，微二子，乱臣贼子接迹于后世矣！

唐荆川曰：昌黎此文，分明从《孟子》中脱出来，人都不觉。

茅鹿门曰：昔人称太史公传酷吏、刺客等文，各肖其人。今以此文颂伯夷亦尔。然不如史迁本传。

张孝先曰：特立独行，适于义，乃为万世标准。然非信道笃而自知明，乌能力行不惑如是？闻伯夷之风者，固宜顽廉懦立，慨然兴起也。此人真说得圣人身分出。

学生代斋郎议

斋郎职奉宗庙社稷之小事，盖士之贱者也。执豆笾，骏奔走，以役于其官之长。不以德进，不以言扬，盖取其人力以备其事而已矣。奉宗庙社稷之小事,执豆笾,骏奔走,亦不可以不敬也。于是选大夫士之子弟未爵命者,以塞员填阙,而教之行事。其勤虽小,其使之不可以不报也,必书其岁;岁既久矣,于是乎命之以官而授之以事,其亦微矣哉。学生或以通经举,或以能文称,其微者,至于习法律、知字书,皆有以赞于教化,可以使令于上者也。自非天资茂异,旷日经久,以所进业发闻于乡闾,称道于朋友,荐于州府,而升之司业,则不可得而齿乎国学矣。然则奉宗庙社稷之小事,任力之小者也;赞于教化,可以使令于上者,德艺之大者也。其亦不可移易明矣。

今议者谓学生之无所事,谓斋郎之幸而进,不本其意;又因谓可以任其事而罢之,盖亦不得其理矣。今夫斋郎所事者力也,学生之所事者德与艺也。以德艺举之,而以力役之,是使君子而服小人之事,且非国家崇儒劝学、诱人为善之道也。此一说不可者也。

抑又有大不可者焉。宗庙社稷之事虽小,不可以不专;敬之至也,古之道也。今若以学生兼其事,及其岁时日月,然后授其宗彝罍洗,其周旋必不合度,其进退必不得宜,其思虑必不固,其容貌必不庄。此其无他,其事不习,而其志不专故也。非近于不敬者欤? 又有大不可者,其是之谓欤! 若知此不可,将令学生恒掌其事,而隳坏其本业,则是学生之教加少,学生之道益贬,而斋郎之实犹在,斋郎之名苟无也。大凡制度之改,政令之变,利于其旧不什,则不可为已,又况不如其旧哉?

考之于古则非训,稽之于今则非利,寻其名而求其实,则失其宜。故曰:议罢斋郎而以学生荐享,亦不得其理矣。

张孝先曰:斋郎之所事者力,学生之所事者德艺。立论有体,实所以养育人才、维持国家之本也。其曰:"事不习"、"志不专"、"教加少"、"道益贬",尤为卓然名言。

杂 说 三

谈生之为《崔山君传》,称鹤言者,岂不怪哉!然吾观于人,其能尽其性而不类于禽兽异物者希矣。将愤世嫉邪,长往而不来者之所为乎?

昔之圣者,其首有若牛者,其形有若蛇者,其喙有若鸟者,其貌有若蒙俱者。彼皆貌似而心不同焉,可谓之非人邪?即有平胁曼肤,颜如渥丹,美而很者,貌则人,其心则禽兽,又恶可谓人邪?然则观貌之是非,不若论其心与其行事之可否为不失也。怪神之事,孔子之徒不言。余将特取其愤世嫉邪而作之,故题之云尔。

张孝先曰:古人形似兽,皆有大圣德;今人形似人,兽心不可测。与是说同一愤世嫉邪之心也。孟子曰:庶民去之,君子存之。尚慎旃哉!

杂 说 四

　　世有伯乐,然后有千里马;千里马常有,而伯乐不常有。故虽有名马,祇辱于奴隶人之手,骈死于槽枥之间,不以千里称也。

　　马之千里者,一食或尽粟一石。食马者不知其能千里而食也;是马也,虽有千里之能,食不饱,力不足,才美不外见,且欲与常马等不可得,安求其能千里也!

　　策之不以其道,食之不能尽其材,鸣之而不能通其意,执策而临之曰:"天下无马。"呜呼! 其真无马邪,其真不知马也!

　　张孝先曰:专为怀才不偶者长气。然士君子亦求其在我而已,何尤焉?

读 荀

　　始吾读孟轲书,然后知孔子之道尊,圣人之道易行;王易王,霸易霸也。以为孔子之徒没,尊圣人者,孟氏而已。晚得扬雄书,益尊信孟氏。因雄书而孟氏益尊,则雄者亦圣人之徒欤!

　　圣人之道不传于世。周之衰,好事者各以其说干时君,纷纷藉藉相乱,六经与百家之说错杂,然老师大儒犹在。火于秦,黄老于汉,其存而醇者,孟轲氏而止耳,扬雄氏而止耳。及得荀氏书,于是又知有荀氏者也。考其辞,时若不粹;要其归,与孔子异者鲜矣。抑犹在轲、雄之间乎?

孔子删《诗》《书》,笔削《春秋》;合于道者著之,离于道者黜去之,故《诗》《书》《春秋》无疵。余欲削荀氏之不合者,附于圣人之籍,亦孔子之志欤!

孟氏醇乎醇者也;荀与扬,大醇而小疵。

张孝先曰:孟氏愿学孔子,道自尊也。荀之性恶,扬之剧秦美新,乌足以尊孟氏?故曰荀与扬择焉而不精,则并其大者皆未醇,不但小疵而已。惟朱子谓孟子后,荀、扬浅济不得事,确论也。

读 仪 礼

余尝苦《仪礼》难读,又其行于今者盖寡,沿袭不同,复之无由,考于今,诚无所用之;然文王、周公之法制粗在于是。孔子曰:"吾从周",谓其文章之盛也。

古书之存者希矣! 百氏杂家尚有可取,况圣人之制度邪? 于是掇其大要,奇辞奥旨著于篇,学者可观焉。

惜乎吾不及其时,进退揖让于其间。呜呼盛哉!

张孝先曰:《仪礼》之书,汉初已行,自高堂生递传以至二戴,因习

《仪礼》而录《礼记》。故朱子曰："《仪礼》是经,《礼记》是解。"又曰："《仪礼》载其事,《礼记》明其理。"昌黎读《仪礼》称盛,其所得于观感者深哉!

爱直赠李君房别

左右前后皆正人也,欲其身之不正,乌可得邪?吾观李生在南阳公之侧,有所不知,知之未尝不为之思;有所不疑,疑之未尝不为之言;勇不动于气,义不陈乎色。南阳公举措施为不失其宜,天下之所窥观称道洋洋者,抑亦左右前后有其人乎!

凡在此趋公之庭、议公之事者,吾既从而游矣。言而公信之者,谋而公从之者,四方之人则既闻而知之矣。李生,南阳公之甥也。人不知者将曰:"李生之托婚于贵富之家,将以充其所求而止耳。"故吾乐为天下道其为人焉。今之从事于彼也,吾为南阳公爱之。又未知人之举李生于彼者何辞,彼之所以待李生者何道。举不失辞,待不失道,虽失之此足爱惜,而得之彼为欢欣,于李生道犹若也。举之不以吾所称,待之不以吾所期,李生之言不可出诸其口矣,吾重为天下惜之!

张孝先曰:乐为天下道,重为天下惜,则李生之为人可知。故所以举之待之者,俾得行李生之道而后可。低回感慨,惜别情深。

祭田横墓文

贞元十一年九月，愈如东京，道出田横幕下，感横义高能得士，因取酒以祭，为文而吊之。其辞曰：

事有旷百世而相感者，余不自知其何心；非今世之所稀，孰为使余歔欷而不可禁！余既博观乎天下，曷有庶几乎夫子之所为？死者不复生，嗟余去此其从谁？当秦氏之败乱，得一士而可王；何五百人之扰扰，而不能脱夫子于剑芒？抑所宝之非贤，亦天命之有常。昔阙里之多士，孔圣亦云其遑遑。苟余行之不迷，虽颠沛其何伤？自古死者非一，夫子至今有耿光。跽陈辞而荐酒，魂仿佛而来享。

茅鹿门曰：借田横发自己一生悲感之意。

张孝先曰：田横五百人，守死海岛，可谓义矣。昌黎借题以舒感愤之情。推之圣人尚然，何况其他？固是吊横，亦以自慰。

祭十二郎文

年月日，季父愈闻汝丧之七日，乃能衔哀致诚，使建中远具时羞之奠，告汝十二郎之灵：

　　呜呼！吾少孤，及长，不省所怙，惟兄嫂是依。中年兄殁南方，吾与汝俱幼，从嫂归葬河阳。既又与汝就食江南，零丁孤苦，未尝一日相离也。吾上有三兄，皆不幸早世。承先人后者，在孙惟汝，在子惟吾。两世一身，形单影只。嫂尝抚汝指吾而言曰："韩氏两世，惟此而已！"汝时尤小，当不复记忆；吾时虽能记忆，亦未知其言之悲也！

　　吾年十九，始来京城。其后四年，而归视汝。又四年，吾往河南省坟墓，遇汝从嫂丧来葬。又二年，吾佐董丞相于汴州，汝来省吾，止一岁，请归取其孥。明年，丞相薨，吾去汴州，汝不果来。是年，吾佐戎徐州，使取汝者始行，吾又罢去，汝又不果来。吾念汝从于东，东亦客也，不可以久；图久远者，莫如西归，将成家而致汝。呜呼！孰谓汝遽去吾而殁乎！吾与汝俱少年，以为虽暂相别，终当久相与处，故舍汝而旅食京师，以求斗斛之禄。诚知其如此，虽万乘之公相，吾不以一日辍汝而就也！

　　去年，孟东野往，吾书与汝曰："吾年未四十，而视茫茫，而发苍苍，而齿牙动摇。念诸父与诸兄，皆康强而早世，如吾之衰者，其能久存乎？吾不可去，汝不肯来，恐旦暮死，而汝抱无涯之戚也。"孰谓少者殁而长者存，强者夭而病者全乎？呜呼！其信然邪？其梦邪？其传之非其真邪？信也，吾兄之盛德而夭其嗣乎？汝之纯明而不克蒙其泽乎？少者强者而夭殁，长者衰者而存全乎？未可以为信也！梦也，传之非其真也？东野之书，耿兰之报，何为而在吾侧也？呜呼！其信然矣！吾兄之盛德而夭其嗣矣，汝之纯明宜业其家者,不克蒙其泽矣!所谓天者诚难测,而神者诚难明矣!所谓理者不可推,而寿者不可知矣!

虽然,吾自今年来,苍苍者或化而为白矣,动摇者或脱而落矣,毛血日益衰,志气日益微,几何不从汝而死也!死而有知,其几何离?其无知,悲不几时,而不悲者无穷期矣!汝之子始十岁,吾之子始五岁,少而强者不可保,如此孩提者,又可冀其成立耶?呜呼哀哉!呜呼哀哉!

汝去年书云:"比得软脚病,往往而剧。"吾曰:"是疾也,江南之人,常常有之。"未始以为忧也。呜呼!其竟以此而殒其生乎?抑别有疾而至斯乎?汝之书,六月十七日也;东野云:汝殁以六月二日;耿兰之报无月日。盖东野之使者不知问家人以月日;如耿兰之报,不知当言月日;东野与吾书,乃问使者,使者妄称以应之耳。其然乎?其不然乎?

今吾使建中祭汝,吊汝之孤与汝之乳母。彼有食可守以待终丧,则待终丧而取以来;如不能守以终丧,则遂取以来。其余奴婢,并令守汝丧。吾力能改葬,终葬汝于先人之兆,然后惟其所愿。

呜呼!汝病吾不知时,汝殁吾不知日,生不能相养以共居,殁不能抚汝以尽哀,敛不凭其棺,窆不临其穴。吾行负神明,而使汝夭;不孝不慈,而不得与汝相养以生,相守以死。一在天之涯,一在地之角,生而影不与吾形相依,死而魂不与吾梦相接,吾实为之,其又何尤!彼苍者天,曷其有极!自今已往,吾其无意于人世矣!当求数顷之田于伊、颍之上，以待余年。教吾子与汝子，幸其成；长吾女与汝女，待其嫁。如此而已！

鸣呼！言有穷而情不可终，汝其知也邪？其不知也邪？鸣呼哀哉！尚飨。

茅鹿门曰：通篇情意刺骨，无限凄切，祭文中千古绝调。

张孝先曰：昌黎曾为其嫂服三年丧，君子以为知礼，况韩氏两世之语，于心极不忘乎！固宜此篇之情辞深切，动人凄恻也。

荐樊宗师状

摄山南西道节度副使、朝议郎、前检校水部员外郎、兼殿中侍御史、赐绯鱼袋樊宗师。

右件官孝友忠信，称于宗族朋友，可以厚风俗；勤于艺学，多所通解，议论平正有经据，可以备顾问；谨洁和敏，持身甚苦，遇物仁恕，有材有识，可任以事。今左右司并阙员外郎，侍御史亦未备员，若蒙擢授，必有补益。忝在班列，知贤不敢不论。谨录状上，伏听处分。

张孝先曰：士君子处世，以孝友忠信为根本；艺学以充其识，仁恕以善其施。观昌黎所以荐樊者，而立身之道备矣。

举钱徽自代状

朝散大夫、守太子右庶正、飞骑尉钱徽。

右臣伏准建中元年正月五日敕，常参官授上后三日内举一人以自代者。前件官器质端方，性怀恬淡，外和内敏，洁静精微；可以专刑宪之司，参轻重之议。况时名年辈俱在臣前，擢以代臣，必允众望。伏乞天恩，遂臣诚请。谨录奏闻。谨奏。

张孝先曰：刑宪重事也，非无欲则不免有蔽。曰"性怀恬淡"，曰"洁静精微"，所以可举处最为得其本矣。

题哀辞后

愈性不喜书，自为此文，惟自书两通：其一通遗清河崔群，群与余皆欧阳生友也，哀生之不得位而死，哭之过时而悲；其一通今书以遗彭城刘君伉。君喜古文，以吾所为合于古，诣吾庐而来请者八九至，而其色不怨，志益坚。

凡愈之为此文，盖哀欧阳生之不显荣于前，又惧其泯灭于后也。今刘君之请，未必知欧阳生，其志在古文耳。虽然，愈之为古文，岂独取其句读不类于今者邪？思古人而不得见,学古道则欲兼通其辞;通其辞者,本志乎古道者也。古之道,不苟誉毁于人;刘君好其辞,则其知欧阳生也无惑焉。

张孝先曰:数行题跋,而有千回百折之势,文以情生也。盖公于欧阳生,敦友谊而悲其死,故托之辞,以使之不没于后,非徒文焉而已。爱其文则知其人;知其人,则知公之所以交之者,有道义之孚,无死生之异,所谓古道者也。欧阳生哀辞,世久脍炙,故不录;录其题跋于此而论之云。

独孤申叔哀辞

众万之生,谁非天邪?明昭昏蒙,谁使然邪?行何为而怒,居何故而怜邪?胡喜厚其所可薄,而恒不足于贤邪?将下民之好恶与彼苍悬邪?抑苍茫无端而暂寓其间邪?死者无知,吾为子恸而已矣!如有知也,子其自知之矣!

濯濯其英,晔晔其光。如闻其声,如见其容。乌虖远矣,何日而忘!

张孝先曰:辞近骚体,中有感慨不平之极思。然颜夭跖寿,气数适然,君子不以气数疑天。

李元宾墓铭

李观字元宾,其先陇西人也。始来自江之东,年二十四举进士,三年登上第;又举博学宏词,得太子校书一年;年二十九,客死于京师。既敛之三日,友人博陵崔弘礼葬之于国东门之外七里,乡曰庆义,原曰嵩原。友人韩愈石以志之,辞曰:

> 已虖元宾!寿也者吾不知其所慕,夭也者吾不知其所恶。生而不淑,孰谓其寿?死而不朽,孰谓之夭?已虖元宾!才高乎当世,而行出乎古人。已虖元宾!竟何为哉,竟何为哉!

张孝先曰:元宾为公心友,而志之如是其略,何也?但悲其夭,而有不朽者存,则孰谓之夭耶?"才高乎当世,而行出乎古人。"其实录不过十一字,使人想象其心胸面目于千百载之下。公之传元宾者,止此足矣。岂若后世谀墓之辞,累数千言而未已者耶?

试大理评事王君墓志铭

君讳适,姓王氏。好读书,怀奇负气,不肯随人后举选。见功业有道路可指取,有名节可以戾契致,困于无资地,不能自出，乃以干诸公贵人，借助声势。诸公贵人既志得，皆乐熟软媚耳目者，不喜闻生语，一见辄戒门以绝。上初即位，以四科募天下士。君笑曰："此非吾时邪！"即提所作书，缘道歌吟，趋直言试。既至，对语惊人；不中第，益困。

久之，闻金吾李将军年少喜士，可撼。乃蹐门告曰："天下奇男子王适愿见将军白事。"见语合意，往来门下。卢从史既节度昭义军，张甚，奴视法度士，欲闻无顾忌大语。有以君生平告者，即遣客钩致。君曰："狂子不足以共事。"立谢客。李将军由是待益厚，奏为其卫胄曹参军，充引驾仗判官，尽用其言。将军迁帅凤翔，君随往。改试大理评事，摄监察御史观察判官。栉垢爬痒，民获苏醒。

居岁余，如有所不乐。一旦载妻子入闅乡南山不顾。中书舍人王涯、独孤郁，吏部郎中张惟素，比部郎中韩愈，日发书问讯，顾不可强起，不即荐。明年九月，疾病，舆医京师，其月某日卒，年四十四。十一月某日，即葬京城西南长安县界中。曾祖爽，洪州武宁令；祖微，右卫骑曹参军；父嵩，苏州昆山丞；妻，上谷侯氏处士高女。

高固奇士，自方阿衡、太师，世莫能用吾言，再试吏，再怒去，发狂投江水。初，处士将嫁其女，惩曰："吾以龃龉穷，一女怜之，必嫁官人，不以与凡子。"君曰："吾求妇氏久矣，唯此翁可人意，且闻其女贤，不可以失。"即谩谓媒妪："吾明经及第，且选，即官人。侯翁女幸嫁，若能令翁许我，请进百金为妪谢。"诺许，白翁。翁曰："诚官人邪？取文书来！"君计穷吐实。妪曰："无苦，翁大人，不疑人欺我，得一卷书粗若告身者,我袖以往,翁见未必取视,幸而听我。"行其谋。翁望见文书衔袖,果信不疑,曰:"足矣!"以女与王氏。生三子,一男二女。男三岁夭死,长女嫁亳州永城尉姚挺,其季始十岁。铭曰:

鼎也不可以柱车,马也不可使守闾。佩玉长裾,不利走趋。袛系其逢,不系巧愚。不谐其须,有衔不祛。钻石埋辞,以列幽墟。

张孝先曰:叙事奇崛,其刻画琐细处,使人神采踊跃。全是太史公笔法。铭词尤古奥,后人无从著手。

卷之四　柳柳州文

与杨诲之疏解车义第二书

张操来，致足下四月十八日书，始复去年十一月书，言《说车》之说及亲戚相知之道。是二者，吾与足下固具焉不疑，又何逾岁时而乃克也？徒亲戚，不过欲其勤读书，决科求仕，不为大过，如斯已矣。告之而不更则忧，忧则思复之；复之而又不更则悲，悲则怜之。何也？戚也。安有以尧、舜、孔子所传者而往责焉者哉？徒相知，则思责以尧、舜、孔子所传者，就其道，施于物，斯已矣。告之而不更则疑，疑则思复之；复之而又不更，则去之。何也？外也。安有以忧悲且怜之之志而强役焉者哉？吾于足下固具是二道，虽百复之亦将不已，况一二敢怠于言乎？

仆之言车也，以内可以守，外可以行其道。今子之说曰"柔外刚中"，子何取于车之疏耶？果为车柔外刚中，则未必不为弊车；果为人柔外刚中，则未必不为恒人。夫刚柔无常位，皆宜存乎中，有召焉者在外，则出应之。应之咸宜，谓之时中，然后得名为君子。必曰外恒柔，则遭夹谷武子之台。及为蹇蹇匪躬，以革君心之非。庄以莅乎人，君子其不克欤？中恒刚，则当下气怡色，济济切切。哀矜、淑问之事，君子其卒病欤？吾以为刚柔同体，应变若化，然后能志乎道

83

也。今子之意近是也，其号非也。内可以守，外可以行其道，吾以为至矣，而子不欲焉，是吾所以惕惕然忧且疑也。

今将申告子以古圣人之道：《书》之言尧，曰"允恭克让"；言舜，曰"温恭允塞"；禹闻善言则拜；汤乃改名不恡；高宗曰"启乃心，沃朕心"；惟此文王，小心翼翼，日昃不暇食，坐以待旦；武王引天下诛纣，而代之位，其意宜肆，而曰"予小子，不敢荒宁"；周公践天子之位，握发吐哺；孔子曰："言忠信，行笃敬"；其弟子言曰："夫子温良恭俭让以得之。"今吾子曰："自度不可能也。"然则自尧、舜以下，与子果异类耶？乐放弛而愁检局，虽圣人与子同。圣人能求诸中以厉乎己，久则安乐之矣，子则肆之。其所以异乎圣者，在是决也。若果以圣与我异类，则自尧、舜以下，皆宜纵目卬鼻，四手八足，鳞毛羽鬣，飞走变化，然后乃可。苟不为是，则亦人耳，而子举将外之耶？若然者，圣自圣，贤自贤，众人自众人，咸任其意，又何以作言语立道理，千百年天下传道之？是皆无益于世，独遗好事者藻缋文字，以矜世取誉，圣人不足重也。故曰："中人以上，可以语上，唯上智与下愚不移。"吾以子近上智，今其言曰："自度不可能也。"则子果不能为中人以上耶？吾之忧且疑者以此。

凡儒者之所取，大莫尚孔子。孔子七十而纵心。彼其纵之也，度不逾矩而后纵之。今子年有几？自度果能不逾矩乎？而遽乐于纵也！傅说曰："惟狂克念作圣。"今夫狙猴之处山，叫呼跳梁，其轻躁狠戾异甚，然得而縶之，未半日则定坐求食，唯人之为制。其或优人得之，加鞭棰，狎而扰焉，跪起趋走，咸能为人所为者。未有一焉，狂奔掣顿，踣弊自绝。故吾信夫狂之为圣也。今子有贤人之资，反不肯为狂之克念者，而曰"我不能，我不能"。舍子其孰能乎？是孟子之所谓不为也，非不能也。

　　凡吾之致书，为《说车》，皆圣道也。今子曰："我不能为车之说，但当则法圣道而内无愧，乃可长久。"呜呼！吾车之说，果不为圣道耶？吾以内可以守，外可以行其道告子。今子曰："我不能蓄蓄拘拘，以同世取荣。"吾岂教子为蓄蓄拘拘者哉？子何考吾车说之不详也？吾之所云者，其道自尧、舜、禹、汤、高宗、文王、武王、周公、孔子皆由之，而子不谓圣道，抑以吾为与世同波，工为蓄蓄拘拘者？以是教己，固迷吾文，而悬定吾意，甚不然也。圣人不以人废言。吾虽少时与世同波，然未尝蓄蓄拘拘也。又子自言："处众中偪侧扰攘，欲弃去不敢，犹勉强与之居。"苟能是，何以不克为车之说耶？忍污杂嚣哗，尚可恭其体貌，逊其言辞，何故不可吾之说？吾未尝为佞且伪，其旨在于恭宽退让，以售圣人之道，及乎人，如斯而已矣。尧、舜之让，禹、汤、高宗之戒，文王之小心，武王之不敢荒宁，周公之吐握，孔子之六十九未尝纵心，彼七八圣人者所为若是，岂恒愧于心乎？慢其貌，肆其志，茫洋而后言，偃蹇而后行，道人是非，不顾齿类，人皆心非之，曰"是礼不足者"，甚且见骂。如是而心反不愧耶？圣人之礼让，其且为伪乎？为佞乎？

　　今子又以行险为车之罪。夫车之为道，岂乐行于险耶？度不得已而至乎险，期勿败而已耳。夫君子亦然，不求险而利也,故曰:"危邦不入,乱邦不居。""国无道,其默足以容。"不幸而及于危乱,期勿祸而已耳。且子以及物行道为是耶,非耶?管仲衅浴以伯济天下,孔子仁之。凡君子为道,舍是宜无以为大者也。今子书数千言,皆未及此,是则学古道,为古辞,龙然而措于世,其卒果何为乎?是之不为,而甘罗、终军以为慕,弃大而录小,贱本而贵末,夸世而钓奇,苟求知于后世,以圣人之道为不若二子,仆以为过矣。彼甘罗者,左右反复,得利弃信,使秦背燕之亲己而反与赵合,以致危于燕。天下以是益知秦,无礼不信,视函谷关若虎豹之窟,罗之徒实使然也。子而慕之,非夸世欤?彼终军者,诞谲险薄,不能以道匡汉主好战之志,视天下之劳,若观蚁之移穴,玩而不戚。人之死于胡越者,赫然千里,不能谏而又纵踊之。已则决起奋怒,掉强越,挟淫夫,以媒老妇,欲蛊夺人之国,智不能断,而俱死矣。是无异卢狗之遇嗾,呀呀而走,不顾险阻,惟嗾者是从,何无已之心也!子而慕之,非钓奇欤?二小子之道,吾不欲吾子言之。孔子曰:"是闻也,非达也。"使二小子及孔子氏,曾不得与于琴张、牧皮狂者之列,是固不宜以为的也。

且吾子之要于世者,处耶?出耶?主上以圣明进有道,兴大化,枯槁伏匮缧锢之士,皆思踊跃洗沐,期辅尧、舜。万一有所不及,丈人方用德艺达于邦家,为大官,以立于天下。吾子虽欲为处,何可得也?则固出而已矣。将出于世而仕,未二十而任其心,吾为子不取也,冯妇好搏虎,卒为善士,周处狂横,一旦改节,皆老而自克。今子素善士;年又甚少,血气未定，而忽欲为阮咸、嵇康之所为，守而不化，不肯入尧、舜之道，此甚未可也。

吾意足下所以云云者，恶佞之尤，而不悦于恭耳。观过而知仁，弥见吾子之方其中也，其乏者独外之圆耳。屈子曰："惩于羹者而吹齑。"吾子其类是欤？佞之恶而恭反得罪。圣人所贵乎中者，能时其时也。苟不适其道，则肆与佞同。山虽高，水虽下，其为险而害也，要之不异。足下当取吾《说车》申而复之，非为佞而利于险也明矣。吾子恶乎佞，而恭且不欲，今吾又以圆告子，则圆之为号，固子之所宜甚恶。方于恭也，又将千百焉。然吾所谓圆者，不如世之突梯苟冒，以矜利于己者也。固若轮焉：非特于可进也，锐而不滞；亦将于可退也，安而不挫；欲如循环之无穷，不欲如转丸之走下也。乾健而运，离丽而行，夫岂不以圆克乎？而恶之也？

吾年十七求进士，四年乃得举。二十四求博学宏词科，二年乃得仕。其间与恒人为群辈数十百人。当时志气类足下，时遭讪骂诟辱，不为之面，则为之背。积八九年，日思摧其形，锄其气，虽甚自折挫，然已得号为狂疏人矣。及为蓝田尉，留府庭，旦暮走谒于大官堂下，与卒伍无别。居曹则俗吏满前，更说买卖，商算赢缩。又二年为此，度不能去，益学《老子》，"和其光，同其尘"，虽自以为得，然已得号为轻薄人矣。及为御史郎官，自以登朝廷，利害益大，愈恐惧，思欲不失色于人。虽戒励加切，然卒不免为连累废逐。犹以前时遭狂疏轻薄之号既闻于人，为恭让未洽，故罪至而无所明之。至永州七年矣，蚤夜惶惶，追思咎过，往来甚熟，讲尧、舜、孔子之道亦熟，益知出于世者之难自任也。今足下未为仆向所陈者，宜乎欲任己之志，此与仆少时何异？然循吾向所陈者而由之，然后知难耳。今吾先尽陈者，不欲足下如吾更讪辱，被称号，已不信于世，而后知慕中道，费力而多害，故勤勤焉云尔而不已也。子其详之熟之，无徒为烦言往复，幸甚！

又所言书意有不可者，令仆专专为掩匿覆盖之，慎勿与不知者道，此又非也。凡吾与子往复，皆为言道。道固公物，非可私而有。假令子之言非是，则子当自求暴扬之，使人皆得刺列，卒采其可者以正乎己，然后道可显达也。今乃专欲覆盖掩匿，是固自任其志，而不求益者之为也。士传言，庶人谤于道，子产之乡校不毁，独何如哉？君子之过，如日月之蚀，又何盖乎？是事，吾不能奉子之教矣！幸悉之。

足下所为书，言文章极正，其辞奥雅，后来之驰于是道者，吾子且为蒲捎、骎骎，何可当也！其说韩愈处甚好。其他但用《庄子》《国语》文字太多，反累正气，果能遗是，则大善矣。

忧悯废锢，悼籍田之罢，意思恳恳，诚爱我厚者。吾自度罪大，敢以是为欣且戚耶？但当把锄荷锸，决溪泉为圃以给茹，其隙则浚沟池，艺树木，行歌坐钓，望青天白云，以此为适，亦足老死无戚戚者。时时读书，不忘圣人之道，已不能用，有我信者，则以告之。朝廷更宰相来，政令益修。丈人日夕还北阙，吾待子郭南亭上，期口言不久矣。至是，当尽吾说。今因道人行，粗道大旨如此。宗元白。

茅鹿门曰：首尾二千言如一线，然强合于道者。

张孝先曰：此书大旨以杨诲之年少气锐，于行己处世间，不肯虚心点检，以求合于古圣贤之道，故谆切告之。又因其来书慕甘罗、终军之为人，遂极诋二子，以为不足学，并自叙其少年不自点检，错走路径，至今悔之无及，欲诲之藉此以为鉴戒，而毋蹈己之所为也。此子厚阅历真实之言。文字雄劲精峭，滔滔不竭，若不可窥测，而约其大旨，不过如是。学者细观之，于行己处世之间，当有激发警省处矣。

答韦中立论师道书

二十一日宗元白：辱书云欲相师。仆道不笃，业甚浅近，环顾其中，未见可师者。虽常好言论，为文章，甚不自是也。不意吾子自京师来蛮夷间，乃幸见取。仆自卜固无取；假令有取，亦不敢为人师。为众人师且不敢，况敢为吾子师乎？

孟子称："人之患在好为人师。"由魏、晋氏以下，人益不事师。今之世，不闻有师；有，辄哗笑之，以为狂人。独韩愈奋不顾流俗，犯笑侮，收召后学，作《师说》，因抗颜而为师。世果群怪聚骂，指目牵引，而增与为言辞。愈以是得狂名，居长安，炊不暇熟，又挈挈而东。如是者数矣。

屈子赋曰："邑犬群吠，吠所怪也。"仆往闻庸、蜀之南，恒雨少日，日出则犬吠，余以为过言。前六七年，仆来南。

二年冬，幸大雪，逾岭被南越中数州。数州之犬，皆苍黄吠噬狂走者累日，至无雪乃已。然后始信前所闻者。今韩愈既自以为蜀之日，而吾子又欲使吾为越之雪，不以病乎？非独见病，亦以病吾子。然雪与日岂有过哉？顾吠者犬耳。度今天下不吠者几人？而谁敢炫怪于群目，以召闹取怒乎？

仆自谪过以来，益少志虑。居南中九年，增脚气病，渐不喜闹，岂可使呶呶者早暮咈吾耳、骚吾心？则固僵仆烦愦，愈不可过矣。平居望外遭齿舌不少，独欠为人师耳！

抑又闻之，古者重冠礼，将以责成人之道，是圣人所尤用心者也。数百年来，人不复行。近有孙昌胤者，独发愤行之。既成礼，明日造朝，至外廷，荐笏言于卿士曰："某子冠毕。"应之者咸怃然。京兆尹郑叔则怫然曳笏却立，曰："何预我耶？"廷中皆大笑。天下不以非郑尹而快孙子，何哉？独为所不为也。今之命师者大类此。

吾子行厚而辞深，凡所作，皆恢恢然有古人形貌，虽仆敢为师，亦何所增加也？假而以仆年先吾子，闻道著书之日不后，诚欲往来言所闻，则仆固愿悉陈中所得者。吾子苟自择之，取某事，去某事，则可矣。若定是非以教吾子，仆才不足，而又畏前所陈者，其为不敢也决矣。吾子前所欲见吾文，既悉以陈之。非以耀明于子，聊欲以观子气色，诚好恶何如也。今书来，言者皆大过。吾子诚非佞誉诬谀之徒，直见爱甚故然耳。

始吾幼且少，为文章，以辞为工。及长，乃知文者以明道，是固不苟为炳炳烺烺，务采色、夸声音，而以为能也。凡吾所陈，皆自谓近道，而不知道之果近乎，远乎？吾子好道而可吾文，或者其于道不远矣。故吾每为文章，未尝敢以轻心掉之，惧其剽而不留也；未尝敢以怠心易之，惧其弛而不严也；未尝敢以昏气出之，惧其昧没而杂也；未尝敢以矜气作之，惧其偃蹇而骄也。抑之欲其奥，扬之欲其明，疏之欲其通，廉之欲其节，激而发之欲其清，固而存之欲其重。此吾所以羽翼乎道也。本之《书》以求其质，本之《诗》以求其恒，本之《礼》以求其宜，本之《春秋》以求其断，本之《易》以求其动。此吾所以取道之原也。参之穀梁氏以厉其气，参之孟、荀以畅其支，参之庄、老以肆其端，参之《国语》以博其趣，参之《离骚》以致其幽，参之太史公以著其洁。此吾所以旁推交通，而以为之文也。凡若此者，果是耶，非耶？有取乎，抑其无取乎？吾子幸观焉，择焉，有余以告焉。

苟亟来以广是道，子不有得焉，则我得矣，又何以师云尔哉？取其实而去其名，无招越、蜀吠怪，而为外廷所笑，则幸矣！宗元复白。

茅鹿门曰：子厚中所论文章之旨，未敢必其尽能如所云，要之亦本于镵心研神者。而后之为文者，特路剽富者之金，而以夸于天下曰："我且猗顿矣"，何其不自量之甚也！予故奋袂曰：有志于文，须本之六艺，以求圣人之道，其庶焉耳。

又曰：子厚诸书中佳处，亦其生平所为文大旨处。

张孝先曰：子厚不欲以师道自居，激而愤世疾俗之论，不无太尖刻处。至其自叙其所以为文之本，则皆精到实诣，足与韩昌黎并辔中原，有以也夫。

贺进士王参元失火书

得杨八书，知足下遇火灾，家无余储。仆始闻而骇，中而疑，终乃大喜，盖将吊而更以贺也。道远言略，犹未能究知其状，若果荡焉泯焉而悉无有，乃吾所以尤贺者也。

足下勤奉养，乐朝夕，惟恬安无事是望也。乃今有焚炀赫烈之虞，以震骇左右，而脂膏滫瀡之具，或以不给。吾是以始而骇也。

凡人之言，皆曰盈虚倚伏，去来之不可常。或将大有为也，乃始厄困震悸，于是有水火之孽，有群小之愠。劳苦变动，而后能光明，古之人皆然。斯道辽阔诞漫，虽圣人不能以是必信，是故中而疑也。

以足下读古人书，为文章，善小学，其为多能若是，而进不能出群士之上，以取显贵者，无他故焉。京城人多言足下家有积货，士之好廉名者，皆畏忌，不敢道足下之善；独自得之，心蓄之，衔忍而不出诸口。以公道之难明，而世之多嫌也。一出口，则嗤嗤者以为得重赂。仆自贞元十五年见足下之文章，蓄之者盖六七年未尝言。是仆私一身而负公道久矣，非特负足下也！及为御史尚书郎，自以幸为天子近臣，得奋其舌，思以发明足下之郁塞。然时称道于行列，犹有顾视而窃笑者。仆良恨修己之不亮，素誉之不立，而为世嫌之所加，常与孟几道言而痛之。乃今幸为天火之所涤荡，凡众之疑虑，举为灰埃。黔其庐，赭其垣，以示其无有，而足下之才能乃可显白而不污。其实出矣，是祝融、回禄之相吾子也！则仆与几道十年之相知，不若兹火一夕之为足下誉也。宥而彰之，使夫蓄于心者，咸得开其喙，发策决科者，授子而不慓，虽欲如向之蓄缩受侮，其可得乎？于兹吾有望乎子！是以终乃大喜也。

古者列国有灾，同位者皆相吊。许不吊灾，君子恶之。今吾之所陈若是，有以异乎古，故将吊而更以贺也。颜、曾之养，其为乐也大矣，又何阙焉？

足下前要仆文章古书，极不忘，候得数十幅乃并往耳。吴二十一武陵来，言足下为《醉赋》及《对问》，大善，可寄一本。仆近亦好作文，与在京城时颇异。思与足下辈言之，桎梏甚固，未可得也。因人南来，致书访死生。不悉。宗元白。

　　茅鹿门曰：深识之言，逼古之文。

　　张孝先曰：行文亦有诙谐之气，而奇思隽语出于意外，可以摆脱庸庸之想。参元以积货而累真材，子厚以避谤而掩人善，当时风俗如此，却不可解。

上大理崔大卿应制举启

古之知己者，不待来求而后施德，举能而已。其受德者，不待成身而后拜赐，感知而已。故不叩而响，不介而合，则其举必至，而其感亦甚。斯道遁去，辽阔千祀，何为乎今之世哉！

若宗元者，智不能经大务、断大事，非有恢杰之才，学不探奥义、穷章句，为腐烂之儒。虽或置力于文学，勤勤恳恳于岁时，然而未能极圣人之规矩，恢作者之闻见，劳费翰墨，徒尔拖逢掖、曳大带，游于朋齿，且有愧色，岂有能乎哉？阁下何见待之厚也。始者自谓抱无用之文，戴不肖之容，虽振身泥尘，仰睎云霄，何由而能哉？遂用收视内顾，俯首绝望，甘以没没也。今者果不自意，他日琐琐之著述，幸得流于衽席，接在视听，阁下乃谓可以蹈远大之途，及制作之门，决然而不疑，介然而独德，是何收采之特达，而顾念之勤备乎？且阁下知其为人何如哉？其貌之美陋，质之细大，心之贤不肖，阁下固未知也。而一遇文字，志在济拔，斯盖古之知己者已。故曰：古之知己者，不待来求而后施德者也。然则呕来而求者，诚下科也。

宗元向以应博学宏词之举，会阁下辱临考第，司其升降。当此之时，意谓运合事并，适丁阙时，其私心日以自负也。无何，阁下以鲲鳞之势，不容尺泽，悠尔而自放，廓然而高迈，其不我知者，遂排逐而委之。委之，诚当也，使古之知己犹在，岂若是求多乎哉！夫仕进之路，昔者窃闻于师矣。太上有专达之能，乘时得君，不由乎表著之列，而取将相，行其政焉。其次，有文行之美，积能累劳，不由乎举甲乙，历科第，登乎表著之列，显其名焉。又其次，则曰吾未尝举甲乙也，未尝历科第也，彼朝廷之位，吾何修而可以登之乎？必求举是科也,然而得而登之。其下,不能知其利,又不能务其往,则曰:举天下而好之,吾何为独不然? 由是观之,有爱锥刀者,以举是科为悦者也;有争寻常者,以登乎朝廷为悦者也;有慕权贵之位者,以将相为悦者也;有乐行乎其政者,以理天下为悦者也。然则举甲乙、历科第,固为末而已矣。得之不加荣,丧之不加忧,苟成其名,于远大者何补焉? 然而至于感知之道,则细大一矣,成败亦一矣。故曰:其受德者,不待成身而后拜赐。然则幸成其身者,固末节也。盖不知来求之下者,不足以收特达之士;而不知成身之末者,不足以承贤达之遇,审矣。

伏以阁下德足以仪世,才足以辅圣,文足以当宗师之位,学足以冠儒术之首,诚为贤达之表也。顾视下辈,岂容易而收哉! 而宗元朴野昧劣,进不知退,不可以言乎德;不能植志于义,而必以文字求达,不可以言乎才;秉翰执简,败北而归,不可以言乎文;登场应对,刺缪经旨,不可以言乎学,固非特达之器也。忖省陋质,岂容易而承之哉! 叨冒大遇,秽累高鉴,喜惧交争,不克宁居。窃感苟蒉如实出己之德,敢希豫让国士遇我之报,伏候门屏,敢俟招纳。谨奉启以代投刺之礼,伏惟以知己之道,终抚荐焉。不宣。宗元谨启。

张孝先曰: 崔大卿尝称子厚之文,子厚因而求荐,以为崔之施德不必待其来求,而己之拜赐不必待其成身。两意夹写,到末总见文章知己之意。唐时投书献启以干荐举者多,子厚特稍占地步耳。

濮阳吴君文集序

博陵崔成务,尝为信州从事。为余言:邑有闻人濮阳吴君,弱龄长鬣而广颡,好学而善文。居乡党,未尝不以信义交于物;教子弟,未尝不以忠孝端其本。以是卿相贤士,率与亢礼。余尝闻而志乎心。会其子偘,更名武陵,升进士,得罪来永州,因奉其先人文集十卷,再拜请余以文冠其首,余得遍观焉。其为词赋,有戒苟冒陵僭之志;其为诗歌,有交王公大人之义;其为诔志吊祭,有孝恭慈仁之诚,而多举六经圣人之大旨,发言成章,有可观者。

古之司徒,必求秀士,由乡而升之天官。古之太史,必求人风,陈诗以献于法官。然后材不遗而志可见。近世之居位者,或未能尽用古道,故吴君之行不昭,而其辞不荐,虽一命于王,而终伏其志。呜呼,有可惜哉!

武陵又论次志传三卷继于末,其官氏及他才行甚具云。

茅鹿门曰:文自有法度。

张孝先曰:武陵行事大节得于旧所闻,而文集之成章可观,则得于今所见。末慨其行不昭、其辞不荐,盖合两层而收束之也。文法谨严,不溢一笔。

愚溪诗序

灌水之阳有溪焉，东流入于潇水。或曰：冉氏尝居也，故姓是溪为冉溪。或曰：可以染也，名之以其能，故谓之染溪。余以愚触罪，谪潇水上，爱是溪，入二三里，得其尤绝者家焉。古有愚公谷，今予家是溪，而名莫能定，土之居者犹龂龂然，不可以不更也，故更之为愚溪。

愚溪之上，买小丘为愚丘。自愚丘东北行六十步，得泉焉，又买居之，为愚泉。愚泉凡六穴，皆出山下平地，盖正出也。合流屈曲而南，为愚沟。遂负土累石，塞其隘，为愚池。愚池之东为愚堂。其西南为愚亭。池之中为愚岛。嘉木异石错置，皆山水之奇者，以余故，咸以愚辱焉。

夫水，智者乐也。今是溪独见辱于愚，何哉？盖其流甚下，不可以灌溉；又峻急，多坻石，大舟不可入也；幽邃浅狭，蛟龙不屑，不能兴云雨。无以利世，而适类于余。然则虽辱而愚之，可也。

宁武子"邦无道则愚"，智而为愚者也；颜子"终日不违如愚"，睿而为愚者也。皆不得为真愚。今余遭有道，而违于理，悖于事，故凡为愚者莫我若也。夫然，则天下莫能争是溪，余得专而名焉。

溪虽莫利于世，而善鉴万类，清莹秀澈，锵鸣金石，能使愚者喜笑眷慕，乐而不能去也。仆虽不合于俗，亦颇以文墨自慰，漱涤万物，牢笼百态，而无所避之。以愚辞歌愚溪，则茫然而不违,昏然而同归,超鸿蒙,混希夷,寂寥而莫我知也。于是作《八愚诗》,纪于溪石上。

茅鹿门曰: 古来无此调,陡然创为之,指次如画。

又曰: 子厚集中最佳处。

张孝先曰: 独辟幽境,文与趣会。王摩诘诗中有画,对之可当卧游。

陪永州崔使君游宴南池序

零陵城南,环以群山,延以林麓。其崖谷之委会,则泓然为池,湾然为溪。其上多枫柟竹箭、哀鸣之禽,其下多芰芰蒲蕖、腾波之鱼,韬涵太虚,澹滟里间,诚游观之佳丽者已。

崔公既来,其政宽以肆,其风和以廉,既乐其人,又乐其身。于暮之春,征贤合姻,登舟于兹水之津。连山倒垂,万象在下,浮空泛景,荡若无外。横碧落以中贯,陵太虚而径度。羽觞飞翔,匏竹激越,熙然而歌,娑然而舞,持颐而笑,瞠目而倨,不知日之将暮,则于向之物者可谓无负矣。

昔之人知乐之不可常,会之不可必也,当欢而悲者有之。况公之理行,宜去受厚锡,而席之贤者,率皆左官蒙泽,方将脱鳞介,生羽翮,夫岂越趄湘中为憔悴客耶?余既委废于世，恒得与是山水为伍，而悼兹会不可再也，故为文志之。

茅鹿门曰：文潇洒跌宕，惜也篇末犹多抑郁之思云。

张孝先曰：写景物之胜、宴游之乐，而末乃自发其悲感无聊之况。子厚工于文而无见乎道，内既无所得乎己，而外未免移乎物。是以当欢而悲，情词局促如此。此君子所以贵乎知命而乐天也。

送薛存义之任序

河东薛存义将行，柳子载肉于俎，崇酒于觞，追而送之江之浒，饮食之。且告曰："凡吏于土者，若知其职乎？盖民之役，非以役民而已也。凡民之食于土者，出其十一佣乎吏，使司平于我也。今我受其直、怠其事者，天下皆然。岂惟怠之，又从而盗之。向使佣一夫于家，受若直，怠若事，又盗若货器，则必甚怒而黜罚之矣。以今天下多类此，而民莫敢肆其怒与黜罚何哉？势不同也。势不同而理同，如吾民何，有达于理者，得不恐而畏乎！"

存义假令零陵二年矣。蚤作而夜思，勤力而劳心，讼者平，赋者均，老弱无怀诈暴憎，其为不虚取直也的矣，其知恐而畏也审矣。

吾贱且辱，不得与考绩幽明之说；于其往也，故赏以酒肉而重之以辞。

茅鹿门曰：昔人多录此文，然亦义亦浅。

张孝先曰：臣子为朝廷司牧民之职，当视民如子，自然一体关切。子厚以佣譬之，则已隔一膜矣。然佣而尽其职，犹可原也；佣而流于盗，民其奈之何哉？苟有人心者，尚洮頮于柳子之言否耶？

送徐从事北游序

读《诗》《礼》《春秋》，莫能言说，其容貌充充然，而声名不闻传于世，岂天下广大多儒而使然欤？将晦其说，讳其读，不使世得闻传其名欤？抑处于远，仕于远，不与通都大邑豪杰角其伎而至于是欤？不然，无显者为之倡，以振动其声欤？今之世，不能多儒可以盖生者，观生亦非晦讳其说读者，然则余二者为之决矣。

生北游，必至通都大邑；通都大邑，必有显者，由是其果闻传于世欤？苟闻传必得位，得位而以《诗》《礼》《春秋》之道施于事，及于物，思不负孔子之笔舌。能如是，然后可以为儒，儒可以说读为哉！

张孝先曰：通篇俱用倒跌文法，此子厚著意出奇处也。若顺言之，则曰儒者之道不徒诵说，必将施于事、及于物；生至通都大邑成名得位之日，当如是而已。子厚自开别致，文境一新，然视韩不及远矣。

种树郭橐驼传

郭橐驼,不知始何名。病瘘,隆然伏行,有类橐驼者,故乡人号之"驼"。驼闻之曰:"甚善,名我固当。"因舍其名,亦自谓橐驼云。其乡曰丰乐乡,在长安西。

驼业种树,凡长安豪富人为观游及卖果者,皆争迎取养。视驼所种树,或移徙,无不活,且硕茂早实以蕃。他植者虽窥伺效慕,莫能如也。

有问之,对曰:"橐驼非能使木寿且孳也,能顺木之天,以致其性焉尔。凡植木之性,其本欲舒,其培欲平,其土欲故,其筑欲密。既然已,勿动勿虑,去不复顾。其莳也若子,其置也若弃,则其天者全而其性得矣。故吾不害其长而已,非有能硕茂之也;不抑耗其实而已,非有能早而蕃之也。他植者则不然。根拳而土易,其培之也,若不过焉则不及。苟有能反是者,则又爱之太殷,忧之太勤,旦视而暮抚,已去而复顾。甚者爪其肤以验其生枯,摇其本以观其疏密,而木之性日以离矣。虽曰爱之,其实害之;虽曰忧之,其实仇之,故不我若也。吾又何能为哉!"

问者曰:"以子之道,移之官理,可乎?"驼曰:"我知种树而已,理,非吾业也。然吾居乡,见长人者好烦其令,若甚怜焉,而卒以祸。旦暮吏来而呼曰:'官命促尔耕,勖尔植,督尔获;早缫而绪,早织而缕,字而幼孩,遂而鸡豚。'鸣鼓而聚之,击木而召之。吾小人辍飧饔以劳吏者,且不得暇,又何以蕃吾生而安吾性耶？故病且怠。若是，则与吾业者其亦有类乎？"

问者曰："嘻！不亦善夫！吾问养树，得养人术。"传其事以为官戒也。

茅鹿门曰：守官者当深体此文。

张孝先曰：子厚之体物精矣，取喻当矣。为官者当与民休息，而不可生事以扰民。虽曰爱之，适以害之，是可叹也。然所谓烦其令者，虽未得爱之之道，而犹有爱之之心焉。若今日之吏来于乡者，追呼耳，掊克耳，是直操斧斤以入山林也，岂特爪其根，摇其本已哉？噫！

梓 人 传

裴封叔之第在光德里，有梓人款其门，愿佣隙宇而处焉。所职寻引、规矩、绳墨，家不居砻斫之器。问其能，曰："吾善度材，视栋宇之制，高深、圆方、短长之宜，吾指使而群工役焉。舍我，众莫能就一宇。故食于官府，吾受禄三倍；作于私家、吾收其直太半焉。"他日，入其室，其床阙足而不能理，曰："将求他工。"余甚笑之，谓其无能而贪禄嗜货者。

其后京兆尹将饰官署，余往过焉。委群材，会众工，或执斧斤，或执刀锯，皆环立向之。梓人左持引，右执杖，而中处焉。量栋宇之任,视木之能,举挥其杖曰:"斧!"彼执斧者奔而右;顾而指曰:"锯!"彼执锯者趋而左。俄而,斤者斫,刀者削,皆视其色,俟其言,莫敢自断者。其不胜任者,怒而退之,亦莫敢愠焉。画宫于堵,盈尺而曲尽其制,计其毫厘而构大厦,无进退焉。既成,书于上栋曰:"某年某月某日某建。"则其姓字也。凡执用之工不在列。余圜视大骇,然后知其术之工大矣。

继而叹曰:彼将舍其手艺,专其心智,而能知体要者欤?吾闻劳心者役人,劳力者役于人,彼其劳心者欤?能者用而智者谋,彼其智者欤?是足为佐天子相天下法矣!物莫近乎此也。

彼为天下者,本于人。其执役者,为徒隶,为乡师、里胥。其上为下士,又其上为中士,为上士;又其上为大夫,为卿,为公。离而为六职,判而为百役。外薄四海,有方伯、连率。郡有守,邑有宰,皆有佐政。其下有胥吏,又其下皆有啬夫、版尹,以就役焉,犹众工之各有执技以食力也。彼佐天子相天下者,举而加焉,指而使焉,条其纲纪而盈缩焉,齐其法制而整顿焉,犹梓人之有规矩、绳墨以定制也。择天下之士,使称其职;居天下之人,使安其业。视都知野,视野知国,视国知天下。其远迩细大,可手据其图而究焉,犹梓人画宫于堵而绩于成也。能者进而由之,使无所德;不能者退而休之,亦莫敢愠。不衒能,不矜名,不亲小劳,不侵众官,日与天下之英才讨论其大经,犹梓人之善运众工而不伐艺也。夫然后相道得而万国理矣。相道既得,万国既理,天下举首而望曰："吾相之功也。"后之人循迹而慕曰："彼相之才也。"士或谈殷、周之理者，曰伊、傅、周、召，其百执事之勤劳而不得纪焉，犹梓人自名其功而执用者不列也。大哉相乎！通是道者，所谓相而已矣。

其不知体要者反此。以恪勤为公，以簿书为尊，衒能矜名，亲小劳，侵众官，窃取六职百役之事，听听于府廷，而遗其大者远者焉，所谓不通是道者也。犹梓人而不知绳墨之曲直、规矩之方圆、寻引之短长，姑夺众工之斧斤刀锯以佐其艺，又不能备其工，以至败绩，用而无所成也。不亦谬欤！

或曰："彼主为室者，倘或发其私智，牵制梓人之虑，夺其世守而道谋是用，虽不能成功，岂其罪耶？亦在任之而已。"余曰不然。夫绳墨诚陈，规矩诚设，高者不可抑而下也，狭者不可张而广也。由我则固，不由我则圮。彼将乐去固而就圮也，则卷其术，默其智，悠尔而去，不屈吾道。是诚良梓人耳！其或嗜其货利，忍而不能舍也；丧其制量，屈而不能守也；栋挠屋坏，则曰："非我罪也。"可乎哉！可乎哉！

余谓梓人之道类于相，故书而藏之。梓人，盖古之审曲面势者，今谓之"都料匠"云。余所遇者杨氏，潜其名。

唐荆川曰：此文体方，不如《圬者传》圆转，然亦文之佳者。

茅鹿门曰：序次摹写，井井入构。

张孝先曰：相臣之道，备于此篇。末段更补出以道事君、不可则止意，是古今绝大议论。

宋　清　传

　　宋清,长安西部药市人也,居善药。有自山泽来者,必归宋清氏,清优主之。长安医工得清药辅其方,辄易雠,咸誉清。疾病疕疡者,亦皆乐就清求药,冀速已。清皆乐然响应,虽不持钱者,皆与善药,积券如山,未尝诣取直。或不识遥与券,清不为辞。岁终,度不能报,辄焚券,终不复言。市人以其异,皆笑之曰:“清,蚩妄人也。”或曰:“清其有道者欤?”清闻之曰:“清逐利以活妻子耳,非有道也,然谓我蚩尤者亦谬。”

　　清居药四十年,所焚券者百数十人,或至大官,或连数州,受俸博,其馈遗清者,相属于户。虽不能立报,而以赊死者千百,不害清之为富也。清之取利远,远故大,岂若小市人哉? 一不得直,则怫然怒,再则骂而仇耳。彼之为利,不亦翦翦乎! 吾见蚩之有在也。清诚以是得大利,又不为妄,执其道不废,卒以富。求者益众,其应益广。或斥弃沉废,亲与交;视之落然者,清不以怠,遇其人,必与善药如故。一旦复柄用,益厚报清。其远取利,皆类此。

　　吾观今之交乎人者,炎而附,寒而弃,鲜有能类清之为者。世之言,徒曰“市道交”。呜呼! 清,市人也,今之交能有望报如清之远者乎? 幸而庶几,则天下之穷困废辱得不死亡者众矣,“市道交”岂可少耶? 或曰:“清,非市道人也。”柳先生曰:“清居市不为市之道,然而居朝廷、居官府、居庠塾乡党以士大夫自名者，反争为之不已，悲夫！然则清非独异于市人也。"

茅鹿门曰：亦风刺之言。

张孝先曰：宋清多蓄善药，施于人而不求报，卒以此得大利。此古今大有经纪人也。而柳子特推言今之交无此人，又结言清居市不为市道，今以士大夫自名者反争为市道，直是无穷感慨。

桐叶封弟辩

古之传者有言，成王以桐叶与小弱弟戏，曰："以封汝。"周公入贺。王曰："戏也。"周公曰："天子不可戏。"乃封小弱弟于唐。

吾意不然。王之弟当封耶？周公宜以时言于王，不待其戏而贺以成之也；不当封耶？周公乃成其不中之戏。以地以人与小弱者为之主，其得为圣乎？且周公以王之言不可苟焉而已，必从而成之耶？设有不幸，王以桐叶戏妇寺，亦将举而从之乎？凡王者之德，在行之何若。设未得其当，虽十易之不为病；要于其当，不可使易也，而况以其戏乎？若戏而必行之，是周公教王遂过也。

吾意周公辅成王，宜以道，从容优乐，要归之大中而已，必不逢其失而为之辞。又不当束缚之，驰骤之，使若牛马然，急则败矣。且家人父子尚不能以此自克，况号为君臣者耶？是直小丈夫觖觖者之事，非周公所宜用，故不可信。

或曰：封唐叔，史佚成之。

唐荆川曰：此篇与《守原议》《封建论》三篇，所谓大篇短章，各极其妙。

茅鹿门曰：此等文并严谨，移易一字不得。

张孝先曰：一折一意，皆是绝顶识见，辩驳得倒。但末段谓不当束缚之云云，议论太松。观伊川谏折柳，方是事君之道。

论 语 辩

或问曰：儒者称《论语》孔子弟子所记，信乎？曰：未然也。孔子弟子，曾参最少，少孔子四十六岁。曾子老而死。是书记曾子之死，则去孔子也远矣。曾子之死，孔子弟子略无存者矣。吾意曾子弟子之为之也。何哉？且是书载弟子必以字，独曾子、有子不然。由是言之，弟子之号之也。

然则有子何以称子？曰：孔子之殁也，诸弟子以有子为似夫子，立而师之。其后不能对诸子之问，乃叱避而退，则固尝有师之号矣。今所记独曾子最后死，余是以知之。盖乐正子春、子思之徒与为之尔。或曰：孔子弟子尝杂记其言，然后卒成其书者，曾氏之徒也。

茅鹿门曰：此等辨析，千年以来罕见者。

张孝先曰：亦有证据，但谓尽出曾子之徒，非也。盖有子亦自有其徒，故称子。此乃以诸弟子尝以为师，故称子，未免袭太史公列传而误信之耳。惟程子谓《论语》之书成于有子、曾子之门人，故其书独二子以子称，较为有据。

说车赠杨诲之

杨诲之将行，柳子起而送之门。有车过焉，指焉而告之曰："若知是之所以任重而行于世乎？材良而器攻，圆其外而方其中然也。材而不良，则速坏。工之为功也，不攻则速败。中不方则不能以载，外不圆则窒拒而滞。方之所谓者箱也，圆之所谓者轮也。匪箱不居，匪轮不涂。吾子其务法焉者乎？"曰："然。"

曰："是一车之说也，非众车之说也，吾将告子乎众车之说。泽而柠，山而倛，上而轻，下而轩且曳。祥而旷左，革而长毂以载，巢焉而以望，安以爱老，辒以蔽内，垂绥而以畋，载十二旒，而以庙以郊以陈于庭，其类众也。然而其要存乎材良而器攻，圆其外而方其中也。是故任而安之者箱，达而行之者轮，恒中者轴，搦而固者蚤，长而桡，进不罪乎马，退不罪乎人者辕，却暑与雨者盖，敬而可伏者轼，服而制者马若牛，然后众车之用具。

"今杨氏，仁义之林也，其产材良。诲之学古道，为古辞，冲然而有光，其为工也攻。果能恢其量若箱，周而通之若轮,守大中以动乎外而不变乎内若轴,摄之以刚强若蚤,引焉而宜御乎物若辕,高以远乎污若盖,下以成乎礼若轼,险而安,易而利,动而法,则庶乎车之全也。《诗》之言曰:'四牡骓骓,六辔如琴。'孔氏语曰:左为六官,右为执法。此其以达于大政也。凡人之质不良,莫能方且恒。质良矣,用不周,莫能以圆遂。孔子于乡党,恂恂如也,遇阳虎必曰诺,而其在夹谷也,视叱齐侯类畜狗,不震乎其内。后之学孔子者,不志于是,则吾无望焉耳矣。"

海之,吾戚也,长而益良,方其中矣。吾固欲其任重而行于世,惧圆其外者未至,故说车以赠。

茅鹿门曰:子厚之文,多峻峭镵岩,而骨理特深。

张孝先曰:材良喻质,器攻喻学。方其中所以载,圆其外所以行,此车之大体也。而众车既非一类,即一车之中,而又析之各有其具,犹士之通方具宜,而用无不周也。总以方中圆外为主。体物既精,而文词峭健,类《考工记》。

谤　誉

凡人之获谤誉于人者,亦各有道。君子在下位则多谤,在上位则多誉;小人在下位则多誉,在上位则多谤。何也?君子宜于上不宜于下,小人宜于下不宜于上,得其宜则誉至,不得其宜则谤亦至。此其凡也。然而君子遭乱世,不得已而在于上位,则道必咈于君,而利必及于人。由是谤行于上而不及于下,故可杀可辱而人犹誉之。小人遭乱世而后得居于上位,则道必合于君,而害必及于人,由是誉行于上而不及于下,故可宠可富而人犹谤之。君子之誉,非所谓誉也。其善显焉尔。小人之谤,非所谓谤也,其不善彰焉尔。

然则在下而多谤者,岂尽愚而狡也哉?在上而多誉者,岂尽仁而智也哉?其谤且誉者,岂尽明而善褒贬也哉?然而世之人闻而大惑,出一庸人之口,则群而邮之,且置于远迩,莫不以为信也。岂惟不能褒贬而已,则又蔽于好恶,夺于利害,吾又何从而得之耶?孔子曰:"不如乡人之善者好之,其不善者恶之。"善人者之难见也,则其谤君子者为不少矣,其谤孔子者亦为不少矣。传之记者,叔孙武叔,时之显贵者也。其不可记者,又不少矣。是以在下而必困也。及乎遭时得君而处乎人上,功利及于天下,天下之人皆欢而戴之,向之谤之者,今从而誉之矣。是以在上而必彰也。

或曰:"然则闻谤誉于上者,反而求之,可乎?"曰:"好恶可无,亦征其所自而已矣!其所自善人也,则信之;不善人也,则勿信之矣。苟吾不能分于善不善也,则已耳。如有谤誉乎人者,吾必征其所自,未敢以其言之多而举且信之也。其有及乎我者,未敢以其言之多而荣且惧也。苟不知我而谓我盗跖,吾又安取惧焉?苟不知我而谓我仲尼,吾又安取荣焉?知我者之善不善,非吾果能明之也,要必自善而已矣。"

茅鹿门曰：较之昌黎《原毁》文当退一格，然亦多隽辞。

张孝先曰：得谤得誉皆有所自，众口附和不足信，惟以善不善之好恶为分别。此孔氏论人大法也，此文推勘精到。后段大意言观人者不可以谤誉而轻为进退，修己者不可以谤誉而轻为忧喜，尤称探本之论。

对 贺 者

柳子以罪贬永州，有自京师来者，既见，曰："余闻子坐事斥逐，余适将唁子。今余视子之貌浩浩然也，能是达矣，余无以唁矣，敢更以为贺。"

柳子曰："子诚以貌乎则可也，然吾岂若是而无志者耶？姑以戚戚为无益乎道，故若是而已耳。吾之罪大，会主上方以宽理人，用和天下，故吾得在此。凡吾之贬斥幸矣，而又戚戚焉何哉？夫为天子尚书郎，谋画无所陈，而群比以为名，蒙耻遇僇，以待不测之诛。苟人尔，有不汗栗危厉偲偲然者哉！吾尝静处以思，独行以求，自以上不得自列于圣朝，下无以奉宗祀，近丘墓，徒欲苟生幸存，庶几似续之不废。是以傥荡其心，倡佯其形，茫乎若升高以望，溃乎若乘海而无所往，故其容貌如是。子诚以浩浩而贺我，其孰承之乎？嘻笑之怒，甚乎裂眦；长歌之哀，过乎恸哭。庸讵知吾之浩浩非戚戚之尤者乎？子休矣。"

茅鹿门曰：解嘲释谪，诸文之遗。

张孝先曰：子厚既遭贬斥，知戚戚之无用，而姑为浩浩，以自排遣耳。故自道其真情而无所饰如此。

祭吕衡州温文

维年月日，友人守永州司马员外置同正员柳宗元，谨遣书吏同曹、家人襄儿奉清酌庶羞之奠，敬祭于吕八兄化光之灵。

呜呼天乎！君子何厉？天实仇之；生人何罪？天实仇之。聪明正直，行为君子，天则必速其死。道德仁义，志存生人，天则必夭其身。吾固知苍苍之无信，莫莫之无神，今于化光之殁，怨逾深而毒逾甚，故复呼天以云云。

天乎痛哉！尧、舜之道，至大以简；仲尼之文，至幽以默。千载纷争，或失或得，倬乎吾兄，独取其直，贯于化始，与道咸极。推而下之，法度不忒。旁而肆之，中和允塞。道大艺备，斯为全德。而官止刺一州，年不逾四十，佐王之志，没而不立，岂非修正直以召灾、好仁义以速咎者耶？

宗元幼虽好学，晚未闻道，洎乎获友君子，乃知适于中庸，削去邪杂，显陈直正，而为道不谬，兄实使然。呜呼！积乎中不必施于外，裕乎古不必谐于今，二事相勘，从古至少，至于化光，最为太甚。理行第一，尚非所长，文章过人，略而不有，素志所蓄，巍然可知。贪愚皆贵，险狠皆老，则化光之夭厄,反不荣欤?所恸者志不得行,功不得施,蚩蚩之民,不被化光之德;庸庸之俗,不知化光之心。斯言一出,内若焚裂。海内甚广,知音几人?自友朋凋丧,志业殆绝,唯望化光伸其宏略,震耀昌大,兴行于时,使斯人徒,知我所立,今复往矣,吾道息矣!虽其存者,志亦死矣!临江大哭,万事已矣!穷天之英,贯古之识,一朝去此,终复何适?

　　呜呼化光!今复何为乎?止乎行乎?昧乎明乎?岂荡为太空与化无穷乎?将结为光耀以助临照乎?岂为雨为露以泽下土乎?将为雷为霆以泄怨怒乎?岂为凤为麟、为景星为卿云以寓其神乎?将为金为锡、为圭为璧以栖其魄乎?岂复为贤人以续其志乎?将奋为神明以遂其义乎?不然,是昭昭者其得已乎,其不得已乎?抑有知乎,其无知乎?彼且有知,其可使吾知之乎?幽明茫然,一恸肠绝。呜呼化光!庶或听之。

　　张孝先曰:悼痛之辞,不觉近于愤怼矣。其文之激楚飞动,足以达情而宣志,是才人本色。

卷之五　欧阳文忠公文

论乞主张范仲淹富弼等行事札子

臣伏闻范仲淹、富弼等，自被手诏之后，已有条陈事件，必须裁择施行。臣闻自古帝王致治，须待同心协力之人，而君臣相得，谓之千载一遇之难。今仲淹等遇陛下圣明，可谓难逢之会；陛下有仲淹等，亦可谓难得之臣。陛下既已倾心待之，仲淹等亦又各尽心思报。上下如此，臣谓事无不济，但顾行之如何。伏况仲淹、弼是陛下特出圣意自选之人，初用之时，天下已皆相贺，然犹窃谓陛下既能选之，未知用之如何耳。及见近日特开天章，从容访问，亲写手诏，督责丁宁，然后中外喧然，既惊且喜。此二盛事，固已朝报京师，暮传四海，皆谓自来未尝如此责任大臣。天下之人延首拭目，以看陛下欲作何事，此二人所报陛下果有何能。是陛下得失，在此一举；生民休戚，系此一时。以此而言，则仲淹等不可不尽心展效，陛下不宜不力主而行，使上不玷知人之明，下不失四海之望。

臣非不知陛下专心锐志，必不自怠，而中外大臣且忧国同心，必不相忌而沮难。然臣所虑者，仲淹等所言，必须先绝侥幸因循姑息之事，方能救数世之积弊。如此等事，皆外招小人之怨怒，不免浮议之纷纭，而奸邪未出之人，亦须时有谗沮,若稍听之,则事不成矣。臣谓当此事初,尤须上下协力,凡小人怨怒,仲淹等自以身当,浮议奸谗,陛下亦须力拒。待其久而渐定,自可日见成功。伏望圣慈留意,终始成之,则社稷之福、天下之幸也。取进止。

> 茅鹿门曰:欧阳公此时亦必闻范、富所条之事,恐仁宗一时不肯遽行,又怕群小内攻,故先为顶门一针语,所谓"擎云手"是也。
>
> 张孝先曰:时仁宗召用范、富等,乃君子道长之会。欧公为右正言,上此书以坚纳谏之心,杜听谗之隙。惓惓忠爱,盖有合于《大易》扶阳抑阴之义矣。

论贾昌朝除枢密使札子

臣伏见近降制书,除贾昌朝为枢密使。旬日以来,中外人情,莫不疑惧;缙绅公议,渐以沸腾。盖缘昌朝秉性回邪,执心倾险,颇知经术,能文饰奸言,好为阴谋,以陷害良士。小人朋附者众,皆乐为其用。前在相位,累害善人,所以闻其再来,望风疑畏。

陛下聪明仁圣,勤俭忧劳,每于用人,尤所审慎。然而自古毁誉之言,未尝不并进于前,而听纳之际,人主之所难也。臣以谓能知听察之要,则不失之矣。何谓其要?在先察毁誉之人。若所誉者君子,所毁者小人,则不害其进用矣。若君子非之,小人誉之,则可知其人不可用矣。

今有毅然立于朝,危言谠论,不阿人主,不附权臣,其直节忠诚,为中外素所称信者,君子也。如此等人,皆以昌朝为非矣。宦官、宫女、左右使令之人,往往小人也。如此等人,皆以昌朝为是矣。陛下察此,则昌朝为人可知矣。今陛下之用昌朝,与执政大臣谋而用之乎?与立朝忠正之士谋而用之乎?与左右近习之臣谋而用之乎?或不谋于臣下,断自圣心而用之乎?昨闻昌朝阴结宦贤,构造事端,谋动大臣以图进用。若陛下与执政大臣谋之,则大臣事在嫌疑,必难启口。若立朝忠正之士,则无不以为非矣。其称誉昌朝、以为可用者,不过宦官、左右之人尔。陛下用昌朝,为天下而用之乎?为左右之人而用之乎?臣伏思陛下必不为左右之人而用之也!

然左右之人,谓之近习,朝夕出入,进见无时,其所谗谀,能使人主不觉其渐。昌朝善结宦官,人人喜为称誉,朝一人进一言,暮一人进一说,无不称昌朝之善者,陛下视听渐熟,遂简在于圣心,及将用之时,则不必与谋也。盖称荐有渐,久已熟于圣聪矣。是则陛下虽断自圣心,不谋臣下而用之,亦左右之人积渐称誉之力也。

陛下常患近岁以来大臣体轻,连为言事者弹击。盖由用非其人,不叶物议而然也。今昌朝身为大臣,见事不能公论,乃结交中贵,因内降以起狱,以此规图进用。窃闻台谏方欲论列其过恶,而忽有此命,是以中外疑惧,物论喧腾也。今昌朝未来,议论已如此,则使其在位,必不免言事者上烦圣德。若不尔,则昌朝得遂其志,倾害善人,坏乱朝政,必为国家生事。臣愚欲望圣慈抑左右阴荐之言,采缙绅公正之论,早罢昌朝,还其旧镇,则天下幸甚!

臣官为学士,职号论思,见圣心求治甚劳,而一旦用人偶失,而外廷物议如此,既有见闻,合思裨补。取进止。

茅鹿门曰:猫之捕鼠须咬颈;公之弹劾昌朝,却本所荐引之路攻之,仁庙焉得不动心?

张孝先曰:昌朝交结近侍,日进誉言,人主不觉信而用之。公此札论昌朝之奸,先使人主分别所誉之为何人,最得开悟君心之道。其言词和平委曲,使听者不逆于心,而油然以解。论事如此,尤可为法。

论台谏官唐介等宜早牵复札子

臣材识庸暗,碌碌于众人中,蒙陛下不次拔擢,置在枢府,其于报效自宜如何? 而自居职以来,已逾半岁,凡事关大体,必须众议之协同,其余日逐进呈,皆是有司之常务。至于谋猷启沃,蔑尔无闻。上辜圣恩,下愧清议,人虽未责,臣岂自安? 所以夙夜思维,愿竭愚虑,苟有可采,冀裨万一。

臣近见谏官唐介、台官范师道等,因言陈旭事得罪,或与小郡,或窜远方。陛下自御临已来,擢用诤臣,开广言路,虽言者时有中否,而圣慈每赐优容。一旦台谏联翩,被逐四出,命下之日,中外惊疑。臣虽不知台谏所言是非,但见唐介、范师道皆久在言职,其人立朝,各有本末,前后言事补益甚多。岂于此时，顿然改节，故为欺罔，上昧圣聪？在于人情，不宜有此。

臣窃以谓自古人臣之进谏于其君者，有难有易，各因其时而已。若刚暴猜忌之君，不欲自闻其过，而乐闻臣下之过，人主好察多疑于上，大臣侧足畏罪于下。于此之时，谏人主者难，而言大臣者易。若宽仁恭俭之主，勤遵礼法，自闻其失，则从谏如流，闻臣下之过，则务为优容以保全之。而为大臣者，外秉国权，内有左右之助，言事者未及见听，而怨仇已结于其身。故于此时，谏人主者易，言大臣者难。此不可不察也。

自古人主之听言也，亦有难有易，在知其术而已。夫忠邪并进于前，而公论与私言交入于耳，此所以听之难也。若知其人之忠邪，辨其言之公私，则听之易也。凡言拙而直，逆耳违意，初闻若可恶者，此忠臣之言也。言婉而顺，希旨合意，初闻若可喜者，邪臣之言也。至于言事之官，各举其职，或当朝正色，显言于廷，或连章列署，共论其事。言一出，则万口争传，众目共视，虽欲为私，其势不可。故凡明言于外，不畏人知者，皆公言也。若非其言职，又不敢显言，或密奏乞留中，或面言乞出自圣断，不欲人知言有主名者，盖其言涉倾邪，惧遭弹劾。故凡阴有奏陈而畏人知者，皆挟私之说也。自古人主能以此术知臣下之情，则听言易也。伏惟陛下仁圣宽慈，躬履勤俭，乐闻谏净，容纳直言，其于大臣尤所优礼，常欲保全终始；思与臣下爱惜名节，尤慎重于进退。故臣谓方今言事者，规切人主则易，欲言大臣则难。

臣自立朝，耳目所记，景祐中，范仲淹言宰相吕夷简，贬知饶州。皇祐中，唐介言宰相文彦博，贬春州别驾。至和初，吴中复、吕景初、马遵言宰相梁适，并罢职出外。其后赵抃、范师道言宰相刘沆，亦罢职出外。前年韩绛言富弼，贬知蔡州。今又唐介等五人言陈旭得罪。自范仲淹贬饶州后，至今凡二十年间，居台谏者多矣，未闻有规谏人主而得罪者。臣故谓方今谏人主则易，言大臣则难。

陛下若推此以察介等所言，则可知其用心矣。昨所罢黜台谏五人，惟吕诲新近入台未久，其他四人出处本末，迹状甚明，可以历数也。唐介前因言文彦博，远窜广西烟瘴之地，赖陛下仁恕哀怜，移置湖南，得存性命。范师道、赵抃并因言忤刘沆，罢台职，守外郡，连延数年，然后复。今三人者，又以言枢臣罢黜。然则介不以前蹈必死之地为惧，师道与抃不以中滞进用数年为戒，遇事必言，得罪不悔，盖所谓进退一节，终始不变之士也。至如王陶者，本出孤寒，只因韩绛荐举，始得台官。及绛为中丞，陶不敢内顾私恩，与之争议，绛终得罪。夫牵顾私恩，人之常情尔，断恩以义，非知义之士不能也。以此言之，陶可谓徇公灭私之臣矣。此四人者，出处本末之节如此，可以知其为人也，就使言虽不中，亦其情必无他。议者或谓言事之臣好相朋党，动摇大臣，以作威势，臣窃以谓不然。至于去岁韩绛言富弼之时，介与师道不与绛为党，乃与诸台谏共论绛为非，然则非相朋党、非欲动摇大臣可明矣。臣固谓未可以此疑言事之臣也。况介等比者虽为谪官，幸蒙陛下宽恩，各得为郡，未至失所。其可惜者,斥逐谏臣,非朝廷美事,阻塞言路,不为国家之利,而介等尽忠守节,未蒙怜察也。欲望圣慈特赐召还介等,置之朝廷,以劝守节敢言之士,则天下幸甚!今取进止。

茅鹿门曰:欧公至言。

张孝先曰:言事之文,必先以情理反复开陈,则人事自分明矣。此篇中一段论人臣进谏,有时势难易不同。又一段言人主听言,须分别邪正公私。皆先从情理处说破,使人主心下分明。然后入题,言介等此时敢言大臣,是为其难者;其交章弹劾,乃出于正而不出于邪,出于公而不出于私;介等气节如此,自不宜贬。然后将诸人立朝本末分疏一番,乞赐召还以开言路,自然迎刃而解。此言事之妙也。中间论听言一段,详尽明切,尤为千秋龟鉴。

荐王安石、吕公著札子

臣伏见陛下仁圣聪明,优容谏诤,虽有狂直之士犯颜色而触忌讳者,未尝不终始保全,往往亟加擢用,此自古明君贤主之所难也。然而用言既难,献言者亦不为易。论小事者既可鄙而不足为,陈大计者又似迂而无速效,欲微讽则未能感动,将直陈则先忤贵权。而旁有群言,夺于众力,所陈多未施设,其人遽已改迁。致陛下有听言之勤,而未见用言之效,颇疑言事之职,但为速进之阶。盖缘台谏之官,资望已峻,少加进擢,便履清华。而臣下有厌人言者,因此亦得进说，直云此辈务要官职，所以多言。使后来者其言益轻，而人主无由取信，辜陛下纳谏之意，违陛下赏谏之心。臣以谓欲救其失，惟宜择沉默端正、守节难进之臣置之谏署，则既无干进之疑，庶或其言可信。

伏见殿中丞王安石，德行文学，为众所推，守道安贫，刚而不屈。司封员外郎吕公著，是夷简之子，器识深远，沉静寡言，富贵不染其心，利害不移其守。安石久更吏事，兼有时才，曾召试馆职，固辞不就。公著性乐闲退，淡于世事。然所谓夫人不言，言必有中者也。往年陛下上遵先帝之制，增置台谏官四员。已而中废，复止两员。今谏官尚有虚位，伏乞用此两人，补足四员之数，必能规正朝廷之得失，裨益陛下之聪明。

臣叨被恩荣，未知报效，苟有所见，不敢不言。取进止。

茅鹿门曰：王荆公学行属望固似不难，而吕申公则欧公所仇而屡斥之者，今举其子，可见公之公平正大矣。

张孝先曰：台谏之职，缄默取容者固不足以居之，而轻躁喜事，其失尤甚。公所荐二人，取其沉默端正、守节难进，所以抑多言干进之弊也。亦可以知台谏之不易居矣。

荐司马光札子

臣伏见龙图阁直学士司马光，德性淳正，学术通明。自列侍从,久司谏净,谠言嘉话,著在两朝。自仁宗至和服药之后,群臣便以皇嗣为言,五六年间,言者虽多,而未有定议。最后光以谏官极论其事,敷陈激切,感动主听。仁宗豁然开悟,遂决不疑。由是先帝选自宗藩,入为皇子。曾未逾年,仁宗奄弃万国,先帝入承大统,盖以人心先定,故得天下帖然。今以圣继圣,遂传陛下。由是言之,光于国有功为不浅矣,可谓社稷之臣也。而其识虑深远,性尤慎密。光既不自言,故人亦无知者。臣以忝在政府,因得备闻其事,臣而不言,是谓蔽贤掩善。《诗》云:"无言不酬,无德不报。"光今虽在侍从,日承眷待,而其忠国大节,隐而未彰。臣既详知,不敢不奏。

茅鹿门曰:司马公之不伐,欧公之推贤,可谓两得之矣。

张孝先曰:欧公与韩忠献同定策立英宗,其功大矣。乃此札推本于温公知谏院入对时,请选宗室为继嗣之言,归功于公。其推贤让善、公忠为国之心,千载犹可想见云。

乞补馆职札子

臣窃以治天下者,用人非止一端,故取士不以一路。若夫知钱谷,晓刑狱,熟民事,精吏干,勤劳夙夜,以办集为公者,谓之材能之士。明于仁义礼乐,通于古今治乱,其文章论议,与之谋虑天下之事,可以决疑定策,论道经邦者,谓之儒学之臣。善用人者，必使有材者竭其力，有识者竭其谋。故以材能之士布列中外，分治百职，使各办其事；以儒学之臣置之左右，与之日夕谋议，讲求其要而行之。而又于儒学之中择其尤者，置之廊庙，而付以大政，使总治群材众职，进退而赏罚之。此用人之大略也。由是言之，儒学之士可谓贵矣，岂在材臣之后也？是以前世英主明君，未有不以崇儒向学为先。而名臣贤辅出于儒学者，十常八九也。

臣窃见方今取士之失，患在先材能而后儒学，贵吏事而贱文章。自近年以来，朝廷患百职不修，务奖材臣。故钱谷、刑狱之吏，稍有寸长片善为人所称者，皆已擢用之矣。夫材能之士固当擢用，然专以材能为急，而遂忽儒学为不足用，使下有遗贤之嗟，上有乏材之患，此甚不可也。臣谓方今材能之士不患有遗，固不足上烦圣虑，惟儒学之臣难进而多弃滞，此不可不思也。

臣以庸缪，过蒙任使，俾陪宰辅之后。然平日论议不能无异同，虽日奉天威，又不得从容曲尽拙讷。今臣有馆阁取士愚见，具陈如别奏。欲望圣慈因宴闲之余，一迂睿览，或有可采，乞常赐留意。今取进止。

茅鹿门曰：按宋制，馆阁取士以三路：进士高科一路也，大臣荐举一路也，岁月畴劳一路也。而其外又有制科召试，以待非常之士。而今独有高第与庶吉士两项而已，余则并不可得。

又曰：是大体要处。

张孝先曰：用人之道，不当重材能而轻儒学，可谓深识治体之论。

乞添上殿班札子

臣伏见陛下自今春服药已来，群臣不得进见。今圣体康裕，日御前后殿视朝决事，中外臣庶，无不感悦。然侍从、台谏、省府臣寮，皆未曾得上殿奏事。今虽边鄙宁静，时岁丰稔，民无疾疠，盗贼不作，天下庶务，粗循常规，皆不足上烦圣虑，陛下可以游心清闲，颐养圣体。然侍从、台谏、省府臣寮，皆是陛下朝夕左右论思献纳委任之臣，岂可旷隔时月，不得进见于前？不惟亦有天下大务理当论述者，至于臣子之于君父，动经年岁，不得进对，岂能自安？今欲望圣慈，每遇前后殿坐日，中书、枢密院退后，如审官、三班、铨司不引人，则许臣寮一班上殿，假以顷刻，进瞻天威，不胜臣子区区之愿也。

如允臣所请，乞下阁门施行。仍约束上殿臣寮，不得将干求恩泽、诉理功过及细碎闲慢等事上烦圣聪，或乞约定上殿时刻，所贵不烦久坐。伏候敕旨。

张孝先曰：天泽之分虽严，而手足腹心相待一体，岂可旷隔时月，不瞻天颜？此公所以惓惓上请者，诚忠爱之至情，而亦寓防微之深意也。

议 学 状

右臣等伏见近日言事之臣，为陛下言建学取士之法者众矣，或欲立三舍以养生徒，或欲复五经而置博士，或欲但举旧制而修废坠，或欲特创新学而立科条，其言虽殊，其意则一。陛下慎重其事，下其议于群臣。而议者遂欲创新学，立三舍，因以辨士之能否而命之以官。其始也，则教以经艺文辞；其终也，则取以材识德行。听其言则甚备，考于事则难行。夫建学校以养贤，论材德而取士，此皆有国之本务，而帝王之极致也。而臣等谓之难行者，何哉？盖以古今之体不同，而施设之方皆异也。

古之建学取士之制，非如今之法也。盖古之所谓为政与设教者，迟速异宜也。夫立时日以趋事，考其功过而督以赏罚者，为政之法也，故政可速成。若夫设教，则以劝善兴化、尚贤励俗为事，其被于人者渐，则入于人也深，收其效者迟，则推其功也远，故常缓而不迫。古者家有塾，党有庠，遂有序，国有学。自天子诸侯之子，下至国之俊选，莫不入学。自成童而学，至年四十而仕。其习于礼乐之容，讲乎仁义之训，敦乎孝悌之行，以养父兄，事长上，信朋友，而临财廉，处众让。其修于身，行于家，达于邻里，闻于乡党，然后询于众庶，又定于长老之可信者而荐之，始谓之秀士。久之，又取其甚秀者为选士；久之，又举其甚秀者为俊士；久之，又举其甚秀者为进士。然后辨其论、随其材而官之。夫生七八十岁而死者，人之常寿也。古乃以四十而仕，盖用其半生为学考行，又广察以邻里乡党，而后其人可知。然则积德累善如此勤而久，求贤审官如此慎而有次第，然后矫伪干利之士不容于其间，而风俗不陷于媮薄也。古之建学取士，其施设之方如此也。方今之制，以贡举取人。往者四岁一诏贡举，而议者患于太迟，更趣之为间岁。而应举之士来学于京师者，类皆去其乡里，远其父母妻子，而为旦暮干禄之计。非如古人自成童至于四十，就学于其庠序，而邻里乡党得以众察徐考其行实也。盖古之养士本于舒迟，而今之取人患于急迫，此施设不同之大概也。

臣请详言方今之弊：既以文学取士，又欲以德行官人，且速取之欤，则真伪之情未辨，是朝廷本欲以学劝人修德行，反以利诱人为矫伪。此其不可一也。若迟取之欤，待其众察徐考而渐进，则文辞之士先已中于甲科，而德行之人尚未登于内舍。此其不可二也。且今入学之人，皆四方之游士，赍其一身而来，乌合群处。非如古人在家在学，自少至长，亲戚朋友、邻里乡党众察徐考其行实也。不过取于同舍一时之毁誉，而决于学官数人之品藻尔。然则同学之人，蹈利争进，爱憎之论，必分朋党。昔东汉之俗尚名节，而党人之祸及天下，其始起于处士之横议而相訾也。此其不可三也。夫人之材行，若不因临事而见，则守常循理，无异众人。苟欲异众，则必为迂僻奇怪以取德行之名，而高谈虚论以求材识之誉。前日庆历之学，其弊是也。此其不可四也。今若外方专以文学贡士，而京师独以德行取人，则实行素履，著于乡曲，而守道丘园之士，皆反见遗。此其不可五也。近者朝廷患四方之士寓京师者多，而不知其士行，遂严其法，使各归于乡里。今又反使来聚于京师，云欲考其德行。若不用四方之士，止取京师之士，则又示人以不广。此其不可六也。

夫儒者所谓能通古今者，在知其意，达其理，而酌时之宜尔。大抵古者教学之意缓而不迫，所以劝善兴化，养贤励俗，在于迟久，而不求近效急功也。臣谓宜于今而可行者，立为三舍可也，复五经博士可也。特创新学，虽不若即旧而修废，然未有甚害，创之亦可也。教学之意在乎敦本，而修其实事，给以粮粮，多陈经籍，选士之良者，以通经有道之士为之师，而举察其有过无行者黜去之，则在学之人皆善士也。然后取以贡举之法，待其居官为吏，已接于人事，可以考其贤善优劣，而时取其尤出类者旌异之。则士知修身力行，非为一时之利，而可伸于终身，则矫伪之行不作，而媮薄之风归厚矣。此所谓实事之可行于今者也。

臣等伏见论学者四人，其说各异，而朝廷又下臣等，俾之详定。是欲尽众人之见，而采其长者尔。故臣等敢陈其所有，以助众议之一，非敢好为异论也。伏望圣慈，特赐裁择。

茅鹿门曰：议论有深识，当与朱子议贡举等文参看。

张孝先曰：所论建学取士之制，古今不同，有原有委，其曰设教以渐，效迟而功远；四十始仕，用其半生为学，又广察以乡里之举选。为学既勤而久，取士者又慎而有次第，可谓深得三代遗意。而今之议欲骤复古制，失于迫而不详、隘而不广，开矫名饰行、蹈利争进之风，甚至党祸从此而起。皆灼见末流之弊，而古制之难以骤复也彰彰矣。至于兼采四说，而曰教学之意在乎敦本而修其实事，自是不易之论。但惜其意之未备，而义之未精也。必若明道先生之论乃为详尽。先生言于朝曰："治天下,以正风俗、得贤才为本,宜先礼命近侍贤儒及百执事,悉心推访有德业充备、足为师表者,其次有笃志好学、材良行修者,延聘敦遣,萃于京师,俾朝夕相与讲明正学。其道必本于人伦,明乎物理。其教自小学洒埽应对以往,修其孝悌忠信,周旋礼乐。其所以诱掖激厉,渐摩成就之道,皆有节序。其要在乎择善修身,至于化成天下,自乡人而可至于圣人之道。其学行皆中于是者为成德。取材识明达、可进于善者,使日受其业。择其学明德尊者为太学之师,次以分教天下之学。择士入学,县升之州,州宾兴于太学,太学聚而教之,岁论其贤者能者于朝。凡选士之法,皆以性行端洁,居家孝悌,有廉耻礼逊,通明学业、晓达治道者。"愚按明道此议,本末兼该,所谓实者之可行于今者,莫此为要。果能力举而行之,可以会通今制,而复古道无难矣。

辞枢密副使表

臣某言:伏奉制命,蒙恩特授臣依前礼部侍郎,充枢密副使,仍加食邑,实封散官,勋赐如故者。成命始行,骤惊于众听;抚心增惧,曾莫以自容。

窃以枢要之司,朝廷慎选。出纳惟允,实赞于万机;礼遇均隆,号称于二府。顾任人之得失,常系国之重轻,苟非其材,所损不一。伏念臣器能甚薄,风力不强。少喜文辞,殆浮华而少实;晚勤古学,终迂阔以自愚。而自遭逢圣明,擢在侍从。间尝论天下之事,言出而众怨已归;思欲报人主之知,智短而万分无补。徒厝危躬于祸咎,每烦圣造之保全。既不适于时宜,惟可置之闲处。故自叩还禁署,逮此七年,屡乞方州,几于十请。沥愚诚而恳至,被明诏之丁宁。虽大度并包,猥荷优容之赐;而群贤在列,敢怀希进之心?伏遇尊号皇帝陛下,急于求人,思以济治,因柄臣之并选,怜旧物以不遗。然而致远之难,力不胜者必速其覆;量材不可,能自知者犹得为明。敢冀睿慈,察其迫切,俾回涣渥,更选隽良。如此,则器不假人,各适贤愚之分;物皆知报,何胜犬马之心。

张孝先曰:辞让出于至诚,非矫饰者比,观其文自见。

乞罢政事第三表

臣闻士之行己,所慎者始终之不渝;臣之事君,所难者进退而合理。苟无大过,善退其身。昔之为臣,全此者少。臣顷侍先帝,屡陈斯言;今之恳诚,盖迫于此。

伏念臣识不足以通今古,材不足以语经纶,幸逢盛际之休明,早自诸生而拔擢。方其与儒学文章之选,居言语侍从之流,每蒙过奖于群公,常愧虚名之浮实。暨晚叨于重任,益可谓于得时,何尝敢伤一士之贤,岂不乐得天下之誉?而动皆臣忌,毁必臣归。人之爱憎,不应遽异;臣之本末,亦岂顿殊?盖以处非所宜,用过其量。惟是要权之地,不胜指目之多。周防所以履危,而简疏自任;委曲所以从众,而拙直难移。宜其举足则蹈祸之机,以身为敛怨之府。复盘桓而不去,遂谤议以交兴。谗说震惊,舆情共愤。皇明洞照,圣断不疑,孤臣获雪于至冤,四海共忻于新政。至于赖天地保全之力,脱风波险陷之危,使臣散发林丘,幅巾衡巷,以此没地,犹为幸民。况乎拥盖垂襜,其荣可喜;抚民求瘼,所寄非轻。苟可效于勤劳,亦宁分于内外?

伏望皇帝陛下曲回天造,俯察愚衷,许解剧繁,处之闲僻。物还其分,庶获遂于安全;心匪无知,岂敢忘于报效!

> 张孝先曰:公性不避众怨,英宗尝称之矣。至是以蒋之奇之谗,力解机务。其自叙处恳恻而不伤于激,非惟立言有体,而忠爱之诚与洁身之义具见。

亳州乞致仕第二表

臣近贡封章,乞还官政。伏奉诏答,未赐允俞。退自省循,奚胜殒越?臣闻神功不宰而万物得以曲成者,惟各从其欲;天鉴孔昭而一言可以感动者,在能致其诚。敢倾虔至之心,再渎高明之听。

伏念臣本以一介之贱,叨尘二府之联,知直道以事君,每师心而自信。然而既乏捐躯之效,又无先觉之明。用之已过其分,而曾不自量;毁者不堪其辱,而莫知引去。幸赖乾坤之再造，得逃陷阱之危机，仍许避于要权，俾退安于晚节。今乃苦于衰病，莫自支持，顾难冒于宠荣，始欲收于骸骨。敢期圣念，过轸天慈，谓虽迫于桑榆，未忍弃于草莽。窃以古今之制，沿袭不同。盖由两汉而来，虽处三公之贵，每上还于印绶，多自驾于车辕，朝去朝廷，暮归田里，一辞高爵，遂列编民。岂如至治之朝，深笃爱贤之意，每示隆恩之典，以劝知止之人。故虽有还政之名，而仍享终身之禄。固已不类昔时之士，无殊居位之荣。然则在臣素心，虽切退休之志；迹臣所乞，尚虞侥幸之机。

伏望皇帝陛下恻以深仁，矜其至恩，俾解方州之任，遂归环堵之居。固将优游垂尽之年，涵泳太平之乐。惟辛勤白首，迄无一善之称；孤负明时，莫报三朝之德。此为惭恨，何可胜陈！

茅鹿门曰：写情输恳之言。

张孝先曰：写朝廷保全眷爱之恩，真觉图报无地。末陈乞休意，惋恻动人。

上范司谏书

前月中得进奏吏报，云自陈州召至阙拜司谏，即欲为一书以贺，多事，匆卒未能也。

司谏，七品官尔，于执事得之，不为喜，而独区区欲一贺者，诚以谏官者，天下之得失、一时之公议系焉。今世之官，自九卿、百执事外，至一郡县吏，非无贵官大职可以行其道也。然县越其封，郡逾其境，虽贤守长不得行，以其有守也。吏部之官不得理兵部，鸿胪之卿不得理光禄，以其有司也。若天下之失得，生民之利害，社稷之大计，惟所见闻而不系职司者，独宰相可行之，谏官可言之尔。故士学古怀道者仕于时，不得为宰相，必为谏官。谏官虽卑，与宰相等。天子曰不可，宰相曰可；天子曰然，宰相曰不然：坐乎庙堂之上，与天子相可否者，宰相也。天子曰是，谏官曰非；天子曰必行，谏官曰必不可行：立殿陛之前，与天子争是非者，谏官也。宰相尊，行其道；谏官卑，行其言；言行，道亦行也。九卿、百司、郡县之吏守一职者，任一职之责；宰相、谏官系天下之事，亦任天下之责。然宰相、九卿而下失职者，受责于有司；谏官之失职也，取讥于君子。有司之法，行乎一时；君子之讥，著之简册而昭明，垂之百世而不泯，甚可惧也。夫七品之官，任天下之责，惧百世之讥，岂不重邪！非材且贤者不能为也。

近执事始被召于陈州，洛之士大夫相与语曰："我识范君，知其材也。其来，不为御史，必为谏官。"及命下，果然，则又相与语曰："我识范君，知其贤也。他日闻有立天子陛下，直辞正色、面争庭论者，非他人，必范君也。"拜命以来，翘首企足，伫乎有闻而卒未也。窃惑之，岂洛之士大夫能料于前而不能料于后也？将执事有待而为也？

昔韩退之作《争臣论》，以讥阳城不能极谏，卒以谏显。

人皆谓城之不谏,盖有待而然,退之不识其意而妄讥。修独以谓不然。当退之作论时,城为谏议大夫已五年,后又二年始庭论陆贽,及沮裴延龄作相欲裂其麻,才两事尔。当德宗时,可谓多事矣:授受失宜,叛将强臣罗列天下,又多猜忌,进任小人。于此之时,岂无一事可言,而须七年耶?当时之事,岂无急于沮延龄、论陆贽两事也?谓宜朝拜官而夕奏疏也。幸而城为谏官七年,适遇延龄、陆贽事,一谏而罢,以塞其责;向使止五年六年而遂迁司业,是终无一言而去也,何所取哉!

今之居官者率三岁而一迁,或一二岁,甚至半岁而迁也,此又非可以待乎七年也。今天子躬亲庶政,化理清明,虽为无事,然自千里诏执事而拜是官者,岂不欲闻正议而乐说言乎?然今未闻有所言说,使天下知朝廷有正士而彰吾君有纳谏之明也。

夫布衣韦带之士,穷居草茅,坐诵书史,常恨不见用。及用也,又曰彼非我职,不敢言;或曰我位犹卑,不得言矣;又曰我有待。是终无一人言也,可不惜哉!伏惟执事思天子所以见用之意,惧君子百世之讥,一陈昌言,以塞重望,且解洛之士大夫之惑,则幸甚幸甚!

茅鹿门曰:胜韩公《争臣论》。

张孝先曰:谏官任天下之责,惧百世之讥,若依违观望,则失其职矣。公在谏院谔谔敢言,不避忌怨。读此书可想见其风节慷慨,非不审己而徒责人者。

与高司谏书

修顿首再拜白司谏足下：某年十七时，家随州，见天圣二年进士及第榜，始识足下姓名。是时予年少，未与人接，又居远方，但闻今宋舍人兄弟，与叶道卿、郑天休数人者，以文学大有名，号称得人。而足下厕其间，独无卓卓可道说者，予固疑足下不知何如人也。

其后更十一年，予再至京师，足下已为御史里行，然犹未暇一识足下之面。但时时于予友尹师鲁问足下之贤否，而师鲁说足下正直有学问，君子人也，予犹疑之。夫正直者不可屈曲，有学问者必能辨是非。以不可屈之节，有能辨是非之明，又为言事之官，而俯仰默默，无异众人，是果贤者耶？此不得使予之不疑也。

自足下为谏官来，始得相识。侃然正色，论前世事，历历可听，褒贬是非，无一谬说。噫！持此辩以示人，孰不爱之？虽予亦疑足下真君子也。

是予自闻足下之名及相识，凡十有四年，而三疑之。今者，推其实迹而较之，然后决知足下非君子也。

前日范希文贬官后，与足下相见于安道家，足下诋诮希文为人。予始闻之，疑是戏言；及见师鲁，亦说足下深非希文所为，然后其疑遂决。希文平生刚正，好学通古今，其立朝有本末，天下所共知；今又以言事触宰相得罪。足下既不能为辩其非辜，又畏有识者之责己，遂随而诋之，以为当黜。

是可怪也。

夫人之性，刚果懦软，秉之于天，不可勉强，虽圣人亦不以不能责人之必能。今足下家有老母，身惜官位，惧饥寒而顾利禄，不敢一忤宰相以近刑祸，此乃庸人之常情，不过作一不才谏官尔。虽朝廷君子，亦将悯足下之不能，而不责以必能也。今乃不然，反昂然自得，了无愧畏，便毁其贤以为当黜，庶乎饰己不言之过。夫力所不敢为，乃愚者之不逮；以智文其过，此君子之贼也。

且希文果不贤邪？自三四年来，从大理寺丞至前行员外郎；作待制日，日备顾问，今班行中无与比者。是天子骤用不贤之人？夫使天子待不贤以为贤，是聪明有所未尽。足下身为司谏，乃耳目之官，当其骤用时，何不一为天子辨其不贤，反默默无一语，待其自败，然后随而非之？若果贤邪，则今日天子与宰相以忤意逐贤人，足下不得不言。是则足下以希文为贤，亦不免责；以为不贤，亦不免责：大抵罪在默默尔。

昔汉杀萧望之与王章，计其当时之议，必不肯明言杀贤者也，必以石显、王凤为忠臣，望之与章为不贤而被罪也。今足下视石显、王凤果忠邪？望之与章果不贤邪？当时亦有谏臣，必不肯自言畏祸而不谏，亦必曰当诛而不足谏也。今足下视之，果当诛邪？是直可欺当时之人，而不可欺后世也。今足下又欲欺今人，而不惧后世之不可欺邪？况今之人未可欺也！

伏以今皇帝即位以来，进用谏臣，容纳言论。如曹修古、刘越，虽殁犹被褒称。今希文与孔道辅，皆自谏诤擢用。足下幸生此时，遇纳谏之圣主如此，犹不敢一言，何也？前日又闻御史台榜朝堂，戒百官不得越职言事，是可言者惟谏臣尔。若足下又遂不言，是天下无得言者也。足下在其位而不言，便当去之，无妨他人之堪其任者也。

昨日安道贬官，师鲁待罪，足下犹能以面目见士大夫，出入朝中称谏官，是足下不复知人间有羞耻事尔！所可惜者，圣朝有事，谏官不言，而使他人言之。书在史册，他日为朝廷羞者，足下也。

《春秋》之法，责贤者备。今某区区犹望足下之能一言者，不忍便绝足下而不以贤者责也。若犹以谓希文不贤而当逐，则予今所言如此，乃是朋邪之人尔。愿足下直携此书于朝，使正予罪而诛之，使天下皆释然知希文之当逐，亦谏臣之一效也。

前日足下在安道家，召予往论希文之事。时坐有他客，不能尽所怀，故辄布区区，伏惟幸察！不宣。

茅鹿门曰：欧公恶恶太过处，使在今日，恐不免国武子之祸也。

张孝先曰：不能出力救希文，犹不足责；反诋希文不贤当贬，以饰己不谏之过，此其深可痛责者也。公此书探其隐而刺之，四面攻击，直令他无逃闪之路。盖激于义愤，不自觉其言之过直也。至今读之，犹使人增气。谓其恶恶太过而惧其获祸，是将以巽懦为老成而后可也，岂知公者哉！

春秋或问

或问:"《春秋》何为始于隐公而终于获麟?"

曰:"吾不知也。"

问者曰:"此学者之所尽心焉,不知何也?"

曰:"《春秋》起止,吾所知也。子所问者,始终之义,吾不知也,吾无所用心乎此也。昔者,孔子仕于鲁,不用,去之。诸侯又不用,困而归。且老,始著书。得《诗》自《关雎》至于《鲁颂》,得《书》自《尧典》至于《费誓》,得鲁《史记》自隐公至于获麟,遂删修之。其前远矣!圣人著书足以法世而已,不穷远之难明也,故据其所得而修之。孔子非史官也,不常职乎史,故尽其所得修之而止耳。鲁之《史记》,则未尝止也,今《左氏经》可以见矣。"

曰:"然则始终无义乎?"

曰:"义在《春秋》,不在起止。《春秋》谨一言而信万世者也。予厌众说之乱《春秋》者也。"

茅鹿门曰:识好。

张孝先曰:《春秋》始终亦有义,所当用心。若曰"尽其所得修之而止",则圣人无乃太草率乎?推之《诗》自《关雎》至《鲁颂》,《书》自《尧典》至《费誓》,其起止亦各有义。义无所不在也,不可谓"义在《春秋》,不在起止"。即此篇所云"圣人著书足以法世,不穷远之难明",亦即《春秋》始终之一义也。公特厌众说之支离,而欲尽扫之,故其说如此。

朋 党 论

臣闻朋党之说,自古有之,惟幸人君辨其君子、小人而已。

大凡君子与君子以同道为朋,小人与小人以同利为朋,此自然之理也。然臣谓小人无朋,惟君子则有之。其故何哉?小人所好者禄利也,所贪者财货也。当其同利之时,暂相党引以为朋者,伪也。及其见利而争先,或利尽而交疏,则反相贼害,虽其兄弟亲戚不能相保。故臣谓小人无朋,其暂为朋者,伪也。君子则不然。所守者道义,所行者忠信,所惜者名节。以之修身,则同道而相益;以之事国,则同心而共济;终始如一,此君子之朋也。故为人君者,但当退小人之伪朋,用君子之真朋,则天下治矣。

尧之时,小人共工、骧兜等四人为一朋,君子八元、八恺十六人为一朋。舜佐尧退四凶小人之朋,而进元、恺君子之朋,尧之天下大治。及舜自为天子,而皋、夔、稷、契等二十二人并列于朝,更相称美,更相推让,凡二十二人为一朋,而舜皆用之,天下亦大治。《书》曰:"纣有臣亿万,惟亿万心;周有臣三千,惟一心。"纣之时,亿万人各异心,可谓不为朋矣,然纣以亡国。周武王之臣三千人为一大朋,而周用以兴。后汉献帝时,尽取天下名士囚禁之,目为党人。及黄巾贼起,汉室大乱,后方悔悟,尽解党人而释之,然已无救矣。唐之晚年,渐起朋党之论。及昭宗时,尽杀朝之名士,或投之黄河,曰:"此辈清流,可投浊流。"而唐遂亡矣。

夫前世之主,能使人人异心不为朋,莫如纣;能禁绝善人为朋,莫如汉献帝;能诛戮清流之朋,莫如唐昭宗之世:然皆乱亡其国。更相称美推让而不自疑,莫如舜之二十二臣,舜亦不疑而皆用之。然而后世不诮舜为二十二人朋党所欺,而称舜为聪明之圣者,以能辨君子与小人也。周武之世,举其国之臣三千人共为一朋。自古为朋之多且大,莫如周。然周用此以兴者,善人虽多而不厌也。

夫兴亡治乱之迹,为人君者可以鉴矣!

茅鹿门曰:破千古人君之疑。

张孝先曰:"朋"之一字,本非恶也。自小人欲倾君子,无可为辞,则概以朋党目之,而思欲一网打尽矣。得公此论,为朋党名色昭雪分明,使人君辨其为君子之朋耶,小人之朋耶。果君子也,则非惟不嫌其有朋,而且惟患其朋之不众矣;非惟不嫉君子之有朋,而直欲以其身与之为朋矣。其论小人无朋一段,善形容小人之情状,真如铸鼎象物。至君子之朋,则以尧之十六人、舜之二十二人、武之三千人为言,可谓创论,而实至论。其法与孟子论好乐好勇、文王之囿等篇,同为千古不刊之文。

纵 囚 论

信义行于君子,而刑戮施于小人。刑入于死者,乃罪大恶极,此又小人之尤甚者也。宁以义死,不苟幸生,而视死如归，此又君子之尤难者也。方唐太宗之六年，录大辟囚三百余人，纵使还家，约其自归以就死。是以君子之难能，期小人之尤者以必能也。其囚及期而卒自归无后者，是君子之所难，而小人之所易也。此岂近于人情哉？

或曰：罪大恶极，诚小人矣，及施恩德以临之，可使变而为君子。盖恩德入人之深而移人之速，有如是者矣。曰：太宗之为此，所以求此名也。然安知夫纵之去也，不意其必来以冀免，所以纵之乎？又安知夫被纵而去也，不意其自归而必获免，所以复来乎？夫意其必来而纵之，是上贼下之情也；意其必免而复来，是下贼上之心也。吾见上下交相贼以成此名也，乌有所谓施恩德与夫知信义者哉！不然，太宗施德于天下，于兹六年矣，不能使小人不为极恶大罪，而一日之恩能使视死如归而存信义，此又不通之论也。

然则何为而可？曰：纵而来归，杀之无赦；而又纵之，而又来，则可知为恩德之致尔。然此必无之事也。若夫纵而来归而赦之，可偶一为之尔；若屡为之，则杀人者皆不死，是可为天下之常法乎？不可为常者，其圣人之法乎？是以尧、舜、三王之治，必本于人情，不立异以为高，不逆情以干誉。

茅鹿门曰：曲尽人情。

张孝先曰：只"求名"两字，勘破太宗之心，便将一段佳话尽情抹倒。行文老辣，不肯放松一字，真酷吏断狱手。

五代史周臣传论

呜呼！作器者无良材而有良匠，治国者无能臣而有能君。盖材待匠而成，臣待君而用。故曰：治国譬之于弈，知其用而置得其处者胜，不知其用而置非其处者败。败者临棋注目，终日而劳心；使善弈者视焉，为之易置其处，则胜矣。胜者所用，败者之棋也；兴国所用，亡国之臣也。

王朴之材，诚可谓能矣，不遇世宗，何所施哉？世宗之时，外事征伐，攻取战胜；内修制度，议刑法，定律历，讲求礼乐之遗文。所用者，五代之士也，岂皆愚怯于晋、汉，而材智于周哉？惟知所用尔。

夫乱国之君，常置愚不肖于上，而强其不能以暴其短恶；置贤智于下，而泯没其材能。使君子小人皆失其所，而身蹈危亡。治君之用能置贤智于近，而置愚不肖于远，使君子小人各适其分，而身享安荣。治乱相去虽远甚，而其所以致之者不多也，反其所置而已。呜呼！自古治君少而乱君多，况于五代？士之遇不遇者，可胜叹哉！

茅鹿门曰：名言。

张孝先曰：生材者天也，用材者君也。天下未尝乏材，用得其当，则成大治矣。良匠无枉材，弈秋善下子。周世宗得王朴且然，而况圣主能用天下之贤才者乎？

五代史唐六臣传论二

呜呼！始为朋党之论者谁欤？甚乎作俑者也，真可谓不仁之人哉！

予尝至繁城，读《魏受禅碑》，见汉之群臣称魏功德，而大书深刻，自列其姓名，以夸耀于世。又读《梁实录》，见文蔚等所为如此，未尝不为之流涕也。夫以国予人而自夸耀，及遂相之，此非小人，孰能为也？汉唐之末，举其朝皆小人也，而其君子者何在哉？当汉之亡也，先以朋党禁锢天下贤人君子，而立其朝者，皆小人也，然后汉从而亡。及唐之亡也，又先以朋党尽杀朝廷之士，而其余存者，皆庸懦不肖倾险之人也，然后唐从而亡。

夫欲空人之国而去其君子者，必进朋党之说；欲孤人主之势而蔽其耳目者，必进朋党之说；欲夺国而与人者，必进朋党之说。夫为君子者，固尝寡过，小人欲加之罪，则有可诬者，有不可诬者，不能遍及也。至欲举天下之善，求其类而尽去之，惟指以为朋党耳。故其亲戚故旧，谓之朋党可也；交游执友，谓之朋党可也；宦学相同，谓之朋党可也；门生故吏，谓之朋党可也。是数者，皆其类也，皆善人也。故曰：欲空人之国而去其君子者，惟以朋党罪之，则无免者矣。

夫善善之相乐，以其类同，此自然之理也。故闻善者必相称誉，称誉则谓之朋党；得善者必相荐引，荐引则谓之朋党。使人闻善不敢称誉，人主之耳不闻有善于下矣；见善不敢荐，则人主之目不得见善人矣。善人日远而小人日进，则为人主者，怅怅然谁与之图治安之计哉！故曰：欲孤人主之势而蔽其耳目者，必用朋党之说也。

一君子存，群小人虽众，必有所忌，而有所不敢为。惟空国而无君子，然后小人得肆志于无所不为，则汉魏、唐梁之际是也。故曰：可夺国而予人者，由其国无君子；空国而无君子，由以朋党而去之也。

呜呼！朋党之说，人主不可不察哉！《传》曰"一言可以丧邦"者，其是之谓欤？

茅鹿门曰：文甚圆，而所见世情特透。

张孝先曰：痛切言之，尽情尽态，使人一览了然；反复推求，而无幽隐之不透。欧公善于论事，其文类然。此可与上篇《朋党论》参看。

五代史宦者传论

自古宦者乱人之国，其源深于女祸。女，色而已；宦者之害，非一端也。盖其用事也近而习，其用心也专而忍。能以小善中人之意，小信固人之心，使人主必信而亲之。待其已信，然后惧以祸福而把持之。虽有忠臣硕士列于朝廷，而人主以为去己疏远，不若起居饮食、前后左右之亲为可恃也。故前后左右者日益亲，则忠臣硕士日益疏，而人主之势日益孤。势孤，则惧祸之心日益切，而把持者日益牢。安危出其喜怒，祸患伏于帷闼，则向之所谓可恃者，乃所以为患也。

患已深而觉之，欲与疏远之臣图左右之亲近，缓之则养祸而益深，急之则挟人主以为质。虽有圣智，不能与谋。谋之而不可为，为之而不可成；至其甚，则俱伤而两败。故其大者亡国，其次亡身，而使奸豪得借以为资而起，至抉其种类，尽杀以快天下之心而后已。此前史所载宦者之祸常如此者，非一世也。

夫为人主者，非欲养祸于内，而疏忠臣硕士于外，盖其渐积而势使之然也。夫女色之惑，不幸而不悟，则斯祸及矣。使其一悟，捽而去之可也。宦者之为祸，虽欲悔悟，而势有不得而去也，唐昭宗之事是已。故曰深于女祸者，谓此也，可不戒哉！

茅鹿门曰：通篇如倾水银于地，而百孔千窍无所不入。其机圆，而其情邃。

张孝先曰：《易》曰："履霜坚冰，阴始凝也。驯致其道，至坚冰也。"以近习之人而忽之，所谓辨之不早辨也。及其辗转不已，阴日长而阳日消，主势既孤，而忠臣义士无所效其力，岂非驯致其道以至斯极乎？欧公之论切矣。

仲氏文集序

呜呼！语称君子知命。所谓命，其果可知乎？贵贱穷亨，用舍进退，得失成败，其有幸有不幸，或当然而不然，而皆不知其所以然者，则推之于天曰有命。夫君子所谓知命者，知此而已。盖小人知在我，故常无所不为；君子知有命，故能无所屈。凡士之有材而不用于世，有善而不知于人，至于老死困穷而不悔者，皆推之有命，而不求苟合者也。

余读仲君之文，而想见其人也。君讳讷，字朴翁。其气刚，其学古，其材敏。其为文抑扬感激，劲正豪迈，似其为人。少举进士，官至尚书屯田员外郎而止。君生于有宋百年全盛之际，儒学文章之士得用之时，宜其驰骋上下，发挥其所蓄，振耀于当世。而独韬藏抑郁，久伏而不显者，盖其不苟屈以合世，故世亦莫之知也，岂非知命之君子欤！余谓君非徒知命而不苟屈，亦自负其所有者，谓虽抑于一时，必将伸于后世而不可揜也。

君之既殁，富春孙莘老状其行以告于史，临川王介甫铭之石以藏诸幽，而余又序其集以行于世。然则君之不苟屈于一时，而有待于后世者，其不在吾三人耶？噫！余虽老且病，而言不文，其可不勉！

茅鹿门曰：言近而旨远。

张孝先曰：以其不苟屈以求合于世，而许其为知命之君子。信哉言乎！士若不知命，虽苟屈以求合于世，亦卒未能有合也，徒成其为小人而已。屈于一时而伸于后世，则君子何尝不可为哉！

薛简肃公文集序

君子之学，或施之事业，或见于文章，而常患于难兼也。盖遭时之士，功烈显于朝廷，名誉光于竹帛，故其常视文章为末事，而又有不暇与不能者焉。至于失志之人，穷居隐约，苦心危虑而极于精思，与其有所感激发愤，惟无所施于世者，皆一寓于文辞。故曰穷者之言易工也。如唐之刘、柳无称于事业，而姚、宋不见于文章。彼四人者犹不能于两得，况其下者乎！

惟简肃公在真宗时，以材能为名臣；仁宗母后时，以刚毅正直为贤辅。其决大事，定大议，嘉谋谠论，著在国史，而遗风余烈，至今称于士大夫。公绛州正平人也，自小以文行推于乡里，既举进士，献其文百轴于有司，由是名动京师。其平生所为文至八百余篇，何其盛哉！可谓兼于两得也。公之事业显矣，其于文章，气质纯深而劲正，盖发于其志，故如其为人。

公有子直孺，早卒。无后，以其弟之子仲孺公期为后。公之文既多，而往往流散于人间，公期能力收拾。盖自公薨后三十年，始克类次而集之为四十卷。公期可谓能世其家者也。呜呼，公为有后矣！

茅鹿门曰：大约本韩昌黎诗序中来。

张孝先曰：公曾跋蔡君谟《荔支谱》云："牡丹花之绝，而无嘉实；荔支果之绝，而非名花。物之不能兼擅其美也，而况于人乎？"亦即此文发端之意。

章望之字序

校书郎章君，尝以其名望之来请字，曰："愿有所教，使得以勉焉而自勖者。"予为之字曰表民，而告之曰：古之君子所以异乎众人者，言出而为民信，事行而为世法，其动作容貌皆可以表于民也。故紘綖冕弁以为首容，佩玉玦环以为行容，衣裳黼黻以为身容。手有手容，足有足容，揖让登降，献酬俯仰，莫不有容。又见其宽柔温厚、刚严果毅之色，以为仁义之容。服其服，载其车，立乎朝廷而正君臣，出入宗庙而临大事，俨然人皆望而畏之，曰此吾民之所尊也。非民之知尊君子，而君子者能自修而尊者也。然而行不充于内，德不备于人，虽盛其服，文其容，民不尊也。

名山大川，一方之望也；山川之岳渎，天下之望也。故君子之贤于一乡者，一乡之望也；贤于一国者，一国之望也；名烈著于天下者，天下之望也；功德被于后世者，万世之望也。孝慈友悌达于一乡,古所谓乡先生者,一乡之望也。春秋之贤大夫,若随之季良、郑之子产者,一国之望也。位于中,而奸臣贼子不敢窃发于外,如汉之大将军;出入将相,朝廷以为轻重,天下系其安危,如唐之裴丞相者,天下之望也。其人已没,其事已久,闻其名,想其人,若不可及者,夔、龙、稷、契是也。其功可以及百世,其道可以师百王,虽有贤圣莫敢过之者,周、孔是也。此万世之望,而皆所以为民之表也。

《传》曰:"其在贤者,识其大者远者。"章君儒其衣冠,气刚色仁,好学而有志。其絜然修乎其外,而辉然充乎其内,以发乎文辞,则又辩博放肆而无涯。是数者皆可以自择而勉焉者也,是固能识夫远大者矣。虽予何以勖焉,第因其志,广其说,以塞请。

茅鹿门曰:典实。

张孝先曰:以"望"字作骨,见古今有许多人物阶级。士当自择而勉,不可与凡民同泯没于天地之间也。

送徐无党南归序

草木鸟兽之为物,众人之为人,其为生虽异,而为死则同:一归于腐坏、澌尽、泯灭而已。而众人之中,有圣贤者,虽亦生且死于其间,而独异于草木鸟兽众人者,虽死而不朽，逾远而弥存也。其所以为圣贤者，修之于身，施之于事，见之于言，是三者所以能不朽而存也。

修于身者，无所不获；施于事者，有得有不得焉；其见于言者，则又有能有不能也。施于事矣，不见于言可也。自《诗》《书》《史记》所传，其人岂必皆能言之士哉？修于身矣，而不施于事，不见于言，亦可也。孔子弟子，有能政事者矣，有能言语者矣。若颜回者，在陋巷，曲肱饥卧而已，其群居则默然终日如愚人。然自当时群弟子皆推尊之，以为不敢望而及，而后世更百千岁亦未有能及之者。其不朽而存者，固不待施于事，况于言乎？

予读班固《艺文志》、唐《四库书目》，见其所列，自三代、秦汉以来，著书之士，多者至百余篇，少者犹三四十篇，其人不可胜数，而散亡磨灭，百不一二存焉。予窃悲其人，文章丽矣，言语工矣，无异草木荣华之飘风，鸟兽好音之过耳也。方其用心与力之劳，亦何异众人之汲汲营营？而忽焉以死者，虽有迟有速，而卒与三者同归于泯灭。夫言之不可恃也盖如此。今之学者，莫不慕古圣贤之不朽，而勤一世以尽心于文字间者，皆可悲也。

东阳徐生，少从予学为文章，稍稍见称于人。既去，而与群士试于礼部，得高第，由是知名。其文辞日进，如水涌而山出。予欲摧其盛气而勉其思也，故于其归，告以是言。然予固亦喜为文辞者，亦因以自警焉。

　　茅鹿门曰：欧阳公极好为文，晚年见得如此。吾辈生平好著文章以自娱，当为深省。

张孝先曰：宇宙有不朽之道三：立德、立言、立功是也。功不如德，言不如德与功。欧公此文，盖悲文章言语之无用，而慨学者勤一世以尽心于此者为可惜也。可谓返本之论矣。虽然，飘风之华，过耳之音，为文章丽而言语工者云尔也。夫丽与工，则岂立言之谓哉？世之人以妃青俪白、繁弦急管、妖冶眩目、淫哇聒耳者，误认以为立言，而不知古之所谓立言者，正不如此也。盖惟和顺积中，英华发外，故言出而明道觉世，如菽粟之可以疗饥，药石之可以愈疾，高而为日月之经天，下而为江河之行地。自六经、四子而下，惟周、程、张、朱诸君子之书可以当之。如是然后可以谓之立言，而古圣贤之不朽者，胥藉是以传焉。学者所当勤一世以尽心其间者，此也。岂曰言不足恃，而遂以为戒乎哉？因读此文而补其说。

送秘书丞宋君归太学序

陋巷之士，甘藜藿而修仁义，毁誉不干其守，饥寒不累其心，此众人以为难，而君子以为易。生于高门，世袭轩冕，而躬布衣韦带之行，其骄荣佚欲之乐，生长于其间，而不溺其习，日见乎其外，而不动乎其中，此虽君子，犹或难之。学行足以立身而进不止，材能足以高人而志愈下，此虽圣人，亦以为难也。《书》曰："不自满假。"又曰："汝惟不矜不伐。"以舜禹之明，犹以是为相戒惧，况其下者哉！此诚可谓难也已。

广平宋君，宣献公之子。公以文章为当世宗师，显于朝廷，登于辅弼，清德著于一时，令名垂于后世。君少自立,不以门地骄于人;既长,学问好古,为文章,天下贤士大夫皆称慕其为人,而君慊然,常若不足于己者。守官太学,甘寂寞以自处,日与寒士往来,而从先生国子讲论道德,以求其益。

夫生而不溺其习,此盖出其天性。其见焉而不动于中者,由性之明,学之而后至也。学而不止,高而愈下,予自其幼,见其长,行而不倦,久而愈笃,可知其将无所不至焉也。孟子所谓"孰能御之"者欤！予陋巷之士也,遭时奋身,窃位于朝,守其贫贱之节,其临利害祸福之际,常恐其夺也。以予行君子之所易者犹若是,知君行圣贤之所难者为难能也。

岁之三月,来自京师,拜其舅氏。予得延之南斋,听其论议,而慕其为人,虽与之终身久处而不厌也。留之数日而去,于其去也,不能忘言,遂为之序。

茅鹿门曰:以宋秘书起宰相家世胄,而以难易立论,似有深浅。

张孝先曰:宋君固贤,而公叙之尤蔼然有情致。世胄子弟,当书一通,勒之座右。

六一居士传

六一居士初谪滁山,自号醉翁。既老而衰且病,将退休于颍水之上,则又更号六一居士。

客有问曰:"六一,何谓也?"居士曰:"吾家藏书一万卷,集录三代以来金石遗文一千卷,有琴一张,有棋一局,而常置酒一壶。"客曰:"是为五一尔,奈何?"居士曰:"以吾一翁,老于此五物之间,是岂不为六一乎?"客笑曰:"子欲逃名者乎,而屡易其号?此庄生所诮畏影而走乎日中者也。余将见子疾走大喘渴死,而名不得逃也。"居士曰:"吾固知名之不可逃,然亦知夫不必逃也。吾为此名,聊以志我之乐尔。"客曰:"其乐如何?"居士曰:"吾之乐可胜道哉!方其得意于五物也,太山在前而不见,疾雷破柱而不惊,虽响九奏于洞庭之野,阅大战于涿鹿之原,未足喻其乐且适也。然常患不得极吾乐于其间者,世事之为吾累者众也。其大者有二焉,轩裳珪组劳吾形于外,忧患思虑劳吾心于内,使吾形不病而已瘁,心未老而先衰,尚何暇于五物哉?虽然,吾自乞其身于朝者三年矣,一日天子恻然哀之,赐其骸骨,使得与此五物偕返于田庐,庶几偿其夙愿焉。此吾之所以志也。"客复笑曰:"子知轩裳珪组之累其形,而不知五物之累其心乎?"居士曰:"不然。累于彼者已劳矣,又多忧;累于此者既佚矣,幸无患。吾其何择哉!"于是与客俱起,握手大笑曰:"置之,区区不足较也。"

已而叹曰:"夫士少而仕,老而休,盖有不待七十者矣,吾素慕之,宜去一也。吾尝用于时矣,而讫无称焉,宜去二也。壮犹如此,今既老且病矣,乃以难强之筋骸,贪过分之荣禄,是将违其素志而自食其言,宜去三也。吾负三宜去,虽无五物,其去宜矣,复何道哉!"

熙宁三年九月七日,六一居士自传。

茅鹿门曰：文旨旷达，欧阳公所自解脱在此。

张孝先曰：欧公晚年寓意之文。东坡集多得此解。

相州昼锦堂记

仕宦而至将相，富贵而归故乡，此人情之所荣，而今昔之所同也。盖士方穷时，困厄闾里，庸人孺子皆得易而侮之，若季子不礼于其嫂，买臣见弃于其妻。一旦高车驷马，旗旄导前而骑卒拥后，夹道之人，相与骈肩累迹，瞻望咨嗟，而所谓庸夫愚妇者，奔走骇汗，羞愧俯伏，以自悔罪于车尘马足之间。此一介之士得志当时，而意气之盛，昔人比之衣锦之荣者也。

惟大丞相卫国公则不然。公，相人也。世有令德，为时名卿。自公少时，已擢高科，登显仕，海内之士闻下风而望余光者，盖亦有年矣。所谓将相而富贵，皆公所宜素有，非如穷厄之人侥幸得志于一时，出于庸夫愚妇之不意，以惊骇而夸耀之也。然则高牙大纛不足为公荣，桓圭衮冕不足为公贵；惟德被生民而功施社稷，勒之金石，播之声诗，以耀后世而垂无穷。此公之志，而士亦以此望于公也。岂止夸一时而荣一乡哉！

公在至和中，尝以武康之节来治于相，乃作昼锦之堂于后圃。既，又刻诗于石以遗相人。其言以快恩仇、矜名誉为可薄，盖不以昔人所夸者为荣，而以为戒。于此见公之视富贵为如何，而其志岂易量哉！故能出入将相，勤劳王家，而夷险一节。至于临大事，决大议，垂绅正笏，不动声气而措天下于泰山之安，可谓社稷之臣矣！其丰功盛烈，所以铭彝鼎而被弦歌者，乃邦家之光，非闾里之荣也。

余虽不获登公之堂，幸尝窃诵公之诗，乐公之志有成，而喜为天下道也，于是乎书。

> 茅鹿门曰：冶女之文，令人悦眼。而最得体处，在安顿卫国公上。以史迁之烟波，行宋人之格调。

> 张孝先曰：以穷厄、得志者相形，见公超然出于富贵之上。因"昼锦"二字颇近俗，故为之出脱如是。文旨浅而词调敷腴，最为人所爱好。

吉州学记

庆历三年秋，天子开天章阁，召政事之臣八人，问治天下其要有几，施于今者宜何先，使坐而书以对。八人者皆震恐失位，俯伏顿首，言此非愚臣所能及，惟陛下所欲为，则天下幸甚。于是诏书屡下，劝农桑，责吏课，举贤才。其明年三月，遂诏天下皆立学，置学官之员。然后海隅徼塞四方万里之外，莫不皆有学。呜呼盛矣！

学校，王政之本也。古者致治之盛衰，视其学之兴废。《记》曰："国有学，遂有序，党有庠，家有塾。"此三代极盛之时大备之制也。宋兴，盖八十有四年，而天下之学始克大立，岂非盛美之事，须其久而后至于大备欤？是以诏下之日，臣民喜幸，而奔走就事者以后为羞。其年十月，吉州之学成。州旧有夫子庙，在城之西北。今知州事李侯宽之至也，谋与州人迁而大之，以为学舍。事方上请而诏已下，学遂以成。

李侯治吉，敏而有方。其作学也，吉之士率其私钱一百五十万以助。用人之力积二万二千工，而人不以为劳；其良材坚甓之用凡二十二万三千五百，而人不以为多；学有堂筵斋讲，有藏书之阁，有宾客之位，有游息之亭，严严翼翼，壮伟闳耀，而人不以为侈。既成，而来学者常三百余人。

予世家于吉，而滥官于朝，进不能赞扬天子之盛美，退不得与诸生揖让乎其中。然予闻教学之法本于人性，磨揉迁革，使趋于善；其勉于人者勤，其入于人者渐；善教者以不倦之意，须迟久之功，至于礼让兴行，而风俗纯美，然后为学之成。今州县之吏不得久其职而躬亲于教化也，故李侯之绩及于学之立，而不及待其成。惟后之人，毋废慢天子之诏而殆以中止。幸予他日因得归荣故乡而谒于学门，将见吉之士皆道德明秀而可为公卿，问于其俗而婚丧饮食皆中礼节，入于其里而长幼相孝慈于其家，行于其郊而少者扶其羸老、壮者代其负荷于道路。然后乐学之道成，而得时从先生、耆老，席于众宾之后，听乡乐之歌，饮献酬之酒，以诗颂天子太平之功；而周览学舍，思咏李侯之遗爱，不亦美哉！故于其始成也，刻辞于石，而立诸其庑以俟。

茅鹿门曰：典刑之文。

张孝先曰：本天子所以建学之故，而望后之人毋废慢天子之诏，是一篇关键处。归美李侯意，只带叙于其间。文之得大体者。

襄州谷城县夫子庙记

释奠、释菜，祭之略者也。古者士之见师，以菜为挚，故始入学者必释菜以礼其先师。其学官四时之祭，乃皆释奠。释奠有乐无尸；而释菜无乐，则其又略也，故其礼亡焉。而今释奠幸存，然亦无乐，又不遍举于四时，独春秋行事而已。

《记》曰："释奠必有合，有国故则否。"谓凡有国，各自祭其先圣先师，若唐虞之夔、伯夷，周之周公，鲁之孔子。其国之无焉者，则必合于邻国而祭之。然自孔子没，后之学者莫不宗焉，故天下皆尊以为先圣，而后世无以易。学校废久矣，学者莫知所师，又取孔子门人之高弟曰颜回者而配焉，以为先师。隋、唐之际，天下州县皆立学，置学官、生员，而释奠之礼遂以著令。其后州县学废，而释奠之礼，吏以其著令，故得不废。学废矣，无所从祭，则皆庙而祭之。荀卿子曰："仲尼，圣人之不得势者也。"然使其得势，则为尧、舜矣。不幸无时而没，特以学者之故，享弟子春秋之礼。而后之人不推所谓释奠者，徒见官为立祠，而州县莫不祭之，则以为夫子之尊，由此为盛。甚者乃谓生虽不得位，而没有所享，以为夫子荣，谓有德之报，虽尧、舜莫若。何其谬论者欤！

祭之礼，以迎尸、酌鬯为盛。释奠、荐馔，直奠而已，故曰祭之略者。其事有乐舞、授器之礼，今又废，则于其略者又不备焉。然古之所谓吉凶、乡射、宾燕之礼，民得而见焉者，今皆废失。而州县幸有社稷、释奠、风雨雷师之祭，民犹得以识先王之礼器焉。其牲酒器币之数，升降俯仰之节，吏又多不能习，至其临事，举多不中而色不庄，使民无所瞻仰，见者怠焉，因以为古礼不足复用，可胜叹哉！

大宋之兴，于今八十年，天下无事，方修礼乐、崇儒术，以文太平之功。以谓王爵未足以尊夫子，又加至圣之号以褒崇之，讲正其礼，下于州县。而吏或不能谕上意，凡有司簿书之所不责者，谓之不急，非师古好学者莫肯尽心焉。

谷城令狄君栗，为其邑未逾时，修文宣王庙，易于县之左，大其正位；为学舍于其旁，藏九经书，率其邑之子弟兴于学；然后考制度，为俎豆、笾筐、罇爵、簠簋凡若干，以与其邑人行事。谷城县政久废，狄君居之，期月称治，又能载国典，修礼兴学，急其有司所不责者，谡谡然惟恐不及，可谓有志之士矣。

唐荆川曰：此文前段辨释奠、释菜为祭之略，及其所以立庙之故；后段言古礼之不行为可惜，而狄公能复古礼为可称也。

茅鹿门曰：慨古礼之亡处多韵折。

张孝先曰：此文大意，荆川评括之。观其用笔，是从《封禅书》脱来。

丰乐亭记

修既治滁之明年，夏，始饮滁水而甘。问诸滁人，得于州南百步之近。其上丰山耸然而特立，下则幽谷窈然而深藏，中有清泉，滃然而仰出。俯仰左右，顾而乐之。于是疏泉凿石，辟地以为亭，而与滁人往游其间。

滁于五代干戈之际，用武之地也。昔太祖皇帝尝以周师破李景兵十五万于清流山下，生擒其将皇甫晖、姚凤于滁东门之外，遂以平滁。修尝考其山川，按其图记，升高以望清流之关，欲求晖、凤就擒之所，而故老皆无在者。盖天下之平久矣。自唐失其政，海内分裂，豪杰并起而争，所在为敌国者，何可胜数！及宋受天命，圣人出而四海一。向之凭恃险阻，刬削消磨，百年之间，漠然徒见山高而水清。欲问其事，而遗老尽矣。

今滁介于江淮之间，舟车商贾、四方宾客之所不至。民生不见外事，而安于畎亩衣食，以乐生送死。而孰知上之功德，休养生息，涵煦百年之深也！

修之来此，乐其地僻而事简，又爱其俗之安闲。既得斯泉于山谷之间，乃日与滁人仰而望山，俯而听泉。掇幽芳而荫乔木，风霜冰雪，刻露清秀，四时之景无不可爱。又幸其民乐其岁物之丰成，而喜与予游也。因为本其山川，道其风俗之美，使民知所以安此丰年之乐者，幸生无事之时也。

夫宣上恩德，以与民共乐，刺史之事也。遂书以名其亭焉。

茅鹿门曰：太守之文。

张孝先曰：朱子论欧公文字敷腴温润。包显道问先生所喜者，云："《丰乐亭记》。"读欧公文字令人喜悦，自是宇宙间阳和气象。

醉翁亭记

环滁皆山也。其西南诸峰，林壑尤美。望之蔚然而深秀者，琅琊也。山行六七里，渐闻水声潺潺，而泻出于两峰之间者，酿泉也。峰回路转，有亭翼然临于泉上者，醉翁亭也。作亭者谁？山之僧智仙也。名之者谁？太守自谓也。太守与客来饮于此，饮少辄醉，而年又最高，故自号曰醉翁也。醉翁之意不在酒，在乎山水之间也。山水之乐，得之心而寓之酒也。

若夫日出而林霏开，云归而岩穴暝，晦明变化者，山间之朝暮也。野芳发而幽香，佳木秀而繁阴，风霜高洁，水落而石出者，山间之四时也。朝而往，暮而归，四时之景不同，而乐亦无穷也。

至于负者歌于途，行者休于树，前者呼，后者应，伛偻提携，往来而不绝者，滁人游也。临溪而渔，溪深而鱼肥；酿泉为酒，泉香而酒洌；山肴野蔌，杂然而前陈者，太守宴也。宴酣之乐，非丝非竹；射者中，弈者胜；觥筹交错，起坐而喧哗者，众宾欢也。苍颜白发，颓然乎其间者，太守醉也。

已而夕阳在山，人影散乱，太守归而宾客从也。树林阴翳，鸣声上下，游人去而禽鸟乐也。然而禽鸟知山林之乐，而不知人之乐；人知从太守游而乐，而不知太守之乐其乐也。醉能同其乐，醒能述以文者，太守也。太守谓谁？庐陵欧阳修也。

　　茅鹿门曰：文中之画。昔人读此文，谓如游幽泉邃石，入一层才见一层，路不穷，兴亦不穷，读已令人神骨翛然长往矣。此是文章中洞天也。

　　张孝先曰：文之妙，鹿门评鉴之。朱子言欧公文字亦多是修改到妙处。顷有人买得他《醉翁亭记》稿，初说滁州四面有山凡数十字，末后改定，只曰"环滁皆山也"五字而已。可见文字最要修改，故附录之。

孙明复先生墓志铭

先生讳复，字明复，姓孙氏，晋州平阳人也。少举进士不中，退居泰山之阳，学《春秋》，著《尊王发微》。鲁多学者，其尤贤而有道者石介。自介而下，皆以弟子事之。先生年逾四十，家贫不娶，李丞相迪将以其弟之女妻之。先生疑焉，介与群弟子进曰："公卿不下士久矣，今丞相不以先生贫贱而欲托以子，是高先生之行义也。先生宜因以成丞相之贤名。"于是乃许。孔给事道辅为人刚直严重，不妄与人，闻先生之风，就见之。介执杖屡侍左右，先生坐则立，升降拜则扶之，及其往谢也亦然。鲁人既素高此两人，由是始识师弟子之礼，莫不叹嗟之，而李丞相、孔给事亦以此见称于士大夫。

其后介为学官，语于朝曰："先生非隐者也，欲仕而未得其方也。"庆历二年，枢密副使范仲淹、资政殿学士富弼言其道德经术宜在朝廷，召拜校书郎、国子监直讲。尝召见迩英阁说诗，将以为侍讲，而嫉之者言其讲说多异先儒，遂止。

七年，徐州人孔直温以狂谋捕治，索其家，得诗，有先生姓名，坐贬监处州商税。徙泗州，又徙知河南府长水县，签署应天府判官公事，通判陵州。翰林学士赵概等十余人上言：孙某行为世法，经为人师，不宜弃之远方。乃复为国子监直讲。居三岁，以嘉祐二年七月二十四日以疾卒于家，享年六十有六，官至殿中丞。

先生在太学时为大理评事，天子临幸，赐以绯衣银鱼。及闻其丧，恻然，予其家钱十万。而公卿大夫、朋友、太学之诸生相与吊哭，赙治其丧。于是以其年十月二十七日，葬先生于郓州须城县卢泉乡之北扈原。

先生治《春秋》，不惑传注，不为曲说以乱经。其言简易，明于诸侯、大夫功罪，以考时之盛衰，而推见王道之治乱，得于经之本义为多。方其病时，枢密使韩琦言之天子，选书吏，给纸笔，命其门人祖无择，就其家得其书十有五篇，录之藏于秘阁。先生一子大年，尚幼。铭曰：

圣人既殁经更焚,逃藏脱乱仅传存。众说乘之汩其原,怪迂百出杂伪真。后生牵卑习前闻,有欲患之寡攻群。往往止燎以膏薪,有勇夫子辟浮云。刮磨蔽蚀相吐吞,日月卒复光破昏。博哉功利无穷垠,有考其不在斯文。

唐荆川曰:一生大事,或捉在前,或缀在后,铭词拟樊宗师铭。

茅鹿门曰:叙事甚错综可诵。

张孝先曰:传道授业必有师,古之学者莫不然,而后世鲜有行之者。师弟子之义不列于五伦,而五伦非师不明。故论道则同于朋友,而论分则齐于君父,礼莫重焉!洙泗以下,伊洛盛矣。二程之吟风,游杨之立雪,师弟子之义,至今犹令人景慕。乃余观孙明复隐居泰山,石介师礼事之。宾客至,介侍立执杖屡甚恭谨。鲁人皆嗟叹,谓乃今复见师弟子礼。此在周、程未起时,亦宋朝道学之盛有开必先耶!余感古道而识于此。

胡先生墓表

先生讳瑗,字翼之,姓胡氏。其上世为陵州人,后为泰州如皋人。先生为人师,言行而身化之,使诚明者达,昏愚者励,而顽傲者革。故其为法严而信,为道久而尊。师道废久矣,自明道、景祐以来,学者有师,惟先生暨泰山孙明复、石守道三人,而先生之徒最盛。其在湖州之学,弟子去来常数百人,各以其经转相传授。其教学之法最备,行之数年,东南之士莫不以仁义礼乐为学。

庆历四年，天子开天章阁，与大臣讲天下事，始慨然诏州县皆立学。于是建太学于京师，而有司请下湖州，取先生之法以为太学法，至今为著令。后十余年，先生始来居太学，学者自远而至，太学不能容，取旁官署以为学舍。礼部贡举，岁所得士，先生弟子十常居四五。其高第者知名当时，或取甲科，居显仕，其余散在四方。随其人贤愚，皆循循雅饬，其言谈举止，遇之不问可知为先生弟子。其学者相语称先生，不问可知为胡公也。

先生初以白衣见天子，论乐，拜秘书省校书郎，辟丹州军事推官，改密州观察推官。丁父忧，去职。服除，为保宁军节度推官，遂居湖学。召为诸王宫教授，以疾免。已而以太子中舍致仕，迁殿中丞于家。皇祐中，驿召至京师议乐，复以为大理评事兼太常寺主簿，又以疾辞。岁余，为光禄寺丞、国子监直讲，乃居太学。迁大理寺丞，赐绯衣银鱼。嘉祐元年，迁太子中允，充天章阁侍讲，仍居太学。已而病不能朝，天子数遣使者存问，又以太常博士致仕。东归之日，太学之诸生与朝廷贤士大夫送之东门，执弟子礼，路人嗟叹以为荣。以四年六月六日卒于杭州，享年六十有七。以明年十月五日，葬于乌程河山之原。其世次、官邑与其行事，莆阳蔡君谟具志于幽室。

呜呼！先生之德在乎人，不待表而见于后世，然非此无以慰学者之思，乃揭于其墓之原。六年八月三日，庐陵欧阳修述。

茅鹿门曰：胡安定生平所著见者，师道一节。故通篇摹写尽在此。

张孝先曰：自安定开湖学，而儒风盛于东南。宋朝道学之传，称濂、洛、关、闽，亦先生有以倡之于始欤！先生位虽不甚显，而道则光。教学之法，不惟可师一时，而实可以垂百世。可谓豪杰之士矣。

泷冈阡表

呜呼！惟我皇考崇公卜吉于泷冈之六十年，其子修始克表于其阡。非敢缓也，盖有待也。

修不幸，生四岁而孤。太夫人守节自誓，居穷，自力于衣食，以长以教，俾至于成人。太夫人告之曰："汝父为吏廉，而好施与，喜宾客，其俸禄虽薄，常不使有余，曰：'毋以是为我累。'故其亡也，无一瓦之覆、一垄之植，以庇而为生。吾何恃而能自守邪？吾于汝父，知其一二，以有待于汝也。自吾为汝家妇，不及事吾姑，然知汝父之能养也；汝孤而幼，吾不能知汝之必有立，然知汝父之必将有后也。吾之始归也，汝父免于母丧方逾年。岁时祭祀，则必涕泣曰：'祭而丰不如养之薄也。'间御酒食，则又涕泣曰：'昔常不足而今有余，其何及也！'吾始一二见之，以为新免于丧适然耳。既而其后常然，至其终身未尝不然。吾虽不及事姑，而以此知汝父之能养也。汝父为吏，尝夜烛治官书，屡废而叹。吾问之，则曰：'此死狱也，我求其生不得尔。'吾曰：'生可求乎？'曰：'求其生而不得，则死者与我皆无恨也；矧求而有得邪？

以其有得,则知不求而死者有恨也。夫常求其生犹失之死,而世常求其死也。'回顾乳者抱汝而立于旁,因指而叹曰:'术者谓我岁行在戌将死,使其言然,吾不及见儿之立也。后当以我语告之。'其平居教他子弟常用此语,吾耳熟焉,故能详也。其施于外事,吾不能知;其居于家,无所矜饰,而所为如此,是真发于中者邪!呜呼!其心厚于仁者邪!此吾知汝父之必将有后也,汝其勉之!夫养不必丰,要于孝;利虽不得博于物,要其心之厚于仁。吾不能教汝,此汝父之志也。"修泣而志之,不敢忘。

先公少孤力学。咸平三年进士及第,为道州判官,泗、绵二州推官,又为泰州判官,享年五十有九。葬沙溪之泷冈。太夫人姓郑氏,考讳德仪,世为江南名族。太夫人恭俭仁爱而有礼,初封福昌县太君,进封乐安、安康、彭城三郡太君。自其家少微时,治其家以俭约,其后常不使过之,曰:"吾儿不能苟合于世,俭薄所以居患难也。"其后修贬夷陵,太夫人言笑自若,曰:"汝家故贫贱也,吾处之有素矣。汝能安之,吾亦安矣。"

自先公之亡二十年,修始得禄而养。又十有二年,列官于朝,始得赠封其亲。又十年,修为龙图阁直学士、尚书吏部郎中,留守南京,太夫人以疾终于官舍,享年七十有二。又八年,修以非才,入副枢密,遂参政事,又七年而罢。自登二府,天子推恩,褒其三世,故自嘉祐以来,逢国大庆,必加宠锡。皇曾祖府君累赠金紫光禄大夫、太师、中书令,曾祖妣累封楚国太夫人。皇祖府君累赠金紫光禄大夫、太师、中书令兼尚书令，祖妣累封吴国太夫人。皇考崇公累赠金紫光禄大夫、太师、中书令兼尚书令，皇妣累封越国太夫人。今上初郊，皇考赐爵为崇国公，太夫人进号魏国。

于是小子修泣而言曰："呜呼！为善无不报，而迟速有时，此理之常也。惟我祖考，积善成德，宜享其隆。虽不克有于其躬，而赐爵受封，显荣褒大，实有三朝之锡命。是足以表见于后世，而庇赖其子孙矣。"乃列其世谱，具刻于碑。既又载我皇考崇公之遗训，太夫人之所以教而有待于修者，并揭于阡。俾知夫小子修之德薄能鲜，遭时窃位，而幸全大节，不辱其先者，其来有自。

熙宁三年，岁次庚戌，四月辛酉朔，十有五日乙亥，男推诚保德崇仁翊戴功臣，观文殿学士、特进、行兵部尚书、知青州军州事、兼管内劝农使、充京东东路安抚使、上柱国、乐安郡开国公，食邑四千三百户、食实封一千二百户修表。

茅鹿门曰：幼孤而欲表父之德也于其母之言，故为得体。

张孝先曰：人之欲显扬其亲，谁无此心哉？公幼孤，承画荻之教，至于遭时居显位，使其先世锡爵受封，可谓荣矣。然古今荣亲者亦多，而以文章传其令德，垂诸百世而不朽如公者，有几人哉？述父之孝与仁，即一二事而想其生平，所以享为善之报也。

祭吴尚书文

呜呼公乎！余将老也，阅世久也。见时之事，可喜者少，而可悲者多也。士少勤其身，以干禄仕，取名声，初若可爱慕者众也。既而得其所欲而怠，与迫于利害而迁，求全其节以保其终者，十不一二也。其人康强饮食，平居笑言，以相欢乐，察其志意，可谓伟然。而或离或合，不见几时，遂至于衰病，与其俯仰旦暮之间忽焉以死者，十常八九也。

呜呼公乎！所谓善人君子者，其难得既如彼，而易失又如此也。故每失一人，未尝不咨嗟殒泣，至于失声而长号也。公材谋足以居大臣，文学足以名后世，宜在朝廷以讲国论，而久留于外；宜享寿考以为人望，而遽云长逝。此搢绅大夫所以聚吊于家，而交朋故旧莫不走哭于位，岂惟老病之人独易感而多涕也？尚飨！

茅鹿门曰：交似疏而感独深。"也"字为韵贯到篇末。

张孝先曰：情见乎词，令人阅之亦怆然有感。

祭尹师鲁文

嗟乎师鲁！辩足以穷万物，而不能当一狱吏；志可以狭四海，而无所措其一身。穷山之崖，野水之滨，猿猱之窟，麋鹿之群，犹不容于其间兮，遂即万鬼而为邻。嗟乎师鲁！世之恶子之多，未必若爱子者之众。何其穷而至此兮？得非命在乎天而不在乎人？

方其奔颠斥逐，困厄艰屯，举世皆冤，而语言未尝以自及;以穷至死,而妻子不见其悲忻。用舍进退,屈伸语默。夫何能然?乃学之力。至其握手为诀,隐几待终,颜色不变,笑言从容。死生之间,既已能通于性命;忧患之至,宜其不累于心胸。自子云逝,善人宜哀。子能自达,予又何悲?惟其师友之益,平生之旧,情之难忘,言不可究。

嗟乎师鲁!自古有死,皆归无物。惟圣与贤,虽埋不没。尤于文章,焯若星日。子之所为,后世师法。虽嗣子尚幼,未足以付予;而世人藏之,庶可无于坠失。

子于众人,最爱予文。寓辞千里,侑此一樽,冀以慰子,闻乎不闻?尚飨!

张孝先曰:师鲁与公始倡为古文辞,相知最厚,摈斥而死。故公特写其磊落之致、悲怆之思。抑扬跌宕,绰有情致。

祭石曼卿文

呜呼曼卿!生而为英,死而为灵。其同乎万物生死而复归于无物者,暂聚之形;不与万物共尽而卓然其不朽者,后世之名。此自古圣贤莫不皆然,而著在简册者,昭如日星。

呜呼曼卿!吾不见子久矣,犹能仿佛子之平生。其轩昂磊落,突兀峥嵘,而埋藏于地下者,意其不化为朽壤,而为金玉之精。不然,生长松之千尺,产灵芝而九茎。奈何荒烟野蔓，荆棘纵横，风凄露下，走磷飞萤？但见牧童樵叟，歌吟而上下，与夫惊禽骇兽，悲鸣踯躅而咿嘤。今固如此，更千秋而万岁兮，安知其不穴藏狐貉与鼯鼪？此自古圣贤亦皆然兮，独不见夫累累乎旷野与荒城！

呜呼曼卿！盛衰之理，吾固知其如此。而感念畴昔，悲凉凄怆，不觉临风而陨涕者，有愧乎太上之忘情。尚飨！

　　茅鹿门曰：凄清逸调。
　　张孝先曰：似骚似赋，亦怆亦达。

祭丁学士文

　　呜呼元珍！善恶之殊，如火与水，不能相容，其势然尔。是故乡人皆好，孔子不然，恶于不善，然后为贤。子之美才，懿行纯德，谁称诸朝，当世有识。子之憔悴，遂以湮沦，问孰恶子，可知其人。毁誉之言，譬若蝇矢，点彼白玉，濯之而已。小人得志，暂快一时，要其得失，后世方知。受侮被谤，无如仲尼，巍然衮冕，不祀桓魋。孟轲之道，愈久弥光，名尊四子，不数臧仓。是以君子，修身而俟。扰扰奸愚，经营一世，迨荣华之销歇，嗟泯没其谁记？是皆生则狐鼠，死为狗彘。惟一贤之不幸，历千载而犹伤，自古孰不有死，至今独吊乎沅湘。彼灵均之事业，初未见于南邦，使不遭罹于放斥，未必功显而名彰。然则彼谗人之致力，乃借誉而揄扬。

呜呼元珍！道之通塞，有命在天，其如予何，孔孟亦然。
何以慰子，聊为此言。寄哀一奠，有涕涟涟。

茅鹿门曰：悲痛慷慨。

张孝先曰：公生平遭谗得谤，见愠于群小，特发其感愤之意于斯
文。后世苟不公，至今无圣贤，君子亦尽其在我以俟百世而已。

记旧本韩文后

予少家汉东。汉东僻陋，无学者；吾家又穷，无藏书。
州南有大姓李氏者，其子尧辅颇好学，予为儿童时多游其
家。见有弊筐贮故书于壁间，发而视之，得唐《昌黎先生文
集》六卷，脱落颠倒无次序。因乞李氏以归，读之，见其言深
厚而雄博。然予犹少，未能悉究其义，徒见其浩然无涯若
可爱。

是时，天下学者杨、刘之作，号为时文，能者取科第，擅
名声，以夸荣当世，未尝有道韩文者。予亦方举进士，以礼
部诗赋为事。年十有七，试于州，为有司所黜。因取所藏韩
氏之文复阅之，则喟然叹曰：学者当至于是而止尔！因怪
时人之道，而顾已亦未尝学，徒时时独念于予心。以谓方从
进士干禄以养亲，苟得禄矣，当尽力于斯文，以偿其素志。

后七年，举进士及第，官于洛阳，而尹师鲁之徒皆在，遂
相与作为古文。因出所藏《昌黎集》而补缀之，求人家所有

旧本而校定之。其后天下学者亦渐趋于古，而韩文遂行于世。至于今，盖三十余年矣，学者非韩不学也，可谓盛矣。

呜呼！道固有行于远而止于近，有忽于往而贵于今者，非惟世俗好恶之使然，亦其理有当然者。而孔、孟惶惶于一时，而师法于千万世。韩氏之文，没而不见者二百年，而后大施于今。此又非特好恶之所上下，盖其久而愈明，不可磨灭，虽蔽于暂而终耀于无穷者，其道当然也。

予之始得于韩也，当其沉没弃废之时。予固知其不足以追时好而取势利，于是就而学之。则予之所为者，岂所以急名誉而干势利之用哉？亦志乎久而已矣。故予之仕，于进不为喜、退不为惧者，盖其志先定而所学者宜然也。

集本出于蜀，文字刻画，颇精于今世俗本，而脱缪尤多。凡三十年间，闻人有善本者，必求而改正之。其最后卷帙不足，今不复补者，重增其故也。予家藏书万卷，独《昌黎先生集》为旧物也。呜呼！韩氏之文之道，万世所共尊，天下所共传而有也。予于此本，特以其旧物而尤惜之。

张孝先曰：韩史部文章昭垂天壤，至今炳如日星，然在当时知好者少。公去文公仅百余载，而韩文犹湮没未彰。盖五代文弊，而宋初杨、刘绮丽之习，有以蔽之也。公自儿童即知好之，得诸李氏敝筐中，乞以归，爱之终身，于万卷中独为旧物。后之学者，称文章必曰“韩欧”，盖其生来根器与韩契合，固非习之所能移耳。余忆儿童时，先君子教以性理诸书，心知笃好。尝欲求《濂溪全集》观之，而未得也。一日偶行报国寺，见有鬻此本者，因重购以归，如获异宝，晨夕展玩，不忍释手。今之官闽南，搜辑先儒遗书，既将《濂溪全集》校定镂版，以公同好,而原本日在案头,亦如六一居士万卷中旧物。独恨未能心领神会,使先儒之道有诸身而被诸世,如欧公与韩子继踵而兴也。聊为附记于后。

卷之七　苏文公文

上仁宗皇帝书

前月五日，蒙本州录到中书札子，连牒臣：以两制议上翰林学士欧阳修奏臣所著《权书》《衡论》《几策》二十二篇，乞赐甄录。陛下过听，召臣试策论舍人院，仍令本州发遣臣赴阙。臣本田野匹夫，名姓不登于州闾。今一旦卒然被召，实不知其所以自通于朝廷。承命悸恐，不知所为。以陛下躬至圣之资，又有群公卿之贤，与天下士大夫之众，如臣等辈，固宜不少，有臣无臣，不加损益。臣不幸有负薪之疾，不能奔走道路，以副陛下搜扬之心，忧惶负罪，无所容处。

臣本凡才，无路自进。当少年时，亦尝欲侥幸于陛下之科举。有司以为不肖，辄以摈落。盖退而处者，十有余年矣。今虽欲勉强扶病戮力，亦自知其疏拙，终不能合有司之意。恐重得罪，以辱明诏。且陛下所为千里而召臣者，其意以臣为能有所发明，以庶几有补于圣政之万一。而臣之所以自结发读书，至于今兹，犬马之齿几已五十，而犹未敢废者，其意亦欲效尺寸于当时，以快平生之志耳。今虽未能奔赴阙下，以累有司，而犹不忍默默卒无一言而已也。天下之事，其深远切至者，臣自惟疏贱，未敢遽言；而其近而易行、浅而易见者，谨条为十通，以塞明诏。

张孝先曰：召试不赴，盖得难进之义。所上书辞旨多未纯，故不录。盖苏氏议论足以动人，熟其文，便不知不觉深入权术作用去也。

苏氏族谱亭记

匹夫而化乡人者，吾闻其语矣。国有君，邑有大夫，而争讼者诉于其门；乡有庠，里有学，而学道者赴于其家。乡人有为不善于室者，父兄辄相与恐曰："吾夫子无乃闻之？"呜呼！彼独何修而得此哉？意者其积之有本末，而施之有次第耶？

今吾族人犹有服者不过百人，而岁时蜡社不能相与尽其欢欣爱洽，稍远者至不相往来，是无以示吾乡党邻里也。乃作《苏氏族谱》，立亭于高祖坟茔之西南，而刻石焉。既而告之曰："凡在此者，死必赴，冠、娶妻必告。少而孤则老者字之，贫而无归则富者收之。而不然者，族人之所共诮让也。"

岁正月，相与拜奠于墓下。既奠，列坐于亭。其老者顾少者而叹曰："是不及见吾乡邻风俗之美矣。自吾少时，见有为不义者，则众相与疾之，如见怪物焉，栗然而不宁。其后少衰也，犹相与笑之。今也则相与安之耳，是起于某人也。夫某人者，是乡之望人也，而大乱吾俗焉。是故其诱人也速，其为害也深。自斯人之逐其兄之遗孤子而不恤也，而骨肉之恩薄；自斯人之多取其先人之赀田而欺其诸孤子也，而孝悌之行缺；自斯人之为其诸孤子之所讼也，而礼义之节废；自斯人之以妾加其妻也，而嫡庶之别混；自斯人之笃于声色，而父子杂处，喧哗不严也，而闺门之政乱；自斯人之渎财无厌，惟富者之为贤也，而廉耻之路塞。此六行者，吾往时所谓大惭而不容者也，今无知之人皆曰：某人何人也，犹且为之。其舆马赫奕，婢妾靓丽，足以荡惑里巷之小人，其官爵货力，足以摇动府县，其矫诈修饰言语，足以欺罔君子。是州里之大盗也，吾不敢以告乡人，而私以告族人焉。仿佛于斯人之一节者，愿无过吾门也。"

予闻之惧，而请书焉。老人曰："书其事而阙其姓名，使他人观之，则不知其为谁；而夫人之观之，则面热内惭，汗出而食不下也。且无名之，庶其有悔乎！"予曰："然。"乃记之。

茅鹿门曰：此是老苏借谱亭讽里人，并训族子处。

张孝先曰：《尧典》言九族既睦，平章百姓；《君陈篇》言惟孝友于兄弟，施于有政；《大学》言身修、家齐而后可以国治、天下平。即此篇所谓积之有本末、施之有次第也。世道衰薄，士大夫鲜知此道。伦理不正，恩义不笃，无论不能治国平天下也，先无以表率乡人矣。宜老泉之有慨乎其言之也！文字峭刻，而道理醇正，余于老苏集中，独取斯文。

卷之八　苏文忠公文

乞校正陆贽奏议进御札子

臣等猥以空疏，备员讲读，圣明天纵，学问日新，臣等才有限而道无穷，心欲言而口不逮，以此自愧，莫知所为。

窃谓人臣之纳忠，譬如医者之用药，药虽进于医手，方多传于古人。若已经效于世间，不必皆从于己出。伏见唐宰相陆贽，才本王佐，学为帝师。论深切于事情，言不离于道德。智如子房，而文则过；辩如贾谊，而术不疏。上以格君心之非，下以通天下之志。三代已还，一人而已。但其不幸，仕不遇时。德宗以苛刻为能，而贽谏之以忠厚。德宗以猜忌为术，而贽劝之以推诚。德宗好用兵，而贽以消兵为先。德宗好聚财，而贽以散财为急。至于用人听言之法，治边驭将之方，罪己以收人心，改过以应天道，去小人以除民患，惜名器以待有功，如此之流，未易悉数，可谓进苦口之药石，针害身之膏肓。使德宗尽用其言，则贞观可得而复。

臣等每退自西阁，即私相告言，以陛下圣明，必喜贽议论，但使圣贤之相契，即如君主之同时。昔冯唐论颇、牧之贤，则汉文为之太息。魏相条晁、董之对，则孝宣以致中兴。若陛下能自得师，莫若近取诸贽。夫六经三史、诸子百家，非无可观，皆足为治。但圣言幽远，末学支离，譬如山海之

176

崇深，难以一二而推择。如贽之论，开卷了然，聚古今之精英，实治乱之龟鉴。臣等欲取其奏议，稍加校正，缮写进呈。愿陛下置之坐隅，如见贽面，反复熟读，如与贽言。必能发圣性之高明，成治功于岁月。臣等不胜区区之意。取进止。

茅鹿门曰：长公所最得意识见，亦最得意条奏。

张孝先曰：苏长公自少即好读陆宣公书，故惓惓欲献之君父者，莫非忠爱之心也。中段櫽括奏议大意，简而该，精而切。其文字安详恳挚，亦大类宣公手笔。

贺欧阳少师致仕启

伏审抗章得谢，释位言还，天眷虽隆，莫夺已行之志，士流太息，共高难继之风。凡在庇庥，共增庆慰。

伏以怀安天下之公患，去就君子之所难。世靡不知，人更相笑。而道不胜欲，私于为身。君臣之恩，系縻之于前；妻子之计，推挽之于后。至于山林之士，犹有降志于垂老；而况庙堂之旧，欲使辞禄于当年。有其言而无其心，有其心而无其决。愚智共蔽，古今一途。是以用舍行藏，仲尼独许于颜子；存亡进退，《周易》不及于贤人。自非智足以周知，仁足以自爱，道足以忘物之得丧，志足以一气之盛衰，则孰能见几祸福之先，脱屣尘垢之外，常恐兹世，不见其人。

伏惟致政观文少师，全德难名，巨材不器。事业三朝之望，文章百世之师。功存社稷，而人不知。躬履艰难，而节乃见。纵使耄期笃老，犹当就见质疑。而乃力辞于未及之年，退托以不能而止。大勇若怯，大智如愚，至贵无轩冕而荣，至仁不导引而寿。较其所得，孰与昔多？

轼受知最深，闻道有自。虽外为天下惜老成之去，而私喜明哲得保身之全。伏暑向阑，台候何似。伏冀为时自重，少慰舆情。

　　茅鹿门曰：内多名言。

　　张孝先曰：欧阳公致政，为当时群小谗构，故见几而去耳。公此启和平温厚，婉转曲折，写欧公进退合道，至末始言其明哲保身，可谓措辞有体。

伊 尹 论

　　办天下之大事者，有天下之大节者也。立天下之大节者，狭天下者也。夫以天下之大而不足以动其心，则天下之大节有不足立，而大事有不足办者矣。

　　今夫匹夫匹妇皆知洁廉忠信之为美也，使其果洁廉而忠信，则其智虑未始不如王公大人之能。惟其所争者，止于箪食豆羹，而箪食豆羹足以动其心，则宜其智虑之不出乎此也。箪食豆羹，非其道不取，则一乡之人，莫敢以不正犯之矣。一乡之人，莫敢以不正犯之，而不能办一乡之事者，未之有也。推此而上，其不取者愈大，则其所办者愈远矣。让天下与让箪食豆羹，无以异也。治天下与治一乡，亦无以异也。然而不能者，有所蔽也。天下之富，是箪食豆羹之积也。天下之大，是一乡之推也。非千金之子，不能运千金之资。贩夫贩妇得一金而不知其所措，非智不若，所居之卑也。

孟子曰："伊尹耕于有莘之野，非其道也，非其义也，虽禄之天下，弗受也。"夫天下不能运其心，是故其才全。以其全才而制天下，是故临大事而不乱。古之君子，必有高世之行，非苟求为异而已。卿相之位，千金之富，有所不屑，将以自广其心，使穷达利害不能为之芥蒂，以全其才，而欲有所为耳。后之君子，盖亦尝有其志矣，得失乱其中，而荣辱夺其外，是以役役至于老死而不暇，亦足悲矣。孔子叙书至于舜、禹，皋陶相让之际，盖未尝不太息也。夫以朝廷之尊，而行匹夫之让，孔子安取哉？取其不汲汲于富贵，有以大服天下之心焉耳。

夫太甲之废，天下未尝有是，而伊尹始行之，天下不以为惊。以臣放君，天下不以为僭。既放而复立，太甲不以为专。何则？其素所不屑者，足以取信于天下也。彼其视天下眇然不足以动其心，而岂忍以废放其君求利也哉？

后之君子，蹈常而习故，惴惴焉惧不免于天下，一为希阔之行，则天下群起而诮之。不知求其素，而以为古今之变时有所不可者，亦已过矣夫！

茅鹿门曰：荆川批"断续"两字，是文家血脉三昧处，非荆川不能道。

又曰：读此而后可以身自信于天下，而成不韪之功。而行文断续不羁。

张孝先曰：士君子立身以名节为重。名节一丧，则未行一事，而人已以不肖之心相待矣，安能取信于人，而成天下之大事乎？东坡此论可谓透快，亦可想见此老生平名节不污，非徒能言而已。但孟子曰："有伊尹之志则可。"朱子解之，以为伊尹之志，公天下而不为私者也。是则非仅轻视天下，即足以成大事也。若使轻视天下，即足以成大事，则巢、许亦能作尧、舜事业乎？故周子通书曰："志伊尹之所志，当思伊尹所志何志，方可以知伊尹。"读者详之。

留 侯 论

古之所谓豪杰之士者，必有过人之节，人情有所不能忍者。匹夫见辱，拔剑而起，挺身而斗，此不足为勇也。天下有大勇者，卒然临之而不惊，无故加之而不怒，此其所挟持者甚大，而其志甚远也。

夫子房受书于圯上之老人也，其事甚怪。然亦安知其非秦之世有隐君子者，出而试之？观其所以微见其意者，皆圣贤相与警戒之义。而世不察，以为鬼物，亦已过矣。且其意不在书。当韩之亡，秦之方盛也，以刀锯鼎镬待天下之士，其平居无罪夷灭者，不可胜数，虽有贲、育，无所复施。夫持法太急者，其锋不可犯，而其势未可乘。子房不忍忿忿之心，以匹夫之力，而逞于一击之间。当此之时，子房之不死者，其间不能容发，盖亦已危矣。千金之子，不死于盗贼，何者？其身之可爱，而盗贼之不足以死也。子房以盖世之才，不为伊尹、太公之谋，而特出于荆轲、聂政之计，以侥幸于不死，此圯上之老人所为深惜者也。是故倨傲鲜腆而深折之。彼其能有所忍也，然后可以就大事。故曰："孺子可教也。"

楚庄王伐郑，郑伯肉袒牵羊以逆。庄王曰："其君能下人，必能信用其民矣。"遂舍之。勾践之困于会稽，而归臣妾于吴者，三年而不倦。且夫有报人之志，而不能下人者，是匹夫之刚也。夫老人者，以为子房才有余而忧其度量之不足，故深折其少年刚锐之气，使之忍小忿而就大谋。何则？非有平生之素，卒然相遇于草野之间，而命以仆妾之役，油然而不怪者，此固秦皇之所不能惊，而项籍之所不能怒也。

观夫高祖之所以胜，而项籍之所以败者，在能忍与不能忍之间而已矣。项籍唯不能忍，是以百战百胜，而轻用其锋。高祖忍之，养其全锋而待其敝，此子房教之也。当淮阴破齐而欲自王，高祖发怒，见于词色。由此观之，犹有刚强不忍之气，非子房其谁全之？

太史公疑子房以为魁梧奇伟，而其状貌乃如妇人女子，不称其志气。呜呼！此其所以为子房欤！

王遵岩曰：此文若断若续，变幻不羁，曲尽文家操纵之妙。

茅鹿门曰：此文只是一意反复，滚滚议论。然子瞻胸中见解，亦本黄老来也。

张孝先曰：论子房生平以能忍为高，却从老人授书、桥下取履一节说入，乃是无中生有之法。其大旨则本于老子柔胜刚、弱胜强意思，非圣贤正经道理。但古来英雄才略之士，多用此术以制人。学者若喜此等议论，其渐有流于顽钝无耻而不自知者。故韩信之受辱胯下，师德之唾面自干，要其心术皆不可问也。

贾 谊 论

非才之难，所以自用者实难。惜乎！贾生，王者之佐，而不能自用其才也。

夫君子之所取者远，则必有所待；所就者大，则必有所忍。古之贤人，皆有可致之才，而卒不能行其万一者，未必皆其时君之罪，或者其自取也。

愚观贾生之论，如其所言，虽三代何以远过？得君如汉文，犹且以不用死，然则是天下无尧舜，终不可有所为耶？仲尼圣人，历试于天下，苟非大无道之国，皆欲勉强扶持，庶几一日得行其道。将之荆，先之以冉有，申子以子夏，君子之欲得其君，如此其勤也！孟子去齐，三宿而后出昼，犹曰："王其庶几召我。"君子之不忍弃其君，如此其厚也。公孙丑问曰："夫子何为不豫？"孟子曰："方今天下，舍我其谁哉？而吾何为不豫？"君子之爱其身，如此其至也！夫如此而不用，然后知天下果不足与有为，而可以无憾矣。若贾生者，非汉文之不能用生，生之不能用汉文也。

夫绛侯亲握天子玺,而授之文帝;灌婴连兵数十万,以决刘、吕之雌雄,又皆高帝之旧将。此其君臣相得之分,岂特父子骨肉手足哉?贾生,洛阳之少年,欲使其一朝之间尽弃其旧而谋其新,亦已难矣。为贾生者,上得其君,下得其大臣如绛、灌之属,优游浸渍而深交之,使天子不疑,大臣不忌,然后举天下而唯吾之所欲为,不过十年,可以得志。安有立谈之间,而遽为人痛哭哉?观其过湘,为赋以吊屈原,萦纡郁闷,趯然有远举之志。其后卒以自伤哭泣,至于夭绝,是亦不善处穷者也。夫谋之一不见用,安知终不复用也?不知默默以待其变,而自残至此。呜呼!贾生志大而量小,才有余而识不足也。

古之人有高世之才,必有遗俗之累,是故非聪明睿哲不惑之主,则不能全其用。古今称苻坚得王猛于草茅之中,一朝尽斥去其旧臣而与之谋。彼其匹夫略有天下之半,其以此哉!

愚深悲贾生之志,故备论之。亦使人君得如贾谊之臣,则知其有狷介之操,一不见用,则忧伤病沮,不能复振。而为贾生者,亦慎其所发哉!

唐荆川曰:不能深交绛、灌,不知默默自待,本是两柱子。而文字浑融,不见踪迹。

王遵岩曰:谓贾生不能用汉文,直是说得贾生倒。而文字翻覆变幻,无限烟波。

茅鹿门曰:细观此文,子瞻高于贾生一格。

张孝先曰:"贾生志大而量小,才有余而识不足",断得其确,足以服贾生之心。其行文爽快遒逸,学者读之,则手腕自然灵妙。但中间代贾生打算一段,却欲其深交绛、灌,使不疑忌,十年便可得志,则是权诈作用,并将上面所引孔孟皇皇救世之心,都错看入此途去也。此最坏人心术处。读者勿徒爱其文,而忘其理之不正也。

晁 错 论

天下之患,最不可为者,名为治平无事,而其实有不测之忧。坐观其变,而不为之所,则恐至于不可救。起而强为之,则天下狃于治平之安,而不吾信。惟仁人君子豪杰之士,为能出身为天下犯大难,以求成大功。此固非勉强期月之间,而苟以求名者之所能也。天下治平,无故而发大难之端;吾发之,吾能收之,然后有以辞于天下。事至而循循焉欲去之,使他人任其责,则天下之祸,必集于我。

昔者晁错尽忠为汉,谋弱山东之诸侯。山东诸侯并起,以诛错为名;天子不察,以错为说。天下悲错之以忠而受祸,不知错有以取之也。

古之立大事者,不惟有超世之才,亦必有坚忍不拔之志。昔禹之治水,凿龙门,决大河,而放之海。方其功之未成也,盖亦有溃冒冲突可畏之患,惟能前知其当然,事至不惧,而徐为之所,是以得至于成功。夫以七国之强而骤削之,其为变岂足怪哉!错不于此时捐其身,为天下当大难之冲,而制吴楚之命,乃为自全之计,欲使天子自将而己居守。

且夫发七国之难者，谁乎？己欲求其名，安所逃其患？以自将之至危，与居守之至安，己为难首，择其至安，而遗天子以其至危，此忠臣义士所以愤惋而不平者也。当此之时，虽无袁盎，错亦不免于祸。何者？己欲居守，而使人主自将，以情而言，天子固已难之矣！而重违其议，是以袁盎之说，得行于其间。使吴、楚反，错以身任其危，日夜淬砺，东向而待之，使不至于累其君，则天子将恃之以为无恐，虽为百袁盎，可得而间哉？

嗟夫！世之君子，欲求非常之功，则无务为自全之计。使错自将而击吴、楚，未必无功。惟其欲自固其身，而天子不悦，奸臣得以乘其隙。错之所以自全者，乃其所以自祸欤！

茅鹿门曰：错之误，误在以旧有怨于盎，而欲借吴之反以诛之。此所谓自发杀机也，鬼瞰其室矣！何者？以错之学本刑名故也。

又曰：于错之不自将而为居守处，寻一破绽作议论却好。

张孝先曰：凡做事要能发能收，方是大豪杰手段。苟其不然，反不如庸庸者之为愈耳。此文责晁错不自将以讨吴、楚，是能发而不能收，宜其来谗言以速祸也。真老吏断狱深文，使晁错无辞可以解免。

荀　卿　论

尝读《孔子世家》，观其言语文章，循循莫不有规矩，不敢放言高论，言必称先王，然后知圣人忧天下之深也。茫乎不知其畔岸，而非远也；浩乎不知其津涯，而非深也。其所言者，匹夫匹妇之所共知；而所行者，圣人有所不能尽之。呜呼！是亦足矣。使后世有能尽吾说者，虽为圣人无难；而不能者，不失为寡过而已矣。

子路之勇，子贡之辩，冉有之智，此三者，皆天下之所谓难能而可贵者也。然三子者，每不为夫子之所悦。颜渊默然不见其所能，若无以异于众人者，而夫子亟称之。且夫学圣人者，岂必其言之云尔哉？亦观其意之所向而已。夫子以为后世必有不足行其说者矣，必有窃其说而为不义者矣。是故其言平易正直，而不敢为非常可喜之论，要在于不可易也。

昔者常怪李斯事荀卿，既而焚灭其书，大变古先圣王之法，于其师之道，不啻若寇仇。及今观荀卿之书，然后知李斯之所以事秦者，皆出于荀卿，而不足怪也。

荀卿者，喜为异说而不让，敢为高论而不顾者也。其言愚人之所惊，小人之所喜也。子思、孟轲，世之所谓贤人君子也。荀卿独曰："乱天下者，子思、孟轲也。"天下之人如此其众也，仁人义士如此其多也，荀卿独曰："人性恶。桀、纣，性也。尧、舜，伪也。"由是观之，意其为人必也刚愎不逊，而自许太过。彼李斯者，又特甚者耳。

今夫小人之为不善，犹必有所顾忌。是以夏、商之亡，桀、纣之残暴，而先王之法度、礼乐、刑政，犹未至于绝灭而不可考者，是桀、纣犹有所存而不敢尽废也。彼李斯者，独能奋而不顾，焚烧夫子之六经，烹灭三代之诸侯，破坏周公之井田，此亦必有所恃者矣。彼见其师历诋天下之贤人，自是其愚，以为古先圣王皆无足法者。不知荀卿特以快一时之论，而荀卿亦不知其祸之至于此也。

其父杀人报仇，其子必且行劫。荀卿明王道，述礼乐，而李斯以其学乱天下，其高谈异论有以激之也。孔、孟之论，未尝异也，而天下卒无有及者。苟天下果无有及者，则尚安以求异为哉！

王遵岩曰：以"异说高论"四字立案，煞是荀卿顶门一针。而谓李斯焚书破坏先王之法，皆出于荀卿，此尤是长公深文手段。

茅鹿门曰：以其所传攻其所蔽，荀卿当深服。

张孝先曰：论李斯之祸，自荀卿开之，似乎深文。盖折以孔孟平正无弊之道，则荀卿之高谈异论，其贻祸自有必然者。可谓透切事情而不诡于理矣。噫！何晏谈《周易》而祸晋，其失也虚；安石谈《周礼》而祸宋，其失也拗。若后世阳儒阴释之学，一种高谈异论，递相祖述，推其流祸，盖亦灼然可睹矣。惟程、朱之论未尝异，而天下卒无有及之者，诚万世无弊之道也。

刑赏忠厚之至论

尧、舜、禹、汤、文、武、成、康之际，何其爱民之深，忧民之切，而待天下以君子长者之道也！有一善，从而赏之，又从而咏歌嗟叹之，所以乐其始而勉其终。有一不善，从而罚之，又从而哀矜惩创之，所以弃其旧而开其新。故其吁俞之声，欢休惨戚，见于虞、夏、商、周之书。成、康既没，穆王立，而周道始衰。然犹命其臣吕侯，而告之以祥刑。其言忧而不伤，威而不怒，慈爱而能断，恻然有哀怜无辜之心，故孔子犹有取焉。

《传》曰："赏疑从与，所以广恩也；罚疑从去，所以慎刑也。"当尧之时，皋陶为士，将杀人。皋陶曰"杀之"三；尧曰"宥之"三。故天下畏皋陶执法之坚，而乐尧用刑之宽。四岳曰："鲧可用。"尧曰："不可，鲧方命圮族。"既而曰："试之。"何尧之不听皋陶之杀人，而从四岳之用鲧也？然则圣人之意，盖亦可见矣。《书》曰："罪疑惟轻，功疑惟重。与其杀不辜，宁失不经。"呜呼！尽之矣。可以赏，可以无赏，赏之过乎仁；可以罚，可以无罚，罚之过乎义。过乎仁，不失为君子；过乎义，则流而入于忍人。故仁可过也，义不可过也。

古者，赏不以爵禄，刑不以刀锯。赏以爵禄，是赏之道行于爵禄之所加，而不行于爵禄之所不加也。刑以刀锯，是刑之威施于刀锯之所及，而不施于刀锯之所不及也。先王知天下之善不胜赏，而爵禄不足以劝也；知天下之恶不胜刑，而刀锯不足以裁也。是故疑则举而归之于仁，以君子长者之道待天下，使天下相率而归于君子长者之道。故曰忠厚之至也。

《诗》曰："君子如祉，乱庶遄已。君子如怒，乱庶遄沮。"夫君子之已乱，岂有异术哉？制其喜怒，而无失乎仁而已矣。《春秋》之义，立法贵严，而责人贵宽。因其褒贬之义以制赏罚，亦忠厚之至也。

　　唐荆川曰：此文一意翻作数段。

　　茅鹿门曰：东坡试论文字，悠扬宕宕，于今场屋中极利者也。

　　张孝先曰：东坡自谓文如行云流水，即应试论可见。学者读之，
用笔自然圆畅。中间"赏不以爵禄，刑不以刀锯"一段，议论极有
至理。

无 沮 善

　　昔者先王之为天下，必使天下欣欣然常有无穷之心，力
行不倦，而无自弃之意。夫惟自弃之人，则其为恶也，甚毒
而不可解。是以圣人畏之，设为高位重禄以待能者，使天下
皆得踊跃自奋，扳援而来，惟其才之不逮，力之不足，是以终
不能至于其间，而非圣人塞其门、绝其途也。夫然，故一介
之贱吏，闾阎之匹夫，莫不奔走于善，至于老死而不知休息，
此圣人以术驱之也。

　　天下苟有甚恶而不可忍也，圣人既已绝之，则屏之远
方，终身不齿。此非独不仁也，以为既已绝之，彼将一旦肆
其愤毒，以残害吾民。是故绝之则不用，用之则不绝。既
已绝之，又复用之，则是驱之于不善，而又假之以其具也。
无所望而为善，无所爱惜而不为恶者，天下一人而已矣。
以无所望之人，而责其为善；以无所爱惜之人，而求其不为

恶,又付之以人民,则天下知其不可也。世之贤者,何常之有?或出于贾竖贱人,甚者至于盗贼,往往而是。而儒生贵族,世之所望为君子者,或至于放肆不轨,小民之不若。圣人知其然,是故不逆定于其始进之时,而徐观其所试之效,使天下无必得之由,亦无必不可得之道。天下知其不可以必得也,然后勉强于功名而不敢侥幸。知其不至于必不可得而可勉也,然后有以自慰其心,久而不懈。嗟夫!圣人之所以鼓舞天下,天下之人日化而不自知者,此其为术欤?

后之为政者则不然。与人以必得,而绝之以必不可得,此其意以为进贤而退不肖。然天下之弊,莫甚于此。今夫制策之及等,进士之高第,皆以一日之间,而决取终身之富贵。此虽一时之文辞,而未知其临事之能否,则其用之不已太遽乎?

天下有用人而绝之者三。州县之吏,苟非有大过而不可复用,则其他犯法,皆可使竭力为善以自赎。而今世之法,一陷于罪戾,则终身不迁,使之不自聊赖而疾视其民,肆意妄行而无所顾惜。此其初未必小人也,不幸而陷于其中,途穷而无所入,则遂以自弃。府史贱吏,为国者知其不可阙也,是故岁久则补以外官。以其所从来之卑也,而限其所至,则其中虽有出群之才,终亦不得齿于士大夫之列。夫人出身而仕者,将以求贵也;贵不可得而至矣,则将惟富之求,此其势然也。如是,则虽至于鞭笞戮辱,而不足以禁其贪。故夫此二者,苟不可以遂弃,则宜有以少假之也。

入赀而仕者,皆得补郡县之吏,彼知其终不得迁,亦将逞其一时之欲,无所不至。夫此,诚不可以迁也,则是用之之过而已。臣故曰:绝之则不用,用之则不绝。此三者之谓也。

茅鹿门曰:专为吏胥以下之才。其情弊与今亦相参,而文甚错综。

张孝先曰:宋时州县吏有过者,终身不迁。从吏出身者,与入赀而仕者,亦皆限其所至,而不得迁。此固严殿最别流品之意。然既已用为州县之吏矣,果有异材茂著者,升之可也;其贪残害民者,黜之可也。若但限之而不迁,则彼将无所望而自弃于善矣。东坡此策,意在以爵禄鼓舞之,是开人自新之机,与立贤无方之道。然不肖者必须严黜之,则既无沮善,又不恕恶,于吏治庶几无弊耳。

敦　教　化

夫圣人之于天下,所恃以为牢固不拔者,在乎天下之民可与为善,而不可与为恶也。昔者三代之民,见危而授命,见利而不忘义。此非必有爵赏劝乎其前,而刑罚驱乎其后也。其心安于为善,而忸怩于不义,是故有所不为。夫民知有所不为,则天下不可以敌,甲兵不可以威,利禄不可以诱。可杀可辱,可饥可寒,而不可与叛:此三代之所以享国长久而不拔也。

及至秦、汉之世,其民见利而忘义,见危而不能授命。

法禁之所不及,则巧伪变诈,无所不为,疾视其长上而幸其灾。因之以水旱,加之以盗贼,则天下枵然无复天子之民矣。世之儒者常有言曰:"三代之时,其所以教民之具,甚详且密也。学校之制,射飨之节,冠婚丧祭之礼,粲然莫不有法。及至后世,教化之道衰,而尽废其具,是以若此无耻也。"然世之儒者,盖亦尝试以此等教天下之民矣,而卒以无效,使民好文而益媮,饰诈而相高,则有之矣,此亦儒者之过也。臣愚以为若此者,皆好古而无术,知有教化而不知名实之所存者也。实者所以信其民,而名者所以求其实也。有名而无实,则其名不行;有实而无名,则其实不长。凡今儒者之所论,皆其名也。

昔武王既克商,散财发粟,使天下知其不贪;礼下贤俊,使天下知其不骄;封先圣之后,使天下知其仁;诛飞廉、恶来,使天下知其义。如此,则其教化天下之实,固已立矣。天下耸然皆有忠信廉耻之心,然后文之以礼乐,教之以学校,观之以射飨,而谨之以冠婚丧祭。民是以目击而心谕,安行而自得也。及至秦、汉之世,专用法吏以督责其民,至于今千有余年,而民日以贪冒嗜利而无耻。儒者乃始以三代之礼所谓名者而绳之。彼见其登降揖让盘辟俯偻之容,则掩口而窃笑;闻钟鼓管磬希夷啴缓之音,则惊顾而不乐。如此,而欲望其迁善远罪,不已难乎?

臣愚以为宜先其实而后其名,择其近于人情者而先之。今夫民不知信,则不可与久居于安;民不知义,则不可与同处于危。平居则欺其吏,而有急则叛其君。此教化之实不至，天下之所以无变者，幸也。欲民之知信，则莫若务实其言；欲民之知义，则莫若务去其贪。往者河西用兵，而家人子弟皆籍以为军。其始也，官告以权时之宜，非久役者，事已当复尔业。少焉皆刺其额，无一人得免。自宝元以来，诸道以兵兴为辞而增赋者，至今皆不为除去。夫如是，将何以禁小民之诈欺哉！

夫所贵乎县官之尊者，为其恃于四海之富，而不争于锥刀之末也。其与民也优，其取利也缓。古之圣人，不得已而取，则时有所置，以明其不贪。何者？小民不知其说，而惟贪之知。今鸡鸣而起，百工杂作，匹夫入市，操挟尺寸，吏且随而税之，扼吭拊背，以收丝毫之利。古之设官者，求以裕民；今之设官者，求以胜民。赋敛有常限，而以先期为贤；出纳有常数，而以羡息为能。天地之间，苟可以取者，莫不有禁。求利太广，而用法太密。故民日趋于贪。臣愚以为难行之言，当有所必行。而可取之利，当有所不取。以教民信，而示之义。若曰"国用不足而未可以行"，则臣恐其失之多于得也。

茅鹿门曰：东坡劝敦教化，而以罢西河之兵与宝元以来增赋为案。其言虽近长老，而其实则疏略矣。

又曰：看他行文纡徐婉转、将言不言处。

张孝先曰：策言教化必先行之自上，而上之敦教化者莫重于信义。到入时事处，一言籍军无信，一言增赋不义；上无信则教民诈，上不义则教民贪。皆切中时弊。

范文正公文集序

庆历三年，轼始总角入乡校。士有自京师来者，以鲁人石守道所作《庆历圣德诗》示乡先生。轼从旁窃观，则能诵习其词。问先生以所颂十一人者何人也？先生曰："童子何用知之？"轼曰："此天人也耶，则不敢知；若亦人耳，何为其不可！"先生奇轼言，尽以告之，且曰："韩、范、富、欧阳，此四人者，人杰也。"时虽未尽了，则已私识之矣。嘉祐二年，始举进士至京师，则范公殁。既葬，而墓碑出，读之至流涕，曰："吾得其为人。"盖十有五年不一见其面，岂非命也欤！

是岁登第，始见知于欧阳公，因公以识韩、富，皆以国士待轼，曰："恨子不识范文正公。"其后三年，过许，始识公之仲子今丞相尧夫。又六年，始见其叔彝叟京师。又十一年，遂与其季德孺同僚于徐。皆一见如旧，且以公遗稿见属为叙。又十三年，乃克为之。

呜呼！公之功德，盖不待文而显，其文亦不待叙而传。然不敢辞者，自以八岁知敬爱公，今四十七年矣。彼三杰者，皆得从之游，而公独不识，以为平生之恨。若获挂名其文字中，以自托于门下士之末，岂非畴昔之愿也哉？

古之君子，如伊尹、太公、管仲、乐毅之流，其王霸之略，皆素定于畎亩中，非仕而后学者也。淮阴侯见高帝于汉中，论刘、项短长，画取三秦，如指诸掌；及佐帝定天下，汉中之言，无一不酬者。诸葛孔明卧草庐中，与先主策曹操、孙权，规取刘璋，因蜀之资，以争天下，终身不易其言。此岂口传耳受，尝试为之，而侥幸其或成者哉？

公在天圣中，居太夫人忧，则已有忧天下、致太平之意。故为万言书以遗宰相，天下传诵。至用为将，擢为执政，考其平生所为，无出此书者。今其集二十卷，为诗赋二百六十八，为文一百六十五。其于仁义礼乐，忠信孝悌，盖如饥渴之于饮食，欲须臾忘而不可得。如火之热，如水之湿，盖其天性有不得不然者。虽弄翰戏语，率然而作，必归于此。故天下信其诚，争师尊之。孔子曰："有德者必有言。"非有言也，德之发于口者也。又曰："我战则克，祭则受福。"非能战也，德之见于怒者也。

茅鹿门曰：此作本以率意而书者，而于中识度自远。

张孝先曰：上半篇叙景慕之情，中言公规模先定，末乃言其文集底蕴。要分段落看。

六一居士集序

夫言有大而非夸，达者信之，众人疑焉。孔子曰："天之将丧斯文也，后死者不得与于斯文也。"孟子曰："禹抑洪水，孔子作《春秋》，而予距杨、墨。"盖以是配禹也。文章之得丧，何与于天，而禹之功与天地并，孔子、孟子以空言配之，不已夸乎？自《春秋》作而乱臣贼子惧，孟子之言行而杨、墨之道废,天下以是为固然而不知其功。孟子既没,有申、商、韩非之学,违道而趋利,残民以厚主。其说至陋也,而士以是罔其上。上之人侥幸一切之功,靡然从之。而世无大人先生如孔子、孟子者,推其本末,权其祸福之轻重,以救其惑,故其学遂行。秦以是丧天下。陵夷至于胜、广、刘、项之祸,死者十八九,天下萧然。洪水之患,盖不至此也。方秦之未得志也,使复有一孟子,则申、韩为空言,作于其心,害于其事,作于其事,害于其政者,必不至若是烈也。使杨、墨得志于天下,其祸岂减于申、韩哉?由此而言之,虽以孟子配禹可也。

太史公曰:"盖公言黄、老,贾谊、晁错明申、韩。"错不足道也,而谊亦为之。余以是知邪说之移人,虽豪杰之士有不免者,况众人乎?自汉以来,道术不出于孔氏,而乱天下者多矣。晋以老庄亡,梁以佛亡,莫或正之。五百余年而后得韩愈。学者以愈配孟子,盖庶几焉。愈之后二百有余年而后得欧阳子,其学推韩愈、孟子以达于孔氏,著礼乐仁义之实,以合于大道。其言简而明,信而通,引物连类,折之于至理,以服人心,故天下翕然师尊之。自欧阳子之存,世之不说者,哗而攻之,能折困其身,而不能屈其言。士无贤不肖不谋而同曰:"欧阳子,今之韩愈也。"

宋兴七十余年,民不知兵,富而教之,至天圣、景祐极矣,而斯文终有愧于古。士亦因陋守旧,论卑气弱。自欧阳子出,天下争自濯磨,以通经学古为高,以救时行道为贤,以犯颜纳谏为忠。长育成就,至嘉祐末,号称多士,欧阳子之功为多。呜呼！此岂人力也哉？非天其孰能使之！

欧阳子没十有余年，士始为新学，以佛老之似，乱周孔之真，识者忧之。赖天子明圣，诏修取士法，风厉学者专治孔氏，黜异端，然后风俗一变。考论师友渊源所自，复知诵习欧阳子之书。予得其诗文七百六十六篇于其子棐。乃次而论之曰："欧阳子论大道似韩愈，论事似陆贽，记事似司马迁，诗赋似李白。此非余言也，天下之言也。"欧阳子讳修，字永叔。既老，自谓六一居士云。

> 唐荆川曰：体大而思精，议论如走盘之珠，文之绝佳者也。
> 茅鹿门曰：苏长公乃欧文忠公极得意门生，此序却亦不负欧公。
> 张孝先曰：以孟子配禹，以韩文公配孟子，以欧阳子配韩文公，此是一篇血脉。说得欧阳公身分尽高，所谓言大非夸也。

田表圣奏议序

故谏议大夫赠司徒田公表圣奏议十篇。呜呼！田公，古之遗直也。其尽言不讳，盖自敌以下受之，有不能堪者，而况于人主乎？吾是以知二宗之圣也。自太平兴国以来，至于咸平，可谓天下大治，千载一时矣。而田公之言，常若有不测之忧近在朝夕者，何哉？

古之君子，必忧治世而危明主。明主有绝人之资，而治世无可畏之防。夫有绝人之资，必轻其臣；无可畏之防，必易其民。此君子之所甚惧也。方汉文时，刑措不用，兵革不试，而贾谊之言曰："天下有可长太息者，有可流涕者，有可痛哭者。"后世不以是少汉文，亦不以是甚贾谊。由此观之，君子之遇治世而事明主，法当如是也。

谊虽不遇，而其所言略已施行；不幸早世，功烈不著于时。然谊尝建言，使诸侯王子孙各以次受分地，文帝未及用。历孝景至武帝，而主父偃举行之，汉室以安。今公之言，十未用五六也；安知来世不有若偃者举而行之欤？愿广其书于世，必有与公合者，此亦忠臣孝子之志也。

> 茅鹿门曰：不为巉刻之言，而文自达。
>
> 张孝先曰：田公之议不尽用，而其志则无非出于忠孝之诚。忧治世一段可谓笃论。

鼌错先生诗集序

孔子曰："吾犹及史之阙文也。有马者借人乘之，今亡矣夫。"史之不阙文，与马之不借人也，岂有损益于世也哉？然且识之，以为世之君子长者日以远矣，后生不复见其流风遗俗，是以日趋于智巧便佞而莫之止。是二者虽不足以损益，而君子长者之泽在焉，则孔子识之，而况其足以损益于世者乎？

昔吾先君适京师，与卿士大夫游，归以语轼曰："自今以往,文章其日工,而道将散矣。士慕远而忽近,贵华而贱实,吾已见其兆矣。"以鲁人兕绎先生之诗文十余篇示轼曰:"小子识之。后数十年,天下无复为斯文者也。"先王之诗文,皆有为而作,精悍确苦,言必中当世之过,凿凿乎如五谷必可以疗饥,断断乎如药石必可以伐病。其游谈以为高,枝词以为观美者。先生无一言焉。

其后二十余年,先生既没,而其言存。士之为文者,莫不超然出于形器之表,微言高论,既已鄙陋汉、唐,而其反复论难,正言不讳,如先生之文者,世莫之贵矣。轼是以悲于孔子之言,而怀先君之遗训,益求先生之文,而得之于其子复,乃录而藏之。先生讳太初,字醇之,姓颜氏,先师衮公之四十七世孙云。

茅鹿门曰:非公著意文,却亦澹宕而有深思云。

张孝先曰:论文极精确。逐于末流而忘其根本,则游谈枝词之弊兴矣。其曰"如五谷之可以疗饥","药石之可以伐病",吾以为惟周、程、张、朱之言可以当之。

王君宝绘堂记

君子可以寓意于物,而不可以留意于物。寓意于物,虽微物足以为乐,虽尤物不足以为病;留意于物,虽微物足以为病,虽尤物不足以为乐。老子曰:"五色令人目盲,五音令人耳聋,五味令人口爽,驰骋田猎令人发狂。"然圣人未尝废此四者,亦聊以寓意焉耳。刘备之雄才也,而好结髦;嵇康之达也,而好锻炼;阮孚之放也,而好蜡屐。此岂有声色臭味也哉? 而乐之终身不厌。

凡物之可喜,足以悦人而不足以移人者,莫若书与画。然至其留意而不释,则其祸有不可胜言者。钟繇至以此呕血发冢,宋孝武、王僧虔至以此相忌,桓玄之走舸,王涯之复壁,皆以儿戏害其国,凶其身。此留意之祸也。

始吾少时,尝好此二者,家之所有,惟恐其失之;人之所有,惟恐其不吾予也。既而自笑曰:吾薄富贵而厚于书,轻死生而重于画,岂不颠倒错缪、失其本心也哉? 自是不复好。见可喜者虽时复蓄之,然为人取去,亦不复惜也。譬之烟云之过眼,百鸟之感耳,岂不欣然接之? 然去而不复念也。于是乎二物者尝为吾乐,而不能为吾病。

驸马都尉王君晋卿,虽在戚里,而其被服礼义,学问诗书,常与寒士角。平居攘去膏粱,屏远声色,而从事于书画,作宝绘堂于私第之东,以蓄其所有,而求文以为记。恐其不幸而类吾少时之所好,故以是告之,庶几全其乐而远其病也。熙宁十年七月二十日记。

唐荆川曰:《墨宝堂》与此二篇,皆小题从大处起议论,有箴规之意焉。

茅鹿门曰:有一种达人风旨,然地位不如荆公多矣。

张孝先曰:书画虽可乐,其实与声色之好何异? 寓意而不可留意。达观名言,可以醒世。

李君藏书房记

象犀珠玉怪珍之物，有悦于人之耳目，而不适于用。金石草木丝麻五谷六材，有适于用，而用之则弊，取之则竭。悦于人之耳目而适于用，用之而不弊，取之而不竭，贤不肖之所得，各因其才，仁智之所见，各随其分，才分不同，而求无不获者，惟书乎！

自孔子圣人，其学必始于观书。当是时，惟周之柱下史老聃为多书。韩宣子适鲁，然后见《易象》与《鲁春秋》。季札聘于上国，然后得闻《诗》之风、雅、颂。而楚独有左史倚相，能读《三坟》《五典》《八索》《九丘》。士之生于是时，得见六经者盖无几，其学可谓难矣。而皆习于礼乐，深于道德，非后世君子所及。

自秦、汉以来，作者益众，纸与字画日趋于简便，而书益多，世莫不有。然学者益以苟简，何哉？余犹及见老儒先生，自言其少时欲求《史记》《汉书》而不可得；幸而得之，皆手自书。日夜诵读，惟恐不及。近岁市人转相摹刻诸子百家之书，日传万纸。学者之于书，多且易致如此，其文辞学术，当倍蓰于昔人。而后生科举之士，皆束书不观，游谈无根，此又何也？

余友李公择，少时读书于庐山五老峰下白石庵之僧舍。公择既去，而山中之人思之，指其所居为李氏山房。藏书凡九千余卷。公择既已涉其流，探其源，采剥其华实，而咀嚼其膏味，以为己有，发于文词，见于行事，以闻名于当世矣。而书固自如也，未尝少损。将以遗来者，供其无穷之求，而各足其才分之所当得。是以不藏于家，而藏于其故所居之僧舍，此仁者之心也。

余既衰且病，无所用于世，惟得数年之闲，尽读其所未见之书，而庐山固所愿游而不得者，盖将老焉。尽发公择之藏，拾其余弃以自补，庶有益乎？而公择求余文以为记，乃为一言，使来者知昔之君子见书之难，而今之学者有书而不读为可惜也。

茅鹿门曰：题本小，而文旨特放而远之才不鲜睉。

张孝生曰：古人书少而学者多，今人书多而学者少，念之良可浩叹！余来闽中，置藏书楼于鳌峰书院。将与好学深思共之，幸毋蹈坡公之所讥也。

张君墨宝堂记

世人之所共嗜者，美饮食，华衣服，好声色而已。有人焉，自以为高而笑之，弹琴弈棋，蓄古书法图画，客至，出而夸观之，自以为至矣。则又有笑之者曰："古之人所以自表见于后世者，以有言语文章也，是恶是好？"而豪杰之士，又相与笑之，以为士当以功名闻于世，若乃施之空言，而不见于行事，此不得已者之所为也。而其所谓功名者，自知效一官，等而上之，至于伊、吕、稷、契之所营，刘、项、汤、武之所争，极矣。而或者犹未免乎笑，曰："是区区者曾何足言，而许由辞之以为难，孔丘知之以为博。"由此言之，世之相笑，岂有既乎？

士方志于其所欲得，虽小物，有弃躯忘亲而驰之者。故有好书而不得其法，则椎心呕血几死而仅存，至于剖家斫棺而求之。是岂有声色臭味足以移人哉？方其乐之也，虽其口不能自言，而况他人乎？人特以己之不好，笑人之好，则过矣。

毗陵人张君希元，家世好书，所蓄古今人遗迹至多，尽刻诸石，筑室而藏之，属余为记。余蜀人也。蜀之谚曰："学书者纸费，学医者人费。"此言虽小，可以喻大。世有好功名者，以其未试之学，而骤出之于政，其费人岂特医者之比乎？今张君以兼人之能，而位不称其才，优游终岁，无所役其心智，则以书自娱。然以余观之，君岂久闲者？蓄极而通，必将大发之于政。君知政之费人也甚于医，则愿以余之所言者为鉴。

唐荆川曰：此文前后各自为议论，暗相照映甚密。

张孝先曰：学书费纸，学医费人，世之学无用诗文，以费精神、费岁月者多矣。吾愿其亟返而自省焉。

文与可画筼筜谷偃竹记

竹之始生，一寸之萌耳，而节叶具焉。自蜩腹蛇蚹，以至于剑拔十寻者,生而有之也。今画者乃节节而为之,叶叶而累之,岂复有竹乎?故画竹必先得成竹于胸中,执笔熟视,乃见其所欲画者,急起从之,振笔直遂,以追其所见,如兔起鹘落,少纵即逝矣。与可之教予如此。予不能然也,而心知其所以然。

夫既心识其所以然,而不能然者,内外不一,心手不相应,不学之过也。故凡有见于中,而操之不熟者,平居自视了然,而临事忽焉丧之,岂独竹乎?

子由为《墨竹赋》,以遗与可曰:"庖丁,解牛者也,而养生者取之。轮扁,斫轮者也,而读书者与之。今夫夫子之托于斯竹也,而予以为有道者,则非耶?"子由未尝画也,故得其意而已。若予者,岂独得其意,并得其法。

与可画竹,初不自贵重。四方之人,持缣素而请者,足相蹑于其门。与可厌之,投诸地而骂曰:"吾将以为袜!"士大夫传之,以为口实。及与可自洋州还,而余为徐州。与可以书遗余曰:"近语士大夫:'吾墨竹一派,近在彭城,可往求之。'袜材当萃于子矣。"书尾复写一诗,其略曰:"拟将一段鹅溪绢,扫取寒梢万尺长。"予谓与可:"竹长万尺,当用绢二百五十匹。知公倦于笔砚,愿得此绢而已。"与可无以答,则曰:"吾言妄矣!世岂有万尺竹哉?"余因而实之,答其诗曰:"世间亦有千寻竹,月落庭空影许长。"与可笑曰:"苏子辩则辩矣,然二百五十匹绢,吾将买田而归老矣!"因以所画筼筜谷偃竹遗余曰:"此竹数尺耳,而有万尺之势。"筼筜谷在洋州,与可尝令予作《洋州三十咏》,《筼筜谷》其一也。予诗云："汉川修竹贱如蓬，斤斧何曾赦箨龙？料得清贫馋太守，渭滨千亩在胸中。"与可是日与其妻游谷中，烧笋晚食，发函得诗，失笑喷饭满案。

元丰二年正月二十日，与可没于陈州。是岁七月七日，予在湖州，曝书画，见此竹，废卷而哭失声。

昔曹孟德祭桥公文，有"车过""腹痛"之语，而予亦载与可畴昔戏笑之言者，以见与可于予亲厚无间如此也。

茅鹿门曰：中多诙谐之言，而论画竹入解。

张孝先曰：坡公为文随手写出，触处天机，盖是心手相得之候，无意成文而文愈佳也。余独爱其论画竹必先得成竹于胸中，不可节节而为之，叶叶而累之。甚有妙理，可以旁通。

喜雨亭记

亭以雨名，志喜也。古者有喜，则以名物，示不忘也。周公得禾，以名其书；汉武得鼎，以名其年；叔孙胜敌，以名其子。其喜之大小不齐，其示不忘一也。

余至扶风之明年，始治官舍。为亭于堂之北，而凿池其南，引流种木，以为休息之所。是岁之春，雨麦于岐山之阳，其占为有年。既而弥月不雨，民方以为忧。越三月乙卯乃雨，甲子又雨，民以为未足；丁卯大雨，三日乃止。官吏相与庆于庭，商贾相与歌于市，农夫相与忭于野。忧者以乐，病者以愈，而吾亭适成。

于是举酒于亭上以属客，而告之曰："五日不雨可乎？"曰："五日不雨则无麦。""十日不雨可乎？"曰："十日不雨则无禾。""无麦无禾，岁且荐饥，狱讼繁兴，而盗贼滋炽。则吾与二三子，虽欲优游以乐于此亭，其可得耶？今天不遗斯民，始旱而赐之以雨，使吾与二三子得相与优游而乐于此亭者，皆雨之赐也。其又可忘耶？"

既以名亭，又从而歌之。歌曰：

使天而雨珠，寒者不得以为襦；使天而雨玉，饥者不得以为粟。一雨三日，繄谁之力？民曰太守，太守不有；归之天子，天子曰不然；归之造物，造物不自以为功；归之太空，太空冥冥。不可得而名，吾以名吾亭。

茅鹿门曰：公之文好为滑稽。
张孝先曰：作亭之名，原是触景而成，亦可见太守不忘乎民之意。

超然台记

凡物皆有可观。苟有可观，皆有可乐，非必怪奇伟丽者也。馂糟啜醨，皆可以醉；果蔬草木，皆可以饱。推此类也，吾安往而不乐！

夫所谓求福而辞祸者，以福可喜而祸可悲也。人之所欲无穷,而物之可以足吾欲者有尽。养恶之辨战乎中,而去取之择交乎前,则可乐者常少,而可悲者常多,是所谓求祸而辞福。夫求祸而辞福,岂人之情也哉? 物有以盖之矣。彼游于物之内,而不游于物之外。物非有大小也,自其内而观之,未有不高且大者也。彼挟其高大以临我,则我常眩乱反覆,如隙中之观斗,又乌知胜负之所在? 是以美恶横生,而忧乐出焉,可不大哀乎!

余自钱塘移守胶西,释舟楫之安,而服车马之劳;去雕墙之美,而蔽采椽之居;背湖山之观,而行桑麻之野。始至之日,岁比不登,盗贼满野,狱讼充斥,而斋厨索然,日食杞菊。人固疑余之不乐也。处之期年,而貌加丰,发之白者,日以反黑。余既乐其风俗之淳,而其吏民亦安余之拙也。于是治其园圃,洁其庭宇,伐安丘、高密之木,以修补破败,为苟全之计。而园之北,因城以为台者旧矣,稍葺而新之。

时相与登览,放意肆志焉。南望马耳、常山,出没隐见。若近若远,庶几有隐君子乎? 而其东则卢山,秦人卢敖之所从遁也。西望穆陵,隐然如城郭,师尚父、齐桓公之遗烈,犹有存者。北府潍水,慨然太息,思淮阴之功,而吊其不终。台高而安,深而明,夏凉而冬温。雨雪之朝,风月之夕,余未尝不在,客未尝不从。撷园蔬,取池鱼,酿秫酒,瀹脱粟而食之,曰:乐哉游乎!

方是时,余弟子由适在济南,闻而赋之,且名其台曰“超然”,以见余之无所往而不乐者,盖游于物之外也!

唐荆川曰：前发超然之意，后段叙事解意兼叙事格。

茅鹿门曰：子瞻本色。与《凌虚台记》并本之庄生。

张孝先曰：游物之外则随寓皆安。世之胶胶扰扰、患得患失以终其身者，岂足以知公之胸次乎？

潮州韩文公庙碑

匹夫而为百世师，一言为天下法，是皆有以参天地之化，关盛衰之运。其生也有自来，其逝也有所为。故申、吕自岳降，傅说为列星，古今所传，不可诬也。孟子曰："我善养吾浩然之气。"是气也，寓于寻常之中，而塞乎天地之间；卒然遇之，则王公失其贵，晋、楚失其富，良、平失其智，贲、育失其勇，仪、秦失其辩。是孰使之然哉？其必有不依形而立，不恃力而行，不待生而存，不随死而亡者矣！故在天为星辰，在地为河岳，幽则为鬼神，而明则复为人。此理之常，无足怪者。

自东汉以来，道丧文弊，异端并起。历唐贞观、开元之盛，辅以房、杜、姚、宋而不能救。独韩文公起布衣，谈笑而麾之，天下靡然从公，复归于正，盖三百年于此矣。文起八代之衰，而道济天下之溺；忠犯人主之怒，而勇夺三军之帅。此岂非参天地，关盛衰，浩然而独存者乎？

盖尝论天人之辨，以谓人无所不至，惟天不容伪。智可以欺王公，不可以欺豚鱼；力可以得天下，不可以得匹夫匹妇之心。故公之精诚，能开衡山之云，而不能回宪宗之惑；能驯鳄鱼之暴，而不能弭皇甫镈、李逢吉之谤；能信于南海之民，庙食百世，而不能使其身一日安之于朝廷之上。盖公之所能者天也，其所不能者人也。

始潮人未知学，公命进士赵德为之师。自是，潮之士皆笃于文行，延及齐民，至于今，号称易治。信乎孔子之言："君子学道则爱人，小人学道则易使也。"潮人之事公也，饮食必祭，水旱疾疫，凡有求必祷焉。而庙在刺史公堂之后，民以出入为艰。前守欲请诸朝作新庙，不果。元祐五年，朝散郎王君涤来守是邦，凡所以养士治民者，一以公为师。民既悦服，则出令曰："愿新公庙者听。"民欢趋之。卜地于州城之南七里，期年而庙成。

或曰："公去国万而谪于潮，不能一岁而归。没而有知，其不眷恋于潮审矣！"轼曰："不然。公之神在天下者，如水之在地中，无所往而不在也。而潮人独信之深，思之至，焄蒿凄怆，若或见之。譬如凿井得泉，而曰水专在是，岂理也哉！"

元丰七年，诏封公昌黎伯，故榜曰："昌黎伯韩文公之庙。"潮人请书其事于石，因作诗以遗之，使歌以祀公。其词曰：

> 公昔骑龙白云乡，手抉云汉分文章，天孙为织云锦裳。飘然乘风来帝旁，下与浊世扫秕糠，西游咸池略扶桑，草木衣被昭回光。追逐李杜参翱翔，汗流籍湜走且

僵，灭没倒影不可望。作书诋佛讥君王，要观南海窥衡湘，历舜九疑吊英皇。祝融先驱海若藏，约束蛟鳄如驱羊。钧天无人帝悲伤，讴吟下诏遣巫阳。犦牲鸡卜羞我觞，于粲荔丹与蕉黄。公不少留我涕滂，翩然被发下大荒。

茅鹿门曰：予览此文不是昌黎本色，前后议论多漫然。然苏长公生平气格独存，故录之。

张孝先曰：此文止是一气挥成，更不用波澜起伏之势，与东坡他文不同。其磅礴澎湃处，与昌黎大略相似。朱子曰："向尝闻东坡作此文，思得颇久，不能得一起句。起行百十遭，忽得'匹夫而为百世师，一言而为天下法'两句，下面遂一笔扫去。"此即东坡所论画竹法。余睹其直赶到"浩然而独存者乎"，势已极矣，即接"盖尝论天人之辨"一段，遂加倍精采。文之直致者，须有元气包裹其间方好。

三槐堂铭

天可必乎？贤者不必贵，仁者不必寿。天不可必乎？仁者必有后。二者将安取衷哉！

吾闻之申包胥曰："人众者胜天，天定亦能胜人。"世之论天者，皆不待其定而求之，故以天为茫茫。善者以怠，恶者以肆，盗跖之寿，孔、颜之厄，此皆天之未定者也。松柏生于山林，其始也困于蓬蒿，厄于牛羊；而其终也，贯四时阅千岁而不改者，其天定也。善恶之报，至于子孙，而其定也久矣。吾以所见所闻所传闻考之，而其可必也审矣。

国之将兴，必有世德之臣，厚施而不食其报，然后其子孙能与守文太平之主共天下之福。故兵部侍郎晋国王公显于汉、周之际，历事太祖、太宗，文武忠孝，天下望以为相，而公卒以直道不容于时。盖尝手植三槐于庭曰："吾子孙必有为三公者。"已而其子魏国文正公相真宗皇帝于景德、祥符之间，朝廷清明、天下太平之时，享其福禄荣名者十有八年。今夫寓物于人，明日而取之，有得有否。而晋公修德于身，责报于天，取必于数十年之后，如持左契，交手相付。吾是以知天之果可必也。

吾不及见魏公，而见其子懿敏公，以直谏事仁宗皇帝，出入侍从将帅三十余年，位不满其德。天将复兴王氏也欤？何其子孙之多贤也！世有以晋公比李栖筠者，其雄才直气，真不相上下，而栖筠之子吉甫，其孙德裕，功名富贵，略与王氏等，而忠信仁厚，不及魏公父子。由此观之，王氏之福盖未艾也。

懿敏公子巩与吾游，好德而文，以世其家。吾是以录之。铭曰：

呜呼休哉！魏公之业，与槐俱萌。封植之勤，必世乃成。既相真宗，四方砥平。归视其家，槐阴满庭。吾侪小人，朝不及夕。相时射利，皇恤厥德？庶几侥幸，不种而获。不有君子，其何能国？王城之东，晋公所庐。郁郁三槐，惟德之符。呜呼休哉！

茅鹿门曰：中多名言。

张孝先曰：眼界既高，议论更大。世之人不务修德，少不如意，即有怨天之念，何其所见之陋也！

稼说送张琥

曷尝观于富人之稼乎？其田美而多，其食足而有余。其田美而多，则可以更休，而地力得完；其食足而有余，则种之常不后时，而敛之常及其熟。故富人之稼常美，少秕而多实，久藏而不腐。

今吾十口之家，而共百亩之田。寸寸而取之，日夜以望之，锄、耰、铚、艾，相寻于其上者如鱼鳞，而地力竭矣。种之常不及时，而敛之常不待其熟，此岂能复有美稼哉？

古之人，其才非有以大过今之人也。其平居所以自养而不敢轻用，以待其成者，闵闵焉如婴儿之望长也。弱者养之，以至于刚；虚者养之，以至于充。三十而后仕，五十而后爵。信于久屈之中，而用于至足之后；流于既溢之余，而发于持满之末。此古之人所以大过人，而今之君子所以不及也。

吾少也有志于学，不幸而早得与吾子同年；吾子之得，亦不可谓不早也。吾今虽欲自以为不足，而众已妄推之矣。呜呼！吾子其去此而务学也哉！博观而约取，厚积而薄发，吾告子止于此矣。

子归过京师而问焉,有曰辙子由者,吾弟也,其亦以是语之。

茅鹿门曰:归本于学有见。

张孝先曰:以稼喻学,字字名言。

前赤壁赋

壬戌之秋,七月既望,苏子与客泛舟游于赤壁之下。清风徐来,水波不兴。举酒属客,诵明月之诗,歌窈窕之章。少焉,月出于东山之上,徘徊于斗牛之间。白露横江,水光接天。纵一苇之所如,凌万顷之茫然。浩浩乎如凭虚御风,而不知其所止;飘飘然如遗世独立,羽化而登仙。

于是饮酒乐甚,扣舷而歌之。歌曰:"桂棹兮兰桨,击空明兮泝流光。渺渺兮予怀,望美人兮天一方。"客有吹洞箫者,倚歌而和之。其声呜呜然,如怨如慕,如泣如诉,余音袅袅,不绝如缕,舞幽壑之潜蛟,泣孤舟之嫠妇。

苏子愀然,正襟危坐,而问客曰:"何为其然也?"

客曰:"'月明星稀,乌鹊南飞',此非曹孟德之诗乎?西望夏口,东望武昌,山川相缪,郁乎苍苍,此非孟德之困于周郎者乎?方其破荆州,下江陵,顺流而东也,舳舻千里,旌旗蔽空,酾酒临江,横槊赋诗,固一世之雄也,而今安在哉?况吾与子渔樵于江渚之上,侣鱼虾而友麋鹿,驾一叶之扁舟,举匏樽以相属。寄蜉蝣于天地,渺沧海之一粟。哀吾生之须臾,羡长江之无穷。挟飞仙以遨游,抱明月而长终。知不可乎骤得,托遗响于悲风。"

苏子曰:"客亦知夫水与月乎?逝者如斯,而未尝往也;盈虚者如彼,而卒莫消长也。盖将自其变者而观之,则天地曾不能以一瞬;自其不变者而观之,则物与我皆无尽也,而又何羡乎!且夫天地之间,物各有主,苟非吾之所有,虽一毫而莫取。惟江上之清风,与山间之明月,耳得之而为声,目遇之而成色,取之无禁,用之不竭。是造物者之无尽藏也,而吾与子之所共适。"

客喜而笑,洗盏更酌,肴核既尽,杯盘狼藉。相与枕藉乎舟中,不知东方之既白。

茅鹿门曰:予尝谓东坡文章仙也。读此二赋,令人有遗世之想。

张孝先曰:以文为赋,藏叶韵于不觉,此坡公工笔也。凭吊江山,恨人生之如寄;流连风月,喜造物之无私。一难一解,悠然旷然。

后赤壁赋

是岁十月之望,步自雪堂,将归于临皋。二客从予,过黄泥之坂。霜露既降,木叶尽脱;人影在地,仰见明月。顾而乐之,行歌相答。

已而叹曰:"有客无酒,有酒无肴;月白风清,如此良夜何?"客曰:"今者薄暮,举网得鱼,巨口细鳞,状似松江之鲈。顾安所得酒乎?"归而谋诸妇。妇曰:"我有斗酒,藏之久矣。以待子不时之需。"

于是携酒与鱼,复游于赤壁之下。江流有声,断岸千尺;山高月小,水落石出。曾日月之几何,而江山不可复识矣!予乃摄衣而上,履巉岩,披蒙茸,踞虎豹,登虬龙,攀栖鹘之危巢,俯冯夷之幽宫。盖二客不能从焉。划然长啸,草木震动,山鸣谷应,风起水涌。予亦悄然而悲,肃然而恐,凛乎其不可留也。反而登舟,放乎中流,听其所止而休焉。时夜将半,四顾寂寥。适有孤鹤,横江东来,翅如车轮,玄裳缟衣,戛然长鸣,掠予舟而西也。

须臾客去,予亦就睡。梦一道士;羽衣翩跹,过临皋之下,揖予而言曰:"赤壁之游乐乎?"问其姓名,俯而不答。"呜呼噫嘻!我知之矣。畴昔之夜,飞鸣而过我者,非子也耶?"道士顾笑,予亦惊悟。开户视之,不见其处。

茅鹿门曰:萧瑟。

张孝先曰:犹是风月耳。上文字字是秋景,此文字字是冬景。体物之工,其妙难言。

日　喻

生而眇者不识日,问之有目者。或告之曰:"日之状如铜盘。"扣盘而得其声。他日闻钟，以为日也。或告之曰："日之光如烛。"扪烛而得其形。他日揣籥，以为日也。日之与钟、籥亦远矣，而眇者不知其异，以其未尝见，而求之人也。

道之难见也甚于日，而人之未达也，无以异于眇。达者告之，虽有巧譬善导，亦无以过于盘与烛也。自盘而之钟，自烛而之籥，转而相之，岂有既乎？故世之言道者，或即其所见而名之，或莫之见而意之，皆求道之过也。

然则道卒不可求欤？苏子曰："道可致而不可求。"何谓致？孙武曰："善战者致人，不致于人。"子夏曰："百工居肆以成其事，君子学以致其道。"莫之求而自致，斯以为致也欤！

南方多没人，日与水居也。七岁而能涉，十岁而能浮，十五而能没矣。夫没者岂苟然哉？必将有得于水之道者。日与水居，则十五而得其道。生不识水，则虽壮，见舟而畏之。故北方之勇者，问于没人，而求其所以没，以其言试之河，未有不溺者也。故凡不学而务求道，皆北方之学没者也。

昔者以声律取士，士杂学而不志于道；今也以经术取士，士知求道而不务学。渤海吴君彦律，有志于学者也，方求举于礼部，作《日喻》以告之。

茅鹿门曰：公之以文点化人，如佛家参禅妙解。

张孝先曰：两喻俱有理趣，思之令人警目。

书六一居士传后

苏子曰：居士可谓有道者也！

或曰：居士非有道者也。有道者，无所挟而安。居士之于五物，捐世俗之所争，而拾其所弃者也。乌得为有道乎？

苏子曰：不然。挟五物而后安者，惑也；释五物而后安者，又惑也。且物未始能累人也，轩裳圭组，且不能为累，而况此五物乎？物之所以能累人者，以吾有之也。吾与物俱不得已而受形于天地之间，其孰能有之？而或者以为己有，得之则喜，丧之则悲。今居士自谓六一，是其身均与五物为一也。不知其有物耶？物有之也？居士与物均为不能有，其孰能置得丧于其间？故曰：居士可谓有道者也。虽然，自一观五，居士犹可见也；与五为六，居士不可见也。居士殆将隐矣！

茅鹿门曰：本庄生齐物我见解，而篇末类滑稽可爱。

张孝先曰：人之所以异于物者，以其能别是非，而不为物累也。若以有知觉之人，与无知觉之物等而视之，谓能不累于物，则天下无是理也。欧公自号六一，聊以寄兴，未必有此意。而东坡以老庄之旨，从而为之辞。此朱子所以讥其不根而害道也。存此而论之，以概其余。

卷之九　苏文定公文

再论分别邪正札子

　　臣今月二十二日延和殿进呈札子，论君子小人不可并处朝廷，因复口陈其详，以渎天听。窃观圣意，类不以臣言为非者。然天威咫尺，言词迫遽，有所不尽。退伏思念，若使邪正并进，皆得与闻国事，此治乱之幾，而朝廷所以安危者也。

　　臣误蒙圣恩，典司邦宪，臣而不言，谁当救其失者？谨复稽之古今，考之圣贤之格言，莫不谓亲近君子，斥远小人，则人主尊荣，国家安乐；疏外君子，进任小人，则人主忧辱，国家危殆。此理之必然，而非一人之私言也。故孔子论为邦，则曰："放郑声，远佞人。"子夏论舜之德则曰："举皋陶，不仁者远。"论汤之德则曰："举伊尹，不仁者远。"诸葛亮戒其君则曰："亲贤臣，远小人，此前汉所以兴隆也；亲小人，远贤臣，此后汉所以倾颓也。"凡典册所载，如此之类不可胜记。至于《周易》所论，尤为详密，皆以君子在内，小人在外，为天地之常理；小人在内，君子在外，为阴阳之逆节。故一阳在下，其卦为"复"；二阳在下，其卦为"临"。阳虽未盛，而居中得地，圣人知其有可进之道。一阴在下，其卦为"姤"；二阴在下，其卦为"遁"。阴虽未壮，而圣人知其有可畏之渐。若夫居天地之正、得阴阳之和者,惟"泰"而已。泰之为象,三阳在内,三阴在外,君子既得其位,可以有为;小人奠居于外,安而无怨。故圣人名之曰"泰"。泰之言安也,言惟此可以久安也。方泰之时,若君子能保其位,外安小人,使无失其所,则天下之安未有艾也。惟恐君子得位,因势陵暴小人,使之在外而不安,则势将必至反复。故"泰"之九三则曰:"无平不陂,无往不复。"

窃惟圣人之戒,深切详尽,所以诲人者至矣。独未闻以小人在外,忧其不悦,而引之于内,以自遗患者也。故臣前所上札子,亦以谓小人虽决不可任以腹心,至于牧守四方,奔走庶务,各随所长,无所偏废,宠禄恩赐,彼此如一,无迹可指,如此而已。若遂引而置之于内,是犹畏盗贼之欲得财,而导之于寝室;知虎豹之欲食肉,而开之以坰牧。天下无此理也。且君子小人势同冰炭,同处必争;一争之后,小人必胜,君子必败。何者? 小人贪利忍耻,击之难去;君子洁身重义,知道之不行,必先引退。故古语曰:"一薰一莸,十年尚犹有臭。"盖谓此矣。

昔先皇帝以聪明圣智之资,疾颓靡之俗,将以纲纪四方,追迹三代。今观其设意,本非汉、唐之君所能仿佛也。而一时臣佐,不能将顺圣德,造作诸法,率皆民所不悦。及二圣临御,因民所愿,取而更之,上下忻慰。当此之际,先朝用事之臣,皆布列于朝,自知上逆天意,下失民心,彷徨踧踖,若无所措,朝廷虽不斥逐,其势亦自不能复留矣。尚赖二圣慈仁,不加谴责,而宥之于外,盖已厚矣。今者政令已孚，事势大定，而议者惑于浮说，乃欲招而纳之，与之共事，欲以此调停其党。臣谓此人若返，岂肯徒然而已哉？必将戕害正人，渐复旧事，以快私忿。人臣被祸，盖不足言，而臣所惜者，祖宗朝廷也。盖自熙宁以来，小人执柄二十年矣。建立党与，布满中外。一旦失势，睥睨者多。是以创造语言，动摇贵近，胁之以祸，诱之以利，何所不至？臣虽不闻其言，而概可料矣。闻者若又不加审察，遽以为然，岂不过甚矣哉！臣闻管仲治齐，夺伯氏骈邑三百，饭蔬食，没齿无怨言。诸葛亮治蜀，废廖立、李严为民，徙之边远，久而不召，及亮死，二人皆垂泣思亮。夫骈、立、严三人者，皆齐、蜀之贵臣也。管、葛之所以能戮其贵臣，而使之无怨者，非有它也，赏罚必公，举措必当，国人皆知其所与之非私，而所夺之非怨。故虽仇雠，莫不归心耳。今臣窃观朝廷用舍施设之间，其不合人心者尚不为少，彼既中怀不悦，则其不服固宜。今乃直欲招而纳之，以平其隙，臣未见其可也。

《诗》曰："无竞维人，四方其训之。"陛下诚以异同反复为忧，惟当久任才性忠良、识虑明审之士，但得四五人常在要地，虽未及皋陶、伊尹，而不仁之人知自远矣。故臣愿陛下断自圣心，不为流言所惑，毋使小人一进，后有噬脐之悔，则天下幸甚，天下幸甚！臣既待罪执法，若见用人之失，理无不言，言之不从，理不徒止。如此则异同之迹益复著明，不若陛下早发英断，使彼此泯然无迹可见之为善也。臣受恩深重，辄敢先事献言，罪合万死。

茅鹿门曰：窃观《易》之内君子而外小人，内者进之、外者退之之词也，恐未必如子由所云。内即以之任于朝，外即以之布于州郡也。宋时上下并有调停之说，故子由亦不敢不附此为言。子由与章、蔡相仇者，犹为此言。然则彼之私相党者，安得不横为煽乱动摇之术乎？

张孝先曰：此篇大旨，欲人主分别邪正，言之极为剀切。但圣人言"放郑声、远佞人"，武侯言"亲贤臣，远小人"，"远"之为言，皆去之之义。若以远为在外，且以泰之三阴在外为说，皆属附会。盖小人虽或片长可取，亦止可以小知，原无在则安之理。惟一争之后，小人必胜，可谓切于情势之论。

上枢密韩太尉书

太尉执事：辙生好为文，思之至深，以为文者气之所形，然文不可以学而能，气可以养而致。孟子曰："我善养吾浩然之气。"今观其文章，宽厚宏博，充乎天地之间，称其气之小大。太史公行天下，周览四海名山大川，与燕、赵间豪俊交游，故其文疏荡，颇有奇气。此二子者，岂尝执笔学写如此之文哉？其气充乎其中而溢乎其貌，动乎其言而见乎其文，而不自知也。

辙生十有九年矣，其居家所与游者，不过其邻里乡党之人，所见不过数百里之间，无高山大野可登览以自广。百氏之书虽无所不读，然皆古人之陈迹，不足以激发其志气。恐遂汩没，故决然舍去，求天下奇闻壮观，以知天地之广大。过秦、汉之故都，恣观终南、嵩、华之高，北顾黄河之奔流，慨然想见古之豪杰；至京师，仰观天子宫阙之壮，与仓廪、府库、城池、苑囿之富且大也，而后知天下之巨丽；见翰林欧阳公，听其议论之宏辩，观其容貌之秀伟，与其门人贤士大夫游，而后知天下之文章聚乎此也。

太尉以才略冠天下，天下之所恃以无忧，四夷之所惮以不敢发，入则周公、召公，出则方叔、召虎。而辙也，未之见焉。且夫人之学也，不志其大，虽多而何为？辙之来也，于山见终南、嵩，华之高，于水见黄河之大且深，于人见欧阳公，而犹以为未见太尉也。故愿得观贤人之光耀，闻一言以自壮，然后可以尽天下之大观而无憾者矣。

辙年少，未能通习吏事。向之来，非有取于斗升之禄。偶然得之，非其所乐。然幸得赐归待选，使得优游数年之间，将归益治其文，且学为政。太尉苟以为可教而辱教之，又幸矣！

茅鹿门曰：胸次博大。

张孝先曰：苏家兄弟论文，每好说个气字。不知圣贤养气工夫，全在集义。而此所谓旷览山川，交游豪俊，特以激发其志气耳，与孟子浩然之气全无交涉也。其行文顾盼自喜，英气勃勃。自是令人倾服。

上两制诸公书

辙读书，至于诸子百家纷纭同异之辩、后世工巧组绣钻研离析之学,盖尝喟然太息,以为圣人之道,譬如山海薮泽之奥,人之入于其中者,莫不皆得其所欲,充足饱满,各自以为有余,而无慕乎其外。

今夫班输、共工,且而操斧斤以游其丛林,取其大者以为楹,小者为桷,圆者以为轮,挺者以为轴,长者扰云霓,短者蔽牛马,大者拥丘陵,小者伏榛莽,芟夷蹶取,皆自以为尽山林之奇怪矣。而猎夫渔师,结网聚饵,左强弓,右毒矢,陆攻则毙象犀,水伐则执鲛鳎,熊罴虎豹之皮毛,鼋龟犀兕之骨革,上尽飞鸟,下及走兽昆虫之类,纷纷籍籍,折翅掫足,鳞鬣委顿,纵横满前,肉登鼎俎,膏润砧几,皮革齿骨,披裂四出,被于器用。求珠之工,隋侯夜光,间以额珇,磊落的皪,充满其家。求金之工,辉赫晃荡,铿锵交戛,遍为天下冠冕佩带饮食之饰。此数者皆自以为能尽山海之珍,然山海之藏,终满而莫见其尽。

昔者夫子及其生而从之游者,盖三千余人。是三千人者,莫不皆有得于其师,是以从之周旋奔走,逐于宋、鲁,饥饿于陈、蔡,困厄而莫有去之者,是诚有得乎尔也。盖颜渊见于夫子,出而告人曰:“吾能知之。”子路、子贡、冉有出而告人亦曰:“吾知之。”下而至于邾巽、孔忠、公西舆、公西箴,此数子者,门人之下第者也,窃窥于道德之光华,而有闻于议论之末,皆以自得于一世。其后田子方、段干木之徒,讲之不详,乃窃以为虚无淡泊之说。而吴起、禽滑釐之类,又以猖狂于战国。盖夫子之道,分散四布,后之人得其遗波余泽者,至于如此。而杨朱、墨翟、庄周、邹衍、田骈、慎到、韩非、申不害之徒，又不见夫子之大道，皇皇惑乱，譬如陷于大泽之陂，荆榛棘茨，蹊隧灭绝，求以自致于通衢而不可得，乃妄冒蒺藜，蹈崖谷，崎岖缭绕而不能自止。何者？彼亦自以为己之得之也。

辙尝怪古之圣人既已知之矣，而不遂以明告天下而著之六经。六经之说皆微见其端，而非所以破天下之疑惑，使之一见而寤者，是以世之君子纷纷至此而不可执也。今夫《易》者，圣人之所以尽天下刚柔喜怒之情、勇敢畏惧之性，而寓之八物。因八物之相遇，吉凶得失之际，以教天下之趋利避害，盖亦如是而已。而世之说者，王氏、韩氏至以老子之虚无，京房、焦贡至以阴阳灾异之数。言《诗》者，不言咏歌勤苦酒食燕乐之际，极欢极戚而不违于道，而言五际子午卯酉之事。言《书》者，不言其君臣之欢，吁俞嗟叹，有以深感天下，而论其《费誓》《秦誓》之不当作也。夫孔子岂不知后世之至此极欤？其意以为后之学者，无所据依感发以自尽其才，是以设为六经而使之求之，盖又欲其深思而得之也。是以不为明著其说，使天下各以其所长而求之。故曰："仁者见之谓之仁，智者见之谓之智。"而子贡亦曰："在人，贤者识其大者，不贤者识其小者。"夫使仁者效其仁，智者效其智，大者推明其大，而不遗其小，小者乐致其小，以自附于大，各因其才而尽其力，以求其至微至密之地，则天下将有终身校其说而无倦者矣。至于后世不明其意，患乎异说之多而学者之难明也，于是举圣人之微言而折之以一人之私意，而传疏之学横放于天下。由是学者愈怠，而圣人之说益以不明。

今夫使天下之人因说者之异同，得以纵观博览，而辨其是非，论其可否，推其精粗，而后至于微密之际，则讲之当益深，守之当益固。《孟子》曰："君子深造之以道，欲其自得之也。自得之，则居之安；居之安，则资之深；资之深，则取之左右逢其源。故君子欲其自得之也。"

昔者辙之始学也，得一书，伏而读之，不求其博，而惟其书之知，求之而莫得，则反复而思之，至于终日而莫见，而后退而求其得。何者？惧其入于心之易，而守之不坚也。及既长，乃观百家之书，纵横颠倒，可喜可愕，无所不读，泛然无所适从。盖晚而读《孟子》，而后遍观乎百家而不乱也。而世之言者曰：学者不可以读天下之杂说，不幸而见之，则小道异术将乘间而入于其中。虽扬雄尚然，曰："吾不观非圣之书。"以为世之贤人所以自养其心者，如人之弱子幼弟；不当出而置之于纷华杂扰之地，此何其不思之甚也！古之所谓知道者，邪词入之而不能荡，诐词犯之而不能诈，爵禄不能使之骄，贫贱不能使之辱。如使深居自闭于闺闼之中，兀然颓然，而曰"知道知道"云者，此乃所谓腐儒者也。古者伯夷隘，柳下惠不恭，隘与不恭，是君子之所不为也。而孔子曰："伯夷、叔齐不降其志，不辱其身；柳下惠、少连降志而辱身，言中伦，行中虑；虞仲、夷逸隐居放言，身中清，废中权。而我则异于是，无可无不可。"夫伯夷、柳下惠，是君子之所不为，而不弃于孔子，此孟子所谓孔子集大成者也。至于孟子，恶乡原之败俗，而知于陵仲子之不可常也；美禹、稷之汲汲于天下，而知颜氏子自乐之非固也；知天下之诸侯其所取之为盗,而知王者之不必尽诛也;知贤者之不可召,而知召之役之为义也。故士之言学者,皆曰孔孟。何者?以其知道而已。

今辙山林之匹夫,其才术技艺无以大过于中人,而何敢自附于孟子?然其所以泛观天下之异说,三代以来,兴亡治乱之际,而皎然其有以折之者,盖其学出于孟子而不可诬也。

今年春,天子将求直言之士,而辙适来调官京师,舍人杨公不知其不肖,取其鄙野之文五十篇而荐之,俾与明诏之末。伏惟执事方今之伟人,而朝之名卿也。其德业之所服,声华之所耀,孰不欲一见以效薄技于左右?夫其五十篇之文,从中而下,则执事亦既见之矣。是以不敢复以为献,姑述其所以为学之道,而执事试观焉。

茅鹿门曰:览其文如广陵之涛,砰礚汹悍而不可制。然其骨理少切,譬之运斤成风,特属耀眼。

张孝先曰:大意以为圣人之道甚大,而为诸子百家淆乱其间。惟学之有得,乃可以遍观而不为所惑。自明己之能执约以穷乎博也。其实数言可了,而故为汪洋浩瀚之势以夸其奇。至谓圣人于道已知之,而不遂以明告天下,是尤以私意窥圣人者。盖六经之说昭若日星,特见未到,则信不及耳。姑就其文而论之,以振末学卑陋之习。

上刘长安书

辙闻之:物之所受于天者异,则其自处必高;自处既高,则必趯然有所不合于世俗。盖猛虎处于深山,向风长鸣,则百兽震恐而不敢出。松柏生于高冈,散柯布叶,而草木为之不植。非吾则尔拒,而尔则不吾抗也。

故夫才不同则无朋,而势远绝则失众;才高者身之累也,势异者众之弃也。昔者伯夷、叔齐已尝试之矣:与其乡人立,以其冠之不正也,舍而去之。夫以其冠之不正也,舍之而去,则天下无乃无可与共处者耶? 举天下而无可与共处,则是其势岂可以久也? 苟其势不可以久,则吾无乃亦将病之? 与其病而后反也,不若其素与之为善也。伯夷、叔齐惟其往而不反,是以为天下之弃人也。以伯夷之不吾屑而弃伯夷者,是固天下之罪矣;而以吾之洁清而不屑天下,是伯夷亦有过耳。古语有之曰:“大辩若讷,大巧若拙。”何者? 惧天下之以吾辩而以辩乘我,以吾巧而以巧困我。故以拙养巧,以讷养辩,此又非独善保身也,亦将以使天下之不吾忌,而其道可长久也。

今夫天下之士,辙已略窥之矣:于此有所不足,则于彼有所长;于此有所蔽,则于彼有所见。其势然矣。仄闻执事之风,明俊雄辩,天下无有敌者;而高亮刚果,士之进于前者,莫不振栗而自失;退而仰望才业之辉光,莫不逡巡而自愧。盖天下之士已大服矣,而辙愿执事有以少下之,使天下乐进于前而无恐,而辙亦得进见左右,以听议论之末。幸甚幸甚!

茅鹿门曰:气岸自别。刘长安恐不得不敛衽自谢。

张孝先曰:文气峭劲,笔锋犀利;但以拙养巧,以讷养辩,又入权术法门矣。读者不可不知。

答黄庭坚书

辙之不肖,何足以求交于鲁直?然家兄子瞻与鲁直往还甚久,辙与鲁直舅氏公择相知不疏,读君之文,诵其诗,愿一见者久矣!性拙且懒,终不能奉咫尺之书,致殷勤于左右,乃使鲁直以书先之,其为愧恨可量也。

自废弃以来,颓然自放,顽鄙愈甚,见者往往嗤笑,而鲁直犹有以取之。观鲁直之书,所以见爱者,与辙之爱鲁直无异也。然则书之先后,不君则我,未足以为恨也。

比闻鲁直吏事之余,独居而蔬食,陶然自得。盖古之君子不用于世,必寄于物以自遣。阮籍以酒,嵇康以琴。阮无酒,嵇无琴,则其食草木而友麋鹿,有不安者矣。独颜氏子饮水啜菽,居于陋巷,无假于外,而不改其乐。此孔子所以叹其不可及也。今鲁直目不求色,口不求味,此其中所有,过人远矣。而犹以问人,何也?闻鲁直喜与禅僧语,盖聊以是探其有无耶?

渐寒,比日起居甚安,惟以时自重。

茅鹿门曰:雅致。

张孝先曰:尺牍甚佳,亦可想见山谷风韵高处。

贺文太师致仕启

右某启：伏审得谢中朝，归老西洛。位极师保，望隆古今；止足之风，中外所叹。伏惟致政太师，躬夔皋之伟业，兼方召之壮猷，翼亮三朝，始终一节。百辟共传于遗事，四夷想闻于风声。民恃以安，士思为用。尚父虽老，而鹰扬未衰；猛虎在山，而藜藿不采。况复坐而论道，本无黄发之嫌；出以济时，何负赤松之约？而能去如脱屣，名重太山。近世以来，一人而已。方将翱翔嵩、少之下，沂回伊、洛之间；身寄白云，堂开绿野。释鼎钟之重负，收竹帛之余光。虽使图之丹青，奉以尸祝，众之所愿，谁复间然？

某蚤以空疏，误辱知奖。尝欲借润于河海，庶几自效于锱铢。而蹇拙多艰，漂流历岁。誓将归扫坟墓，绝意功名。罪籍得除，或成过洛之幸；旧恩未弃，尚许登门之游。一听话言，永毕微愿；犹能作为歌颂，传示无穷；俯慰平生，仰答恩遇。瞻望台屏，不胜区区。谨奉启陈贺。

茅鹿门曰：文有典刑，且多风致。

张孝先曰：尚父虽老而鹰扬未衰，猛虎在山而藜藿不采，确是文潞公气概。疏宕之中，饶有蕴藉，小启之绝佳者。

贺欧阳少师致仕启

伏审累章得谢，故邑荣归，位冠东宫，宠兼旧职，高风所振，清议愈隆。伏惟致政观文少师，道德在人，学术盖世。早游侍从，蔚为议论之宗；晚入庙堂，隐然众庶之望。属三朝之终始，更万变之勤劳。临事而安，莫测弛张之用；释位既久，始知镇静之功。仰成绩之不刊，信后来之难继。荐历三镇，始终一心。知无不言，曾中外而易意；老而弥壮，信贤达之过人。众皆以力事君，公独以道自任。仕以其力者，力衰而后去；进以其道者，道高则难留。故七十致仕，在礼则然；而六一自名，此志久矣。筑室清颖，琴书足以忘忧；遗名四方，珪组盖已外物。谁钦治国，能就问以质疑；惟是门人，尚不拒其来学。辙以官守，不获躬诣门屏。谨奉启陈贺。

张孝先曰：其流宕处不及东坡。中云众皆以力事君，公独以道自任。说得欧阳身分高，此是文字担斥两处。

除中书舍人谢执政启

某启：近蒙圣恩除前件官，仍改赐章服者。谪宦江湖，岁月已久；置身台省，志气未安。继登翰墨之场，勉出丝纶之语。辞而不获，处之益惊。

凡物之生,大小异称;惟人所处,闲剧有宜。狙猿无事于冠裳,爰居不乐于钟鼓。操之则栗,舍之则安。是以造物者听其自然,而用人者贵于因任。然后才得其适,性无所伤。

辙少而读书,中颇喜事。既挟策以干世,诚妄意于济时。奏牍之多,既比狂于方朔;流涕之切,亦效直于贾生。比困幽忧,始闻大道。泛若虚舟之独往,寂如死灰之不然。久于索居,遂以无用。以谓良冶之砥石,不能发无刃之金;大匠之斧斤,不能器不才之木。自放而已,盖将终焉。岂意大明之继升,广收诸贤以自助。骥骏之乘,而罢驽与焉;梗柟之林,而樗栎在是。横蒙见录,漫不自知。此盖伏遇某官,道大难名,才高不器。深念格天之业,本由得士之功。致二老于幽遐,罄九官之汲引。下迨微陋,或蒙甄收。曾是放弃之余,辄参侍从之列。朝衣肉食,虽怀归而未由;濡足缨冠,顾所居之当尔。冀斯民之大定,幸四国之无虞。碌碌何功,犹或一书于竹帛;堂堂伟绩,尚能悉载于声诗。过此以还,未知所措。

张孝先曰:写意炼辞,工致而不伤于纤丽。

臣事策六

厉群臣

圣人之治天下,常使人有孜孜不已之意。下自一介之民，与凡百执事之人，咸愿竭其力以自附于上。而上至公卿大夫，虽其甚尊，志得意满，无所求望，而亦莫不劳苦其思虑，日夜求进而不息。至有一沐而三握，一饭而三吐，食不暇饱，卧不暇暖，汲汲于事，常若有所未足者。是以天下之事，小大毕举，无所废败，而上之人，可以不劳力而万事皆理。

昔者世之隆替，臣尝已略观之矣。当尧舜之时，泽水横流，民不粒食，事变繁多，灾害并兴，而尧舜之身至于垂拱而无为。何者？天下之人，各为之用力而不辞也。至于末世，海内乂安，四方无虞，人生于其间，其势皆有荒怠之心。各安其所而不愿有所兴作，故天下渐以衰惫而不振。《诗》曰："周虽旧邦，其命维新。"夫国之所以至于亡者，惟其旧而无以新之欤？天下旧而不复新，则其事业有所断而不复续。当此之时，而不知与之相期于长久不已之道，而时作其怠惰之气，则天下之事几乎息矣。

嗟夫！道路之人，使之趋十里而与之百钱，则十里而止；使之趋百里而与之千钱，则百里而止。何者？所与期者，止于十里与百里，而其利亦止于此而已。今世之士，何以异此？出于布衣者，其志不过一命之禄。既命，则忘其布衣之学。仕于州县者，其志不过于改官之宠。官既改，则丧其州县之节。自是以上，因循递迁，十有余年之间，则其势自至于郡守，此不待有所修饰而至者，其志极矣。幸而其间有欲持此奋厉之心，然后其意稍广，而不肯自弃于贪污之党，外自漕刑，内自台谏馆阁，而至于两制，亦又极矣。又幸而有求为宰相者,则其志又益广,至于宰相而极矣。盖天子之所以使天下慕悦而乐为吾用者,下自一命之臣,而上至于宰相,其节级相次者,有四而已。彼其一命者,或无望于改官;郡守者,或无望于两制;两制者,或无望于宰相;而为宰相者,无所复望。则各安于其所,而谁肯为天子尽力者?

且夫世之士大夫,如此其众也;仁人君子,如此其不少也。而臣何敢妄有以诋之哉?盖臣闻之,方今之人,其已改官者,其廉隅节干之效,常不若其在州县之时;而为两制者,其慷慨劲挺之操,常不若其为漕刑、台谏之日。虽其奇才伟人,卓然特立、不为利变者,固不在此,而世之为此者,亦已众矣。

夫以爵禄而劝天下,爵禄已极,则人之怠心生;以术使天下,则天下之人终身奔走而不知止。昔者汉之官吏,自县令而为刺史,自刺史而为郡守,自郡守而为九卿,自九卿而为三公,自下而上,至于人臣之极者,亦有四而已。然当此之时,吏久于官而不知厌。方今朝廷郡县之职,列级分等,不可胜数,从其下而为之,三岁而一迁,至于终身,可以无倦矣,而人亦各自知其分之所止。而清高显荣者,虽至老死而不可辄入,是以在位者皆懈而不自奋。何者?彼能通其君臣之欢,坦然其无高下峻绝不可攀援之势。而吾则不然。

今天下之小臣,因其朝见而劳其勤苦,丁宁访问以开导其心志,且时择其尤勤劳者,有以赐予之,使知朝廷之不甚远,而容有冀于其间。上之大吏时召而赐之,闲燕与之讲论政事,而勉之于功名,相邀于后世不朽之际,与夫子孙皆享其福之利。时亦有以督责其荒怠弛废之愆,使之有所愧耻于天子之恩意,而不倦于事。此岂非臣所谓奔走天下之术欤?

茅鹿门曰:此篇议论,大略与世之论考课资格者相参。

张孝先曰:此策极诋当时窃禄苟安之辈,以为既得所愿,则不肯复有所建立。至譬之道路佣工之人,百里千里,惟视其钱之多少而已。故州县志在于改官,既得改官,而廉隅节干之效,常不如前。漕刑、台谏志在于两制,既为两制,而慷慨劲挺之操,已变其节。噫,臣子报称之义,固如是乎!但欲振作之,亦在乎严黜陟之典而已。谓以术奔走天下,恐不足以救其弊也。

臣事策七

督 监 司

圣人之于人,不恃其必然,而恃吾有以使之;不恃其皆贤,而恃吾有以驱之。夫使天下之人皆有忠信正直之心,则为天下安俟乎圣人?惟其不然,是以使之有方,驱之有术,不可一日而去也。

今夫天下之官,莫不以为可任而后任之矣。上自两府之大臣,而下至于九品之贱吏;近自朝廷之中,而远至于千里之外;上下相伺,而左右相觉,不为不密也。然又内为之御史,而外为之漕刑,使督察天下之奸人而纠其不法,如此则天下何恃其皆贤，而期之以必然哉？然尚有所未尽者。

盖天下之事，任人不若任势，而变吏不如变法。法行而势立，则天下之吏，虽非其贤，而皆欲勉强以求成功，故天子可以不劳而得忠良之臣。今世之弊，任弊法而用不便之势，劳苦于求贤，而不知为法之弊。是以天下幸而得贤，则可以侥幸于治安；不幸而无贤焉，则遂靡靡而不振。且御史、漕刑，天子之所恃以知百官之能否者也。今不为之立法，而望其皆贤，故臣所谓有所未尽者，谓此事也。

夫此二者，虽其内外之不同，而其于击搏群下，权势轻重，本无以相远也。而自近岁以来，为御史者莫不洗濯磨淬，以自见其圭角；慷慨论列，不顾天下之怨。是以朝廷之中，上无容奸而下无宿诈。正直之士莫不相庆，以为庶几可以大治。

然臣愚以为，方今内肃而外不振。千里之外，贪吏昼日取人之金而莫之或禁。远人咨嗟，无所告诉，莫不饮泣太息仰而呼天者。深惟国家所以设漕刑之意，正以天下有此等不平之故耳。今海内幸无变，而远方之民戚然皆苦贪吏之祸，则所谓漕刑者，尚何以为？然人之性不甚相远，岂其为御史则皆有嫉恶之心，而至于漕刑则皆得卤莽苟容之人？盖上之所以使之者未至也。臣观御史之职，虽其属史之中，苟有能出身尽命，排击天下之奸邪，则数年之间，可以至于两制而无难。而其不能者，退斥罢免，不免为碌碌之吏，是以御史皆务为讦直之行。而漕刑之官，虽端坐默默无所发摘,其终亦不失为两制。而其抗直不挠者亦不过如此,而徒取天下之怨。是以皆好为宽仁,以收敦厚之名。岂国家知用之御史,而不知用之漕刑哉?

臣欲使两府大臣详察天下漕刑之官,唯其有所举按、不畏强御者,而后使得至于两制。而其不然者,不免为常吏。变法而任势,与之更新,使天下之官吏,各从其势之所便而为之,而其上之人得贤而任之,则固已大善。如其不幸而无贤,则亦不至于纷乱而不可治,虽夫庸人亦可使之自力而为政。如此则天下将内严而外明,奸吏求以自伏而不得其处,天下庶几可以为治矣。

> **茅鹿门曰**:以当时御史为能尽法,以督州郡之吏;而监司以上不免优游养望,以待两制,而不能尽如为御史者,抗法以提职。大略今亦近之。
>
> **又曰**:今日之弊,愚尤怪夫为监司者,往往颐指气使于御史,以苟且其奔走之令,而不能如国家故设监司与御史互相督察,以平其政而拊循其民。此所以一御史习练而长厚,而一道之吏民皆帖席矣。一御史好为击搏,而一道之吏民皆骚驿而残破矣。愚故曰今能察各道监司之中,以博大持政,而与御史相持以平其反者,岁擢一二人以为卿寺。此亦足以按两汉重二千石之权之意,而为御史者不至于怙权作威也。
>
> **张孝先曰**:御史纠察百官之贤否,而监司专督一方之守令。监司默默苟容,无所排击发摘,则一方之贪官污吏得以幸免,而民之不得其所者多矣。故朱子曰:监司者守令之纲,朝廷者监司之本。督监司以除奸吏,此致治之良策也。

民政策一

三　老

王道之至于民也，其亦深矣。贤人君子自洁于上，而民不免为小人；朝廷之间揖让如礼，而民不免为盗贼。礼行于上，而淫僻邪放之心起于下而不能止，此犹未免为王道之未成也。王道之本，始于民之自喜，而成于民之相爱。而王者之所以求之于民者，其粗始于力田，而其精极于孝悌廉耻之际。力田者，民之最劳；而孝悌廉耻者，匹夫匹妇之所不悦。强所最劳，而使之有自喜之心；劝所不悦，而使之有相爱之意。故夫王道之成，而及其至于民，其亦深矣。

古者天下之灾，水旱相仍，而上下不相保，此其祸起于民之不自喜于力田。天下之乱，盗贼放恣，兵革不息，而民不乐业，此其祸起于民之不相爱，而弃其孝悌廉耻之节。夫自喜，则虽有太劳而其事不迁；相爱，则虽有强狠之心，而顾其亲戚之乐，以不忍自弃于不义。此二者，王道之大权也。方今天下之人，狃于工商之利，而不喜于农；惟其最愚下之人，自知其无能，然后安于田亩而不去。山林饥饿之民，皆有盗跖趦趄之心；而闺门之内，父子交忿而不知友；朝廷之上，虽有贤人，而其教不逮于下。是故士大夫之间，莫不以为王道之远而难成也。

然臣窃观三代之遗文，至于《诗》，而以为王道之成，有所易而不难者。夫人之不喜乎此，是未得为此之味也。故圣人之为诗，道其耕耨播种之劳，而述其岁终仓廪丰实、妇子喜乐之际，以感动其意，故曰："畟畟良耜，俶载南亩。播厥百谷，实函斯活。或来瞻女，载筐及筥。其饟伊黍，其笠伊纠。其镈斯赵，以薅荼蓼。"当此时也，民既劳矣，故为之言其室家来馌而慰劳之者，以勉卒其业。而其终章曰："荼蓼朽止，黍稷茂止。穫之挃挃，积之栗栗。其崇如墉，其比如栉。以开百室，百室盈止。妇子宁止，杀时犉牡。有捄其角，以似以续，续古之人。"当此之时，岁功既毕，民之劳者，得以与其妇子皆乐于此，休息闲暇，饮酒食肉，以自快于一岁。则夫勤者有以自忘其勤，尽力者有以轻用其力，而狼戾无亲之人有所慕悦，而自改其操。此非独于诗云尔，导之使获其利，而教之使知其乐，亦如是也。且民之性固安于所乐，而悦于所利。此臣所以为王道之无难者也。

盖臣闻之，诱民之势，远莫如近，而近莫如其所与竞。今行于朝廷之中，而田野之民无迁善之心，此岂非其远而难至者哉？明择郡县之吏，而谨法律之禁，刑者布市，而顽民不悛。夫乡党之民，其视郡县之吏，自以为非其比肩之人，徒能畏其用法，而袒背受笞于其前，不为之愧。此其势可以及民之明罪，而不可以及其隐慝。此岂非其近而无所与竞者邪？惟其里巷亲戚之间，幼之所与同戏，而壮之所与共事，此其所与竞者也。

臣愚以为，古者郡县有三老、啬夫，今可使推择民之孝悌无过、力田不惰、为民之素所服者为之。无使治事，而使讥诮教诲其民之怠惰而无良者。而岁时伏腊，郡县颇置礼焉以风天下,使慕悦其事,使民皆有愧耻勉强不服之心。今不从民之所与竞而教之,而从其所素畏。夫其所素畏者,彼不自以为伍,而何敢求望其万一?故教天下自所与竞者始,而王道可以渐至于下矣。

> 茅鹿门曰:读此等文章,如看李龙眠白描,愈入细愈入玄,不忍释手。
>
> 又曰:竞之一字,为号则不可,特曰三老、啬夫、闾里之耳目,其为教易行耳。
>
> 张孝先曰:论王道之本始于力田孝悌,而欲民之力田孝悌,在上之人有以鼓舞之,使知其为此之乐。议论俱极醇正。引诗以明力田之可乐,湛深经术,意味深长。而通篇文法舒展,尤可资熟诵。

民政策二

举孝廉

三代之盛时,天下之人自匹夫以上,莫不务自修洁,以求为君子。父子相爱,兄弟相悦,孝悌忠信之美,发于士大夫之间,而下至于田亩,朝夕从事,终身而不厌。至于战国,王道衰息,秦人驱其民,而纳之于耕耘战斗之中,天下翕然而从之。南亩之民而皆争为干戈旗鼓之事,以首争首,以力搏力,进则有死于战,退则有死于将,其患无所不至。夫周秦之间,其相去不数十百年。周之小民皆有好善之心,而秦人独喜于战攻,虽其死亡而不肯以自存,此二者臣窃知其故也。

夫天下之人,不能尽知礼义之美,而亦不能奋不自顾以陷于死伤之地。其所以能至于此者,上之人实使之然也。然而闾巷之民,劫而从之,则可以与之侥幸于一时之功,而不可以望其久远。而周秦之风俗,皆累世而不变,此不可不察其术也。盖周之制,使天下之士孝悌忠信,闻于乡党而达于国人者,皆得以登于有司。而秦之法,使其武健壮勇,能斩捕甲首者,得以自复其役,上者优之以爵禄,而下者皆得役属其乡里。天下之人,知其利之所在,则皆争为之,而尚安知其他? 然周以之兴,而秦以之亡,天下遂皆尤秦之不能,而不知秦之所以使天下者,亦无以异于周之所以使天下。何者? 至便之势,所以奔走天下,万世之所不易也,而特论其所以使之者何如焉耳? 今者天下之患,实在于民昏而不知教。然臣以为,其罪不在于民,而上之所以使之者,或未至也。

且天子之所求于天下者,何也? 天下之人,在家欲得其孝,而在国欲得其忠;弟兄欲其相与为爱,而朋友欲其相与为信;临财欲其思廉,而患难欲思其义。此诚天子之所欲于天下者。古之圣人,所欲而遂求之,求之以势而使之自至。是以天下争为其所求,以求称其意。

今有人使人为之牧其牛羊,将责之以其牛羊之肥,则因其肥瘠而制其利害。使夫牧者趋其所利而从之,则可以不劳而坐得其所欲。今求之以牛羊之肥瘠,而乃使之尽力于樵苏之事,以其薪之多少而制其赏罚之轻重,则夫牧人将为牧邪?将为樵邪?为樵,则失牛羊之肥;而为牧,则无以得赏。故其人举皆为樵,而无事于牧。吾之所欲者牧也,而反樵之为得,此无足怪也。

今夫天下之人,所以求利于上者,果安在哉?士大夫为声病剽略之文,而治苟且记问之学,曳裾束带,俯仰周旋,而皆有意于天子之爵禄。夫天子之所求于天下者,岂在是也?然天子之所以求之者惟此,而人之所由以有得者亦惟此。是以若此不可却也。

嗟夫!欲求天下忠信孝悌之人,而求之于一日之试,天下尚谁知忠信孝悌之可喜,而一日之试之可耻而不为者?《诗》云:"无言不酬,无德不报。"臣以为欲得其所求,宜遂以其所欲而求之,开之以利而作其怠,则下天必有应者。今间岁而一收天下之才,奇人善士固宜有起而入于其中。然天下之人,不能深明天子之意,而以其所为求之者,止于其目之所见。是以尽力于科举,而不知自反于仁义。臣欲复古者孝悌之科,使州县得以与今之进士同举而皆进,使天下之人时获孝悌忠信之利,而明知天子之所欲。如此则天下宜可渐化,以副上之所求。然臣非谓孝悌之科必多得天下之贤才,而要以使天下知上意之所在,而各趋于其利则庶乎其不待教而忠信之俗可以渐复。此亦周秦之所以使人之术欤!

茅鹿门曰:行文纡徐而曲。

张孝先曰:国家取士,必得孝悌忠信之人,以正世道而厚风俗。

乃取之以无用之诗赋,则所取非所用,是何异使人牧牛羊者,不课以牛羊之肥瘠,而课以樵苏之多少,则人有不舍此而趋彼者乎?但科举不可骤变,诚立孝悌科与科举兼行,使天下知人主意向之所在而趋之,亦是转移人心之一机也。

民政策三

去佛老

圣人将有以夺之,必有以予之;将有以正之,必有以柔之。纳之于正,而无伤其心;去其邪僻,而无绝其不忍之意。有所矫拂天下,大变其俗,而天下不知其为变也,释然而顺,油然而化,无所龃龉,而天下遂至于大正矣。盖天下之民邪淫不法、纷乱而至于不可告语者,非今世而然也。

夫古者三代之民,耕田而后食其粟,蚕缲而后衣其帛。欲享其利,而勤其力;欲获其报,而厚其施;欲求父子之亲,则尽心于慈孝之道;欲求兄弟之和,则致力于长悌之节;欲求夫妇之相安、朋友之相信,亦莫不务其所以致之之术。故民各治其生,无望于侥幸之福,而力行于可信之事。凡其所以养生求福之道,如此其精也。至其不幸而死,其亲戚子弟又为之死丧祭祀、岁时伏腊之制,所以报其先祖之恩而可安恤孝子之意者,甚具而有法。笾豆簠簋、饮食酒醴之荐,大者于庙,而小者于寝,荐新时祭,春秋不阙。故民终三年之忧,而又有终身不绝之恩爱,惨然若其父祖之居于其前而享其报也。

至于后世则不然。民怠于自修，而其所以养生求福之道，皆归于鬼神冥寞之间，不知先王丧纪祭祀之礼。而其所以追养其先祖之意，皆入于佛老虚诞之说。是以四夷之教交于中国，纵横放肆。其尊贵富盛拟于王者，而其徒党遍于天下，其宫室栋宇、衣服饮食，常侈于天下之民。而中国之人、明哲礼义之士，亦未尝以为怪。幸而其间有疑怪不信之心，则又安视而不能去。此其故何也？彼能执天下养生报死之权，而吾无以当之，是以若此不可制也。

盖天下之君子尝欲去之，而亦既去矣；去之不久而还复其故，其根之入于民者甚深，而其道之悦于民者甚佞。世之君子，未有以解其所以入，而易其所以悦，是以终不能服天下之意。天下之民以为养生报死皆出于此，吾未有以易之，而遂绝其教。欲纳之于正而伤其心，欲去其邪僻而绝其不忍之意，故民之从之也甚难。闻之曰："川竭而谷虚，丘夷而渊实。作乎此者，必有以动乎彼也。"夫天下之民，非有所悦乎佛老之道，而悦乎养生报死之术。今能使之得其所以悦之实，而去其所以悦之名，则天下何病而不从？盖先王之教民，养生有方，而报死有礼。凡国之赏罚黜陟，各当其处，贫富贵贱，皆出于其人之所当然。力田而多收，畏法而无罪，行立而名声发，德成而爵禄至。天下之人皆知其所以获福之因，故无惑于鬼神。而其祭祀之礼，所以仁其祖宗而慰其子孙之意者，非有卤莽不详之意也。故孝子慈孙有所归心，而无事于佛老。

243

　　臣愚以为：严赏罚，敕官吏，明好恶，慎取予，不赦有罪，使佛老之福不得苟且而惑其生；因天下之爵秩，建宗庙，严祭祀，立尸祝，有以塞人子之意，使佛老之报不得乘隙而制其死。盖汉唐之际，尝有行此者矣，而佛老之说未去；尝有去者矣，而赏罚不详、祭祀不谨，是以其道牢固而不可去，既去而复反其旧。今者国家幸而欲减损其徒，日朘月削将至于亡。然臣愚恐天下尚犹有不忍之心。天下有不忍之心，则其势不可以久去。故臣欲夺之而有以予之，正之而有以柔之，使天下无憾于见夺，而日安其新。此圣人所以变天下之术欤！

　　唐荆川曰：此等文体，在论与奏议之间。

　　茅鹿门曰：本欧阳子本论来，以生死二端作波澜。

　　张孝先曰：在官之化民也失其道，而佛老之教乘虚而入。若三代盛时，民所以养生报死者，莫不尽其当然之道。虽有佛老，岂得而入乎？故佛老之教行，由先王之道废也。诚使修明先王之道，使彼不得苟且而惑其生，不得乘隙而制其死，则佛老之教不待辟而自祛矣。此至当不易之论也。苏氏之学，晚年皆入于佛老，而其文如此。岂年壮气盛，不为异端所惑而然欤？抑亦制科应试之文，但取议论好而心未必然耶？

卷之十　苏文定公文

古今家诫序

老子曰："慈故能勇，俭故能广。"或曰："慈则安能勇？"曰："父母之于子也，爱之深，故其为之虑事也精。以深爱而行精虑，故其为之避害也速，而就利也果。此慈之所以能勇也。非父母之贤于人，势有所必至矣。"

辙少而读书，见父母之戒其子者，淳淳乎惟恐其不尽也，恻恻乎惟恐其不入也。曰："呜呼！此父母之心也哉！"师之于弟子也，为之规矩以授之，贤者引之，不贤者不强也。君之于臣也，为之号令以戒之，能者予之，不能者不取也。臣之于君也，可则谏，否则去。子之于父也，以几谏不敢显，皆有礼存焉。父母则不然，子虽不肖，岂有弃子者哉！是以尽其有以告之，无憾而后止。《诗》曰："泂酌彼行潦，挹彼注兹，可以馈饎。岂弟君子，民之父母。"夫虽行潦之陋而无所弃，犹父母之无弃子也。故父母之于子，人伦之极也。虽其不贤，及其为之言也必忠且尽，而况其贤者乎？

太常少卿长沙孙公景修，少孤而教于母。母贤，能就其业。既老而念母之心不忘，为《贤母录》，以致其意。既又集《古今家诫》，得四十九人以示辙，曰："古有为是书者，而其文不完。吾病焉，是以为此合众父母之心，以遗天下之人，庶几有益乎?"

辙读之而叹曰:虽有悍子,忿斗于市莫之能止也,闻父之声则敛手而退,市人之过之者亦莫不泣也。慈孝之心,人皆有之,特患无以发之耳。今是书也,要将以发之欤?虽广之天下可也。自周公以来至于今,父戒四十五,母戒四。公又将益广之,未止也。

茅鹿门曰:引老氏语,多"俭故能广"四字。

张孝先曰:揭出父母至情,反复详尽,恻恻动人。《诗》曰:"夙兴夜寐,无忝尔所生。"《记》曰:"将为不善,思贻父母羞辱,必不果。"是此文言外未尽之意也。为人子者念之哉!

古 史 序

古之帝王皆圣人也,其道以"无为"为宗,万物莫能婴之。其于为善,如水之必寒,如火之必热;其于不为不善,如驺虞之不杀,如窃脂之不穀。不学而成,不勉而得。其积之中者有余,故其推之以治天下者,有不可得而知也。

孔氏之遗书曰:"喜怒哀乐之未发谓之中,发而皆中节谓之和。"中也者,天下之大本也;和也者,天下之达道也。致中和,天地位焉,万物育焉,天地万物犹将赖之以存,而况于人乎?

自三代之衰,圣人不作,世不知本,而驰骋于喜怒哀乐之余。故其发于事业，日以鄙陋，不足以希圣人之万一。虽春秋之际，王泽未竭，士生其间，习于礼义，而审于利病，如管仲、晏子、子产、叔向之流，皆不足以知之。至于孔子，其知之者至矣，而未曾言。孟子知其一二，时以告人，而天下亦莫能信也。陵迟及于秦汉，士益以功利为急，言圣人者皆以其所知臆之。儒者流于度数，而知者溺于权利，皆不知其非也。

太史公始易编年之法，为《本纪》《世家》《列传》，记五帝三王以来，后世莫能易之。然其为人浅近而不学，疏略而轻信。汉景、武之间，《尚书》古文、《诗》毛氏、《春秋》左氏，皆不列于学官，世能读之者少。故其记尧、舜、三代之事，皆不得圣人之意。战国之际，诸子辩士各自著书，或增损古事，以自信一时之说。迁一切信之，甚者或采世俗相传之语，以易古文旧说。及秦焚书，战国之史不传于民间。秦恶其议己也，焚之略尽。幸而野史一二存者，迁亦未暇详也。故其记战国有数年不书一事者。

余窃悲之。故因迁之旧，上观《诗》《书》，下考《春秋》及秦汉杂录，始伏羲、神农，讫秦始皇帝，为七本纪，十六世家，三十七列传，谓之《古史》。追录圣贤之遗意，以明示来世。至于得失成败之际，亦备论其故。呜呼！由数千岁之后，言数千岁之前，其详不可得矣！幸其犹有存者，而或又失之，此《古史》之所为作也。

唐荆川曰：前一段叙《古史》所载之意，后一段叙作《古史》之由。

茅鹿门曰：其思深，故其旨远。

张孝先曰：此序极有见到之论，但未纯耳。朱子曰："其云古之帝王必为善，如火之必热、水之必寒等语，极好。但起云帝王之道以'无为'为宗，只说得头势大，下面又皆空疏。"亦犹司马迁《礼书》云"大哉礼乐之道，洋洋乎宰制万物，役使群动"，说得头势甚大，然下面亦空疏，却引荀子诸说以足之。至如此篇言司马迁"浅陋而不学，疏略而轻信"，此二句最中司马迁之失。

子瞻和陶渊明诗集引

东坡先生谪居儋耳，置家罗浮之下，独与幼子过负担渡海。葺茅竹而居之，日啖荼芋，而华屋玉食之念不存于胸中。平生无所嗜好，以图史为园囿，文章为鼓吹，至此亦皆罢去。独喜为诗，精深华妙，不见老人衰惫之气。

是时，辙亦迁海康，书来告曰："古之诗人有拟古之作矣，未有追和古人者也。追和古人，则始于东坡。吾于诗人无所甚好，独好渊明之诗。渊明作诗不多，然其诗质而实绮，癯而实腴，自曹、刘、鲍、谢、李、杜诸人皆莫及也。吾前后和其诗凡百数十篇，至其得意，自谓不甚愧渊明。今将集而并录之，以遗后之君子。子为吾志之！然吾于渊明，岂独好其诗也哉？如其为人，实有感焉。渊明临终，疏告俨等：'吾少而穷苦，每以家贫，东西游走。性刚才拙，与物多忤，自量为己必贻俗患，黾勉辞世，使汝等幼而饥寒。'渊明此语，盖实录也。吾今真有此病，而不蚤自知，半生出仕，以犯世患，此所以深服渊明，欲以晚节师范其万一也。"

嗟夫！渊明不肯为五斗米一束带见乡里小人，而子瞻出仕三十余年，为狱吏所折困，终不能悛，以陷于大难，乃欲以桑榆之末景，自托于渊明，其谁肯信之？虽然，子瞻之仕，其出入进退犹可考也。后之君子其必有以处之矣。孔子曰："述而不作，信而好古，窃比我于老彭。"孟子曰："曾子、子思同道。"区区之迹，盖未足以论士也。

辙少而无师。子瞻既冠而学成，先君命辙师焉。子瞻尝称辙诗有古人之风，自以为不若也。然自其斥居东坡，其学日进，沛然如川之方至。其诗比杜子美、李太白为有余，遂与渊明比。辙虽驰骤从之，常出其后，其和渊明，辙继之者，亦一二焉。绍圣四年二月二十九日，海康城南东斋引。

茅鹿门曰：文不著意，而神理自铸。

张孝先曰：东坡和渊明诗，甚景慕渊明之为人也。渊明有道之士，其诗天然不可及。余读东坡所和诗，仍是东坡本色。盖各有其佳处耳。颍滨此序，又写得东坡性情面目出。

巢　谷　传

巢谷字元修，父中世，眉山农家也。少从士大夫读书，老为里校师。谷幼传父学，虽朴而博。举进士京师，见举武艺者，心好之。谷素多力，遂弃其旧学，畜弓箭，习骑射。久之业成，而不中第。闻西边多骁勇，骑射击刺为四方冠，去游秦凤、泾原间，所至友其秀杰。

有韩存宝者，尤与之善。谷教之兵书，二人相与为金石交。熙宁中，存宝为河州将，有功，号熙河名将，朝廷稍奇之。会泸州蛮乞第扰边，诸郡不能制，乃命存宝出兵讨之。存宝不习蛮事，邀谷至军中问焉。及存宝得罪，将就逮，自料必死，谓谷曰："我泾原武夫，死非所惜，顾妻子不免寒饿，囊中有银数百两，非君莫可使遗之者。"谷许诺，即变姓名，怀银步行往授其子，人无知者。存宝死，谷逃避江淮间，会赦乃出。

予以乡闾故，幼而识之，知其志节，缓急可托者也。予之在朝，谷浮沉里中，未尝一见。绍圣初，予以罪谪居筠州，自筠徙雷，自雷徙循。予兄子瞻，亦自惠再徙昌化，士大夫皆讳与予兄弟游，平生亲友无复相闻者。谷独慨然自眉山诵言，欲徒步访吾兄弟。闻者皆笑其狂。元符二年春正月，自梅州遗予书曰："我万里步行见公，不自意全，今至梅矣，不旬日必见，死无恨矣。"予惊喜曰："此非今世人，古之人也。"既见，握手相泣，已而道平生，逾月不厌。时谷年七十有三矣，瘦瘠多病，非复昔日元修也。将复见子瞻于海南，予悯其老且病，止之曰："君意则善，然自此至儋数千里，复当渡海，非老人事也。"谷曰："我自视未即死也，公无止我。"留之不可。阅其囊中，无数十钱，予方乏困，亦强资遣之。船行至新会，有蛮隶窃其囊装以逃，获于新州，谷从之至新，遂病死。予闻哭之失声，恨其不用吾言，然亦奇其不用吾言而行其志也。

昔赵襄子厄于晋阳，知伯率韩魏决水围之。城不沉者三版，县釜而爨，易子而食，群臣皆懈，惟高恭不失人臣之礼。及襄子用张孟谈计，三家之围解，行赏群臣，以恭为先。谈曰："晋阳之难，惟恭无功，曷为先之？"襄子曰："晋阳之难，群臣皆懈，惟恭不失人臣之礼，吾是以先之。"谷于朋友之义，实无愧高恭者，惜其不遇襄子，而前遇存宝，后遇予兄弟。予方杂居南夷，与之起居出入，盖将终焉，虽知其贤，尚何以发之？闻谷有子蒙，在泾原军中，故为作传，异日以授之。谷始名毂，及见之循州，改名谷云。

茅鹿门曰：叙谷豪举处，有生色可爱。

张孝先曰：巢谷意趣甚高，颍滨为之作传，以不没其人，此厚道也。其叙次生动，不用粉泽自佳。

王氏清虚堂记

王君定国为堂于其居室之西，前有山石瑰奇琬琰之观，后有竹林阴森冰雪之植，中置图史百物，而名之曰"清虚"。日与其游，贤士大夫相从于其间，啸歌吟咏，举酒相属，油然不知日之既夕。凡游于其堂者，萧然如入于山林高僧逸人之居，而忘其京都尘土之乡也。

或曰："此其所以为清虚者耶？"客曰："不然。凡物自其浊者视之，则清者为清；自其实者视之，则虚者为虚。故清者以浊为污，而虚者以实为碍。然而皆非物之正也。盖物无不清，亦无不虚者。虽泥涂之浑，而至清存焉；虽山石之坚，而至虚存焉。夫惟清浊一观，而虚实同体，然后与物无匹，而至清且虚者出矣。今夫王君，生于世族，弃其绮纨膏粱之习，而跌宕于图书翰墨之囿，沉酣纵恣，洒然与众殊好。至于钟、王、虞、褚、颜、张之逸迹，顾、陆、吴、卢、王、韩之遗墨，杂然前陈，赎之倾囊而不厌，慨乎思见其人而不得，则既与世俗远矣。然及其年日益壮，学日益笃，经涉世故，出入患祸，顾畴昔之好，知其未离乎累也。乃始发其箱箧，出其玩好，投以与人而不惜。将旷焉黜去外累而独求诸内，意其有真清虚者在焉，而未之见也。王君浮沉京师，多世外之交，而又娶于梁张公氏。张公超达远骛，体乎至道而顺乎流俗。君尝试以吾言问之，其必有得于是矣。"

唐荆川曰：此文亦有箴规，言其所以为清虚者，不足为清虚也。议论亦本庄子。

茅鹿门曰：浅然却澹宕。

张孝先曰：假乎外物以求清虚，固不可谓之清虚。颍滨则欲清浊一观，虚实同体。语涉《齐物》，亦非清虚之正也。观者详之。

南康直节堂记

南康太守厅事之东，有堂曰"直节"，朝请大夫徐君望圣之所作也。庭有八杉，长短巨细若一，直如引绳，高三寻而后枝叶附之。岌然如揭太常之旗，如建承露之茎，凛然如公卿大夫高冠长剑立于王廷，有不可犯之色。堂始为军六曹吏所居。杉之阴，府史之所蹲伏，而簿书之所填委，莫知贵也。君见而怜之，作堂而以"直节"命焉。夫物之生，未有不直者也；不幸而风雨挠之，岩石轧之，然后委曲随物，不能自保。虽竹箭之良，松柏之坚，皆不免于此。惟杉能遂其性，不扶而直。其生能傲冰雪，而死能利栋宇者，与竹柏同，而以直过之。求之于人，盖所谓不待文王而兴者耶？

徐君温良泛爱，所居以循吏称，不为皦察之政，而行不失于直。观其所说，而其为人可得也。《诗》曰："惟其有之，是以似之。"堂成，君以客饮于堂上。客醉而歌曰：

> 吾欲为曲，为曲必屈，曲可为乎？吾欲为直，为直必折，直可为乎？有如此杉，特立不倚，散柯布叶，安而不危乎？清风吹衣，飞雪满庭，颜色不变，君来燕嬉乎？封植灌溉，剪伐不至，杉不自知，而人是依乎？庐山之民，升堂见杉，怀思其人，其无已乎？

歌阕而罢。

茅鹿门曰：文亦浅，然自是风人之旨。

张孝先曰："直节"两字颇有佳致。士能以"直节"自持，未有不表现于世者也。岂特兹杉也欤？

武昌九曲亭记

子瞻迁于齐安，庐于江上。齐安无名山，而江之南武昌诸山，陂陁蔓延，涧谷深密，中有浮图精舍，西曰西山，东曰寒溪，依山临壑，隐蔽松枥，萧然绝俗，车马之迹不至。每风止日出，江水伏息，子瞻杖策载酒，乘渔舟乱流而南。山中有二三子，好客而喜游，闻子瞻至，幅巾迎笑，相携徜徉而上，穷山之深，力极而息，扫叶席草，酌酒相劳，意适忘反，往往留宿于山上。以此居齐安三年，不知其久也。

然将适西山，行于松柏之间，羊肠九曲而获少平。游者至此必息，倚怪石，荫茂木，俯视大江，仰瞻陵阜，旁瞩溪谷，风云变化，林麓向背，皆效于左右。有废亭焉，其遗址甚狭，不足以席众客。其旁古木数十，其大皆百围千尺，不可加以斤斧。子瞻每至其下，辄睥睨终日。一旦大风雷雨，拔去其一，斥其所据，亭得以广。子瞻与客入山视之，笑曰："兹欲以成吾亭耶！"遂相与营之。亭成，而西山之胜始具，子瞻于是最乐。

昔余少年从子瞻游，有山可登，有水可浮，子瞻未始不褰裳先之。有不得至，为之怅然移日。至其翩然独往，逍遥泉石之上，撷林卉，拾涧实，酌水而饮之，见者以为仙也。

盖天下之乐无穷，而以适意为悦。方其得意，万物无以易之。及其既厌，未有不洒然自笑者也。譬之饮食杂陈于前，要之一饱而同委于臭腐。夫孰知得失之所在？惟其无愧于中，无责于外，而姑寓焉。此子瞻之所以有乐于是也。

茅鹿门曰： 情兴心思俱入佳处。

张孝先曰： 苍深历落之意，读之如在目前。无愧于中，无责于外，得"乐"字本领，自是名言，可以玩味。

遗老斋记

庚辰之冬，予蒙恩归自南荒，客于颍川，思归而不能。诸子忧之曰："父母老矣，而居室未完，吾侪之责也。"则相与卜筑，五年而有成。其南修竹古柏，萧然如野人之家。乃辟其四楹，加明窗曲槛，为燕居之斋。斋成，求所以名之。予曰：予颍滨遗老也，盍以"遗老"名之？汝曹志之。予幼从事于诗书，凡世人之所能，茫然不知也。年二十有三，朝廷方求直言，有以予应诏者。予采道路之言，论宫掖之秘，自谓必以此获罪，而有司果以为不逊。上独不许曰："吾以直言求士，士以直言告我。今而黜之，天下其谓我何？"宰相不得已，置之下第。自是流落，凡二十余年。及宣后临朝，擢为右司谏。凡有所言，多听纳者。不五年，而与闻国政。盖予之遭遇者再，皆古人所希有。然其间与世俗相从，事之不如意者，十常六七，虽号为得志，而实不然。予闻之，乐莫善于如意，忧莫惨于不如意。今予退居一室之间，杜门却扫，不与物接。心之所可，未尝不行；心所不可，未尝不止。行止未尝少不如意,则予平生之乐,未有善于今日者也。汝曹志之,学道而求寡过,如予今日之处遗老斋可也。

茅鹿门曰:有老人之旨。

张孝先曰:颍滨晚岁退居此斋,终日默坐,不与人相见者几十年,宜其有所得矣。乃所谓五鼓振衣,何思何虑者,遂指以为道妙,而秘不告人。故朱子谓苏氏之诬人,以其不言者诬之也。噫!彼其所得,竟何有哉!

东 轩 记

余既以罪谪监筠州盐酒税,未至,大雨,筠水泛滥,蔑南市,登北岸,败刺史府门。盐酒税治舍,俯江之溃,水患尤甚。既至,敝不可处,乃告于郡,假部使者府以居。郡怜其无归也,许之。岁十二月,乃克支其欹斜,补其圮缺,辟听事堂之东为轩,种杉二本,竹百个,以为宴休之所。

然盐酒税旧以三史共事。余至,其二人者适皆罢去,事委于一。昼则坐市区鬻盐、沽酒、税豚鱼,与市人争寻尺以自效。莫归筋力疲废,辄昏然就睡,不知夜之既旦。旦则复出营职,终不能安于所谓东轩者。每旦莫出入其旁,顾之未尝不哑然自笑也。余昔少年读书,窃尝怪颜子以箪食瓢饮居于陋巷,人不堪其忧,颜子不改其乐。私以为虽不欲仕,然抱关击柝,尚可自养,而不害于学,何至困辱贫窭自苦如此？及来筠州，勤劳盐米之间，无一日之休，虽欲弃尘垢，解羁絷，自放于道德之场，而事每劫而留之。然后知颜子之所以甘心贫贱，不肯求斗升之禄以自给者，良以其害于学故也。嗟夫！士方其未闻大道，沉酣势利，以玉帛子女自厚，自以为乐矣。及其循理以求道，落其华而收其实，从容自得，不知夫天地之为大与死生之为变，而况其下者乎？故其乐也，足以易穷饿而不怨，虽南面之王，不能加之，盖非有德不能任也。余方区区欲磨洗浊污，晞圣贤之万一，自视缺然，而欲庶几颜氏之乐，宜其不可得哉！

若夫孔子周行天下，高为鲁司寇，下为乘田委吏，惟其所遇，无所不可，彼盖达者之事而非学者之所望也。余既以谴来此，虽知桎梏之害而势不得去，独幸岁月之久，世或哀而怜之，使得归伏田里，治先人之敝庐，为环堵之室而居之，然后追求颜氏之乐，怀思东轩，优游以忘其老，然而非所敢望也。

茅鹿门曰：其恬旷之趣，不如文忠公之《超然台记》，而亦自凄怆可诵。

张孝先曰：观此记有厌动求静之意。于颜氏之乐尚未亲切见得，然其文情则佳甚矣。

洛阳李氏园池诗记

洛阳古帝都，其人习于汉唐衣冠之遗俗，居家治园池，筑台榭，植草木，以为岁时游观之好。其山川风气，清明盛丽，居之可乐。平川广衍，东西数百里，嵩高少室，天坛王屋，冈峦靡迤，四顾可挹，伊、洛、瀍、涧，流出平地。故其山林之胜，泉流之洁，虽其闾阎之人与公侯共之。一亩之宫，上瞩青山，下听流水，奇花修竹，布列左右，而其贵家巨室园囿亭观之盛，实甲天下。

若夫李侯之园，洛阳之所以一二数者也。李氏家世名将，大父济州，于太祖皇帝为布衣之旧，方用兵河东，百战百胜。烈考宁州，事章圣皇帝，守雄州十有四年，缮守备，抚士卒，精于用间，其功烈尤奇。李侯以将家子，结发从仕，历践父祖旧职，勤劳慎密，老而不懈，实能世其家。既得谢，居洛阳，引水植竹，求山谷之乐，士大夫之在洛阳者，皆喜从之游，盖非独为其园也。

凡将以讲闻济、宁之余烈，而究观祖宗用兵任将之遗意，其方略远矣。故自朝之公卿，皆因其园而赠之以诗，凡若干篇。仰以嘉其先人，而俯以善其子孙。则虽洛阳之多大家世族，盖未易以园囿相高也。熙宁甲寅，李侯之年既八十有三矣，而视听不衰，筋力益强，日增治其园而往游焉。将刻诗于石，其子遵度官于济南，实从予游，以侯命求文以记。予不得辞，遂为之书。熙宁七年十一月十七日记。

茅鹿门曰：文不著思而自风雅。

张孝先曰：记园亭之胜，而本其家世之勋劳，与李侯进退大节，以见士大夫乐游其园而赠之以诗者，不止为耳目之观也。便是文字占得大体处。

黄州快哉亭记

　　江出西陵，始得平地，其流奔放肆大。南合湘沅，北合汉沔，其势益张；至于赤壁之下，波流浸灌，与海相若。清河张君梦得，谪居齐安，即其庐之西南为亭，以览观江流之胜，而余兄子瞻名之曰"快哉"。

　　盖亭之所见，南北百里，东西一舍。涛澜汹涌，风云开阖。昼则舟楫出没于其前，夜则鱼龙悲啸于其下，变化倏忽，动心骇目，不可久视。今乃得玩之几席之上，举目而足。西望武昌诸山，冈陵起伏，草木行列，烟消日出，渔夫樵父之舍皆可指数。此其所以为"快哉"者也。至于长洲之滨，故城之墟，曹孟德、孙仲谋之所睥睨，周瑜、陆逊之所骋骛，其流风遗迹，亦足以称快世俗。

　　昔楚襄王从宋玉、景差于兰台之宫，有风飒然至者，王披襟当之，曰："快哉，此风！寡人所与庶人共者耶？"宋玉曰："此独大王之雄风耳，庶人安得共之？"玉之言，盖有讽焉。夫风无雄雌之异，而人有遇不遇之变。楚王之所以为乐，与庶人之所以为忧，此则人之变也，而风何与焉？士生于世，使其中不自得，将何往而非病？使其中坦然，不以物伤性，将何适而非快？今张君不以谪为患，窃会计之余功，而自放山水之间，此其中宜有以过人者。将蓬户瓮牖无所不快，而况乎濯长江之清流，揖西山之白云，穷耳目之胜以自适也哉？不然，连山绝壑，长林古木，振之以清风，照之以明月,此皆骚人思士之所必悲伤憔悴而不能胜者,乌睹其为快也哉!

茅鹿门曰:入宋调,而其风旨自佳。

张孝先曰:有潇洒闲放之致。

齐州闵子庙记

历城之东五里有邱焉,曰闵子之墓。坟而不庙,秩祀不至,邦人不宁,守土之吏有将举焉而不克者。熙宁七年,天章阁待制右谏议大夫濮阳李公来守济南。越明年,政修事治,邦之耆老相与来告曰:"此邦之旧,有如闵子而不庙食,岂不大阙! 公唯不知,苟知之,其有不饬?"公曰:"噫! 信其不可以缓!"于是庀工为祠堂,且使春秋修其常事。堂成,具三献焉,笾豆有列,傧相有位,百年之废,一日而举。

学士大夫观礼祠下,咨嗟涕洟。有言者曰:"惟夫子生于乱世,周流齐、鲁、宋、卫之间,无所不仕,其弟子之高第,亦咸仕于诸国。宰我仕齐,子贡、冉有、子游仕鲁,季路仕卫,子夏仕魏。弟子之仕者亦众矣! 然其称德行者四人,独仲弓尝为季氏宰。其上三人,皆未尝仕。季子尝欲以闵子为费宰,闵子辞曰:'如有复我者,则吾必在汶上矣。'且以夫子之贤,犹不以仕为污也,而三子之不仕,独何欤?"言未卒,有应者曰:"子独不见夫适东海者乎? 望之汪洋不知其边,即之汗漫不测其深,其舟如蔽天之山,其帆如浮空之云。然后履风涛而不偾,触蛟蜃而不詟。若夫以江河之舟楫而跨东海之滩,则亦十里而返,百里而溺,不足以经万里之害矣。方周之衰,礼乐崩弛,天下大坏。而有欲救之,譬如涉海,有甚焉者。今夫子之不顾而仕,则其舟楫足恃也。诸子之汲汲而忘返,盖亦有陋舟而将试焉,则亦随其力之所及而已矣。若夫三子,愿为夫子而未能,下顾诸子,而以为不足为也,是以止而有待。夫子尝曰:'世之学柳下惠者,未有若鲁独居之男子。'吾于三子亦云。"众曰:"然。"退而书之,遂刻于石。

茅鹿门曰:闵子所以不仕季氏,为一篇柱子,其言亦有见。

张孝先曰:闵子以孝见称于圣师,而论长府则言必有中。其德行亚于颜渊。所以不仕季氏者,不欲为私门用也,岂顾诸子为不足为哉? 文于闵子底蕴似未能深窥,而其议论大概,则足以自畅其所见矣。

上高县学记

古者以学为政,择其乡闾之俊,而纳之胶庠,示之以《诗》《书》《礼》《乐》,揉而熟之,既成使归,更相告语,以及其父子兄弟。故三代之间,养老,飨宾,听讼,受成,献馘,无不由学。习其耳目,而和其志气,是以其政不烦,其刑不渎,而民之化之也速。

然考其行事，非独于学然也，郊社祖庙，山川五祀，凡礼乐之事，皆所以为政，而教民不犯者也。故其称曰："政者，君之所以藏身。"盖古之君子，正颜色，动容貌，出词气，从容礼乐之间，未尝以力加其民。民观而化之，以不逆其上，其所以藏身之固如此。至于后世不然，废礼而任法，以鞭朴刀锯力胜其下。有一不顺，常以身较之。民于是始悍然不服，而上之人亲受其病，而古之所以藏身之术亡矣。子游为武城宰，以弦歌为政，曰："吾闻之夫子，君子学道则爱人，小人学道则易使也。"夫使武城之人，其君子爱人而不害，其小人易使而不违，则子游之政，岂不绰然有余裕哉！上高，筠之小邑，介于山林之间。民不知学，而县亦无学以诏民。县令李君怀道始至，思所以导民，乃谋建学宫。县人知其令之将教之也，亦相帅出力以缮其事，不逾年而学以具。奠享有堂，讲劝有位，退习有斋，膳浴有舍。邑人执经而至者数十百人。于是李君之政不苛而民肃，赋役狱讼不诿其府。李君喜学之成而乐民之不犯，知其为学之力也，求记其事，告后以不废。予亦嘉李君之为邑有古之道，其所以得于民者，非复世俗之吏也。故为书其实，且以志上高有学之始。元丰五年三月二十日，眉山苏辙记。

茅鹿门曰：雅。

张孝先曰：学记文以曾、王为最。此文醇质而有意味，亦颍滨集中之粹然者，故录之。

管幼安画赞

　　余自龙川以归，居颍已十有三年，杜门幽居，无以自适，稍取旧画阅之，将求古人而与之友。盖于三国得一人焉，曰管幼安宁。幼安少而遭乱，渡海居辽东，三十七年而归。归于田庐，不应朝命，年八十有四而没，功业不加于人。而予独何取焉？取其明于知时，而审于处己云尔。

　　盖东汉之衰，士大夫以风节相尚，其立志行义，贤于西汉。然时方大乱，其出而应世，鲜有能自全者。颍川荀文若，以智策辅曹公。方其擒吕布，毙袁绍，皆谈笑而办，其才与张子房比。然至于九锡之议，卒不能免其身。彭城张子布，忠亮刚简，事孙氏兄弟，成江东之业，然终以直不见容，力争公孙渊事，君臣之义几绝。平原华子鱼，以德量重于曹氏父子，致位三公，然曹公之杀伏后，子鱼将命，至破壁出后而害之。汝南许文休，以人物臧否闻于世，晚入蜀，依刘璋。先主将克成都，文休逾城出降，虽卒以为司徒，而蜀人鄙之。此四人者，皆一时之贤人也。然直己者终害其身，而枉己者终丧其德。处乱而能全，非幼安而谁与哉？

　　旧史言幼安虽老不病，著白帽、布襦袴、布裙，宅后数十步有流水，夏暑能策杖临水盥手足，行园圃，岁时祀其先人，絮帽布单衣，荐馔馈，跪拜成礼。予欲使画工以意仿佛画之。昔李公麟善画，有顾、陆遗思。今公麟死久矣，恨莫能成吾意者，姑为之赞曰：

幼安之贤，无以过人。予独何以谓贤？贤其明于知时，审于处己以能自全。幼安之老，归自海东。一亩之宫，闭不求通。白帽布裙，舞雩而风。四时烝尝，馈奠必躬。八十有四，蝉蜕而终。少非汉人，老非魏人。何以命之？天之逸民。

茅鹿门曰：子由涉世难后，故其文如此。

张孝先曰：颍滨晚年连遭贬斥，故慕幼安之见几远患，而为之赞。犹东坡之慕渊明也。

卷之十一　曾文定公文

熙宁转对疏

准御史台告报，臣寮朝辞日具转对。臣愚浅薄，恐言不足采。然臣窃观唐太宗即位之初，延群臣与图天下之事，而能绌封伦，用魏郑公之说，所以成贞观之治。周世宗初即位，亦延群臣，使陈当世之务，而能知王朴之可用，故显德之政，亦独能变五代之因循。夫当众说之驰骋，而以独见之言，陈未形之得失，此听者之所难也。然二君能辨之于群众之中，而用之以收一时之效，此后世之士所以常感知言之少，而颂二君之明也。

今陛下始承天序，亦诏群臣，使以次对。然且将岁余，未闻取一人、得一言。岂当世固乏人，不足以当陛下之意欤？抑所以延问者，特用累世之故事，而不必求其实欤？臣愚窃计，殆进言者未有以当陛下之意也。陛下明智大略，固将比迹于唐虞三代之盛，如太宗、世宗之所至，恐不足以望陛下。故臣之所言，亦不敢效二臣之卑近。伏惟陛下超然独观于世俗之表，详思臣言而择其中，则二君之明，岂足道于后世；而士之怀抱忠义者，岂复感知言之少乎？臣所言如左：

臣伏以陛下恭俭慈仁，有能承祖宗之德；聪明睿智，有能任天下之材。即位以来,早朝晏罢,广问兼听,有更制变俗、比迹唐虞之志,此非群臣之所能及也。然而所遇之时,在天则有日食星变之异,在地则有震动陷裂、水泉涌溢之灾,在人则有饥馑流亡、讹言相惊之患,三者皆非常之变也。及从而察今之天下,则风俗日以薄恶,纪纲日以弛坏,百司庶务,一切文具而已。内外之任,则不足于人材;公私之计,则不足于食货。近则不能不以盗贼为虑,远则不能不以夷狄为忧。海内智谋之士,常恐天下之势不得以久安也。以陛下之明,而所遇之时如此。陛下有更制变俗、比迹唐虞之志,则亦在正其本而已矣。《易》曰:"正其本,万事理。"臣以谓正其本者,在陛下得之于心而已。

臣观《洪范》所以和同天人之际,使之无间,而要其所以为始者,思也;《大学》所以诚意、正心、修身,治其国家天下,而要其所以为始者,致其知也。故臣以谓正其本者,在得之于心而已。得之于心者,其术非他,学焉而已矣。此致其知所以为大学之道也。古之圣人,舜、禹、成、汤、文、武,未有不由学而成,而傅说、周公之辅其君,未尝不勉之以学。故孟子以谓学焉而后有为,则汤以王,齐桓公以霸,皆不劳而能也。盖学所以成人主之功德如此。诚能磨砻长养,至于有以自得,则天下之事在于理者,未有不能尽也。能尽天下之理,则天下之以事物接于我者,无以累其内;天下之以言语接于我者,无以蔽其外。夫然则循理而已矣,邪情之所不能入也;从善而已矣,邪说之所不能乱也。如是而用之以持久,资之以不息,则积其小者必至于大,积其微者必至于显。

古之人自可欲之善，而充之至于不可知之神；自十五之学，而积之至于从心之不逾矩，岂他道哉？由是而已矣。故曰："念终始典于学。"又曰："学然后知不足。"孔子亦曰："吾学不厌。"盖如此者，孔子之所不能已也。夫能使事物之接于我者不能累其内，所以治内也；言语之接于我者不能蔽其外，所以应外也。有以治内，此所以成德化也；有以应外，此所以成法度也。德化、法度既成，所以发育万物，而和同天人之际也。

自周衰以来，道术不明。为人君者，莫知学先王之道以明其心；为人臣者，莫知引其君以及先王之道也。一切苟简，溺于流俗末世之卑浅，以先王之道为迂远而难遵。人主虽有聪明敏达之质，而无磨砻长养之具，至于不能有以自得，则天下之事在于理者有所不能尽也。不能尽天下之理，则天下之以事物接于我者，足以累其内；天下之以言语接于我者，足以蔽其外。夫然，故欲循理而邪情足以害之，欲从善而邪说足以乱之。如是而用之以持久，则愈甚无补；行之以不息，则不能见效。其弊则至于邪情胜而正理灭，邪说长而正论消，天下之所以不治而有至于乱者，以是而已矣。此周衰以来，人主之所以可传于后世者少也。可传于后世者，若汉之文帝、宣帝，唐之太宗，皆可谓有美质矣。由其学不能远而所知者陋，故足以贤于近世之庸主矣；若夫议唐虞三代之盛德，则彼乌足以云乎？由其如此，故自周衰以来，千有余年，天下之言理者，亦皆卑近浅陋，以趋世主之所便，而言先王之道者，皆绌而不省。故以孔子之圣、孟子之贤，而犹不遇也。

今去孔孟之时又远矣！臣之所言，乃周衰以来千有余年，所谓迂远而难遵者也。然臣敢献之于陛下者，臣观先王之所已试，其言最近而非远，其用最要而非迂，故不敢不以告者，此臣所以事陛下区区之志也。伏惟陛下有自然之圣质，而渐渍于道义之日又不为不久；然臣以谓陛下有更制变俗、比迹唐虞之志，则在得之于心；得之于心，则在学焉而已者。臣愚以谓陛下宜观《洪范》《大学》之所陈，知治道之所本不在于他；观傅说、周公之所戒，知学者非明主之所宜已也。陛下有更制变俗、比迹唐虞之志，则当恳诚恻怛，以讲明旧学而推广之，务当于道德之体要，不取乎口耳之小知，不急乎朝夕之近效，复之熟之，使圣心之所存，从容于自得之地，则万事之在于理者，未有不能尽也。能尽万事之理，则内不累于天下之物，外不累于天下之言。然后明先王之道而行之，邪情之所不能入也；合天下之正论而用之，邪说之所不能乱也。如是而用之以持久，资之以不息，则虽细必巨，虽微必显。以陛下之聪明，而充之以至于不可知之神；以陛下之睿智，而积之以至于从心所欲之不逾矩，夫岂远哉？顾勉强如何耳。夫然，故内成德化，外成法度，以发育万物，而和同天人之际，甚易也。若夫移风俗之薄恶，振纪纲之弛坏，变百司庶务之文具，厉天下之士使称其位，理天下之财以赡其用，近者使之亲附，远者使之服从，海内之势使之常安，则惟陛下之所欲，何求而不得，何为而不成乎？未有若是而福应不臻，而变异不消者也。如圣心之所存，未及于此,内未能无秋毫之累,外未能无纤芥之蔽,则臣恐欲法先王之政,而智虑有所未审;欲用天下之智谋材谞之士,而议论有所未一,于国家天下愈甚无补,而风俗纲纪愈以衰坏也。非独如此,自古所以安危治乱之几,未尝不出于此。

臣幸蒙降问,言天下之细务,而无益于得失之数者,非臣所以事陛下区区之志也。辄不自知其固陋,而敢言国家之大体。惟陛下审察而择其宜,天下幸甚!

王遵岩曰:董仲舒、刘向、扬雄之文不过如此。若论结构法,则汉犹有所未备;而其气厚质醇,曾远不逮董、刘矣。惟扬雄才艰,而又不能大变于当时之体,比曾为不及。

茅鹿门曰:劝学二字,公之所见正,所志亦大。而惜也才不足以副之,故不得见用于时。姑录而存之,以见公之概。

张孝先曰:通篇大要在得之于心,致其知以尽天下之理而已。文字层层脱换,步步回环,如川增云升,多少奇观!而寻其关键,只是一线到底耳。朱子言南丰文字峻洁有法度,当于此观之。其引经术,直是西汉文气味,韩、欧集中俱未有也。特其说到为学工夫,终少把柄,与程、朱论学又隔一重。故学者欲求圣贤之学,必自程、朱之绪言入,方有实地可依据。

请令州县特举士札子

臣闻三代之道,乡里有学。士之秀者,自乡升诸司徒,自司徒升诸学。大乐正论其秀者,升诸司马。司马论其贤者,以告于王。论定然后官之,任官然后爵之,位定然后禄之。论定然后官之者,郑康成云:"谓使试守。"任官然后爵之者,盖试守而能任其官,然后命之以位也。其取士之详如此。然此特于王畿之内,论其乡之秀士耳。故在《周礼》,则称乡老献贤能之书于王也。至于诸侯贡士,则有一适、再适、三适之赏,黜爵削地之罚。而其法之详莫得而考。此三代之事也。

汉兴,采董生之议,始令郡国举孝廉一人。其后,又以口为率,口百二十万至不满十万,自一岁至三岁,自六人至一人,察举各有差。至用丞相公孙弘、太常孔臧议,则又置太常博士弟子员。郡国县官有好文学、孝悌谨慎、出入无悖者,所闻令相长丞,上属所二千石。二千石谨察可者,令诣太常受业如弟子。一岁皆课试,通一艺以上,补文学掌故缺。其高第可为郎中者,太常籍奏。即有秀才异等,辄以名闻。又请以治礼掌故,比二百石及百石,吏选择为左右内史、大行下郡太守。卒史皆各二人,边郡一人,不足,择掌故以补。中二千石属文学掌故,补郡属备员。其郡国贡士、太常试选之法详矣。此汉之事也。

今陛下隆至德,昭大道,参天地,本人伦,兴学崇化,以风天下,唐虞用心,何以加此?然患今之学校,非先王教养之法;今之科举,非先王选士之制。圣意卓然,自三代以后,当途之君,未有能及此者也。臣以谓三代学校劝教之具,汉氏郡国太常察举之目,揆今之宜,理可参用。今州郡京师有学,同于三代,而教养选举非先王之法者,岂不以其遗素励之实行,课无用之空文,非陛下隆世教育人材之本意欤!诚令州县有好文学、励名节、孝悌谨顺、出入无悖者,所闻令佐升诸州学,州谨察其可者上太学;以州大小为岁及人数之差,太学一岁,谨察其可者上礼部;礼部谨察其可者籍奏。自州学至礼部,皆取课试;通一艺以上,御试与否,取自圣裁。今既正三省诸寺之任,其都事、主事、掌故之属,旧品不卑,宜清其选,更用士人,以应古义。遂取礼部所选之士,中第或高第者,以次使试守,满再岁或三岁,选择以为州属及县令丞。即有秀才异等,皆以名闻,不拘此制。如此者谓之特举。其课试不用糊名誊录之法,使之通一艺以上者,非独采用汉制而已。《周礼》大司徒以乡三物教万民而宾兴之,亦以礼乐射御书数也。

　　如臣之议为可取者,其教养选用之意,愿降明诏以谕之。得人失士之效,当信赏罚以厉之。以陛下之所向,孰敢不虔于奉承? 以陛下之至明,孰敢不公于考择? 行之以渐,循之以久,如是而俗化不美、人材不盛、官守不修、政事不举者,未之闻也。其旧制科举,以习者既久,难一日废之,请且如故事。惟贡举疏数,一以特举为准,而入官试守选用之叙,皆出特举之下。至夫教化日洽、风俗既成之后,则一切罢之。如圣意以谓可行,其立法弥纶之详,愿诏有司而定议焉,取进止。

　　茅鹿门曰:入时事以后,措注须本古之所以得,与今之所以失,参错论列,使朝廷开明,然后得按行之。而子固于此,往往亦似才识不称其志云。子固按古者三代及汉兴令郡国各举贤良者以闻,甚属古意。世之君相未必举行,而不可不闻此议。予故录之。

张孝先曰：特举之典可以补科举所不及，然行之须得其人。倘不得其人，安知钻营奔竞之弊，不有甚于科举者乎？此论者常有意于复古而未能也。子固此论欲渐变科举之法，而行特举以为之兆；中间须严举主之赏罚，使举者不敢妄举。其法甚善，纵科举卒难即罢，而此法既行，人人有所激动，亦必有纯良杰出之材为国家用者也。

自福州召判太常寺上殿札子

伏以陛下聪明睿知，天性自然，可谓有不世出之资。自在藩邸，入承颜色，出奉朝请，怡怡翼翼，不自暇豫，至恭极孝，闻于天下。及践大位，内事两宫，外严七庙。仁被公族，德形闺门。嫔御备官，不淫于色；音乐备数，不溺于声。食菲衣绨，务遵节俭。台卑圃小，无所增饰。近习无便嬖，左右无私谒。未尝出游幸，未尝从畋渔。其于忧恤元元，勤劳庶政，则念虑先于兆朕，祗慎尽于纤芥。昼而访问，至于日昃；夕而省览，至于夜分。每群臣进见，接之礼笃而情通；凡四方奉事，莫不朝入而暮报。虽大禹之勤于邦，文王之不暇食，无以加此。其渊谋远略，必中事几，善训嘉谟，可为世则者，传闻下土，虽仅得其一二，已足以度越众虑，非可窥测，可谓有君人之大德。其高深宏远，则悯自晚周秦汉以来，世主不能独出于众人之表，其政治所出，大抵踵袭卑陋，因于世俗而已。于是慨然以上追唐虞三代荒绝之迹，修列先王法度之政，为其任在己，可谓有出于数千载之大志。变革因循,号令必信,使海内观听莫不震动,群下遵职惟恐在后,可谓有能行之效。盖刻意尚行,不差毫发,缙绅之士有所不能及。忧劳惕励,无懈须臾,又非群臣之所能望。可谓特起于三代之后非常之主也。

愚臣孤陋,熙宁二年,出通判越州,因转对幸得论事,敢据经之说,以诚意正心修身治国家天下之道必本于学为献。逮今十有一年,始得望穆穆之清光,敢别白前说而终之。

臣以谓陛下有不世出之姿,有君人之大德,与出于数千载之大志,又有能行之效,特起于三代之后,然顾以治国家天下之道必本于学为献于陛下,何也?

盖古之圣人,虽出乎其类,拔乎其萃,然至其成德,莫不由学。故尧舜性之也,而见于传记则皆有师,其史官识其行事,则皆曰“若稽古”。至于汤武身之也,则汤学于伊尹,武王学于太公,见于《诗》《礼》《孟子》。在商,高宗得傅说作相,其命说之辞曰:“予小子旧学于甘盘。”而傅说告之,则曰:“学于古训乃有获。”又曰:“惟学逊志,务时敏,厥修乃来。”又曰:“惟斅学半,念终始典于学。”盖高宗既已学于甘盘矣,及傅说相之,乃更丁宁反复勉之以学,其要归则以谓当终始常念于学,明学盖不可一日而废也。至于孔子之自叙,则自十有五而志于学,至于七十而从心所欲不逾矩。夫以孔子之圣,必志于学,其学之渐,每十年而一进,至于七十矣,其从心也盖不逾矩。则傅说所称当终始常念于学者,虽孔子之圣不能易也。故扬子曰:“学之为王者事久矣。”尧、舜、禹、汤、文、武汲汲,仲尼皇皇,其已久矣。圣贤之笃于学,至于如此者,盖乐而不乱、复而不厌者,道也;测之而益深、穷之而益远者,圣人之言也;知不足与困者,学也。方其始也,求之贵博,蓄之贵多。及其得之,则于言也在知其要,于德也在知其奥。能至于是矣,则求之博、蓄之多者,乃筌蹄而已。所谓多闻则守之以约,多见则守之以卓也。如求之不博,蓄之不多,则未有于言也能知其要,未有于德也能知其奥,所谓寡闻则无约,寡见则无卓也。子贡称孔子之学,识其远者大者,则于言也能知其要,于德也能知其奥,然后能当于孔子之所谓学也。审能是,则存于心者有以为主于内,天下之事,虽其变无穷,而吾所以待之者其应无方,古之大有为于天下者,未有不出于此也。尧、舜、汤、武所以为盛德之至,孔子所以从心而不逾矩,或得其行者,未得其所以行;得其言者,未得其所以言。孟子之所谓圣而不可知之谓神,在是而已矣。

陛下万几之余,日引天下之士,推原道德而讲明其意,陈六艺载籍之文而绅绎其说,博考深思,无有懈倦。其折衷是非,独见之明,老师宿儒所不能到,此臣之所闻也。有不世出之姿,与君人之大德,又有出于数千载之大志,特起于三代之后,此臣之所知也。则陛下之学,已可谓至矣。然臣区区敢诵经之陈言以进于左右者,诚将顺陛下之圣志,采傅说始终典学之言,观孔子少长进学之渐,以陛下之明智,知言之要,知德之奥,皆陛下之所素畜。诚以陛下之乐道,而继之以不倦;以陛下之稽古,而加之以不已;使天性之睿智所造者益深,所稽者益厚,日日新,又日新。其于自得之者,非徒足以待万事无穷之变，而应之以无方，天下之人，必将得陛下之行者，不得其所以行；得陛下之言者，不得其所以言。尧、舜、汤、武所以为盛德之至，孔子所以从心而不逾矩，孟子所谓圣而不可知之谓神，不在于陛下而孰在哉？由是敛五福之庆以大赉庶民，享万年之休以永绥方夏，德厚于天地，名昭于日月，惟圣意之所在而已。

臣愚不敏，蒙恩赐对，不敢毛举丛细之常务，而于国家之体，冒言其远且大者，此臣所以爱君区区之分也。伏惟留神省察。

张孝先曰：称述君德以歆动其勉学意，文气敷腴，细读之则字字濯炼而出。此子固之文所以质实深厚而有余味也。独惜其所以告君为学者，终是廓落少真的处，将使之何处下手耶？

请令长贰自举属官札子

臣伏以陛下本原《周礼》，参之以有唐《六典》之书，考诸当世之宜，裁以圣虑，更定官制，以幸天下。臣诚不自揆，欲少助万一。令无足取者，亦足以致区区爱君之心。

窃观于《书》，其在《尧典》，称尧之德曰："平章百姓，百姓昭明。"则平其贤不肖功罪之分，而章之以爵赏，使百官莫不昭明者，此人主之事也；其在《说命》曰："惟说式克钦承，旁招俊乂，列于庶位。"则承人主之志，广引人材进诸朝廷者,此宰相之事也;其在《冏命》,"穆王命伯冏为周太仆正",其戒之曰:"慎简乃僚,无以巧言令色,便僻侧媚,其惟吉士。"则使得自简属僚以共成其任者,此诸司长官之事也。其上下之体相承如此,所以周天下之务,盖先王之成法也。

故陆贽相唐,陈致理之具,以谓百司之长。至于副贰之官与夫两省供奉之职,请委宰臣叙拟以闻。其余台省属僚,请委长官选择,指陈材实,终身保任。其以举授之由,各载除书之内。得贤则有进考增秩褒升之赏,失实则有夺俸赎金黜免之罚。非特搜扬下位而已,亦以阅试大官。其所取之士,既责行能,亦计资望,此贽之大指也。贽于经画之材,近世未见其比。其在相位,所陈先务如此。质之于古,实应先王之法,施之后世,可以推行,诚古今之通义也。

陛下隆至道,开大明,配天地,立人极,循名定位,以董正治官,千载以来盛德之事也。创制之始,新命之官,任之以弥纶众职,所系尤重。其所更革,著于甲令,或差若毫发,四方受其弊;或误于须臾,累岁不能救。则于选用之体,尤不可假非其人。且台省长官,仆射、尚书、左右丞、侍郎、御史、中丞,皆国之重任,陛下所选择而授。今尚书既领天下之事,郎、员外郎凡二十四司,用吏几百员,其余属佐尚不在数中。若使本司长贰之官,自郎以下,员有未备,皆举二人以闻,以陛下之明,其于群臣材分,无不周知。取其所举,择用其一,其余书之于籍,以为内外之官选用之备。庶几为官得人,足以上副陛下作则垂宪非常之大志。

且本朝著例,御史、中丞、知杂至于省府之长,固得自举其属,而馆阁、监司、牧守之官,亦尝屡诏近位,皆得荐用所知,名臣伟人,往往由此而出。则推而广之,求于故事,实有已试之效。其所荐之士,采用其一,其余书之于籍,以备选择。犹旧缺御史一员,听举二人,其一不中选者,亦以次甄进,则稽诸累朝,亦故事也。

伏惟陛下本周命太仆慎简乃僚之意,采陆贽台省长官举吏恳恳之论,推本朝已试之法,使先王之迹自陛下追而践之。如此,则任众之道隆,进贤之路广。疏远之士,怀材者皆得汇征;要近之臣,奖善者皆得自达。以陛下之临照,谁敢不应之以公;以陛下之考核,谁敢不赴之以实。既得其人,授之以位,然后陛下以公听并观,分别淑慝,以执中主要,信行其赏罚。如此,则允厘百工,庶绩咸熙,可无为而致尧之"平章百姓,百姓昭明",如是而已。

如臣之说为可采者,其推行之法,陆贽所陈,惟陛下察其疏密,详加损益,取进止。元丰三年十一月二十一日,垂拱殿进呈。

张孝先曰:此篇大旨令长贰自举属官,而严举主之赏罚。议论本之陆贽,合赞奏议以参考此篇,庶几可以收人材而成吏治。荐举良法,莫过于此。

奏乞与潘兴嗣子推恩状

右,臣伏睹本州人试将作监主簿潘兴嗣,五岁以父任得官,二十二岁授江州德化县尉,不行。熙宁二年,朝廷察其高,以为筠州军事推官,不就。今年五十六岁,安于静退三十余年。

臣窃以康定中徐复以处士收用,辞不就,得官其一子。近王回、孙侔皆以幽潜见录,命下而回已死,亦得官其一子。李觏以国子直讲退归死,十年,亦得禄其后。则国家之于激奖廉退,既肆其所守,又恩及其世,盖有故事。今与王回同时见录之人有孙侔,而后又有兴嗣,处幽不改其操,皆已白首,然未有为上闻者,故其子独未蒙恩。

窃以康定至今几四十年,士之抗志于隐约,而为朝廷所知者,止此数人。盖枯槁沉溺,其守至难,故其人至少。为国家者,取而显之,使天下皆知士之特立无求于世者,不为上之所遗,则自重者孰不勉?浮竞者孰不悔?可谓施约而劝博。宠禄之所以励世,其实在此。臣故敢以闻,伏惟陛下幸察。侔及兴嗣,躬难进之节,遭遇圣时,用王回、徐复、李觏为比,加恩其子,使斯人不卒穷于闾巷,足以明示天下。

兴嗣有子群,年二十六岁。孙侔今家真州。谨状奏闻,伏候敕旨。

张孝先曰:奖激廉退,录其后人,亦是国家一令典。叙得质劲而有精采。

乞出知颍州状

右，臣愚不自揆，怀犬马之情，敢昧万死以闻。不敏之诛，所不敢逭。伏念臣性行迂拙，立朝无所阿附，有见嫉之积毁，无借誉之私援。在外十有二年，更历七郡，虽有爱君向国之心，托势疏远，无路自通，期于抱志没齿而已。陛下居法宫之深，临万官之众，而臣以单外之迹，一介之微，陛下廓四聪之广，出独见之卓，不由臣之衔鬻，不因人之党助，收怜拊慰，劳问褒嘉，语重意殊，可谓非常之遇。士之有大过人之材者，殆未足以致此，岂臣之鄙所当冒得？日夜思念，臣以庸下之器，在隐约之中，而独为圣主所知如此。蝼蚁之躯，虽死不足以图报。今还朝以来，甫及数月，未有丝忽自效之勤，而辄以私诚上陈。臣之妄庸，虽受诛绝之刑，不足以塞责，惟陛下察而哀之。

臣母年七十有一，比婴疾疹，举动步履日更艰难。陛下处臣京师，臣幸得侍庭闱以便医药。圣泽至厚，常恐不能克堪。今臣弟布得守陈州，臣母怜其久别，欲与俱行。顾臣之宜，惟得旁郡，庶可奉亲往来，以供子职。而抱疾之亲，陆行非便。今与陈比境，许、蔡、亳州及南京，皆不通水路，惟颍可以沿流。臣诚不自揆，不讳万死之责，敢昧冒以请。伏望圣慈差臣知颍州一任。窃恐顾临到任未久，无例为臣移易；缘若候顾临满阙，则臣弟布陈州却已满任。欲望特出圣恩，许臣不候顾临任满交割。臣蠢冥寒陋，蒙陛下特异之知，未有锱铢之称。而顾迫子母之恩,规私择便,仰烦圣聪,当伏斧锧,以须罪戾,惟陛下哀怜听察。干犯天威,臣不任云云。

张孝先曰:其写情处款曲动人。宋时有自乞补外之例,公特以母子之情,陈请在君父前,如对家庭骨肉说话。

再乞登对状

右,臣去冬再蒙圣恩赐对。臣愚浅薄,无轶伦之行、绝众之材。徒于辈流,粗识文字。至于讲求天下之务,非敢谓能,盖尝有志。遇陛下绍天开迹,大修治具,一言片善,人人得以自效。而臣流离飘泊,貌在外服。有深忌积毁之莫测,无游谈私党之可因。转徙八州,推移一纪。无侧行之一迹,得参于御隶之间;无尝试之半词,得辙于岩廊之上。心思消缩,齿发凋耗,常恐卒填沟壑,独遗恨于无穷也。陛下体生知之质,起日新之政。揆之以道,以易汉、唐、五代之卑;本之于身,以追尧、舜、三代之盛。臣虽欲奋驽钝,愿备驱驰,而处疏贱之中,无可致之势。伏遇陛下明无不照,察臣滞迹之不容;圣无不通,采臣孤学之有得。出自睿断,接之便朝。所以询谋抚纳,勉慰称扬之殊,皆非素望所及。臣虽草茅之陋,顾非木石之顽。盖士穷且老,身孤立于天下,而独为圣主所知如此,燔躯沉族,岂足论报?其于剖心析肝,以效其区区之忠,固臣之所不敢不尽也。

是以窃不自揆,冒言当世之事。陛下宽其不敏之诛,而收其臆出之见,谓有可以当圣意者,臣愚塞钝,分岂称此。盖由陛下神圣文武,度越千载,而虚心纳下,无伐善之意、徇己之情,故兼听广览,小能薄技,无所不录,而臣愚遭遇得以及此。今臣备数毂下,虽日得造朝,而身不迩法坐之凝严,耳不接德意之温厚,涉四时矣。其毕忠愿知之心,惓惓之义,岂须臾废哉!

伏念臣尝言天下之经费,以谓皇祐治平,庶官之员倍于景德;议今之兵,以谓西北之宜在择将帅。待罪三班,获因职事,考于载籍。盖官日益众,而守塞之臣有未称其任者,得以推其事实,审其源流。其于裁处之宜,亦尝略窥其要。窃欲饰其所闻,敢终前日之说以献。陛下方日孜孜,大有为于天下。内则更张庶事,外则经营四方。如臣之说有可采者,庶几制天下之用以养财,御天下之材以经武,有助圣政之万一。臣于受恩,非敢谓报,庶以明臣犬马之志,未尝不向上之所为也。

臣又尝言,陛下方上稽《周礼》,旁参《六典》,以更定官制。臣于经营之体、损益之数,愿有毫发之补。伏闻百度已成,万务已定,而臣曾不能吐一言,陈一策,庶得因国大典,托名不泯。今条分类别,宣布有期,臣诚不自揆,以谓更制之日,新旧革易之初,弥纶之术固不可不有所素具。窃欲自效,少裨圣画之绪余。臣于三者,或万有一得。然事有本末,理之详悉宜得口陈。伏望特出圣慈,许臣上殿敷奏。干冒宸严,臣不任。

张孝先曰：是时神宗方向用王安石，改制变法。而公之意见，有
与安石异者。故欲面对口陈。其所陈之事虽含蓄不露，而忠悃之诚
已见于此状。

辞中书舍人状

右，臣准阁门告报，蒙恩授臣中书舍人者。窃以唐虞三
代之君，兴造政事，爵德官能之际，所以播告天下，训齐百
工，必有诏号令命之文，达其施为建立之意。皆择当时聪明
隽义、工于言语文学之臣，使之敷扬演畅，被于简册。以行
之四方，垂之万世。理化所出，其具在此。至其已久，而谋
谟访问，三盘五诰誓命之书，刻之为经。后世学者得而宗
之，师生相传，为载籍首。吟诵寻绎，以求其旧。一有发明，
皆为世教。盖其大体所系如此。

逮至汉兴，虽不能比迹三代致治之隆，而诰令下者，典
正谨严，尚为近古。自斯已后，岂独彝伦秕敚，其推而行之，
载于明命，亦皆文字浅陋，无可观采。唐之文章尝盛矣。当
时之士，若常衮、杨炎、元稹之属，号能为训辞，今其文尚存，
亦未有远过人者。然则号令文采，自汉而降，未有及古，理
化之具，不其缺欤？

伏惟陛下以天纵之圣，阐明道术，所以作则垂宪，纪官
正名，皆上追三王，下陋汉唐。至于出口肆笔，发为德音，固
已独造精微，不可穷测。则于代言之任，岂易属人？臣浅薄

暗瞀,学朽材下,误蒙陛下知之于摈排忌疾之中,收之于弃捐流落之地,属之史事,已惧瘝官。至于推度圣意,讨论润色,以次为谟训彰示海内,兹事至大,岂臣所堪?况侍从之官,实备顾问,而臣齿发已衰,心志昏塞,岂独施于翰墨,惧非其任。至于谋猷献纳,尤不逮人。伏望博选于朝,旁及疏远,必有殊绝特出之材,能副圣神奖拔之用。所有授臣恩命,乞赐寝罢。

张孝先曰:中书舍人掌诏诰乃代言之任,其职未易居也。子固推之于唐虞三代以讫汉唐,而言居是职者之渐不及古,其议论卓然不刊。盖非子固不足以称斯任也。后世诏告之文,岂独不能比盛唐虞三代,即汉之深厚尔雅者,且邈乎其绝响矣。

授中书舍人举刘攽自代状

蒙恩授前件官,准编敕节文、知杂御史已上授讫,许举官自代者。右谨具如前。臣伏见朝奉大夫、充集贤校理、知亳州刘攽,广览载籍,强记洽闻。求之辈流,罕有伦比。臣窃以谓引拔众材,弥纶世务,至于博学之士,固宜用在朝廷。况今圣质高明,究极今古,凡在左右当备顾问之臣,尤须多识前载,然后能称其职。如攽所长,实允兹选。况攽累历州郡,治行可称。至于文辞,亦足观采。兼此众美,臣实不如。今举自代,谨具状奏闻,伏候敕旨。

张孝先曰：数语质实，得推贤让善之体。

劝 学 诏

朕惟先王兴庠序以风四方，所以使学士大夫明其心也。夫心无蔽，故施之于己，则身治而家齐；推之于人，则官修而政举。其流及远，则化民成俗，常必由之。古之所以长人材、厚人伦者，本是而已。朕甚慕之，故设学校，重学官之选而厚其禄。凡欲以诱诲学者，庶几于古也。而在位者无任职之心，承业者无慕善之志，至于师生相冒，挟赂为奸，嚚讼嚣然，骇于众听，而况欲倡率训导，洽于礼义；磨砻陶冶，积于人心，使方闻修洁之士，充于朝廷；孝悌忠笃之风，行于乡邑，其可得乎？朕甚悯焉。故更制博士，而讲求所以训厉之方。定著于令，以为学制。予乐育天下之材，而庶几先王之治者，可谓至矣。

自今有敦行谊、谨名节、肃政教、出入无悖、明于经术者，有司其以次升之，使闻于朕，将考择而用之，以劝于尔众士。有偷懦怠惰，不循于教，学不通明者，博士吾所属也。其申之以诱导，使其能有易于志，而卒归于善，固吾之所受也。予既明立学之教，具为科条，其于学者，有奖进退黜之格，以昭劝戒。至于学官，其能明于教率，而详于考察，有得人之称，则待以信赏。若训授无方，而取舍失实，亦将论其罚焉。明以告尔，朕言不欺。尚其懋哉，无诒尔悔。

张孝先曰：南丰诸诏皆有西汉风格。余按斯篇所言，教学之弊，甚可叹息。末段责成学官意尤善。夫欲成人材，厚风俗，必由学始。学校者，致治根本之地也，而可使庸陋不学之辈，居模范之职乎哉？今郡邑学官，无论不能推明圣贤理义之蕴，率学者以穷理实践，即会文课艺，亦寂然无闻。师生相视，漠然如路人。然则学官所掌者，不过取具文书、奉行故事而已，人材安得而成、风俗安得而厚乎？

劝 农 诏

夫农，衣食之所由出也。生民之业莫重焉。一夫之力，所耕百亩，养生送死，与夫出赋税、给公上者，皆取具焉。不幸水旱螟螣之灾，往往而有，可谓劳且艰矣。从政者知其如此，故不违其时、不夺其力以使之，明时之因析以授之，差地之腴瘠以处之，春省耕、秋省敛以助之。《诗》曰："馌彼南亩，田畯至喜。"言上所以劳之也。又曰："骏发尔私，终三十里。"言上所以劝之也。其奖励成就之者如此。

朕自承天序，内重司农之官，外遣劝农之使。为之弛力役，均地征，修水利。或一雨愆期，则忧见于色；或一谷不成，则为加恻怛。有复除之科，有赈恤之令。夙夜孜孜，焦心劳思者，凡以为农也。今耕者众矣，而尚有未勉；垦田广矣，而尚有未辟。岂抶循劝率有所未备欤？抑吏怠而忽，不能宣究欤？有司其于农桑之务，益思所以除害兴利。诏令已具者，无或壅阏；所未尽者，勿惮以闻。要使缘南亩之民，举欣欣然乐职安业,洽于富足,称朕意焉。

张孝先曰:农桑,民之本务,岂不欲自力哉?有司者不能兴利除
害,而重困苦之,此民所以狼狈失业而不得缘南亩者也。聂夷中诗
云:"二月卖新丝,五月粜新谷。医得眼前疮,剜却心头肉。"留心民瘼
者,能不为之慨然?

正长各举属官诏

盖闻尧之治曰百姓昭明,舜之治曰四门穆穆。然则当
是之时,在位皆君子,其是非不惑可知也。故尧欲厘百工,
舜欲熙帝载,求可任者,皆访诸四岳。因四岳以命禹,又因
禹以命稷、契、皋陶,因群臣之言金曰以命垂、益、伯、夷,因
伯夷以命夔、龙,其审官用贤,不自任其聪明,而稽之于众如
此。然存于《书》,二帝所命者,羲和、九官、十二牧,皆官之
正长也。至于属官,则未有二帝尝命之者。其遗法之可考,
则周穆王命伯冏为太仆正,戒之曰:"慎简乃僚,无以巧言令
色,便辟侧媚,其惟吉士。"则自择其官之属者,官之正长之
事,此先王之成法也。

汉魏以来,公府郡国亦皆自辟其属,而唐陆贽请使台省
长官自择僚属。盖上下之体相承如此,以周天下之务,此古
今之通理也。

今朕董正治官,始自三省,至于百工,皆正其名。夫使

在位皆君子,而是非不惑,此朕素所以厉士大夫也。故凡官之长贰,朕既考择而任之。尚书政本也,自郎已下用吏甚众,其令仆射、左右丞、尚书、侍郎,各于其所部,员有未备,皆举二人以闻,朕将择而用之。其未用者,亦识其名以待用。朕稽于古以正百官,稽于众以求天下之士,其勤可谓至矣。惟官之长贰之臣,皆朕所属以共成天下之治,其尚体朕意,所举惟公,以应朕之求;所陈惟实,以严朕之诏。其得材失士,有司其各以等差,具为赏罚之格,朕将举而行之。赏吾不吝,罚亦无舍。非独搜扬幽滞,庶几为官得人,亦将以观吾大臣之能,使朕得与众士大夫合志同心,以进天下之材。作则垂法,行之于今,以诒后世。追于先王之成宪,无令唐虞有周专美于古,不其美欤!咨尔庶位,其谕朕意。

张孝先曰:此即前所上札子意。引证经典,凿凿有据。盖令正长各举其属,此法近古,可以收得人之效。但恐其不公,故必严举者之赏罚。后世循资格而用之,法虽公而得人不如古矣。

卷之十二　曾文定公文

上范资政书

资政给事：夫学者之于道，非处其大要之难也。至其晦明消长、弛张用舍之际，而事之有委曲几微，欲其取之于心而无疑，发之于行而无择；推而通之，则万变而不穷；合而言之，则一致而已。是难也，难如是。故古之人有断其志虽各合于义，极其分以谓备圣人之道则未可者。自伊尹、伯夷、展禽之徒所不免如此。而孔子之称其门人，曰德行、文学、政事、言语，亦各殊科，彼其材于天下之选，可谓盛矣；然独至于颜氏之子，乃曰："用之则行，舍之则藏，唯我与尔有是夫。"是所谓难者久矣。故圣人之所教人者，至其晦明消长、弛张用舍之际，极大之为无穷，极小之为至隐，虽他经靡不同其意。然尤委曲其变于《易》，而重复显著其义于卦爻象象系辞之文，欲人之自得诸心而惟所用之也。然有《易》以来，自孔子之时，以至于今，得此者颜氏而已尔，孟氏而已尔。二氏而下，孰为得之者欤？甚矣，其难也！

若巩之鄙，有志于学，常惧乎其明之不远，其力之不强，而事之有不得者。既自求之，又欲交天下之贤以辅而进，由其磨砻灌溉以持其志、养其气者有矣。其临事而忘、其自反而馁者，岂得已哉？则又惧乎陷溺其心，以至于老而无所庶几也。尝闲而论天下之士，豪杰不世出之材，数百年之间未有盛于斯时也。而造于道，尤可谓宏且深，更天下之事，尤可谓详且博者，未有过阁下也。故阁下尝履天下之任矣。事之有天下非之，君子非之，而阁下独曰是者；天下是之，君子是之，而阁下独曰非者。及其既也，君子皆自以为不及，天下亦曰范公之守是也。则阁下之于道何如哉！当其至于事之几微，而讲之以《易》之变化，其岂有未尽者邪？夫贤乎天下者，天下之所慕也，况若巩者哉？故愿闻议论之详，而观所以应于万事者之无穷，庶几自瘳以得其所难得者，此巩之心也。然阁下之位可谓贵矣，士之愿附者可谓众矣，使巩也不自别于其间，岂独非巩之志哉？亦阁下之所贱也。故巩不敢为之。不意阁下欲收之而教焉，而辱召之。巩虽自守，岂敢固于一耶？故进于门下，而因自叙其所愿与所志以献左右，伏惟赐省察焉。

　　茅鹿门曰：此书曾公既自幸为范文正公所知，窃欲出其门，又恐文正公或贱其人，故为纡徐曲折之言，以自通于其门。而行文不免苍莽沉晦，如扬帆者之入大海，而茫乎其无畔已。若韩昌黎所投执政书，其言多悲慨；欧公所投执政书，其言多婉曲；苏氏父子投执政书；其言多旷达而激昂。较之子固，醒人眼目，特倍精爽。

　　张孝先曰：范文正公当日造就人材，如张横渠上书谒公，公一见知其远器。劝读《中庸》，后卒成大儒者，公之力也。曾公此书，以为公之应事，本于《易》之变化，而欲亲炙门下，以承其教。其于学问之意，盖倦倦焉，与投书献启以干王公大人者，相去远矣！读者详之。

上欧阳学士第一书

学士执事：夫世之所谓大贤者，何哉？以其明圣人之心于百世之上，明圣人之心于百世之下。其口讲之，身行之，以其余者又书存之，三者必相表里。其仁与义，磊磊然横天地，冠古今，不穷也。其闻与实，卓卓然轩士林，犹雷霆震而风飙驰，不浮也。则其谓之大贤，与穹壤等高大，与《诗》《书》所称无间，宜矣。

夫道之难全也，周公之政不可见，而仲尼生于干戈之间，无时无位，存帝王之法于天下，俾学者有所依归。仲尼既没，析辨诡词，骊驾塞路，观圣人之道者，宜莫如于孟、荀、扬、韩四君子之书也，舍是醨矣。退之既没，骤登其域，广开其辞，使圣人之道复明于世，亦难矣哉。近世学士，饰藻缋以夸诩，增刑法以趋向，析财利以拘曲者，则有闻矣。仁义礼乐之道，则为民之师表者，尚不识其所为，而况百姓之蚩蚩乎！圣人之道泯泯没没，其不绝若一发之系千钧也，耗矣哀哉！非命世大贤，以仁义为己任者，畴能救而振之乎？

巩自成童，闻执事之名，及长，得执事之文章，口诵而心记之。观其根极理要，拨正邪僻，掎挈当世，张皇大中，其深纯温厚，与孟子、韩史部之书为相唱和，无半言片词蹐驳于其间，真六经之羽翼，道义之师祖也。既有志于学，于时事，万亦识其一焉。则又闻执事之行事，不顾流俗之态，卓然以体道扶教为己务。往者推吐赤心，敷建大论，不与高明，独援摧缩,俾蹈正者有所禀法,怀疑者有所问执,义益坚而德益高,出乎外者合乎内,推于人者诚于己,信所谓能言之,能行之,既有德而且有言也。韩退之没,观圣人之道者,固在执事之门矣。天下学士,有志于圣人者,莫不攘袂引领,愿受指教、听诲谕,宜矣。窃计将明圣人之心于百世之下者,亦不以语言退托而拒学者也。

巩性朴陋,无所能似,家世为儒,故不业他。自幼迨长,努力文字间,其心之所得庶不凡近,尝自谓于圣人之道,有丝发之见焉。周游当世,常斐然有扶衰救缺之心,非徒嗜皮肤,随波流,搴枝叶而已也。惟其寡与俗人合也,于公卿之门未尝有姓名,亦无达者之车回顾其疏贱,抱道而无所与论,心常愤愤悱悱,恨不得发也。今者,乃敢因简墨布腹心于执事,苟得望执事之门而入,则圣人之堂奥室家,巩自知亦可以少分万一于其间也。执事将推仁义之道,横天地,冠古今,则宜取奇伟闳通之士,使趋于理,不避荣辱利害,以共争先王之教于衰灭之中。谓执事无意焉,则巩不信也。若巩者,亦粗可以为多士先矣。执事其亦受之而不拒乎?伏惟不以己长退人,察愚言而矜怜之,知巩非苟慕执事者,慕观圣人之道于执事者也,是其存心亦不凡近矣。若其以庸众待之,寻常拒之,则巩之望于世者愈狭,而执事之循诱亦未广矣。窃料有心于圣人者,固不如是也。觊少垂意而图之,谨献杂文时务策两编,其传缮不谨,其简帙大小不均齐,巩贫故也,观其内而略其外可也。干浼清重,悚仄悚仄。不宜。巩再拜。

张孝先曰：以韩吏部拟欧阳公，诚当。自明其所以愿托门下者，非苟慕其名，欲从公以闻圣人之道也。盖其心之所得者，不比于凡近故耳。欧阳公之门尽罗天下之名士，而子固为称首，公亦敛袵推让。读此书知其所树立有不偶然者矣。

上欧阳学士第二书

学士先生执事：伏以执事好闲乐善，孜孜于道德，以辅时及物为事，方今海内未有伦比。其文章、智谋、材力之雄伟挺特，信韩文公以来一人而已。某之获幸于左右，非有一日之素，宾客之谈，率然自进于门下，而执事不以众人待之。坐而与之言，未尝不以前古圣人之至德要道，可行于当今之世者，使巩薰蒸渐渍，忽不自知其益，而及于中庸之门户，受赐甚大，且感且喜。重念巩无似，见弃于有司，环视其中所有，颇识涯分，故报罢之初，释然不自动，岂好大哉？诚其材资召取之如此故也。

道中来，见行有操瓢囊、负任挽车，挈携老弱而东者，曰：某土之民，避旱暵饥馑与征赋徭役之事，将徙占他郡，觊得水浆藜糗，窃活旦暮。行且戚戚，惧不克如愿，昼则奔走在道，夜则无所容寄焉。若是者，所见殆不减百千人。因窃自感，幸生长四方无事时，与此民均被朝廷德泽涵养，而独不识被裋末耜辛苦之事，且暮有衣食之给。及一日有文移发召之警，则又承藉世德，不蒙矢石、备战守、驭车仆马、数千里馈饷。自少至于长,业乃以《诗》《书》文史,其蚤暮思念,皆道德之事,前世当今之得失,诚不能尽解,亦庶几识其一二远者大者焉。今虽群进于有司,与众人偕下,名字不列于荐书,不得比数于下士,以望主上之休光,而尚获收齿于大贤之门。道中来,又有鞍马仆使代其劳,以执事于道路。至则可力求箪食瓢饮,以支旦暮之饥饿,比此民绰绰有余裕,是亦足以自慰矣。此事屑屑不足为长者言,然辱爱幸之深,不敢自外于门下,故复陈说,觊执事知巩居之何如。

　　所深念者,执事每曰:"过吾门者百千人,独于得生为喜。"及行之日,又赠序引,不以规,而以赏识其愚,又叹嗟其去。此巩得之于众人,尚宜感知己之深,恳恻不忘,况大贤长者,海内所师表,其言一出,四方以卜其人之轻重。某乃得是,是宜感戴欣幸,倍万于寻常可知也。然此实皆圣贤之志业,非自知其材能与力能当之者,不宜受此。此巩既贪缘幸知少之所学,有分寸合于圣贤之道,既而又敢不自力于进修哉!日夜克苦,不敢有愧于古人之道,是亦为报之心也。然恨资性短缺,学出己意,无有师法。觊南方之行李,时枉笔墨,特赐教诲,不惟增疏贱之光明,抑实得以刻心思,铭肌骨,而佩服矜式焉。想惟循诱之方,无所不至,曲借恩力,使终成人材,无所爱惜,穷陋之迹,故不敢望于众人,而独注心于大贤也。徒恨身奉甘旨,不得旦夕于几杖之侧,禀教诲,俟讲画,不胜驰恋怀仰之至。不宣。巩再拜。

　　茅鹿门曰:子固感欧公之知,又欲欧公并览睹其所自期待处。蕴思缀语,种种斟酌。

张孝先曰：师生道义之爱，娓娓动人。中间写道中所见，忽然生出烟波。笔墨之妙，何其淋漓无际也。

上蔡学士书

庆历四年五月日，南丰曾巩谨再拜上书谏院学士执事：朝廷自更两府谏官来，言事者皆为天下贺得人而已。贺之诚当也，顾不贺则不可乎？巩尝静思天下之事矣。以天子而行圣贤之道，不古圣贤然者否也。然而古今难之者，岂无异焉？邪人以不己利也，则怨；庸人以己不及也，则忌；怨且忌，则造饰以行其间。人主不悟其然，则贤者必疏而殆矣。故圣贤之道往往而不行也，东汉之末是已。今主上至圣，虽有庸人、邪人，将不入其间。然今日两府谏官之所陈，上已尽白而信邪，抑未然邪？其已尽白而信也，尚惧其造之未深，临事而差也。其未尽白而信也，则当屡进而陈之，待其尽白而信，造之深，临事而不差而后已也。成此美者，其不在于谏官乎？

古之制善矣。夫天子所尊而听者宰相也，然接之有时，不得数且久矣。惟谏官随宰相入奏事，奏已，宰相退归中书，盖常然矣。至于谏官，出入言动相缀接，蚤暮相亲，未闻其当退也。如此，则事之得失，蚤思之，不待暮而以言可也；暮思之，不待越宿而以言可也；不谕，则极辨之可也。屡进而陈之，宜莫若此之详且实也，虽有邪人、庸人，不得而间焉。故曰：成此美者，其不在于谏官乎？

今谏官之见也有间矣。其不能朝夕上下议亦明矣。禁中之与居，女妇而已尔，舍是则寺人而已尔，庸者、邪者而已尔。其于冥冥之间，议论之际，岂不易行其间哉？如此，则巩见今日两府谏官之危，而未见国家天下之安也。度执事亦已念之矣。苟念之，则在使谏官侍臣复其职而已，安有不得其职而在其位者欤？

噫！自汉降戾后世，士之盛未有若唐也。自唐太宗降戾后世，士之盛亦未有若今也。唐太宗有士之盛而能成治功，今有士之盛，能行其道，则前数百年之弊无不除也，否则后数百年之患将又兴也，可不为深念乎！

巩生于远，厄于无衣食以事亲，今又将集于乡学，当圣贤之时，不得抵京师而一言，故敢布于执事，并书所作通论杂文一编以献。伏惟执事，庄士也，不拒人之言者也，愿赐观览，以其意少施焉。

巩之友王安石者，文甚古，行称其文，虽已得科名，然居今知安石者尚少也。彼诚自重，不愿知于人。然如此人，古今不常有。如今时所急，虽无常人千万，不害也；顾如安石，此不可失也。执事倘进之于朝廷，其有补于天下。亦书其所为文一编进左右，庶知巩之非妄也。

茅鹿门曰：从欧阳公与两司谏书中脱化来。

张孝先曰：欧公与两司谏书，一激其进谏，一责其不谏，其词气奋发慷慨。此则深恐谏官不得时时进见，使庸人邪人之说得行其间。其防微杜渐之意至深远也，原与两司谏书不同。其文词缠绵劲折，又是曾公本色。

上欧蔡书

巩少读《唐书》及《贞观政要》，见魏郑公、王珪之徒在太宗左右，事之大小，无不议论诤谏，当时邪人庸人相参者少，虽有如封伦、李义府辈，太宗又能识而疏之，故其言无不信听，卒能成贞观太平。刑置不以居成、康上，未尝不反复欣慕，继以嗟唶，以谓三代君臣，不知曾有如此周旋议论否？虽皋陶、禹、稷与唐舜，上下谋谟，载于书者，亦未有若此委曲备具。颇意三代唐舜去今时远，其时虽有谋议如贞观间，或尚过之，而其史不尽存，故于今无所闻见，是不可知，所不敢臆定。由汉以降至于陈、隋，复由高宗以降至于五代，其史甚完，其君臣无如此谋议决也，故其治皆出贞观下，理势然尔。窃自恨不幸不生于其时，亲见其事，歌颂推说，以饱足其心；又恨不得升降进退于其间，与之往复议论也。自长以来，则好问当世事，所见闻士大夫不少，人人惟一以苟且畏慎阴拱默处为故，未尝有一人见当世事仅若毛发而肯以身任之，不为回避计惜者。况所系安危治乱有未可立睹，计谋有未可立效者，其谁肯奋然迎为之虑，而己当之邪？则又谓所欣慕者已矣，数千百年间，不可复及。

昨者天子赫然独见于万世之表，既更两府，复引二公为谏官。见所条下及四方人所传道，知二公在上左右，为上论治乱得失，群臣忠邪，小大无所隐，不为锱铢计惜，以避怨忌毁骂谗构之患。窃又奋起，以谓从古以来，有言责者，自任其事，未知有如此周详悃至，议论未知有如此之多者否？虽郑公、王珪又能过是耶？今虽事不合，亦足暴之万世，而使邪者惧，懦者有所树矣，况合乎否未可必也。不知所谓数百千年，已矣不可复有者，今幸遇而见之，其心欢喜震动，不可比说。日夜庶几，虽有邪人、庸人如封、李者，上必斥而远之，惟二公之听，致今日之治，居贞观之上，令巩小者得歌颂推说，以饱足其心；大者得出于其间，吐片言半辞，以托名于千万世。是所望于古者不负，且令后世闻今之盛，疑唐舜、三代不及远甚，与今之疑唐太宗时无异。

虽然，亦未尝不忧一日有于冥冥之中、议论之际而行谤者，使二公之道未尽用，故前以书献二公，先举是为言。已而果然，二公相次出，两府亦更改，而怨忌毁骂谗构之患，一日俱发，翕翕万状。至于乘女子之隙，造非常之谤，而欲加之天下之大贤，不顾四方人议论，不畏天地鬼神之临己，公然欺诬，骇天下之耳目，令人感愤痛切，废食与寝，不知所为。噫！二公之不幸，实疾首蹙额之民之不幸也！

虽然，君子之于道也，既得诸己，汲汲焉而务施之于外，在我者也；务施之于外而有可有不可，在彼者也。在我者，姑肆力焉，至于其极而后已也；在彼者，则不可必得吾志焉。然君子不以必得之难而废其肆力者，故孔子之所说而聘者七十国，而孟子亦区区于梁、齐、滕、邾之间。为孔子者，聘六十九国尚未已。而孟子亦之梁、之齐二大国，不可，则犹俯而与邾、滕之君谋。其去齐也，迟迟而后出昼，其言曰："王庶几改之，则必召予。如用予，则岂惟齐民安，天下之民举安。"观其心若是,岂以一不合而止哉?诚不若是,亦无以为孔孟。今二公固一不合者也,其心岂不曰"天子庶几召我而用之",如孟子之所云乎?肆力焉于其所在我者,而任其所在彼者,不以必得之难而已,莫大于斯时矣。况今天子仁恕聪明,求治之心未尝怠,天下一归,四方诸侯承号令奔走之不暇,二公之言,如朝得于上,则夕被于四海;夕得于上,则不越宿而被于四海,岂与聘七十国,游梁、齐、邾、滕之区区艰难比邪?姑有待而已矣。非独巩之望,乃天下之望,而二公所宜自任者也。岂不谓然乎?

感愤之不已,谨成《忆昨诗》一篇,《杂说》三篇,粗道其意。后二篇并他事,因亦写寄。此皆人所厌闻,不宜为二公道,然欲启告觉悟天下之可告者,使明知二公志。次亦使邪者庸者见之,知世有断然自守者,不从己于邪,则又庶几于天子视听有所开益。使二公之道行,则天下之嗷嗷者举被其赐,是亦为天下计,不独于二公发也,则二公之道何如哉?尝窃思更贡举法,责之累日于学,使学者不待乎按天下之籍而盛,须士著以待举行,悖者不待籍以进。此历代之思虑所未及,善乎,莫与为善也。故诗中善学尤具。伏惟赐省察焉!

唐荆川曰:叙论纡徐有味。

茅鹿门曰:委婉周匝可诵,公文之佳者。

张孝先曰:此篇首叙遇合之盛,愿望欣跃,无限情景。中间说到二公忽然被谗而去,使人愤懑失望,真出意外也。"虽然"以下,勉其勿以言之不合,而遂息其初心。其所期于大贤君子者,用意深且至矣。文字曲曲折折，愈劲愈达，如水之穿峡而出，不知其所以然，而适与之相赴。能言人所不能言之意，亦是能言人人所欲言之意。

福州上执政书

巩顿首再拜上书某官：窃以先王之迹，去今远矣，其可概见者，尚存于《诗》。《诗》存先王养士之法，所以抚循待遇之者，恩意可谓备矣。故其长育天下之材，使之成就，则如萝蒿之在大陵，无有不遂。其宾而接之，出于悃诚，则如《鹿鸣》之相呼召，其声音非自外至也。其燕之，则有饮食之具；乐之，则有琴瑟之音。将其厚意，则有币帛筐篚之赠；要其大旨，则未尝不在于得其欢心。其人材既众，列于庶位，则如《棫朴》之盛，得而薪之。其以为使臣，则宠其往也，必以礼乐，使其光华皇皇于远近；劳其来也，则既知其功，又本其情而叙其勤。其以为将率，则于其行也，既送遣之，又识薇蕨之始生，而恐其归时之晚；及其还也，既休息之，又追念其悄悄之忧，而及于仆夫之瘁。当此之时，后妃之于内助，又知臣下之勤劳，其忧思之深，至于山脊、石砠、仆马之间；而志意之一，至于虽采卷耳，而心不在焉。盖先王之世，待天下士，其勤且详如此。故称周之士也贵，又称周之士也肆，而《天保》亦称"君能下下，以成其政，臣能归美，以报其上。"其君臣上下相与之际如此，可谓至矣。所谓必本其情而叙其勤者，在《四牡》之三章曰："王事靡盬，不遑将父。"四章曰：“王事靡盬，不遑将母。”而其卒章则曰：“岂不怀归？是用作歌，将母来念。”释者以谓：“念，告也。君劳使臣，叙述其情，曰：女岂不诚思归乎？故作此诗之歌，以养父母之志，来告于君也。”既休息之，而又追叙其情如此。由是观之，上之所以接下，未尝不恐失其养父母之心；下之所以事上，有养父母之心，未尝不以告也。其劳使臣之辞则然，而推至于戍役之人，亦劳之以“王事靡盬，忧我父母”，则先王之政，即人之心，莫大于此也。及其后世，或任使不均，或苦于征役，而不得养其父母，则有《北山》之感，《鸨羽》之嗟；或行役不已，而父母兄弟离散，则有《陟岵》之思。诗人皆推其意，见于《国风》，所谓“发乎情，止乎礼义”者也。

伏惟吾君有出于数千载之大志，方兴先王之治，以上继三代。吾相于时，皆同德合谋。则所以待天下之士者，岂异于古？士之出于是时者，岂有不得尽其志邪？巩独何人，幸遇兹日。巩少之时，尚不敢饰其固陋之质，以干当世之用。今齿发日衰，聪明日耗，令其至愚，固不敢有侥进之心，况其少有知邪？转走五郡，盖十年矣，未尝敢有半言片辞，求去邦域之任，而冀陪朝廷之仪。此巩之所以自处，窃计已在听察之日久矣。今辄以其区区之腹心，敢布于下执事者，诚以巩年六十，老母年八十有八，老母寓食京师，而巩守闽越，仲弟守南越。二越者，天下之远处也。于著令，有一人仕于此二邦者，同居之亲，当远仕者皆得不行。巩固不敢为不肖之身，求自比于是也。顾以道里之阻，既不可御老母而南，则非独省晨昏，承颜色，不得效其犬马之愚；至于书问往还，盖以万里，非累月逾时不通。此白首之母子，所以义不可以苟安，恩不可以苟止者也。

方去岁之春，有此邦之命，巩敢以情告于朝，而诏报不许。属闽有盗贼之事，因不敢继请。及去秋到职，闽之余盗，或数十百为曹伍者，往往蚁聚于山谷。桀黠能动众为魁首者，又以十数，相望于州县。闽之室闾莫能宁，而远近闻者，亦莫不疑且骇也。州之属邑，又有出于饥旱之后。巩于此时，又不敢以私计自陈。其于寇孽，属前日之屡败，士气既夺，而吏亦无可属者。其于经营，既不敢以轻动迫之，又不敢以少纵玩之。一则谕以招纳，一则戒以剪除。既而其悔悟者自相执拘以归，其不变者亦为士吏之所系获。其魁首则或縻而致之，或歼而去之。自冬至春，远近皆定。亭无枹鼓之警，里有室家之乐。士气始奋，而人和始洽。至于风雨时若，田出自倍。今野行海涉，不待朋侪。市粟面米，价减什七。此皆吾君吾相至仁元泽覆冒所及。故寇旱之余，曾未期岁，既安且富，至于如此。巩与斯民，与蒙其幸。方地数千里，既无一事，系官于此，又已弥年，则可以将母之心，告于吾君吾相，未有易于此时也。

伏惟推古之所以待士之详，思劳归之诗；本士大夫之情，而及于其亲，逮之以即乎人心之政，或还之阙下，或处以闲曹，或引之近畿，属以一郡，使得谐其就养之心，慰其高年之母。则仁治之行，岂独昏愚得蒙赐于今日，其流风余法，传之永久。后世之士，且将赖此。其无《北山》之怨，《鸨羽》之讥，《陟岵》之叹，盖行之甚易，而为德于士类者甚广。惟留意而图之。不宣。

　　唐荆川曰：南丰之文纯出于道古，故虽作书亦然，盖其体裁如此也。

　　茅鹿门曰：子固以宦游闽徼，不得养母，本风雅以为陈情之案，而其反复咏叹，蔼然盛世之音。此子固之文所以上拟刘向，而非近代所及也。

　　张孝先曰：其引经处，随引随释，别有一种风韵。归注在以将母之情来告一句。至叙求就近养母意，已入题矣。又从闽中寇盗未靖，未敢上陈，直到今日，政平事简，而后乃今不得不以情告于吾君吾相也。回抱上文，不照应而自有照应之妙。读其一篇用笔，如鸾鹤之盘旋于霄汉，将集复翔，到末一收，神情完足。

上杜相公书

　　巩闻夫宰相者，以己之材为天下用，则用天下而不足；以天下之材为天下用，则用天下而有余。古之称良宰相者，无异焉，知此而已矣。

　　舜尝为宰相矣，称其功则曰举八元八凯，称其德则曰无为而治者，其舜也与！卒之为宰相者，无与舜为比也。则宰相之体，其亦可知也已。

　　或曰：“舜大圣人也。”或曰：“舜远矣，不可尚也。请言近。”近可言者，莫若汉与唐。汉之相曰陈平，对文帝曰：陛下即问决狱，责廷尉；问钱谷，责治粟内史。对周勃曰：且陛下问长安盗贼数,又可强对邪?问平之所以为宰相者,则曰使卿大夫各得任其职也。观平之所自任者如此,而汉之治莫盛于平为相时,则其所守者可谓当矣。

降而至于唐,唐之相曰房、杜。当房、杜之时,所与共事则长孙无忌、岑文本,主谏诤则魏郑公、王珪,振纲维则戴胄、刘泊,持宪法则张元素、孙伏伽,用兵征伐则李勣、李靖,长民守土则李大亮。其余为卿大夫,各任其事,则马周、温彦博、杜正伦、张行成、李纲、虞世南、褚遂良之徒,不可胜数。夫谏诤其君,与正纲维,持宪法,用兵征伐,长民守土,皆天下之大务也,而尽付之人,又与人共宰相之任,又有他卿大夫各任其事,则房、杜者何为者邪?考于其传,不过曰:闻人有善,若己有之,不以求备取人,不以己长格物,随能收叙,不隔卑贱而已。卒之称良宰相者,必先此二人。然则著于近者,宰相之体,其亦可知也已。

唐以降,天下未尝无宰相也。称良相者,不过有一二大节可道语而已。能以天下之材为天下用,真知宰相体者,其谁哉?

数岁之前,阁下为宰相。当是时,方人主急于致天下治;而当时之士,豪杰魁垒者,相继而进,杂沓于朝。虽然,邪者恶之,庸者忌之,亦甚矣。独阁下奋然自信,乐海内之善人用于世,争出其力,以唱而助之,惟恐失其所自立,使豪杰者皆若素由门下以出。于是与之佐人主,立州县学,为累日之格以励学者;课农桑,以损益之数为吏升黜之法;重名教,以矫衰弊之俗;变苟且,以起百官众职之坠。革任子之滥,明赏罚之信,一切欲整齐法度,以立天下之本,而庶几三代之事。虽然,纷而疑且排其议者亦众矣。阁下复毅然坚金石之断,周旋上下,扶持树植,欲使其有成也。及不合矣,则引身而退,与之俱否。呜呼!能以天下之材为天下用,真知宰相体者,非阁下其谁哉!使充其所树立,功德可胜道哉!虽不克其志,岂愧于二帝、三代、汉唐之为宰相者哉?

若巩者,诚鄙且贱,然常从事于书,而得闻古圣贤之道,每观今贤杰之士,角立并出,与三代、汉唐相侔,则未尝不叹其盛也。观阁下与之反复议而更张庶事之意,知后有圣人作,救万事之弊,不易此矣,则未尝不爱其明也。观其不合而散逐消藏,则未尝不恨其道之难行也。以叹其盛、爱其明、恨其道之难行之心,岂须臾忘其人哉!地之相去也千里,世之相后也千哉,尚慕而欲见之,况同其时,过其门墙之下也欤?今也过阁下之门,又当阁下释衮冕而归,非干名蹈利者所趋走之日,故敢道其所以然,而并书杂文一编,以为进拜之资,蒙赐之一览焉,则其愿得矣。

噫!览阁下之心,非系于见否也,而复汲汲如是者,盖其忻慕之志而已耳。伏惟幸察。不宣。

茅鹿门曰:以书为质,其说宰相之体处亦自典刑。

张孝先曰:杜公以宰相去位,而子固本其能用天下之材者,致其慕望之诚,而又以其引身而退者,恨道之难行,然后自明其所以进见之意。地步尽高,胸襟尽大,较昌黎投书时宰,徒以寒饿自鸣,不高出一等耶?

与杜相公书

巩启：巩多难而贫且贱，学与众违，而言行少合于世，公卿大臣之门，无可藉以进，而亦不敢辄有意于求闻。阁下致位天子而归，始独得望舄履于门下。阁下以旧相之重，元老之尊，而猥自抑损，加礼于草茅之中、孤茕之际。然去门下以来，九岁于此，初不敢为书以进，比至近岁，岁不过得以一书之问，荐而左右，以伺侍御者之作止。又辄拜教之辱，是以滋不敢有意以干省察，以烦觊施，而自以得不匮之诛，顾未尝一日而忘拜赐也。

伏以阁下朴厚清明说直之行，乐善好义远大之心，施于朝廷而博见于天下，锐于强力而不懈于耄期。当今内自京师，外至岩野，宿师硕士，杰立相望，必将愈精疲思，写之册书，磊磊明明，宣布万世，固非浅陋小生所能道说而有益毫发也。巩年齿益长，血气益衰，疾病人事，不得以休，然用心于载籍之文，以求古人之绪言余旨，以自乐于环堵之内，而不乱于贫贱之中，虽不足希盛德之万一，亦庶几不负其意。非自以谓能也，怀区区之心于数千里，因尺书之好，而惟所以报大君子之谊，不知所以裁，而恐欲知其趣，故辄及之也。

春暄不审尊候如何，伏惟以时善保尊重，不胜鄙劣之望。不宣。

茅鹿门曰：此子固所不可及处，在不失己上。

张孝先曰：南丰自树立处尽高，其辞令婉曲有体，尤足玩味。

与抚州知州书

士有与一时之士相参错而居，其衣服食饮语默止作之节无异也。及其心有所独得者，放之天地而有余，敛之秋毫之端而不遗。望之不见其前，蹑之不见其后。岿乎其高，浩乎其深，烨乎其光明。非四时而信，非风雨雷电霜雪而吹嘘泽润。声鸣严威，列之乎公卿彻官而不为泰，无匹夫之势而不为不足。天下吾赖，万世吾师而不为大；天下吾违，万世吾异而不为贬也。其然也，岂蒻蒻然而为洁，婷婷然而为谅哉？岂沾沾者所能动其意哉？其与一时之士相参错而居，岂惟衣服食饮语默止作之节无异也？凡与人相追接相恩爱之道，一而已矣。

若夫食于人之境，而出入于其里，进焉而见其邦之大人，亦人之所同也，安得而不同哉？不然，则立异矣。蒻蒻然而已矣，婷婷然而已矣，岂其所汲汲为哉？巩方慎此以自得也，于执事之至，而始也自疑于其进焉，既而释然。故具道其本末，而为进见之资，伏惟少赐省察。不宣。

茅鹿门曰：子固有一段自别于众人处之意，而又有所难言，故其文迂塞不甚精爽，非其佳者。

张孝先曰：昌黎言："混混与世相浊，独其心追古人而从之。"好学深思之士，其中自有所得。故言之真切如此。夫有得于文者犹且如是，而况有得于道者乎？

卷之十三　曾文定公文

与王介甫第一书

　　巩启：近托彦弼、黄九各奉书，当致矣。巩至金陵后，自宣化渡江来滁上，见欧阳先生，住且二十日。今从泗上出，及舟船侍从以西。欧公悉见足下之文，爱叹诵写，不胜其勤。间以王回、王向文示之，亦以书来，言此人文字可惊，世所无有。盖古之学者有或气力不足动人，使如此文字不光耀于世，吾徒可耻也。其重之如此。又尝编《文林》者，悉时人之文佳者，此文与足下文多编入矣。至此论人事甚众，恨不与足下共讲评之，其恨无量，虽欧公亦然也。欧公甚欲一见足下，能作一来计否？胸中事万万，非面不可道。

　　巩此行至春，方应得至京师也。时乞寓书慰区区，疾病尚如黄九见时，未知竟何如也。心中有与足下论者，想虽未相见，足下之心潜有同者矣。欧公更欲足下少开廓其文，勿用造语及模拟前人，请相度示及。欧云：孟韩文虽高，不必似之也，取其自然耳。余俟到京作书去，不宣。巩再拜。

　　张孝先曰：朋友亲爱无间之情，娓娓尺牍上。介甫自是奇才，南丰所以述欧公之爱叹与其渴欲相见者，令人油然生感。末段致规切处，尤前辈论文正法眼。

与王介甫第二书

巩顿首介甫足下：比辱书，以谓时时小有案举，而谤议已纷然矣。足下无怪其如此也。夫我之得行其志而有为于世，则必先之以教化，而待之以久，然后乃可以为治，此不易之道也。盖先之以教化，则人不知其所以然，而至于迁善而远罪，虽有不肖，不能违也。待之以久，则人之功罪善恶之实自见。虽有幽隐，不能掩也。故有渐磨陶冶之易，而无按致操切之难；有恺悌忠笃之纯，而无偏听摘抉之苛。己之用力也简，而人之从化也博。虽有不从而俟之以刑者，固少矣。古之人有行此者，人皆悦而恐不得归之。其政已熄，而人皆思而恨不得见之，而岂至于谤且怒哉？

今为吏于此，欲遵古人之治，守不易之道，先之以教化，而待之以久，诚有所不得为也。以吾之无所于归，而不得不有负冒于此，则姑汲汲乎于其厚者，徐徐乎于其薄者，其亦庶几乎其可也。

顾反不然，不先之以教化，而遽欲责善于人；不待之以久，而遽欲人之功罪善恶之必见。故按致操切之法用，而怨忿违倍之情生；偏听摘抉之势行，而谮诉告讦之害集。己之用力也愈烦，而人之违己也愈甚。况今之士非有素厉之行，而为吏者又非素择之材也。一日卒然除去，遂欲齐之以法，岂非左右者之误而不为无害也哉？则谤怒之来，诚有以召之。故曰足下无怪其如此也。

虽然,致此者岂有他哉? 思之不审而已矣。顾吾之职而急于奉法,则志在于去恶,务于达人言而广视听,以谓为治者当如此。故事至于已察,曾不思夫志于去恶者,俟之之道已尽矣,则为恶者不得不去也。务于达人言而广视听者,己之治乱得失,则吾将于此而观之,人之短长之私,则吾无所任意于此也。故曰思之不审而已矣。

足下于今最能取于人以为善,而比闻有相晓者,足下皆不受之,必其理未有以夺足下之见也。巩比懒作书,既离南康,相见尚远,故因书及此,足下以为何如? 不宣。巩顿首。

茅鹿门曰:介甫本刚愎自用之人,此书特为忠告甚笃,盖亦人所难及者。但其砭剂多而讽谏少,恐亦不相入。

张孝先曰:介甫坚僻执拗,操一切之法,而不顾人心之安。如驳斗鹑杀人者以为无罪,而劾府司失入,其伦类此,何以服人? 子固与之最相知,故抉摘其病痛,字字入微,此子固学问高于介甫处。然介甫此后得志,亦遂与之异矣,岂听其谏哉? 子固对神宗谓其吝于改过。噫! 此介甫之所以终祸人国也。

与王介甫第三书

巩启:八月中,承太夫人大祥,而邮中寓书奉慰。十月,梅厚秀才行,又寓书,不审皆到否? 昨日忽被来问,良慰积日之思。

深甫殂背，痛毒同之，前书已具道矣。示及志铭，反复不能去手。所云"令深甫而有合乎彼，则不能同乎此矣"，是道也，过千岁以来，至于吾徒，其智始能及之，欲相与守之。然今天下同志者，不过三数人尔，则于深甫之殁，尤为可痛。而介甫于此，独能发明其志，读之满足人心，可谓能言人之所不能言者矣。顾犹见使商榷所未安，观介甫此作，大抵哀斯人之不寿，不得成其材，使或可以泽今，或可以觉后，是介甫之意也。而其首则云"深甫书足以征其言"，是乃称深甫以未成之材而著书，与夫本意违矣，愿更详之。《孟子》之书，韩愈以为非轲自作，理恐当然。则所云"幸能著书者"，亦惟更详之也。如何？幸复见谕。所云"读《礼》，因欲有所论著"，恐尝为介甫言，亦有此意，顾不能自强，亦无所考质，故莫能就。今介甫既意及于此，愿遂成之，就令未可为书，亦可因得商榷矣。

相别数年，巩在此全纯愚以静俟，庶无大悔。顾苟禄以弃时日，为可怅惜，未知何日得相从讲学，以劝其所未及，尽其所可乐于衰暮之岁乎？此日夜悁悁往来于心也。

示谕溲血，比良已否？即日不审寝食如何？上奏当称前某官，十数日前见刘琼，言已报去，承见问，故更此及之耳。今介甫果以何时此来乎？不惜见谕。

子进弟奄丧已易三时矣，悲苦何可以堪！二侄年可教者，近已随老亲到此。二尤小者，六舍弟尚且留在怀仁，视此痛割，何可以言！承介甫有女弟之悲，亦已屡更时序，窃计哀戚何以自胜，余惟强食自爱，不惜时以一二字见及。不宣。巩启上。

上欧阳舍人书

舍人先生：当世之急有三：一曰急听贤之为事，二曰急
裕民之为事，三曰急力行之为事。

一曰急听贤之为事。夫主之于贤，知之未可以已也，进
之未可以已也。听其言，行其道于天下，然后可以已也。能
听其言，行其道于天下，在其心之通且果也。不得其通且
果，未可以有为也。苟有为，犹膏肓之不治。譬癃痹之老
也，以古今治乱成败之理入告之，不解则极论之。其心既通
也，以事之利害是非，请试择之；能择之，请试行之；其心既
果也，然后可以有为也。其为计虽迟，其成大效于天下必
速。欲其如此，莫若朝夕出入在左右，而不使邪人、庸人近
之也。朝夕出入在左右，侍臣之任也，议复之，其可也，一不
听，则再进而议之；再犹未也，则日进而议之；待其听而后已
可也。置此虽有他事，未可以议也。昔汉杀萧望之，是亦有
罪焉。宣帝使之傅太子，其不以圣人之道导之也，则何贤乎
望之也？其导之未信而止也，则望之不得无罪焉。为太子
责备于师傅，不任其责也，则责备于侍臣而已矣。虽艰而

勤，其可以已也欤？今世贤士，上已知而进之矣，然未免于庸人、邪人杂然而处也。于事之益损张弛有庾焉，不辨之则道不明；肆力而与之辨，未必全也；不全，则人之望已矣，是未易可忽也。就其所能而为之，则如勿为而已矣。如是者，非主心通且果，则言未可望听，道未可望行于天下也。寻其本，不如愚人之云尔，不可以有成也。

二曰急裕民之为事，夫古以来可质也，未有民富且安而乱者也。其乱者，率常民贫而且不安也。天下为一，殆八九十年矣，靡靡然食民之食者，兵、佛、老也。或曰削之则怨且庾，是以执事望风殚言所以救之之策。今募民之集而为兵者，择旷土而使之耕，暇而肆武，递入而为卫，因弛旧兵。佛老也，止今之为者，旧徒之尽也不日矣。是不召怨与庾而易行者也。则又量上之用而去其浮，是大费可从而减也。推而行之，则末利可弛，本务可兴，富且安可几而待也。不然，恐今之民一二岁而为盗者，莫之能御也，可不为大忧乎？他议纷纷，非救民之务也。求救民之务莫大于此也。不谋此，能致富且安乎？否也。

三曰急力行之为事。夫臣民、父子、兄弟、夫妇、朋友，皆不为其所宜乱之道。今之士悖理甚矣，故官之不治不易而使能，则国家虽有善制不行也。欲易而使能，则一之士。以士之如此。而况民之没没，与一有骇而动之者，欲其效死而不为非，不得也。今者更贡举法数十百年弊，可谓盛矣。书下之日，庾夫惧，怠夫自励，近世未有也。然此尚不过强之于耳目而已，未能心化也。不心化，赏罚一不振焉，必解矣。欲洽之于其心，则顾上与大臣之所力行如何尔。不求之本，斯已矣；求之本，斯不可不急也。或曰适时而已耳，是不然。今时谓之耻且格焉，不急其本可也。不如是，未见适于时也。

凡此三务，是其最急。又有号令之不一，任责之不明，当亦速变者也。至于学者策之经义当矣。然九经言数十万余，注义累倍之，旁又贯联他书，学而记之乎，虽明者不能尽也。今欲通策之，责人之所必不能也。苟然，则学者必不精，而得人必滥。欲反之，则莫若使之人占一经也。夫经于天地人事无不备者也，患不能通，岂患通之而少邪？况诗赋论兼出于他经，世务待子史而后明，是学者亦无所不习也。此数者，近皆为蔡学士道之。蔡君深信，望先生共成之。孟子称：乡邻斗，被发缨冠而往救之则惑。然观孟子周行天下，欲以其道及人，至其不从而去，犹曰：王庶几改之，则必召予。此其心汲汲何如也！何独孟子然？孔子亦然也。而云云者，盖以谓颜子既不得位，不可以不任天下之事责之耳。故曰：禹、稷、颜子易地则皆然是也，不得位则止乎？不止也。其止者，盖止于极也。非谓士者固若狙猿然，无意于物也。况巩于先生，师仰已久，不宜有间，是以忘其贱而言也。愿赐之采择，以其意而少施焉。

巩闲居江南，所为文无愧于四年时，所欲施于事者，亦有待矣。然亲在忧患中，祖母日愈老，细弟妹多，无以资衣食，恐不能就其学，况欲行其他耶？今者欲奉亲数千里而归先生，会须就州学，欲入太学，则日已迫，遂弃而不顾，则望以充父母养者，无所勉从，此岂得已哉？韩吏部云：诚使屈原、孟轲、扬雄、司马迁、相如进于是选，仆知其怀惭乃不自进而已尔。此言可念也。失贤师长之镌切，而与众人处，其不陷于小人也，其几矣。早而兴，夜而息，欲须臾惬然于心不能也。先生方用于主上，日入谋议，天下日夜待为相，其无意于巩乎？故附所作通论杂文一编、先祖述文一卷以献。先祖困以殁，其行事非先生传之不显，愿假辞刻之神道碑，敢自抚州佣仆夫往伺于门下。伏惟不罪其愚而许之，以永赉其子孙，则幸甚，幸甚。

巩之友王安石，文甚古，行甚称，文虽已得科名，居今知安石者尚少也。彼诚自重，不愿知于人，尝与巩言："非先生无足知我也。"如此人古今不常有。如今时所急，虽无常人千万，不害也，顾如安石不可失也。先生倘言焉，进之于朝廷，其有补于天下。亦书其所为文一编进左右，幸观之，庶知巩之非妄也。鄙心惓惓，其大约布于此，其详可得而具邪。不宣。巩再拜。

张孝先曰：所言三事，其"听贤"一段，欲使贤人朝夕出入在左右，即程子所谓"人主一日亲贤士大夫之时多"意也。"裕民"一段，要裁抑兵与佛老之食，兵使之耕，佛老止今之为而不许复入，又量上之用而去其浮，皆中当世切务。独"力行"一段，说得不大明快，至论学者策经义，必使之人占一经，亦是良法。子固留心经世如此，己不得行而惓惓以望之当事者，固圣贤之用心也。但以王安石之为人，而力荐之以为有补于天下，则意其知言知人之功，尚有未至者欤。

寄欧阳舍人书

巩顿首再拜舍人先生：去秋人还，蒙赐书及所撰先大父墓碑铭。反复观诵，感与惭并。

夫铭志之著于世，义近于史，而亦有与史异者。盖史之于善恶无所不书，而铭者，盖古之人有功德材行志义之美者，惧后世之不知，则必铭而见之。或纳于庙，或存于墓，一也。苟其人之恶，则于铭乎何有？此其所以与史异也。其辞之作，所以使死者无有所憾，生者得致其严。而善人喜于见传，则勇于自立；恶人无有所纪，则以愧而惧。至于通材达识，义烈节士，嘉言善状，皆见于篇，则足为后法警劝之道。非近乎史，其将安近？

及世之衰，为人之子孙者，一欲褒扬其亲而不本乎理。故虽恶人，皆务勒铭以夸后世。立言者既莫之拒而不为，又以其子孙之所请也，书其恶焉，则人情之所不得，于是乎铭始不实。后之作铭者，当观其人。苟托之非人，则书之非公与是，则不足以行世而传后。故千百年来，公卿大夫至于里巷之士，莫不有铭，而传者盖少。其故非他，托之非人，书之非公与是故也。

然则孰为其人而能尽公与是欤？非畜道德而能文章者无以为也。盖有道德者之于恶人，则不受而铭之，于众人则能辨焉。而人之行，有情善而迹非，有意奸而外淑，有善恶相悬而不可以实指，有实大于名，有名侈于实。犹之用人，非畜道德者，恶能辨之不惑，议之不徇？不惑不徇，则公且是矣。而其辞之不工，则世犹不传，于是又在其文章兼胜焉。故曰非畜道德而能文章者无以为也。岂非然哉？

然畜道德而能文章者，虽或并世而有，亦或数十年或一二百年而有之。其传之难如此，其遇之难又如此。若先生之道德文章，固所谓数百年而有者也。先祖之言行卓卓，幸遇而得铭，其公与是，其传世行后无疑也。而世之学者，每观传记所书古人之事，至其所可感，则盡然不知涕之流落也，况其子孙也哉？况巩也哉？其追晞祖德而思所以传之之由，则知先生推一赐于巩，而及其三世。其感与报，宜若何而图之？

抑又思若巩之浅薄滞拙，而先生进之；先祖之屯蹶否塞以死，而先生显之。则世之魁闳豪杰不世出之士，其谁不愿进于门？潜遁幽抑之士，其谁不有望于世？善谁不为？而恶谁不愧以惧？为人之父祖者，孰不欲教其子孙？为人之子孙者，孰不欲宠荣其父祖？此数美者，一归于先生。既拜赐之辱，且敢进其所以然。所谕世族之次，敢不承教而加详焉。愧甚。不宣。

茅鹿门曰：此书纡徐百折，而感慨呜咽之气，博大幽深之识，溢于言外。较之苏长公所谢张公为其父墓铭书特胜。

张孝先曰：说得志铭如许关系，如许慎重，则所以感激拜赐之意，不烦言而自见。此谓立言有体。其通篇命脉，在畜道德而能文章一句。至说有道德者铭始可据，而能文章只带说，其轻重尤为得宜。行文之妙，无法不备，又都片片从赤心流出。此南丰之文所以能使人往复嗟诵而不能已者也。

上齐工部书

巩尝谓县比而听于州，州比而听于部使者。以大较言之，县之民以万家，州数倍于县，部使者之所治十倍于州，则部使者数十万家之命也，岂轻也哉？部使者之门，授天子之令者之焉，凡民之平曲直者之焉，辨利害者之焉。为吏者相与就而质其为吏之事也，为士者相与就而质其为士之事也。三省邻部之政相闻、书相移者，又未尝间焉，其亦烦矣。

执事为部使者于江西，巩也幸齿于执事之所部，其饰容而进谒也，敢质其为士之事也。

巩世家南丰，及大人谪官以还，无屋庐田园于南丰也。祖母年九十余，诸姑之归人者多在临川，故祖母乐居临川也，居临川者久矣。进学之制，凡入学者，不三百日则不得举于有司，而巩也与诸弟循侨居之，又欲学于临川，虽已疏于州而见许矣，然不得执事一言转牒而明之，有司或有所疑，学者或有所缘以相嫉，私心未敢安也。来此者数日矣，欲请于门下，未敢进也。有同进章适来言曰："进也。执事礼以俟士，明以伸法令之疑。适也寓籍于此，既往而受赐矣。"尚自思曰：巩材鄙而性野，其敢进也欤？又自解曰：执事之所以然，伸法令之疑也。伸法令之疑者，不为一人行，不为一人废,为天下公也,虽愚且野可进也。是以敢具书而布其心焉。伏惟不罪其为烦而察之,赐之一言而进之,则幸甚幸甚。

张孝先曰:只求一转牒耳,乃作一篇无数波折。自古能文之士,总在无文字处寻出文字来。此篇之体亦出韩文。

答范资政书

巩启:王寺丞至,蒙赐手书及绢等。伏以阁下贤德之盛,而所施为在于天下。巩虽不熟于门,然于阁下之事,或可以知。

若巩之鄙,窃伏草茅,阁下于羁旅之中,一见而已。令巩有所自得者,尚未可以致阁下之知。况巩学不足以明先圣之意,识古今之变,材不足以任中人之事,行不足以无愧悔于心。而流落寄寓,无田畴屋庐匹夫之业,有奉养嫁送百事之役,非可责思虑之精,诏道德之进也。是皆无以致阁下之知者。而拜别期年之间,相去数千里之远,不意阁下犹记其人,而不为年辈爵德之间,有以存之。此盖阁下乐得天下之英材,异于世俗之常见,而如巩者,亦不欲弃之,故以及此。幸甚幸甚。

夫古之人,以王公之势而下贫贱之士者,盖惟其常。而今之布衣之交,及其穷达毫发之殊,然相弃者有之。则士之愚且贱，无积素之义，而为当世有大贤德、大名位君子先之以礼，是岂不于衰薄之中，为有激于天下哉？则其感服固宜如何！仰望门下，不任区区之至。

　　茅鹿门曰：颂而不谀，优而不骄。
　　张孝先曰：范公之礼士，与己之感范公，而不苟以受其礼者，皆于尺幅中写出。

与王深甫书

　　巩再拜：与深甫别四年矣，向往之心，固不可以书道。而比得深甫书，辄反复累纸示谕，相存之勤，相语之深，无不尽者。读之累日，不能释手，故亦欲委曲自叙己意以报。而怠惰因循，经涉岁月，遂使其意欲周而反略，其好欲密而反疏，以迄于今。顾深甫所相与者，诚不在于书之疏数；然向往之心，非书则无以自解，而乖谬若此，不能不欿然也。不审幸见察否？

　　比得介甫书，知数到京师，比已还亳，即日不审动止如何？计太夫人在颍，子直代归，与诸令弟应举，皆在京师，各万福。巩此侍亲幸无恙。宣和日得书，四弟应举，今亦在京师。去年第二妹嫁王补之者，不幸疾不起。以二女甥之失其所依，而补之欲继旧好，遂以娣妹归之。此月初亦已成姻。巩质薄，去朋友远且久，其过失日积，而思虑日昏，其不免于小人之归者,将若之何? 在官折节于奔走,悉力于米盐之末务,此固任小者之常,无不自安之意。顾初至时,遇在势者横逆,又议法数不合,常恐不免于构陷。方其险阻艰难之时,常欲求脱去,而卒无由。今在势者已更,幸自免于悔咎。而巩至此亦已二年矣。

比承谕及介甫所作王令志文,以为扬子不过,恐不然也。

夫学者,其心笃于仁,其视听言动由于礼,则无常产而有常心,乃所履之一事耳。何则? 使其心笃于仁,其视听言动由于礼,然而无常产也,则其于亲也,生事之以礼,故啜菽饮水之养,与养以天下一也;死葬之以礼,故敛手足形旋葬之葬,与葬以天下一也。而况于身乎? 况于妻子乎? 然其心笃于仁,其视听言动由于礼者,非尽于此也。故曰乃所履之一事耳。而孟子亦以谓无常产而有常心者,唯士为然,则为圣贤者不止于然者也。介甫又谓士诚有常心,以操群圣人之说而力行之,此孔孟以下所以有功于世也。

夫学者苟不能其心笃于仁,其视听言动由于礼,则必不能不失其常心,此后之学者之患也。苟能其心笃于仁,其视听言动由于礼,则必不失其常心,且既已皆中于礼矣,而复操何说而力行之哉? 此学者治心修身,本末先后自然之理也。所以始乎为士,而终乎为圣人也。颜子三月不违仁,盖谓此也。人不堪其忧而不改其乐,盖乐此也。

凡介甫之所言,似不与孔子之所言者合,故曰以为扬子不过,恐不然也。此吾徒所学之要义,以相去远,故略及之,不审以为如何？其他未及子细。剧寒自重，书至幸报答。不宣。巩再拜。

张孝先曰：中间一段，极有造道之言，盖固穷者士之节然，不以一节而遂谓已至。孔子所谓是道奚足以臧者也。

答李沿书

巩顿首李君足下：辱示书及所为文，意向甚大。且曰"足下以文章名天下，师其职也"，顾巩也何以任此！足下无乃盈其礼而不情乎？不然，不宜若是云也。

足下自称有悯时病俗之心，信如是，是足下之有志乎道，而予之所爱且畏者也。末曰"其发愤而为词章，则自谓浅俗而不明，不若其始思之锐也"，乃欲以是质于予。夫足下之书，始所云者欲至乎道也，而所质者则辞也，无乃务其浅，忘其深，当急者反徐之欤？

夫道之大归非他，欲其得诸心，充诸身，扩而被之国家天下而已，非汲汲乎辞也。其所以不已乎辞者，非得已也。孟子曰："予岂好辩哉？予不得已也。"此其所以为孟子也。今足下其自谓已得诸心、充诸身欤？扩而被之国家天下而有不得已欤？不然，何遽急于辞也？孔子曰："古之学者为己，今之学者为人。"足下其得无己病乎？虽然，足下之有志乎道，而予之所爱且畏者不疑也。姑思其本而勉充之，则予将后足下，其奚师之敢？不宣。巩再拜。

张孝先曰：古之君子道足乎己，不得已而发为文。后之学者，道
未至而欲为文以自见，故其文皆得已而不已。夫得已而不已者，为人
之心胜，而非切于为己者也。士之蹈此病者多矣，读曾公此书能无
愧乎？

谢章学士书

巩启：巩不佞，以身得察于下执事，明公过恩，召而见
之，所以矜嗟奖宠、开慰拊循之者甚备，虽至亲笃友之爱不
隆于此已。又收其弟兄之不肖，不谋宾客，任而举之。明公
之所以畜幸巩者，可谓厚矣。巩窃自惟，求所以堪明公之意
者，未知所出也。

巩愚无知，不适于世用，不能用身于世俗之外，力耕于
大山长谷之中，以共饘粥之养、鱼菽之祭。以其余日，考先
王之遗文，窃六艺之微旨，以求其志意之所存，而足其自乐
于己者。顾反去士君子之林，而夷于皂隶之间，舍自肆之
安，而践乎迫制之地，欲比于古之为贫而仕者，可谓妄矣。
固有志者之所叹嗟，天下之所贱，而至亲笃友之所弃而违之
也。复安敢自通于大人之门，望知于侍御者之侧乎？

明公怀使者之印，为福于东南。以地计其广狭，则数十
百城之人，待明公之畜养；以材计其多寡，则文武之士以百

千数，待明公之推察。而收拊之，任而举之者，乃独在于巩与巩之少弟。此巩之所以自惟求堪明公之意者，而未知所出也。

抑巩闻之，广听博观，不遗污贱厄辱之士者，此所以无弃士也；兼收并采，不遗偏材一曲之人者，所以无弃材也。故明公之意倘在于此，而古之士出污贱厄辱之中，能成功名以报知己者，亦不可胜数。彼皆豪杰之人，故有以自致也。若巩之鄙，则安敢望此乎？故忧不能堪明公之意，误左右之知者，此巩之所大惧也。竭固陋之分，庶几不愧于偏材一曲之人者，此巩之所可至也。敢献其情而以为进谢之资，惟明公之垂察焉。

张孝先曰：虽无精深议论，而所以叙受知之情者，可谓委曲而真挚矣。

答袁陟书

巩顿首世弼足下：辱书说介甫事，或有以为矫者，而叹自信独立之难，因以教巩，以谓不仕未为非得计者。非足下爱我之深，处我之重，不至于此。虽亲戚之于我，未有过此者。然介甫者，彼其心固有所自得，世以为矫不矫，彼必不顾之，不足论也。

至于仕进之说，则以巩所考于书，常谓古之仕者，皆道德明备,已有余力,而可以治人,非苟以治人而不足于己。故子使漆雕开仕,对曰:"吾斯之未能信。"子说。然世不讲此久矣。故当孔子之时,独颜子者未尝仕,而孔子称之曰"好学"。其余弟子见于书者,独开之言如此。若巩之愚,固己不足者,方自勉于学,岂可以言仕不仕邪?就使异日有可仕之道,而仕不仕固自有时。古之君子,法度备于身,而有仕不仕者是也,岂为呶呶者邪?

然巩不敢便自许不应举者,巩贫不得已也。亦不敢与古之所谓为贫者比,何则?彼固所谓道德明备而不遇于世者,非若巩之鄙,遽舍其学而欲谋食也。此其心愧于古人。然巩之家苟能自足,便可以处而一意于学。巩非好进而不知止者,此其心固无愧于古人。辱足下爱之深,处之重,不敢不报答。所示诗序,又答杨生书,甚善甚善。不宣。巩顿首。

张孝先曰:说仕学处有见到之论。末自明其欲一意于学,亦是真实心地。子固之好学而累于贫,然终不以贫故而遂废学,其所守有过人者矣。

谢曹秀才书

巩顿首曹君茂才足下:嗟乎!世之好恶不同也。始足下试于有司,巩为封弥官,得足下与方造、孟起之辞而读之,以谓宜在高选。及来取号，而三人者皆无姓名，于是怃然自悔许与之妄。既而推之，特世之好恶不同耳。巩之许与，岂果为妄哉？

今得足下之书，不以解名失得置于心，而汲汲以相从讲学为事，其博观于书而见于文字者，又过于巩向时之所与甚盛。足下家居无事，可以优游以进其业，自力而不已，则其进孰能御哉？世之好恶之不同，足下固已能不置于心。顾巩适自被召，不得与足下久相从学，此情之所惓惓也。用此为谢。不宣。

张孝先曰：一段怜才之心，欲接引后进处，宛然可掬。

谢吴秀才书

巩启：承足下不以大热之酷为可畏，畏途之阻为可惮，徒步之劳为可病，候问之勤为可讳，三及吾门，见投以书及所业五编。发而观之，足下之学多矣，见于文辞者亦多矣。其说往往有非乡间新学所能至者，使能充其言，其得岂少哉？况其进之未已耶。顾不自足，忘前之患，而有求于鄙暗，推足下此志，其进岂可量哉？仆之所可告于足下者，无易于自勉也。薄遽。不宣。

张孝先曰：似匆匆应酬语，而奖勉之意溢于言外，是先辈典型。

与王向书

巩启：比得吕南公，爱其文。南公数称吾子，然恨未相见。及至南丰，又得黄曦，复爱其文。而吾子亦来，以文见贶，实可叹爱。吾子与吕南公、黄曦皆秀出吾乡，一时之俊，私心喜慰，何可胜言？惟强于自立，使可爱者非特文词而已。此鄙劣所望于三君子也。道中匆匆奉启。不宣。

张孝先曰：于文词外更有进步功夫，方是豪杰有志向者之所为也。"强于自立"四字，学者宜敬佩之。

回傅权书

巩启：辱惠书及古律诗、杂文，指意所出，义甚高，文辞甚美。以巩有乡人之好，又于闻道有一日之先，使获承重贶，幸甚。

足下论古今学者自守者少，苟合者多，则固然矣。因以谓如鄙劣者，能知所守，则岂敢当？抑足下欲勉之至此，则岂敢怠？足下之材，可谓特出，自强不已，则道德之归，其孰可御？恨不相从，不能一一具道。能沿牒至此一相见否？荒隅之中，孤拙寡偶，钦企钦企。春暄，余保爱保爱。

不宣。

　　张孝先曰：子固可谓有守之士，此君知之，亦不为凡近之见者。
答之词甚婉，而相勖以自强，言虽不烦，意已切至。

卷之十四　曾文定公文

战国策目录序

　　刘向所定《战国策》三十三篇,《崇文总目》称第十一篇者阙,臣访之士大夫家,始尽得其书,正其误谬而疑其不可考者,然后《战国策》三十三篇复完。叙曰:

　　向叙此书,言"周之先,明教化,修法度,所以大治。及其后,谋诈用,而仁义之路塞,所以大乱",其说既美矣。卒以谓"此书战国之谋士,度时君之所能行,不得不然",则可谓惑于流俗,而不笃于自信者也。

　　夫孔孟之时,去周之初已数百岁,其旧法已亡,旧俗已熄久矣。二子乃独明先王之道,以谓不可改者,岂将强天下之主以后世之所不可为哉?亦将因其所遇之时、所遭之变而为当世之法,使不失乎先王之意而已。二帝三王之治,其变固殊,其法固异,而其为国家天下之意,本末先后,未尝不同也。二子之道,如是而已。盖法者所以适变也,不必尽同;道者所以立本也,不可不一,此理之不易者也。故二子者守此,岂好为异论哉?能勿苟而已矣,可谓不惑乎流俗而笃于自信者也。

　　战国之游士则不然,不知道之可信,而乐于说之易合,其设心注意,偷为一切之计而已。故论诈之便而讳其败,言战之善而蔽其患，其相率而为之者，莫不有利焉，而不胜其害也；有得焉，而不胜其失也。卒至苏秦、商鞅、孙膑、吴起、李斯之徒以亡其身，而诸侯及秦用之者亦灭其国，其为世之大祸明矣，而俗犹莫之寤也。惟先王之道，因时适变，为法不同，而考之无疵，用之无弊，故古之圣贤，未有以此而易彼也。

或曰："邪说之害正也，宜放而绝之，则此书之不泯其可乎？"对曰：君子之禁邪说也，固将明其说于天下，使当世之人皆知其说之不可从，然后以禁，则齐；使后世之人皆知其说之不可为，然后以戒，则明，岂必灭其籍哉？放而绝之，莫善于是。是以孟子之书，有为神农之言者，有为墨子之言者，皆著而非之。至于此书之作，则上继春秋，下至楚汉之起，二百四五十年之间，载其行事，固不可得而废也。

此书有高诱注者二十一篇，或曰二十二篇，《崇文总目》存者八篇，今存者十篇。

王遵岩曰：此序与《新序·序》相类，而此篇为英爽轶宕。

茅鹿门曰：大旨与《新序》相近，有根本，有法度。

张孝先曰：先王之道万世无弊，不以时君能行不能行而有改也。孔孟明先王之道，为当世之法趋时立本，理自不易。篇中所谓"法不必尽同""道不可不一"，真能得孔孟之旨，折倒刘向之说者。至指斥纵横祸害，尤能使游士无处躲避。盖战国之文雄伟巧变，惟其中于功利诈谋之习，是以与道背驰而不自觉，陷溺人心莫有甚焉。识得此篇议论，方许读《战国策》。

南齐书目录序

《南齐书》八纪，十一志，四十列传，合五十九篇，梁萧子显撰。始，江淹已为《十志》，沈约又为《齐纪》，而子显自表武帝，别为此书。臣等因校正其讹谬，而叙其篇目曰：

将以是非、得失、兴坏、理乱之故而为法戒，则必得其所托，而后能传于久，此史之所以作也。然而所托不得其人，则或失其意，或乱其实，或析理之不通，或设辞之不善，故虽有殊功韪德非常之迹，将暗而不章，郁而不发，而梼杌嵬琐奸回凶慝之形，可幸而掩也。

尝试论之，古之所谓良史者，其明必足以周万事之理，其道必足以适天下之用，其智必足以通难知之意，其文必足以发难显之情，然后其任可得而称也。何以知其然耶？昔者唐虞有神明之性，有微妙之德，使由之者不能知，知之者不能名，以为治天下之本。号令之所布，法度之所设，其言至约，其体至备，以为治天下之具，而为二典者推而明之。所记者岂独其迹耶？并与其深微之意而传之，小大精粗无不尽也，本末先后无不白也。使诵其说者如出乎其时，求其旨者如即乎其人。是可不谓明足以周万事之理，道足以适天下之用，智足以通难知之意，文足以发难显之情者乎？则方是之时，岂特任政者皆天下之士哉？盖执简操笔而随者，亦皆圣人之徒也。

两汉以来，为史者去之远矣。司马迁从五帝三王既没数千载之后,秦火之余,因散绝残脱之经,以及传记百家之说,区区掇拾,以集著其善恶之迹、兴废之端,又创己意,以为本纪、世家、八书、列传之文,斯亦可谓奇矣。然而蔽害天下之圣法,是非颠倒而采摭谬乱者,亦岂少哉?是岂可不谓明不足以周万事之理,道不足以适天下之用,智不足以通难知之意,文不足以发难显之情者乎?

夫自三代以后,为史者,如迁之文,亦不可不谓隽伟拔出之才、非常之士也。然顾以谓明不足以周万事之理,道不足以适天下之用,智不足以通难知之意,文不足以发难显之情者,何哉?盖圣贤之高致,迁固有不能纯达其情而见之于后者矣,故不得而与之也。迁之得失如此,况其他耶?至于宋、齐、梁、陈、后魏、后周之书,盖无以议为也。

子显之于斯文,喜自驰骋,其更改破析、刻雕藻缋之变尤多,而其文益下,岂夫材固不可以强而有邪?数世之史既然,故其事迹暧昧,虽有随世以就功名之君,相与合谋之臣,未有赫然得倾动天下之耳目,播天下之口者也。而一时偷夺倾危、悖礼反义之人,亦幸而不暴著于世,岂非所托不得其人故也?可不惜哉!

盖史者所以明夫治天下之道也,故为之者亦必天下之材,然后其任可得而称也。岂可忽哉!岂可忽哉!

茅鹿门曰:论史家得失处如掌。

张孝先曰:史者,是非得失之林,古之良史取其可法可戒而已。故明道看史不蹉一字,而朱子亦曰草率不得,诚重之也。后世辞掩其实,虽以司马迁隽伟拔出之才,犹难言之,况其下者?南丰推本唐虞二典,抉摘史家谬乱,而结之以明夫治天下之道,直为执简操笔者痛下针砭。

新序目录序

刘向所集次《新序》三十篇,目录一篇,隋唐之世尚为全书,今可见者十篇而已。臣既考正其文字,因为其序论曰:

古之治天下者,一道德,同风俗。盖九州之广,万民之众,千岁之远,其教已明,其习已成之后,所守者一道,所传者一说而已。故《诗》《书》之文,历世数十,作者非一,而其言未尝不相为终始,化之如此其至也。当是之时,异行者有诛,异言者有禁,防之又如此其备也。故二帝三王之际,及其中间尝更衰乱,为余泽未熄之时,百家众说,未有能出于其间者也。及周之末世,先王之教化法度既废,余泽既熄,世之治方术者,各得其一偏。故人奋其私智,家尚其私学者,蜂起于中国,皆明其所长而昧其短,矜其所得而讳其失。天下之士各自为方而不能相通,世之人不复知夫学之有统、道之有归也。先王之遗文虽在,皆绌而不讲,况至于秦为世之所大禁哉!

汉兴,六艺皆得于断绝残脱之余,世复无明先王之道以一之者。诸儒苟见传记百家之言,皆悦而向之。故先王之道为众说之所蔽,暗而不明,郁而不发。而怪奇可喜之论,各师异见,皆自名家者,诞漫于中国。一切不异于周之末世，其弊至于今尚在也。自斯以来，天下学者知折衷于圣人，而能纯于道德之美者，扬雄氏而止耳。如向之徒，皆不免乎为众说之所蔽，而不知有所折衷者也。孟子曰：待文王而兴者，凡民也。豪杰之士，虽无文王犹兴。汉之士岂特无明先王之道以一之者哉？亦其出于是时者，豪杰之士少，故不能特起于流俗之中、绝学之后也。

盖向之序此书，于今为最近古，虽不能无失，然远至舜、禹，而次及于周、秦以来，古人之嘉言善行，亦往往而在也，要在慎取之而已。故臣既惜其不可见者，而校其可见者特详焉，亦足以知臣之攻其失，岂好辩哉？臣之所不得已也。

王遵岩曰：南丰文字，于原本经训处，多用董仲舒、刘向也。

茅鹿门曰：见极正大，文有典刑。

张孝先曰：叙世教盛衰处，历有原委，及以向之书不能无失，要在慎取，皆为名论。独谓扬雄能纯于道德，则其言过当，犹未免刘向之见也。

列女传目录序

刘向所叙《列女传》，凡八篇，事具《汉书》向列传。而《隋书》及《崇文总目》皆称向《列女传》十五篇，曹大家注。以《颂义》考之，盖大家所注，离其七篇为十四，与《颂义》凡十五篇，而益以陈婴母及东汉以来凡十六事，非向书本然也。盖向旧书之亡久矣。嘉祐中，集贤校理苏颂始以《颂义》为篇次，复定其书为八篇，与十五篇者并藏于馆阁。而《隋书》以《颂义》为刘歆作，与向列传不合。今验《颂义》之文，尽向之自叙。又《艺文志》有向《列女传颂图》，明非歆作也。自唐之乱，古书之在者少矣，而《唐志》录《列女传》凡十六家，至大家注十五篇者，亦无录，然其书今在。则古书之或有录而亡，或无录而在者，亦众矣，非可惜哉！今校雠其八篇及十五篇者已定，可缮写。

初，汉承秦之敝，风俗已大坏矣，而成帝后宫赵卫之属尤自放。向以谓王政必自内始，故列古女善恶所以致兴亡者，以戒天子，此向述作之大意也。其言太任之娠文王也，目不视恶色，耳不听淫声，口不出敖言。又以谓古人之胎教者皆如此。夫能正其视听言动者，皆大人之事，而有道者之所畏也。顾令天下之女子能之，何其盛也！以臣所闻，盖为之师傅保姆之助，《诗》《书》图史之戒，珩璜琚瑀之节，威仪动作之度，其教之者虽有此具，然古之君子，未尝不以身化也。故《家人》之义归于反身，《二南》之业本于文王，夫岂自外至哉？世皆知文王之所以兴，能得内助，而不知所以然者，盖本于文王之躬化，故内则后妃有《关雎》之行，外则群臣有《二南》之美，与之相成。其推而及远，则商辛之昏俗，江汉之小国，兔罝之野人，莫不好善而不自知，此所谓身修故家国天下治者也。后世自学问之士，多徇于外物而不安其守，其家室既不见可法，故竞于邪侈，岂独无相成之道哉？士之苟于自恕，顾利冒耻而不知反己者，往往以家自累故也。故曰"身不行道，不行于妻子"，信哉！如此人者，非素处显也，然去《二南》之风亦已远矣，况于南向天下之主哉！向之所述，劝戒之意，可谓笃矣。

然向号博极群书，而此传称《诗·茉莒》、《柏舟》、《大车》之类，与今序《诗》者之说尤乖异，盖不可考。至于《式微》之一篇，又以谓二人之作。岂其所取者博，故不能无失欤？其言象计谋杀舜，及舜所以自脱者，颇合于《孟子》。然此传或有之，而《孟子》所不道者，盖亦不足道也。凡后世诸儒之言经传者固多如此，览者采其有补，而择其是非可也。故为之序论，以发其端云。

王遵岩曰：宋人叙古人集及古人所著书，往往有此家数。然多以考订次第为一篇之文而已，不能如先生更有一段大议论以成其篇也。如后叙鲍容、李白集，亦不免用其体。盖小集自不足以发大议论，又适当然耳。

茅鹿门曰：子固诸序，并各自为一段大议论，非诸家所及，而此篇尤深入，近程、朱之旨矣。

张孝先曰：古人立言所以能见其大者，盖由学有原本，故非掇华摘藻之家所能及也。鹿门谓此篇近程、朱之旨，信然。

说苑目录序

刘向所著《说苑》二十篇，《崇文总目》云："今存者五篇，

余皆亡。"臣从士大夫间得之者十有三篇,与旧为十有八篇,正其脱谬,疑者阙之,而叙其篇目曰:

向采传记、百家所载行事之迹,以为此书,奏之欲以为法戒。然其所取,往往又不当于理,故不得而不论也。

夫学者之于道,非知其大略之难也,知其精微之际固难矣。孔子之徒三千,其显者七十二人,皆高世之材也。然独称颜氏之子,其殆庶几乎? 及回死,又以谓无好学者。而回亦称夫子曰:"仰之弥高,钻之弥坚。"子贡又以谓夫子之言性与天道,不可得而闻也。则其精微之际,固难知久矣。是以取舍不能无失于其间也,故曰"学然后知不足",岂虚言哉?

向之学博矣,其著书及建言,尤欲有为于世,至其枉己而为之者有矣,何其徇物者多而自为者少也。盖古之圣贤,非不欲有为也,然而曰求之有道,得之有命。故孔子所至之邦,必闻其政,而子贡以谓非夫子之求之也。岂不求之有道哉? 子曰:"道之将行也与,命也;道之将废也与,命也。"岂不得之有命哉? 令向知出此,安于行止,以彼其志,能择其所学,以尽乎精微,则其所至未可量也。是以孔子称古之学者为己,孟子称君子欲其自得之,则取之左右逢其原,岂汲汲于外哉? 向之得失如此,亦学者之戒也。故见之叙论,令读其书者知考而择之也。然向数困于谗而不改其操,与夫患失之者异矣,可谓有志者也。

茅鹿门曰:此篇精神融液处,不如《新序》《战国策》诸篇。

张孝先曰:刘向欲有为于世,乃至枉己徇物而为之,尚得谓之知

道乎？彼其于孔孟之学，盖未尝造其藩而窥其奥者也。朱子曰："人
生各以时行耳。岂必有挟，然后可以仕。"又曰："希世取宠之事，不惟
有所愧而不敢，实亦有所急而不暇。"即南丰所云"安于行止，择其所
学，以尽乎精微"之谓也。使向数困于谗，而益进以学，则所成就者，
岂但为有志之士不改其操而已哉？南丰之评当矣。

徐幹中论目录序

臣始见馆阁及世所有徐幹《中论》二十篇，以谓尽于
此。及观《贞观政要》，怪太宗称尝见幹《中论·复三年丧》
篇，而今书此篇缺。因考之《魏志》，见文帝称幹著《中论》
二十余篇，于是知馆阁及世所有幹《中论》二十篇者，非全
书也。

幹字伟长，北海人，生于汉魏之间。魏文帝称幹"怀文
抱质，恬淡寡欲，有箕山之志"。而《先贤行状》亦称幹"笃行
体道，不耽世荣，魏太祖特旌命之，辞疾不就，后以为上艾
长，又以疾不行"。

盖汉承周衰及秦灭学之余，百氏杂家与圣人之道并传，
学者罕能独观于道德之要，而不牵于俗儒之说。至于治心
养性、去就语默之际，能不悖于理者，固希矣，况至于魏之浊
世哉！幹独能考六艺，推仲尼、孟轲之旨，述而论之。求其
辞，时若有小失者；要其归，不合于道者少矣。其所得于内
者，又能信而充之，逡巡浊世，有去就显晦之大节。臣始读

其书,察其意而贤之。因其书以求其为人,又知其行之可贤也。惜其有补于世,而识之者少。盖迹其言行之所至,而以世俗好恶观之,彼恶足以知其意哉!顾臣之力,岂足以重其书,使学者尊而信之?因校其脱谬,而序其大略,盖所以致臣之意焉。

> 茅鹿门曰:子固于建安七子之中,独取徐幹,得之,而序文亦属典刑。
>
> 张孝先曰:徐幹生汉魏之时,独能考六艺,论著孔孟之旨,且于去就显晦间饶有大节,真建安七子中尤超然特出者也。篇中谓要其归多合于道,因其书求其为人,得表微阐幽之意矣。

礼阁新仪目录序

《礼阁新仪》三十篇,韦公肃撰,记开元以后至元和之变礼。史馆秘阁及臣书皆三十篇,集贤院书二十篇。以参相校雠,史馆秘阁及臣书多复重,其篇少者八,集贤院书独具。然臣书有目录一篇,以考其次序,盖此书本三十篇,则集贤院书虽具,然其篇次亦乱。既正其脱谬,因定著从目录,而《礼阁新仪》三十篇复完。

夫礼者,其本在于养人之性,而其用在于言动视听之间。使人之言动视听一于礼,则安有放其邪心而穷于外物哉?不放其邪心,不穷于外物,则祸乱可息,而财用可充。

其立意微，其为法远矣。故设其器，制其物，为其数，立其文，以待其有事者，皆人之起居、出入、吉凶、哀乐之具，所谓其用在乎言动视听之间者也。

然而古今之变不同，而俗之便习亦异。则法制度数，其久而不能无弊者，势固然也。故为礼者，其始莫不宜于当世，而其后多失而难遵，亦其理然也。失则必改制以求其当。故羲、农以来，至于三代，礼未尝同也。后世去三代盖千有余岁，其所遭之变，所习之便不同，固已远矣。而议者不原圣人制作之方，乃为设其器，制其物，为其数，立其文，以待其有事，而为其起居、出入、吉凶、哀乐之具者，当一一追先王之迹，然后礼可得而兴也。至其说之不可求，其制之不可考，或不宜于人，不合于用，则宁至于漠然而不敢为，使人之言动视听之间，荡然莫之为节。至患夫为罪者之不止，则繁于为法以御之。故法至于不胜其繁，而犯者亦至于不胜其众。岂不惑哉！

盖上世圣人，有为耒耜者，或不为宫室；为舟车者，或不为棺椁。岂其智不足为哉？以谓人之所未病者，不必改也。至于后圣有为宫室者，不以土处为不可变也；为棺椁者，不以葛沟为不可易也。岂好为相反哉？以谓人之所既病者不可因也。又至于后圣，则有设两观而更采椽之质，攻文梓而易瓦棺之素，岂不能从俭哉？以谓人情之所好者能为之节，而不能变也。由是观之，古今之变不同，而俗之便习亦异，则亦屡变其法以宜之，何必一一以追先王之迹哉？其要在于养民之性，防民之欲者，本末先后能合乎先王之意而已，此制作之方也。故瓦樽之尚而薄酒之用，大羹之先而庶羞之饱，一以为贵本，一以为亲用。则知有圣人作而为后世之礼者，必贵俎豆，而今之器用不废也；先弁冕，而今之衣服不禁也。其推之皆然。然后其所改易更革，不至乎拂天下之势，骇天下之情，而固已合乎先王之意矣。是以羲、农以来，至于三代，礼未尝同，而制作之如此者，亦未尝异也。后世不推其如此，而或至于不敢为，或为之者特出于其势之不可得已，故苟简而不能备，希阔而不常行，又不过用之于上，而未有加之于民者也。故其礼本在于养人之性，而其用在于言动视听之间者，历千余岁，民未尝得接于耳目，况于服习而安之者乎？至其陷于罪戾，则繁于为法以御之，其亦不仁也哉！

此书所纪，虽其事已浅，然凡世之记礼者，亦皆有所本，而一时之得失具焉。昔孔子于告朔，爱其礼之存，况于一代之典籍哉？故其书不得不贵。因为之定著，以俟乎论礼者考而择焉。

王遵岩曰：此类文皆一一有法，无一字苟，观文者不可忽此。

唐荆川曰：此文一意翻作两段说。

茅鹿门曰：曾子固所论经术及典礼之大处，往往非韩、柳、欧所及见者。

张孝先曰：孔子曰：殷因于夏礼，所损益可知也；周因于殷礼，所损益可知也。南丰谓能合先王之意，即因之说；谓不必追先王之迹，即所损益之说。而养民之性、防民之欲二语，尤为一篇大关键。盖圣人有以见天下之动，而观其会通，以行其典礼，于此可得其大凡矣。

王子直文集序

至治之极，教化既成，道德同而风俗一，言理者虽异人殊世，未尝不同其指。何则？理当固无二也。是以《诗》《书》之文，自唐虞以来，至秦鲁之际，其相去千余岁，其作者非一人，至于其间尝更衰乱，然学者尚蒙余泽，虽其文数万，而其所发明更相表里，如一人之说，不知时世之远、作者之众也。呜呼！上下之间，渐磨陶冶，至于如此，岂非盛哉！

自三代教养之法废，先王之泽熄，学者人人异见，而诸子各自为家，岂其固相反哉？不当于理，故不能一也。

由汉以来，益远于治。故学者虽有魁奇拔出之材，而其文能驰骋上下、伟丽可喜者甚众，然是非取舍不当于圣人之意者亦已多矣。故其说未尝一，而圣人之道未尝明也。士之生于是时，其言能当于理者，亦可谓难矣。由是观之，则文章之得失，岂不系于治乱哉！

长乐王向字子直，自少已著文数万言，与其兄弟俱名闻天下，可谓魁奇拔出之材，而其文能驰骋上下、伟丽可喜者也。读其书，知其与汉以来名能文者，俱列于作者之林，未知其孰先孰后。考其意，不当于理者亦少矣。然子直晚自以为不足，而悔其少作。更欲穷探力取，极圣人之指要，盛行则欲发而见之事业，穷居则欲推而托之于文章，将与《诗》《书》之作者并，而又未知孰先孰后也。然不幸蚤世，故虽有难得之材，独立之志，而不得及其成就，此吾徒与子直之兄回（字深甫）所以深恨于斯人也。

子直官世行治，深甫已为之铭。而书其数万言者，属予为叙。予观子直之所自见者，已足暴于世矣，故特为之序其志云。

茅鹿门曰：意见好。

张孝先曰：道，一也，而其说不能一者，圣人之道未尝明也。是非取舍不衷于圣人，虽有魁奇拔出之才、伟丽可喜之文，亦何所用乎？序子直文集而称其多当于理，卒乃叹其蚤世而学道不就，盖深惜之也。

王深甫文集序

深甫，吾友也，姓王氏，讳回。当先王之迹熄，六艺残缺，道术衰微，天下学者无所折衷，深甫于是奋然独起，因先王之遗文以求其意，得之于心，行之于己，其动止语默必考于法度，而穷达得丧不易其志也。文集二十卷，其辞反复辨达，有所开阐，其卒盖将归于简也。其破去百家传注，推散缺不全之经，以明圣人之道于千载之后，所以振斯文于将坠，回学者于既溺，可谓道德之要言，非世之别集而已也。后之潜心于圣人者，将必由是而有得，则其于世教，岂小补之而已哉？

呜呼！深甫其志方强，其德方进，而不幸死矣，故其泽不加于天下，而其言止于此。然观其所可考者，岂非孟子所谓名世者欤？其文有片言半简，非大义所存，皆附而不去者，所以明深甫之于其细行，皆可传于世也。

深甫，福州侯官县人，今家于颍。尝举进士，中其科，为亳州卫真县主簿。未一岁弃去，遂不复仕。卒于治平二年之七月二十八日，年四十有三。天子尝以某军节度推官知陈州南顿县事，就其家命之，而深甫既卒矣。

　　茅鹿门曰：深甫之文不可得而见，予按王荆公所为墓志铭，与其相答书，大略贤者也。

　　张孝先曰：深甫之为人不可考，而子固称其立言制行如是之衷于道，可不谓贤乎？噫，笃学之士，未得大用于世，名湮没而不彰者，岂少哉！

王平甫文集序

王平甫既没，其家集其遗文为百卷，属予序。

平甫自少已杰然以才高见于世。为文思若决河，语出惊人，一时争传诵之。其学问尤敏，而资之以不倦，至晚愈笃，博览强记，于书无所不通，其明于是非得失之理为尤详。其文宏富典重，其诗博而深矣。

自周衰，先王之遗文既丧。汉兴，文学犹为近古，及其衰，而陵夷尽矣。至唐，久之，而能言之士始几于汉，及其衰而遂泯泯矣。宋受命百有余年，天下文章复侔于汉唐之盛。盖自周衰至今千有余岁，斯文滨于泯灭，能自拔起以追于古者，此三世而已。各于其盛时，士之能以特见于世者，率常不过三数人。其世之不数，其人之难得如此。

平甫之文能特见于世者也。世皆谓平甫之诗宜为乐歌，荐之郊庙；其文宜为典册，施诸朝廷，而不得用于世。然推其实，千岁之日，不为不多；焦心思于翰墨之间者，不为不众；在富贵之位者，未尝一日而无其人。彼皆湮没而无传，或播其丑于后。平甫乃躬难得之姿，负特见之能，自立于不朽，虽不得其志，然其文之可贵，人亦莫得而掩也。则平甫之求于内，亦奚憾乎！古今作者，或能文不必工于诗，或长于诗不必有文。平甫独兼得之，其于诗尤自喜。其忧喜哀乐感激怨怼之情，一于诗见之，故诗尤多也。

平甫居家孝友，为人质直简易，遇人豁然推腹心，不为毫发疑碍，与人交，于恩意尤笃也。其死之日，天下识与不识皆闻而哀之。其州里、世次、历官、行事，将有待于识平甫之葬者，故不著于此云。

唐荆川曰：文一滚说，不立间架。

茅鹿门曰：以诗文相感慨。

张孝先曰：迅笔疾书，在子固集中别是一格。

齐州杂诗序

齐故为文学之国，然亦以朋比夸诈见于习俗。今其地富饶,而介于河岱之间,故又多狱讼,而豪猾群党亦往往喜相攻剽贼杀,于时号难治。

余之疲驽来为是州,除其奸强,而振其弛坏;去其疾苦,而抚其善良。未期,图圄多空,而枹鼓几熄,岁又连熟,州以无事。故得与其士大夫及四方之宾客,以其暇日,时游后园。或长轩绕榭,登览之观,属思千里;或芙蕖芰荷,湖波渺然,纵舟上下。虽病不饮酒,而间为小诗,以娱情写物,亦拙者之适也。通儒大人,或与余有旧,欲取而视之,亦不能隐。而青、郓二学士又从而和之,士之喜文辞者,亦继为此作。总之凡若干篇。岂得以余文之陋,而使夫宗工秀人雄放瑰绝可喜之辞,不大传于此邦也?故刻之石而并序之,使览者得详焉。

茅鹿门曰:虽小言自中律。

张孝先曰:叙次历落,而南丰之政事文学,风流儒雅,悠然可想。

送傅向老令瑞安序

向老傅氏,山阴人。与其兄元老读书知道理。其所为文辞可喜。太夫人春秋高,而其家故贫。然向老昆弟尤自守,不苟取而妄交,太夫人亦忘其贫。余得之山阴,爱其自处之重。而见其进而未止也,特心与之。

向老用举者,令温之瑞安,将奉其太夫人以往。予谓向老学古,其为令当知所先后。然古之道盖无所用于今,则向老之所守亦难合矣。故为之言,庶夫有知予为不妄者,能以此而易彼也。

茅鹿门曰:仅百余言,而构思措辞,种种入彀。中有简而文、淡而不厌者。

张孝先曰:一小序耳,而向老生平之学古志道,藉以尽传,令人可歌可咏。南丰之文不苟作也如此。

馆阁送钱纯老知婺州诗序

熙宁三年三月,尚书司封员外郎、秘阁校理钱君纯老出为婺州,三馆秘阁同舍之士相与饮饯于城东佛舍之观音院,会者凡二十人。纯老亦重僚友之好,而欲慰处者之思也,乃为诗二十言以示坐者。于是在席人各取其一言为韵,赋诗以送之。纯老至州,将刻之石,而以书来曰:“为我序之。”

盖朝廷常引天下儒学之士,聚之馆阁,所以长养其材而待上之用。有出使于外者,则其僚必相告语,择都城之中广宇丰堂、游观之胜,约日皆会,饮酒赋诗,以叙去处之情,而致绸缪之意。历世浸久,以为故常。其从容道义之乐,盖他司所无。而其赋诗之所称引况谕,莫不道去者之美,祝其归仕于王朝,而欲其无久于外。所以见士君子之风流习尚,笃于相先,非世俗之所能及。又将待上之考信于此,而以其汇进,非空文而已也。

纯老以明经进士制策入等,历教国子生,入馆阁为编校书籍校理检讨。其文章学问有过人者,宜在天子左右,与访问,任献纳。而顾请一州,欲自试于川穷山阻僻绝之地,其志节之高,又非凡材所及。此赋诗者所以推其贤,惜其去,殷勤反复而不能已。余故为之序其大旨,以发明士大夫之公论,而与同舍视之,使知纯老之非久于外也。十月日序。

茅鹿门曰:文之典刑,雍容《雅》《颂》。

张孝先曰:与其改节苟容,毋宁请一州以去,此古人之重名义而轻仕进也。

赠黎安二生序

赵郡苏轼,余之同年友也,自蜀以书至京师遗余,称蜀之士曰黎生、安生者。既而黎生携其文数十万言,安生携其文亦数千言,辱以顾余。读其文,诚闳壮隽伟,善反复驰骋,穷尽事理,而其才力之放纵,若不可极者也。二生固可谓魁奇特起之士,而苏君固可谓善知人者也。

顷之,黎生补江陵府司法参军,将行,请予言以为赠。余曰:"余之知生,既得之于心矣。乃将以言相求于外邪?"黎生曰:"生与安生之学于斯文,里之人皆笑以为迂阔。今求子之言,盖将解惑于里人。"余闻之,自顾而笑。夫世之迂阔,孰有甚于余乎?知信乎古而不知合乎世,知志乎道而不知同乎俗,此余所以困于今而不自知也。世之迂阔,孰有甚于余乎?今生之迂,特以文不近俗,迂之小者耳,患为笑于里之人。若余之迂大矣,使生持吾言而归,且重得罪,庸讵止于笑乎?然则若余之于生将何言哉?谓余之迂为善,则其患若此;谓为不善,则有以合乎世,必违乎古;有以同乎俗,必离乎道矣。生其无急于解里人之惑,则于是焉必能择而取之。遂书以赠二生,并示苏君以为何如也。

> 茅鹿门曰:子固作文之旨,与其所自任处,并已概见,可谓文之中尺度者也。

> 张孝先曰:圣贤之道,平易近情,而世多目之为迂阔,古今同慨也。子固借题自寓,且愿与有志者择而取之,真维持世教之文。

送蔡元振序

古之州从事,皆自辟士,士亦择所从,故宾主相得也。如不得其志,去之可也。今之州从事,皆命于朝,非惟守不得择士,士亦不得择所从,宾主岂尽相得哉?如不得其志,未可以辄去也。故守之治,从事无为可也;守之不治,从事举其政,亦势然也。议者不原其势,以为州之政当一出于守,从事举其政,则为立异,为侵官。噫!从事可否其州事,职也,不惟其同守之同,则舍己之是,而求与之同,可乎?不可也。州为不治矣，守不自任其责，己亦莫之任也，可乎？不可也。则举其政，其孰为立异邪？其孰为侵官邪？议者未之思也。虽然，迹其所以然，岂士之所喜然哉？故曰：亦势然也。

今四方之从事，惟其守之同者多矣。幸而材，从事视其政之缺，不过室于叹、途于议而已，脱然莫以为己事。反是焉，则激激亦奚以为也？求能自任其责者少矣。为从事乃尔，为公卿大夫仕于朝，不尔者其几邪？

临川蔡君从事于汀，始试其为政也。汀诚为州治也，蔡君可拱而坐也；诚未治也，人皆观君也。无激也，无同也，惟其义而已矣，蔡君之任也；其异日官于朝，一于是而已矣，亦蔡君之任也。可不懋欤！其行也，来求吾文，故序以送之。

唐荆川曰：此文入题以后，照应独为谨密，异于南丰诸文。

茅鹿门曰：才焰少宕，特其所见亦有可取。

张孝先曰：无激，无同，惟其义，固凡为政者所当知，亦君子立朝之轨则欤！范文正为广德君司理，日抱具狱与太守争是非，守数以盛怒临之，公不为屈，归必记其往复辨论之语于屏上。比去，守无所容。介甫行新政，方盛气以待言者，程明道以数语折之。然则从事如文正，立朝如明道，无激无同之意矣。

送李材叔知柳州序

谈者谓南越偏且远，其风气与中州异。故官者皆不欲久居,往往车船未行,辄已屈指计归日。又咸小其官,以为不足事。其逆自为虑如此,故其至皆倾摇解弛,无忧且勤之心。其习俗从古而尔,不然,何自越与中国通已千余年,而名能抚循其民者,不过数人邪?故越与闽、蜀,始俱为夷,闽、蜀皆已变,而越独尚陋,岂其俗不可更与?盖吏者莫致其治教之意也。噫!亦其民之不幸也已。

彼不知由京师而之越,水陆之道皆安行,非若闽溪、峡江、蜀栈之不测。则均之吏于远,此非独优欤?其风气吾所谙之,与中州亦不甚异。起居不违其节,未尝有疾;苟违节,虽中州宁能不生疾邪?其物产之美,果有荔子、龙眼、蕉、柑、橄榄,花有素馨、山丹、含笑之属,食有海之百物,累岁之酒醋,皆绝于天下。人少斗讼,喜嬉乐。吏者唯其无久居之心,故谓之不可。如其有久居之心,奚不可邪?

古之人为一乡一县,其德义惠爱尚足以薰蒸渐泽,今大者专一州,岂当小其官而不事邪?令其得吾说而思之,人咸有久居之心,又不小其官,为越人涤其陋俗而驱于治,居闽蜀上,无不幸之叹,其事出千余年之表,则其美之巨细可知也。然非其材之颖然迈于众人者不能也。官于南者多矣,予知其材之颖然迈于众人,能行吾说者,李材叔而已。

材叔久与其兄公翊,仕同年,同用荐者为县,入秘书省,为著作佐郎。今材叔为柳州,公翊为象州,皆同时,材又相若也。则二州交相致其政,其施之速、势之便,可胜道也夫!其越之人幸也夫!其可贺也夫!

　　茅鹿门曰：立意似浅，然亦本人情而为之者。录之以为厌游南粤者之劝。

　　张孝先曰：君子居其位，则思尽其职，不以远近、大小、难易分也。材叔之往柳州，或亦有不屑于其意者，故子固以是告之欤？

卷之十五 曾文定公文

筠州学记

周衰，先王之迹熄。至汉，六艺出于秦火之余，士学于百家之后。言道德者，矜高远而遗世用；语政理者，务卑近而非师古。刑名兵家之术，则狃于暴诈。惟知经者为善矣，又争为章句训诂之学，以其私见妄臆穿凿为说。故先王之道不明，而学者靡然溺于所习。当是时，能明先王之道者，扬雄而已。而雄之书，世未知好也。然士之出于其时者，皆勇于自立，无苟简之心，其取予进退去就必度于礼义。及其已衰，而搢绅之徒，抗志于强暴之间，至于废锢杀戮，而其操愈厉者，相望于先后。故虽有不轨之臣，犹低徊没世，不敢遂其篡夺。自此至于魏晋以来，其风俗之弊、人材之乏久矣。以迄于今，士乃有特起于千载之外，明先王之道，以癖后之学者。世虽不能皆知其意，而往往好之。故习其说者，论道德之旨，而知应务之非近；议政理之体，而知法古之非迂。不乱于百家，不蔽于传疏。其所知者若此，此汉之士所不能及。然能尊而守之者，则未必众也。故乐易敦朴之俗微，而诡欺薄恶之习胜。其于贫富贵贱之地，则养廉远耻之意少，而偷合苟得之行多。此俗化之美所以未及于汉也。夫所闻或浅，而其义甚高，与所知余，而其守不足者，其故何哉？由汉之士察举于乡间，故不得不笃于自修，至于渐磨之久，则果于义者非强而能也。今之士选用于文章，故不得不笃于所学，至于循习之深，则得于心者，亦不自知其至也。由是观之，则上所好，下必有甚者焉，岂非信欤！令汉与今有教化开导之方，有庠序养成之法，则士于学行，岂有彼此之偏、先后之过乎？夫《大学》之道，将欲诚意正心修身以治其国家天下，而必本于先致其知。则知者固善之端，而人之所难至也。以今之士，于人所难至者既几矣，则上之施化，莫易于斯时，顾所以导之如何尔。

筠为州，在大江之西，其地僻绝。当庆历之初，诏天下立学，而筠独不能应诏，州之士以为病。至治平三年，盖二十有三年矣，始告于知州事尚书都官郎中董君仪。董君乃与通判州事国子博士郑君蒨相州之东南，得亢爽之地，筑宫于其上。斋祭之室，诵讲之堂，休息之庐，至于庖湢库厩，各以序为。经始于其春，而落成于八月之望。既而来学者常数十百人，二君乃以书走京师，请记于予。

予谓二君之于政，可谓知所务矣。使筠之士相与升降乎其中，讲先王之遗文以致其知，其贤者超然自信而独立，其中材勉焉以待上之教化，则是宫之作，非独使夫来者玩思于空言，以干世取禄而已。故为之著予之所闻者以为记，而使归刻焉。

茅鹿门曰：不如宜黄记所见之深，而其行文亦属作者之旨。

张孝先曰：取士之法，汉察举乡间，宋选用文章，愚谓二者实可以并行不悖焉，而归重于教化开导之方，庠序养成之法。此立学之不可以已,而倡之端自上也。篇首以扬雄为能明先王之道,则失之矣。

宜黄县县学记

古之人,自家至于天子之国皆有学,自幼至于长,未尝去于学之中。学有《诗》《书》、六艺、弦歌、洗爵、俯仰之容、升降之节,以习其心体、耳目、手足之举措;又有祭祀、乡射、养老之礼,以习其恭让;进材、论狱、出兵、授捷之法,以习其从事。师友以解其惑,劝惩以勉其进,戒其不率,其所为具如此。而其大要,则务使人人学其性,不独防其邪僻放肆也。虽有刚柔缓急之异,皆可以进之于中,而无过不及。使其识之明,气之充于其心,则用之于进退语默之际,而无不得其宜;临之以祸福死生之故,而无足动其意者。为天下之士,而所以养其身之备如此,则又使知天地事物之变、古今治乱之理,至于损益废置、先后始终之要,无所不知。其在堂户之上,而四海九州之业、万世之策皆得;及出而履天下之任,列百官之中,则随所施为,无不可者。何则? 其素所学问然也。

盖凡人之起居、饮食、动作之小事,至于修身为国家天下之大体,皆自学出,而无斯须去于教也。其动于视听四支者,必使其洽于内;其谨于初者,必使其要于终。驯之以自然,而待之以积久。噫! 何其至也。故其俗之成,则刑罚措;其材之成,则三公百官得其士;其为法之永,则中材可以守；其入人之深，则虽更衰世而不乱。为教之极至此，鼓舞天下，而人不知其从之，岂用力也哉！

及三代衰，圣人之制作尽坏，千余年之间，学有存者，亦非古法。人之体性之举动惟其所自肆，而临政治人之方固不素讲。士有聪明朴茂之质，而无教养之渐，则其材之不成，固然。盖以不学未成之材，而为天下之吏，又承衰弊之后，而治不教之民。呜呼！仁政之所以不行，贼盗刑罚之所以积，其不以此也欤？

宋兴几百年矣。庆历三年，天子图当世之务，而以学为先，于是天下之学乃得立。而方此之时，抚州之宜黄犹不能有学。士之学者皆相率而寓于州，以群聚讲习。其明年，天下之学复废，士亦皆散去，而春秋释奠之事以著于令，则常以庙祀孔氏，庙废不复理。

皇祐元年，会令李君详至，始议立学。而县之士某某与其徒皆自以谓得发愤于此，莫不相励而趋为之。故其材不赋而羡，匠不发而多。其成也，积屋之区若干。而门序正位，讲艺之堂、栖士之舍皆足。积器之数若干，而祀饮寝食之用皆具。其像，孔氏而下从祭之士皆备。其书经史百氏、翰林子墨之文章无外求者。其相基会作之本末，总为日若干而已，何其周且速也！

当四方学废之初，有司之议，固以谓学者人情之所不乐；及观此学之作，在其废学数年之后，唯其令之一倡，而四境之内响应而图之如恐不及。则夫言人之情不乐于学者，其果然也欤？

宜黄之学者,固多良士。而李君之为令,威行爱立,讼清事举,其政又良也。夫及良令之时,而顺其慕学发愤之俗,作为宫室教肄之所,以至图书器用之须,莫不皆有以养其良材之士。虽古之去今远矣,然圣人之典籍皆在,其言可考,其法可求,使其相与学而明之,礼乐节文之详,固有所不得为者。若夫正心修身,为国家天下之大务,则在其进之而已。使一人之行修,移之于一家;一家之行修,移之于乡邻族党;则一县之风俗成,人材出矣。教化之行,道德之归,非远人也,可不勉欤!县之士来请曰:“愿有记。”故记之。十二月某日也。

茅鹿门曰:子固记学,所论学之制,与其所以成就人材处,非深于经术者不能。韩、欧、三苏所不及处。

张孝先曰:论学制详备处,有源有委。至言士之所以成材,则在驯之以自然,而待之以积久。真鹿门所谓深于经术者。

洪州新建县厅壁记

为后世之吏,得行其志者,少矣,此仕之所以难也。而县为最甚。何哉?凡县之政无小大,令主簿皆独任,而民事委曲,当有所操纵缓急,不能一断以法,举法而绳之,则其罪固易求也。凡有所为,问可不可于州,执一而违之,则其势固易挠也。其罪易求,其势易挠,故为之者有以得于州,然后其济可几也。不幸其一锱铢与之咈,则大者求其罪,小者挠其势，将不遗其力矣。吏之不能自安，岂足道哉？县有不与其扰者乎？方是时也，而天下之能忘其势而好恶不妄者鲜矣，能忘人之势而强立不苟者亦鲜矣。州负其强以取威，县忧其弱以求免，其习已久、其俗已成之后，而守正循理以求其得于州，其亦不可以必也。则仕于此者，欲行其志，岂非难也哉？君子者虽无所处而不安，然其于自处也，未尝不择，仕而得择其自处，则县之事有不敢任者，岂可谓过也哉？

洪州新建，自太平兴国六年，分南昌为县，至嘉祐三年，凡若干年，为令者凡三十有九人。而秘书省著作佐郎黄巽公权来为其令，抑豪纵，惠下穷，守正循理而得济其志者也。公权亦喜其职之行，因考次凡为令者名氏，将伐石以书，而列置于壁间。故予为之载其治行，而因著其为县之难，使来者得览焉。

茅鹿门曰：览此文则知为县者所甚难。

张孝先曰：作县诚难，而必枉道以求苟容，天下安得有良吏？则将如何而可？必也体恤民隐，守正循理以行其志。勿以利害为念，然后不合以去，于己无愧也。况得失显晦，自有时命，又非迎合所能为哉。若择仕之说，则亦有格于成例者矣。

徐孺子祠堂记

汉元兴以后，政出宦者，小人挟其威福，相煽为恶，中材顾望,不知所为。汉既失其操柄,纪纲大坏。然在位公卿大夫,多豪杰特起之士,相与发愤同心,直道正言,分别是非白黑,不少屈其意,至于不容,而织罗钩党之狱起,其执弥坚,而其行弥励,志虽不就,而忠有余。故及其既殁,而汉亦以亡。当是之时,天下闻其风慕其义者,人人感慨愤激,至于解印绶,弃家族,骨肉相勉,趋死而不避。百余年间,擅强大、觊非望者相属,皆逡巡而不敢发。汉能以亡为存,盖其力也。

孺子于时,豫章太守陈蕃、太尉黄琼辟,皆不就。举有道,拜太原太守,安车备礼,召皆不至,盖忘己以为人,与独善于隐约,其操虽殊,其志于仁一也。在位士大夫,抗其节于乱世,不以死生动其心,异于怀禄之臣远矣。然而不屑去者,义在于济物故也。孺子尝谓郭林宗曰:"大木将颠,非一绳所维,何为栖栖不皇宁处?"此其意亦非自足于丘壑,遗世而不顾者也。孔子称颜回:"用之则行,舍之则藏,惟我与尔有是夫。"孟子亦称孔子:可以进则进,可以止则止,乃所愿则学孔子。而《易》于君子小人消长进退,择所宜处,未尝不惟其时则见,其不可而止,此孺子之所以未能以此而易彼也。

孺子姓徐名稚,孺子其字也,豫章南昌人。按《图记》:"章水北经南昌城,西历白社,其西有孺子墓;又北历南塘,其东为东湖,湖南小洲上有孺子宅,号孺子台。吴嘉禾中,太守徐熙于孺子墓隧种松,太守谢景于墓侧立碑。晋永安中,太守夏侯嵩于碑旁立思贤亭,世世修治;至拓跋魏时,谓之聘君亭。"今亭尚存，而湖南小洲，世不知其尝为孺子宅，又尝为台也。予为太守之明年，始即其处结茅为堂，图孺子像，祠以中牢，率州之宾属拜焉。汉至今且千岁，富贵湮灭者不可称数。孺子不出闾巷，独称思至今。则世之欲以智力取胜者，非惑钦？孺子墓失其地，而台幸可考而知。祠之，所以示邦人以尚德，故并采其出处之意为记焉。

　　唐荆川曰：此篇三段。第一段叙党锢诸贤及孺子事，第二段比论二事，第三段叙作亭。

　　茅鹿门曰：推汉之以亡为存，归功于孺子辈，论有本末。

　　张孝先曰：东汉气节最盛，然党锢之祸，诸贤亦未免有过举。朱子云：无益而有害，何苦委身以犯其锋？彼未仕者亦奚以为也？孺子诚高于人一等哉！

阆州张侯庙记

　　事常蔽于其智之不周，而辨常过于所惑。智足以周于事，而辨至于不惑，则理之微妙皆足以尽之。今夫推策灼龟，审于梦寐，其为事至浅，世常尊而用之，未之有改也；坊墉道路、马蚕猫虎之灵，其为类至细，世常严而事之，未之有废也；水旱之灾，日月之变，与夫兵师疾疠、昆虫鼠豕之害，凡一慝之作，世常有祈有报，未之有止也。《金縢》之书，《云汉》之诗，其意可谓至，而其辞可谓尽矣。夫精神之极，其叩之无端,其测之甚难,而尊而信之,如此其备者,皆圣人之法。何也?彼有接于物者,存乎自然,世既不得而无,则圣人固不得而废之,亦理之自然也。圣人者,岂用其聪明哉?善因于理之自然而已。其智足以周于事,而其辨足以不惑,则理之微妙皆足以尽之也。故古之有为于天下者,尽己之智而听于人,尽人之智而听于神,未有能废其一也。《书》曰:"朕志先定,询谋佥同,鬼神其依,龟筮协从。"所谓尽己之智而听于人,尽人之智而听于神也。由是观之,则荀卿之言,以谓雩筮救日,小人以为神者,以疾夫世之不尽在乎己者而听于人,不尽在乎人者而听于神,其可也。谓神之为理者信然,则过矣,蔽生于其智之不周,而过生于其所惑也。

阆州于蜀为巴西郡,蜀车骑将军领司隶校尉西乡张侯,名飞,字翼德,尝守是州。州之东有张侯之冢,至今千有余年,而庙祀不废。每岁大旱,祷雨辄应。嘉祐中,比数岁连熟,阆人以谓张侯之赐也,乃相与率钱治其庙舍,大而新之。侯以智勇为将,号万人敌。当蜀之初,与魏将郃相距于此,能破郃军以安此土,可谓功施于人矣。其殁也,又能泽而赐之,则其食于阆人不得而废也,岂非宜哉?

知州事尚书职方员外郎李君献卿字材叔,以书来曰:"为我书之。"材叔好古君子也,乃为之书,而以予之所闻于古者告之。

茅鹿门曰:览前大半篇,曾公似薄张侯有不必祀之意。其所按经典以相折衷处虽有本领,而予之意窃以张侯方其与关寿亭佐昭烈,百战以立帝业于蜀。祭法所谓以劳定国则祀之者也。恐须按此言为正。姑录而存之，以见子固自是一家言处。

张孝先曰：政修人和，则年丰岁稔，固未尽为张侯之赐。但张侯合享庙祀，似不必繁称远引。谓神之为理，不足信也。茅评谓以劳定国则祀之，当矣。

抚州颜鲁公祠堂记

赠司徒鲁郡颜公，讳真卿，事唐为太子太师，与其从父兄杲卿，皆有大节以死。至今虽小夫妇人皆知公之为烈也。初，公以忤杨国忠斥为平原太守，策安禄山必反，为之备。禄山既举兵，与常山太守杲卿伐其后，贼之不能直窥潼关，以公与杲卿挠其势也。在肃宗时，数正言，宰相不悦，斥去之。又为御史唐旻所构，连辄斥。李辅国迁太上皇居西宫，公首率百官请问起居，又辄斥。代宗时，与元载争论是非，载欲有所壅蔽，公极论之，又辄斥。杨炎、卢杞既相德宗，益恶公所为，连斥之，犹不满意；李希烈陷汝州，杞即以公使希烈，希烈初惭其言，后卒缢公以死。是时公年七十有七矣。

天宝之际，久不见兵，禄山既反，天下莫不震动。公独以区区平原，遂折其锋，四方闻之，争奋而起。唐卒以振者，公为之倡也。当公之开士门，同日归公者十七郡，得兵二十余万。由此观之，苟顺且诚，天下从之矣。自此至公殁，垂三十年，小人继续任政，天下日入于弊，大盗继起，天子辄出避之。唐之在朝臣多畏怯观望。能居其间，一忤于世，失所而不自悔者寡矣。至于再三忤于世，失所而不自悔者，盖未有也。若至于起且仆，以至于七八，遂死而不自悔者，则天下一人而已，若公是也。公之学问文章，往往杂于神仙浮屠之说，不皆合于理；及其奋然自立，能至于此者，盖天性然也。故公之能处其死，不足以观公之大。何则？及至于势穷，义有不得不死，虽中人可勉焉，况公之自信也欤！维历忤大奸，颠跌撼顿至于七八，而终始不以死生祸福为秋毫顾虑，非笃于道者不能如此，此足以观公之大也。

夫世之治乱不同，而士之去就亦异。若伯夷之清，伊尹之任，孔子之时，彼各有义。夫既自比于古之任者矣，乃欲睠顾回隐，以市于世，其可乎？故孔子恶鄙夫不可以事君，而多杀身以成仁者。若公，非孔子所谓仁者欤？

今天子至和三年，尚书都官郎中知抚州聂君某，尚书屯田员外郎通判抚州林君某，相与慕公之烈，以公之尝为此邦也，遂为堂而祠之。既成，二君过予之家而告之曰："愿有述。"夫公之赫赫不可尽者，固不系于祠之有无，盖人之向往之不足者，非祠则无以致其至也。闻其烈足以感人，况拜其祠而亲炙之者欤！今州县之政，非法令所及者，世不复议。二君独能追公之节，尊而祠之，以风示当世，为法令之所不及，是可谓有志者也。

唐荆川曰：此文三段。第一段叙，第二段议论，第三段叙立祠之事。叙事议论处皆以捍贼忤奸，分作两项，而混成一片，绝无痕迹。此是可法处。

又曰：欧阳公于王彦章之忠则略之，而独言其善出奇。曾子固于颜鲁公之捍贼则略之，而独言忤奸而不悔。此是文之显微阐幽处。

　　茅鹿门曰：鲁公之临大节而不可夺处，凡四五，而曾公之文，亦足以画一而点缀之，令人读之而泫然涕洟不能自已。

　　张孝先曰：子固谓鲁公能处其死，不足以观公之大，惟历忤大奸，颠跌撼顿，终始不以死生祸福顾虑，非笃于道者不能。自是论人只眼。而叙捍贼忤奸处，反复慨叹，尤令人兴起。至考公文章未免杂于神仙浮屠之说，此子固之所以惜其学而美其天性也。

尹公亭记

　　君子之于己，自得而已矣，非有待于外也；然而曰疾没世而名不称焉者，所以与人同其行也。人之于君子，潜心而已矣，非有待于外也；然而有表其闾，名其乡，欲其风声气烈暴于世之耳目而无穷者，所以与人同其好也。内有以得诸己，外有以与人同其好，此所以为先王之道，而异乎百家之说也。

　　随为州，去京师远，其地僻绝。庆历之间，起居舍人、直龙图阁河南尹公洙以不为在势者所容，谪是州，居于城东五里开元佛寺之金灯院。尹公有行义文学，长于辩论，一时与之游者，皆世之闻人，而人人自以为不能及。于是时，尹公之名震天下，而其所学，盖不以贫富贵贱死生动其心，故其居于随，日考图书、通古今为事，而不知其官之为谪也。尝于其居之北阜，竹柏之间，结茅为亭，以茇而嬉，岁余乃去。

既去而人不忍废坏，辄理之，因名之曰尹公之亭。州从事谢景平刻石记其事。至治平四年，司农少卿赞皇李公禹卿为是州，始因其故基，增庳益狭，斩材以易之，陶瓦以覆之，既成，而宽深亢爽，环随之山皆在几席。又以其旧亭峙之于北，于是随人皆喜慰其思，而又获游观之美。其冬，李公以图走京师，属予记之。

盖尹公之行见于事，言见于书者，固已赫然动人；而李公于是又侈而大之者，岂独慰随人之思于一时，而与之共其乐哉？亦将使夫荒遐僻绝之境，至于后人见闻之所不及，而传其名、览其迹者，莫不低徊俯仰，想尹公之风声气烈，至于愈远而弥新，是可谓与人同其好也。则李公之传于世，亦岂有已乎？故予为之书，时熙宁元年正月日也。

茅鹿门曰：蕴思铸辞，动中经纬。

张孝先曰：一起便识踞题巅，固非苟作。

墨 池 记

临川之城东，有地隐然而高，以临于溪，曰新城。新城之上，有池洼然而方以长，曰王羲之之墨池者，荀伯子《临川记》云也。羲之尝慕张芝，临池学书，池水尽黑，此为其故迹，岂信然邪？方羲之之不可强以仕，而尝极东方，出沧海，以娱其意于山水之间，岂有徜徉肆恣，而又尝自休于此邪？

羲之之书晚乃善，则其所能，盖亦以精力自致者，非天成也。然后世未有能及者，岂其学不如彼邪？则学固岂可以少哉？况欲深造道德者邪？

墨池之上，今为州学舍。教授王君盛恐其不章也，书"晋王右军墨池"之六字于楹间以揭之，又告于巩曰："愿有记。"推王君之心，岂爱人之善，虽一能不以废，而因以及乎其迹邪？其亦欲推其事以勉其学者邪？夫人之有一能，而使后人尚之如此，况仁人庄士之遗风余思，被于来世者如何哉！

茅鹿门曰：看他小小题，而结构却远而正。

张孝先曰：小中见大，得此意者，随处皆可以悟学。

归老桥记

武陵柳侯图其青陵之居，属予而叙，以书曰：武陵之西北，有湖属于梁山者，白马湖也。梁山之西南，有田属于湖上者，吾之先人青陵之田也。吾筑庐于是而将老焉。青陵之西二百步，有泉出于两崖之间而东注于湖者，曰采菱之涧。吾为桥于其上，而为屋以覆之。武陵之往来有事于吾庐者，与吾异日得老而归，皆出于此也，故题之曰归老之桥。维吾先人遗吾此土者，宅有桑麻，田有粳稏，而渚有蒲莲。弋于高而追凫雁之下上，缗于深而逐鳣鲔之潜泳。吾所以衣食其力，而无愧于心也。息有乔木之繁荫，藉有丰草之幽香。登山而凌云，览天地之奇变；弄泉而乘月，遗氛埃之溷浊。此吾所以处其怠倦，而乐于自遂也。吾少而安焉，及壮而从事于四方，累乎万物之自外至者，未尝不思休于此也。今又获位于朝，而荣于宠禄，以为观游于此，而吾亦将老矣，得无志于归哉？又曰：世之老于官者，或不乐于归，幸而有乐之者，或无以为归。今吾有是以成吾乐也，其为我记之，使吾后之人有考，以承吾志也。

余以谓先王之养老者备矣，士大夫之致其位者，曰"不敢烦以政"，盖尊之也。而士亦皆明于进退之节，无留禄之人，可谓两得之也。后世养老之具既不备，士大夫之老于位者，或摈而去之也，然士犹有冒而不知止者，可谓两失之也。今柳侯年六十，齿发未衰，方为天子致其材力，以惠泽元元之时，虽欲遗章绶之荣，从湖山之乐，余知未能遂其好也。然其志于退也如此，闻其风者亦可以兴起矣，乃为之记。

茅鹿门曰：文有古者诗人风刺之义。

张孝先曰：老而致仕，进退之节宜尔。称柳侯归老之乐、知止之义，所以风有位也。

越州赵公救灾记

熙宁八月夏，吴越大旱。九月，资政殿大学士、右谏议大夫知越州赵公,前民之未饥,为书问属县:灾所被者几乡,民能自食者有几,当廪于官者几人,沟防构筑可僦民使治之者几所,库钱仓廪可发者几何,富人可募出粟者几家,僧、道士食之羡粟,书于籍者其几具存,使各书以对,而谨其备。

州县吏录民之孤老疾弱不能自食者二万一千九百余人以告。故事,岁廪穷人,当给粟三千石而止。公敛富人所输及僧道士食之羡者,得粟四万八千余石,佐其费。使自十月朔,人受粟日一升,幼小半之。忧其众相蹂也,使受粟者男女异日,而人受二日之食。忧其且流亡也,于城市郊野为给粟之所,凡五十有七,使各以便受之,而告以去其家者勿给。计官为不足用也。取吏之不在职而寓于境者,给其食而任以事。不能自食者,有是具也。能自食者,为之告富人,无得闭粜。又为之出官粟,得五万二千余石,平其价予民。为粜粟之所。凡十有八,使籴者自便如受粟。又僦民完城四千一百丈,为工三万八千,计其佣与钱,又与粟再倍之。民取息钱者,告富人纵予之,而待熟,官为责其偿。弃男女者,使人得收养之。

明年春,大疫,为病坊,处疾病之无归者。募僧二人,属以视医药饮食,令无失所恃。凡死者,使在处随收瘗之。

法,廪穷人,尽三月当止,是岁尽五月而止。事有非便文者,公一以自任,不以累其属。有上请者,或便宜多辄行。公于此时,蚤夜惫心力不少懈,事细巨必躬亲。给病者药食,多出私钱。民不幸罹旱疫,得免于转死,虽死,得无失敛埋,皆公力也。

是时旱疫被于吴越，民饥馑疾疠，死者殆半，灾未有巨于此也。天子东向忧劳，州县推布上恩，人人尽其力。公所拊循，民尤以为得其依归。所以经营绥辑先后终始之际，委曲纤悉，无不备者，其施虽在越，其仁足以示天下；其事虽行于一时，其法足以传后。盖灾沴之行，治世不能使之无，而能为之备。民病而后图之，与夫先事而为计者，则有间矣；不习而有为，与夫素得之者，则有间矣。予故采于越，得公所推行，乐为之识其详，岂独以慰越人之思，将使吏之有志于民者，不幸而遇岁之灾，推公之所已试，其科条可不待顷而具，则公之泽岂小且近乎！

公元丰二年以大学士加太子少保致仕，家于衢。其直道正行在于朝廷、岂弟之实在于身者，此不著。著其荒政可师者，以为《越州赵公救灾记》云。

茅鹿门曰：赵公之救灾，丝理发栉，无一遗漏。而曾公之记其事，亦丝理发栉，而无一不入于机杼，及其髻总。救灾者熟读此文，则于地方之流亡如掌股间矣。

张孝先曰：救灾能使民遍受其恩，如赵公之躬亲不懈，经画周详，盖鲜也。其要皆出于预。所称先事而为计，与夫素得之者，可以为法矣。

清心亭记

嘉祐六年，尚书虞部员外郎梅君为徐之萧县，改作其治所之东亭,以为燕息之所,而名之曰清心之亭。是岁秋冬,来请记于京师,属余有亡妹殇女之悲,不果为。明年春,又来请,属余有悼亡之悲,又不果为。而其请犹不止。至冬乃为之记曰:

夫人之所以神明其德,与天地同其变化者,夫岂远哉?生于心而已矣。若夫极天下之知,以穷天人之理,于夫性之在我者,能尽之,命之在彼者能安之,则万物自外至者,安能累我哉?此君子之所以虚其心也,万物不能累我矣。而应乎万物,与民同其吉凶者,亦未尝废也。于是有法诫之设,邪僻之防,此君子之所以齐其心也。虚其心者,极乎精微,所以入神也。齐其心者,由乎中庸,所以致用也。然则君子之欲修其身,治其国家天下者,可知矣。

今梅君之为是亭,曰不敢以为游观之美,盖所以推本为治之意,而且将清心于此,其所存者,亦可谓能知其要矣。乃为之记,而道予之所闻者焉。十一月五日,南丰曾巩记。

茅鹿门曰:此记与《醒心亭记》,所谓说理之文,子固于诸家尤所擅长。

张孝先曰:不累于物而能应物,方非守寂之学。其于"清心"二字,大有扩充。曾公学有本原,于此可见。

醒心亭记

滁州之西南,泉水之涯,欧阳公作州之二年,构亭曰"丰乐",自为记以见其名之意。既又直丰乐之东几百步,得山之高,构亭曰"醒心",使巩记之。

凡公与州之宾客者游焉,则必即"丰乐"以饮。或醉且劳矣,则必即"醒心"而望。以见夫群山之相环,云烟之相滋,旷野之无穷,草树众而泉石嘉,使目新乎其所睹,耳新乎其所闻,则其心洒然而醒,更欲久而忘归也。故即其所以然而为名,取韩子退之《北湖》之诗云。噫!其可谓善取乐于山水之间,而名之以见其实,又善者矣!

虽然,公之乐,吾能言之。吾君优游而无为于上,吾民给足而无憾于下,天下学者皆为才且良,夷狄鸟兽草木之生者皆得其宜,公乐也。一山之隅,一泉之旁,岂公乐哉?乃公所以寄意于此也。若公之贤,韩子殁数百年而始有之。今同游之宾客,尚未知公之难遇也。后百千年,有慕公之为人,而览公之迹,思欲见之,有不可及之叹,然后知公之难遇也。则凡同游于此者,其可不喜且幸欤?而巩也,又得以文词托名于公文之次,其又不喜且幸欤!

茅鹿门曰:未尽子固之长,然亦有典型处。

张孝先曰:《丰乐亭记》,欧公之自道其乐也,《醒心亭记》,子固能道欧公之乐也,然皆所谓后天下之乐而乐者。结处尤一往情深。

拟岘台记

尚书司门员外郎晋国裴君治抚之二年,因城之东隅作台以游，而命之曰拟岘台，谓其山溪之形拟乎岘山也。数与其属与州之寄客者游其间，独求记于予。

初，州之东，其城因大丘，其隍因大溪，其隅因客土以出溪上，其外连山高陵，野林荒墟，远近高下，壮大闳廓，怪奇可喜之观，环抚之东南者，可坐而见也。然而雨隳潦毁，盖藏弃委于榛丛莽草之间，未有即而爱之者也。君得之而喜，增甓与土，易其破缺，去榛与草，发其亢爽，缭以横槛，覆以高甍。因而为台，以脱埃氛，绝烦嚣，出云气而临风雨。然后溪之平沙漫流，微风远响，与夫波浪汹涌，破山拔木之奔放，至于高桅劲橹，沙禽水兽，下上而浮沉者，皆出乎履舄之下。山之苍颜秀壁，巅崖拔出，挟光景而薄星辰。至于平冈长陆，虎豹踞而龙蛇走，与夫荒蹊聚落，树阴晻暖，游人行旅，隐见而断续者，皆出乎衽席之内。若夫云烟开敛，日光出没，四时朝暮，雨旸明晦，变化不同，则虽览之不厌，而虽有智者亦不能穷其状也。或饮者淋漓，歌者激烈，或靓观微步，旁皇徙倚，则得于耳目与得之于心者，虽所寓之乐有殊，而亦各适其适也。

抚非通道，故贵人畜贾之游不至。多良田，故水旱螟螣之灾少。其民乐于耕桑以自足，故牛马之牧于山谷者不收，五谷之积于郊野者不垣，而晏然不知枹鼓之惊、发召之役也。君既因其土俗，而治以简静，故得以休其暇日，而寓其乐于此。州人士女，乐其安且治，而又得游观之美，亦将同其乐也，故予为之记。

茅鹿门曰：此记大约本柳宗元訾家洲、欧阳公醉翁亭等记来。

张孝先曰：景象历历如画，而归宿在民康物阜、上下同乐。有典有则之文。

学 舍 记

予幼则从先生受书。然是时，方乐与家人童子嬉戏上下，未知好也。十六七时，窥六经之言与古今文章，有过人者，知好之，则于是锐意欲与之并。而是时，家事亦滋出。自斯以来，西北则行陈、蔡、谯、苦、睢、汴、淮、泗，出于京师；东方则绝江舟漕河之渠；逾五湖，并封禺、会稽之山，出于东海上；南方则载大江，临夏口而望洞庭，转澎蠡，上庾岭，由浈阳之泷，至南海上。此予之所涉世而奔走也。蛟鱼汹涌湍石之川，巅崖莽林貔虺之聚，与夫雨旸寒燠风波雾毒不测之危，此予之所单游远寓，而冒犯以勤也。衣食药物，庐舍器用，箕筥碎细之间，此予之所经营以养也。天倾地坏，殊州独哭，数千里之远，抱丧而南，积时之劳，乃毕大事，此予之所构祸而忧艰也。太夫人所志，与夫弟婚妹嫁，四时之祠，属人外亲之问，王事之输，此予之所皇皇而不足也。予于是力疲意耗，而又多疾，言之所序，盖其一二之指也。得其闲时，挟书以学，于夫为身治人，世用之损益，考观讲解，有不能至者。故不得专力尽思，琢雕文章，以载私心难见之情，而追古今之作者为并，以足予之所好慕，此予之所自视而嗟也。

今天子至和之初，予之侵扰多事故益甚，予之力无以为，乃休于家，而即其旁之草舍以学。或疾其卑，或议其隘者。予顾而笑曰："是予之宜也。予之劳心困形以役于事者，有以为之矣。予之卑巷穷庐，冗衣砻饭，芑苋之羹，隐约而安者，固予之所以遂其志而有待也。予之疾则有之，可以进于道者，学之有不至。至于文章，生平所好慕，为之有不暇也。若夫土坚木好高大之观，固世之聪明豪隽挟长而有恃者所得为，若予之拙，岂能易而志彼哉？"遂历道其少长出处，与夫好慕之心，以为《学舍记》。

王遵岩曰：此亦是先生独出一体，在韩、欧未有。然大意亦自《醉翁亭》、《真州》、《东园》三篇体中变出，又自不同也。

张孝先曰：朱子云：道者，文之根本；文者，道之枝叶。篇中所云"专力尽思，琢雕文章，以追作者"，恐未为见道之言。

南 轩 记

得邻之茀地，燔之，树竹木灌蔬于其间，结茅以自休，嚣然而乐。世固有处廊庙之贵，抗万乘之富，吾不愿易也。

人之性不同，于是知伏闲隐陬，吾性所最宜。驱之就烦，非其器所长，况使之争于势利、爱恶、毁誉之间邪？然吾亲之养无以修，吾之昆弟饭菽藿羹之无以继，吾之役于物，或田于食，或野于宿，不得常此处也，其能无欿然于心邪？少而思，凡吾之拂性苦形而役于物者，有以为之矣。士固有所勤，有所肆，识其皆受之于天而顺之，则吾亦无处而非其乐，独何必休于是邪？顾吾之所好者远，无与处于是也。然而六艺百家史氏之籍，笺疏之书，与夫论美刺非、感微记远、山镵冢刻、浮夸诡异之文章，下至兵权、历法、星官、药工、山农、野圃、方言、地记、佛老所传，吾悉得于此。皆伏羲以来，下更秦汉至今，圣人贤者魁杰之材，殚岁月，惫精思，日夜各推所长，分辨万事之说，其于天地万物小大之际，修身理人国家天下治乱安危存亡之致，无不毕载。处与吾俱，可当所谓益者之友非邪？

吾窥圣人旨意所出，以去疑解蔽，贤人智者所称事引类，始终之概以自广，养吾心以忠，约守而恕行之。其过也改，趋之以勇，而至之以不止。此吾之所以求于内者。得其时则行，守深山长谷而不出者，非也。不得其时则止，仆仆然求行其道者，亦非也。吾之不足于义，或爱而誉之者，过也。吾之足于义，或恶而毁之者，亦过也。彼何与于我哉？此吾之所任乎天与人者。然则吾之所学者虽博，而所守者可谓简；所言虽近而易知，而所任者可谓重也。书之南轩之壁间，蚤夜览观焉以自进也。

茅鹿门曰：子固所自为学，具见篇中矣。

张孝先曰：南丰之学，殆所谓博观众说以会其通者，故能所守简而所任重。读《南轩记》而知其过人远矣。

鹅湖院佛殿记

庆历某年某月日,信州铅山县鹅湖院佛殿成,僧绍元来请记,遂为之记曰:

自西方用兵,天子宰相与士大夫劳于谋议,材武之士劳于力,农工商之民劳于赋敛。而天子尝减乘舆掖庭诸费,大臣亦往往辞赐钱,士大夫或暴露其身,材武之士或秉义而死,农工商之民或失其业。惟学佛之人不劳于谋议,不用其力,不出赋敛,食与寝自如也。资其宫之侈,非国则民力焉,而天下皆以为当然,予不知其何以然也。今是殿之费,十万不已,必百万也;百万不已,必千万也;或累累而千万之不可知也。其费如是广,欲勿记其日时,其得邪? 而请予文者又绍元也,故云耳。

　　茅鹿门曰:公为记佛殿,而却本佛殿之所以独得劫民与国之财以自侈,亦是不肯放倒自家面目处。

　　张孝先曰:学佛之人不惟不供赋役,而且耗国病民。偏于记佛殿详之,直为捐弃人伦者发一深省。

思政堂记

尚书祠部员外郎、集贤校理太原王君为池州之明年,治其后堂北向,而命之曰思政之堂。谓其出政于南向之堂,而思之于此也。其冬,予客过池,而属予记之。

初,君之治此堂,得公之余钱,以易其旧腐坏断,既完以固,不窘寒暑。辟而即之,则旧圃之胜,凉台清池,游息之亭,微步之径,皆在其前;平畦浅槛,佳花美木、竹林香草之植,皆在其左右。君于是退处其中,并心一意,用其日夜之思者,不敢忘其政,则君之治民之意勤矣乎!

夫接于人无穷,而使人善惑者,事也;推移无常,而不可以拘者,时也;其应无方而不可以易者,理也。知时之变而因之,见必然之理而循之,则事者虽无穷而易应也,虽善惑而易治也。故所与由之,必人之所安也;所与违之,必人之所厌也。如此者,未有不始于思,然后得于己。得于己,故谓之德;正己而治人,故谓之政。政者,岂止于治文书、督赋敛、断狱讼而已乎?然及其已得矣,则无思也;已化矣,则亦岂止于政哉?古君子之治,未尝有易此者也。

今君之学,于书无所不读,而尤深于《春秋》,其挺然独见,破去前惑,人有所不及也。来为是邦,施用素学,以修其政,既得以休其暇日,乃自以为不足,而思之于此。虽今之吏不得以尽行其志,然迹君之勤如此,则池之人其有不蒙其泽者乎?故予为之书。嘉祐三年冬至日,南丰曾巩记。

张孝先曰:王君能修其政,而又为思政堂以勤求民隐,则凡所欲与聚、所恶勿施者,当必有以得之也。朱子曰:去古既远,而为吏者赋敛诛求之外,饱食而嬉,得此可以风矣。

仙都观三门记

　　门之作，取备豫而已。然天子、诸侯、大夫各有制度，加于度则讥之，见于《易》《礼记》《春秋》。其旁三门，门三途，惟王城为然。老子之教行天下，其宫视天子或过焉，其门亦三之。其备豫之意，盖本于《易》，其加于度，则知《礼》者所不能损，知《春秋》者所太息而已。甚矣！其法之蕃昌也。

　　建昌军南城县麻姑山仙都观，世传麻姑于此仙去，故立祠在焉。距城六七里，由绝岭而上，至其处，地反平宽衍沃，可宫可田。其获之多，与他壤倍，水旱之所不能灾。予尝视而叹曰："岂天遗此以安且食其众，使世之衍衍施施，趋之者不已钦？不然，安有是邪？"则其法之蕃昌，人力固如之何哉！

　　其田入既饶，则其宫从而侈也宜。庆历六年，观主道士凌齐烨，相其室无不修，而门独庳，曰："是不足以称吾法与吾力。"遂大之。既成，托予记。予与齐烨，里人也，不能辞。噫！为里人而与之记，人之情也；以《礼》《春秋》之义告之，天下之公也。不以人之情易天下之公，齐烨之取予文，岂不得所欲也夫？岂以予言为厉己也夫？

　　茅鹿门曰：曾公凡为佛老氏辈题文，必为自家门第。

　　张孝先曰：佛老之徒，不知大义，乌知所谓《易》《礼》《春秋》？故骄奢僭妄，无所不至。此昌黎之所以欲火其书、庐其居也。南丰此记，当是齐烨晓梦里一声晨钟。

分宁县云峰院记

分宁人勤生而啬施,薄义而喜争,其土俗然也。自府来抵其县五百里,在山谷穷处。其人修农桑之务,率数口之家,留一人守舍行馌,其外尽在田。田高下硗腴,随所宜杂植五谷,无废壤。女妇蚕杼,无懈人。茶盐蜜纸竹箭材苇之货,无有纤巨,治咸尽其身力。其勤如此。富者兼田千亩,廪实藏钱,至累岁不发。然视捐一钱,可以易死,宁死无所捐。其于施何如也?其间利害不能以秭米,父子、兄弟、夫妇,相去若弈棋然。于其亲固然,于义厚薄可知也。长少挨坐里间,相讲语以法律。意向小忤,则相告讦,结党诪张,事关节以动视听。甚者画刻金木为章印,摹文书以给吏,立县庭下,变伪一日千出,虽笞朴徙死交迹,不以属心。其喜争讼,岂比他州县哉?民虽勤而习如是,渐涵入骨髓,故贤令长佐吏比肩,常病其未易治教使移也。

云峰院在县极西界,无籍图,不知自何时立。景德三年,邑僧道常治其院而侈之。门闳靓深,殿寝言言。栖客之庐,斋庖库庾,序列两旁。浮图所用铙鼓鱼螺钟磬之编,百器备完。吾闻道常气质伟然,虽索其学,其归未能当于义,然治生事不废其勤,亦称其土俗。至有余辄斥散之,不为黍累计惜,乐淡泊无累,则又若能胜其啬施喜争之心,可言也。或曰,使其人不汩溺其所学,其归一当于义,则杰然视邑人者,必道常乎?此予未敢必也。庆历三年九月,与其徒谋曰："吾排蓬藋,治是院,不自意成就如此。今老矣,恐泯泯无声昇来人,相与图文字,买石刻之,使永永与是院俱传,可不可也?"咸曰:"然。"推其徒了思来请记,遂来。予不让,为申其可言者宠嘉之,使刻示邑人,其有激也。

茅鹿门曰:于云峰院无涉,而意甚奇。

张孝先曰:文能不窘于题,末出脱僧道常处,仍不放松一笔。

莱园院佛殿记

庆历八年四月,抚州莱园僧可栖,得州之人高庆、王明、饶杰,相与率民钱为殿于其院。成,以佛之像置其中,而来乞予文以为记。

初,莱园有籍于尚书,有地于城南五里,而草木生之,牛羊践之,求屋室居人焉,无有也。可栖至,则喜曰:"是天下之废地也,人不争,吾得之以老,斯足矣。"遂以医取资于人,而即其处立寝庐、讲堂、重门、斋庖之房、栖客之舍,而合其徒入而居之。独殿之役最大,自度其力不能为,乃使庆、明、杰持簿乞民间,有得辄记之,微细无不受。浸渐积累,期月而用以足,役以既。自可栖之来居,至于此,盖十年矣。

吾观佛之徒,凡有所兴作,其人皆用力也勤,刻意也专,不肯苟成,不求速效,故善以小致大,以难致易,而其所为,无一不如其志者,岂独其说足以动人哉? 其上亦有智然也。

若可栖之披攘经营，掮撖纤悉，忘十年之久，以及其志之成，其所以自致者，岂不近是哉？噫！佛之法固方重于天下，而其学者又善殖之如此。至于世儒，习圣人之道，既自以为至矣，及其任天下之事，则未尝有勤行之意，坚持之操，少长相与语曰："苟一时之利耳，安能必世百年，为教化之渐，而待迟久之功哉？"相薰以此，故历千余载，虽有贤者作，未可以得志于其间也。由是观之，反不及佛之学者远矣。则彼之所以盛，不由此之所自守者衰欤？与之记，不独以著其能，亦以愧吾道之不行也已。

茅鹿门曰：此篇无它结构，只是不为佛殿所困窘，便是高处。

张孝先曰：用力勤，刻意专，不苟成，不速效，故能以小致大，以难致易。凡事皆然也。而学圣人之道者，反不及佛之学者，何欤？彼之盛，由此之衰，直是无穷感慨。有志斯道者，当知愧厉矣。

卷之十六　曾文定公文

应 举 启

右巩启：伏念巩材质浅陋，艺学荒芜。读圣人之经，未知大义；明当世之务，多泥旧闻。虽坚树立之心，岂适通变之用？矧罹祸衅，屡抱忧哀。是以三遇文闱，一逾岁纪，足迹不游于场屋，姓名不著于乡闾。仆仆东南，有衣食婚嫁之累；拘拘夙夜，惟米盐薪水之忧。今者侧听诏书，讲求士类，顾私恩之可念，迫生理之难周，义不自皇，势当强起。盖以出而载质，无他业之可为；仕以为贫，亦古人之所处。遇高明之见照，殆否结之将通。伏以某官梁栋瑰材，琼璜茂器，发文章之素蕴，当仁圣之盛期。忠言嘉谋，施之有效；流风善治，所至可传。嘉奖士伦，助成世教。况亲承于著令，方序别于群材。藐是羁孤，最为滞拙。仰遵旧礼，敢忘桑梓之恭；辄进曼辞，庶当鸡鹜之赘。察其素学，采以寸长。尽繄及物之仁，惟俟至公之赐。

张孝先曰：三遇文闱，一逾岁纪，足迹不游场屋，可见曾公难进之义。

谢杜相公启

伏念巩志虽策砺，性实滞顽。行不足比古之人，材不足适时之用。居常龃龉，动辄困穷。往以孤生而蒙收接，又遭大故而被救存。非常之恩德所加，空知感激；无用之技能素定，曷有报偿？至于数千里之间，三四年之后，去冬之首，方能属思以为书；积日之勤，庶或因辞而见意。不谓使者至门之日，正值相君失子之初。远渎高明，已难期于省览；况逢哀恻，岂能必于荐闻？因此复忧恳悃之诚，无由自达视听之侧。虽推心之远大，宁责礼于贱微。然义未足以论酬，而言又不得以叙谢。其为私计，岂敢自皇？伏惟相公当世表仪，本朝柱石。许还私第，圣意虽优于大臣；召用安车，人心素望于元老。伏祈上为邦国，善保寝兴。

张孝先曰：叙情曲折，短启之最佳者。

回傅侍讲启

巩启：伏审祗膺诏检，入奉经筵，伏惟庆慰。伏以某官秉德粹冲，受材闳廓。遘盛辰而开迹，席朊仕以升华。善政流风，已推行于民上；高文大策，久耸动于朝端。果允佥言，特膺迅用。从容帝幕，方演畅于微言；密勿禁林，伫裁成于明命。自聆拜宠，方念腾书。辱见奖于旧游，遽先流于华问。欣愉感幸，交集悃诚。

张孝先曰：雅令不缛。

代人谢余侍郎启

右某启：伏念某归而闲处，时所背驰。分功名之无期，嗟志意之空大。言当世之事，惧尚口而更穷；求后人之知，因著书而自见。疏阔已甚，抵弃未能，辄布听闻，方虞诃谴。属小儿之过拜，辱余论之见存。指瑾掩疵，大为之地，悯穷悼屈，勤出于衷。省枯槁之姿，力乖报德；激衰残之气，感欲忘身。瞻风采之夐遥，役魂神而飞去。尚当益壮，以塞误知。

张孝先曰：虽是代人作，而子固之身分如见。

与刘沆龙图启

右巩启：伏念巩方抱忧哀，且多疾病。贫不得已，则俗事皆当自谋；旅无所容，则世人谁肯见恤？今者伏遇知府龙图给事，恺悌成德，劝勉为怀。忘后进之至微，假温颜而与接。知其孤立，念其数奇。谓其有诗书之勤，则曲加于奖待;谓其有衣食之累,则特甚于矜怜。且使受田之获安,实由为地之至大。在甘旨有毫发之助,于子弟乃丘山之恩。况此余庥,可均敝族。虽远台坐,常注愚心。复得交游之传,愈知意爱之厚。自非土石,岂不激昂?粗知古今,可胜感励;恨当迷塞,曷用报偿?而方先人之葬送未成,偏亲之奉养多乏。四弟怀仰哺之托,九妹有待年之期。凡縻敝于秋毫,皆经营于方寸。顾惟私计,当议远游。世俗险艰,岂谙尝之不熟;性灵疏拙,实龃龉之可忧。未卜趋承,更增慕恋。

张孝先曰:"忘后进之至微"数语,可为扶进学者之法。

谢 解 启

伏睹解文,首蒙举选。伏念巩才非卓越,识匪该通。素志慕乎古人,故时情之所背;虚名闻于当世,故众忌之所排。患难艰危,流离顿挫。孰有至孤之迹,敢萌希进之心?顾生理之难周,迫私衷之可念。学而干禄,诚非素怀;仕以为贫,窃将自比。是以闻诏之出,负笈以来。岂意片文,首尘高选。以至天伦之薄陋,子党之空疏,皆自单平,得蒙收齿。退惟会合,亦有端原。此盖伏遇某官,崇奖士伦,助成世教。以虹蜺之光而披饰,以律吕之气而吹嘘。致此屯穷,阶于振发。敢不勉增素学,益励前修,庶全必胜之名,以答至公之赐。谨奉启陈谢。

张孝先曰：志慕古人，名闻当世，干禄非素怀，为贫窭自比。子固立身，固超然于应举之外者，其衷情可想。

回李清臣范百禄谢中贤良启

右巩启：窃以设科以求特起之材，发策以访可行之论，是惟高选，果得异能。伏以贤良某官，志敏以强，词严而赡。迹前世之事，而博极群书；议当今之宜，而常引大体。及亲承于圣问，遂绝出于时髦。方喜闻风，遽蒙枉记。仰惟谦抑之过，第积感铭之深。

张孝先曰：博群书易，引大体难。合二句看，方得对策之宜，非漫为称赞者。

回人谢馆职启

伏审试艺禁林，升华儒馆，伏惟庆慰。伏以都官学士英材杰出，玉璞混成，遭时运之光华，奋文章之温雅。第荣科于秘殿，早迈等伦；升朊仕于本朝，荐腾誉望。较雕龙之丽藻，利架鳌之秘局。果被明缗，式符舆颂。方展腾书之好，遽蒙削牍之私。仰谦谦执，退深感戢。

与北京韩侍中启

（一）

右巩启：伏念巩顾以诸生，守兹剧郡。抚畿封之云始，望仁境以非遥。恨无羽翼之飞驰，与操几杖；欲以缄縢之托寓，聊布腹心。然而治狱讼之浩烦，振纪纲之弛坏；觉形劳而少暇，信材短以难周。致是恳诚，稽于进达。属高秋之在序，惟坐镇之多余。必有祯祺，来宁动履。伏以留守司徒太师侍中蓍龟四海，柱石三朝。有太平之功，周公之所以勤王室；有纯一之德，伊尹之所以格皇天。固已书在宗彝，藏之盟府。而乃以退为进，处上用谦。自避远于烦机，久淹回于外服。宜从岩石之望，趣正衮衣之归。敢冀上为宗祏，善绥寝悚。

（二）

巩启：伏念巩习吏非长，得州最剧。耗神明于簿领，疲精思于追胥。尚恃余麻，幸无旷事。然而塞茅心而已甚，饰竿牍以未遑。故魂爽虽骛于门阑，而候问不通于幕府。仰系明恕，终赐矜容。今者北土早霜，晏阴始肃。伏惟顺天时之常序，养浩气之至和，神明所依，福禄来萃。恭以司徒太师侍中股肱三世，龟鉴四方。勤劳著于邦家，功德施于社稷。方且敛嘉谋于一面，郁群望者五年。郭令之系安危，素形公论;周公之为左右,宜冠本朝。华夏蛮貃之倾心,昆虫草木之望赐。岂伊蕞质,独注微诚。伏惟上为宗祊,善调寝悚。

张孝先曰：妙在措语质。

回许安世谢馆职启

右巩启：伏审显承诏检,进践书林,伏惟庆慰。国家聚四部之书,藏之秘近;择一时之俊,任以校雠。映朝序以甚清,简上心而滋厚。恭以检正学士学深而富,识以大明。擢平津于廷中,蔚为首选;赖王祥于海上,休有治功。天衢寝亨,时望攸属。遂膺给札之召,来贲登瀛之游。侍从迩班,庙堂大任,自兹而往,计日可期。承远贶于珍函,第仰怀于谦德。

贺韩相公启

右巩启：伏审入膺典册,首秉钧衡,凡在生灵,孰不庆幸。伏以史馆相公言为蓍蔡,行应准绳,仔肩一德之纯,弼亮三朝之盛。君牙之缵旧服,世济忠劳;吉甫之宪万邦,身兼文武。果还柄用,复冠中台。茂惟拔出之材,素蕴非常之略。方且谊形王室,尽邴、魏之谋谟;泽润生民,本萧、曹之清静。遂常生于百姓,付众职于群能。跻世太和,与人休息。使雨旸寒燠,罔不从时;草木虫鱼,皆当蒙惠。声教可加于异俗,功名必纪于无穷。巩一去朝行,六更岁序。顾兹旧物,自惭簪履之微;保是孤生,方赖陶钧之赐。其为欣忭,实倍等伦。

襄州与交代孙颀启

右巩启:伏念讲闻誉望,积有岁时。历下分符,已出吏师之后;汉南守土,又居仁政之前。惟事契之稠重,实愚冥之幸会。比于道路,始接光仪,蒙特异于眷存,仍曲加于燕劳。论情至厚,曾何谢于古人;处义甚高,固可敦于薄俗。违离未久,感恋交深。谅惟得日之良,甫及下车之始。颁条多预,纳福甚隆。伏惟知府少卿积学内充,怀材间出,久更当世之用,自结明主之知。高冠两梁,入缀班于九列;轻车驷马,出按部于百城。方图闲燕之宜,自请蕃宣之便。仁膺诏召,不待岁成。更惟上为庙朝,善绥寝饫。祷颂之至,序述宁殚。

洪州到任谢两府启

伏念巩天与朴愚，众知凡近。材不堪于施设，动辄乖宜；学多失于变通，理难应用。久与游于儒馆，仍有列于朝绅。适当千载之期，曾乏一毫之助。既不能明国家远大之体，为上建言；又未知究乡闾委曲之情，与民兴利。七移岁序，四易外官。坐尸禄廪之优，寂无称效；幸属章程之备，得以持循。兹蒙补郡之恩，俾遂便亲之请。望故乡而接壤，与仲弟以连城。及是忝逾，出于假借。此盖优遇某官，心存博爱，量极兼容。簪履之微，未忘于旧物；陶钧之大，不间于孤生。曲致公言，俾谐私计。惟尽承流之分，庶裨造物之仁。过此已还，未知所措。

张孝先曰："明国家远大之体，为上建言；究乡闾委曲之情，与民兴利。"此四句公之所以自谦者，乃其所以自矢者欤？读其文自知之。

贺东府启

右巩启：伏睹十月二十三日麻制，伏审史馆相公登庸，天下幸甚。伏惟史馆相公言为蓍蔡，行应准绳，兼文武之闳材，富天人之奥学。神祇幽赞，遭圣贤相得之时；夷夏耸观，备君臣咸有之德。果由枢轴，首秉钧衡。窃惟不世之姿，深达当今之务。必且开公平之路,以序进群能;销壅蔽之萌,以广延众论。以宽大为拯救疮痍之要,以安静为休息疲瘵之端。绌聚敛之无名,偃甲兵而不用。果推此道,以泽吾民。食味别声之伦,举皆受赐;殊邻绝党之俗,孰不向风?福禄可等于丘山,功名必永于金石。巩早游墙屏,幸遇陶熔。龃龉余生,始免挤排之患;零丁滞迹,渐期亨泰之来。想望门阑,以欣以跃。

贺蹇周辅授馆职启

右巩启:窃审奉被诏函,进登史观,伏惟庆慰。窃以安抚运使学士,材资秀特,识度淹冲。富华国之懿文,抱据经之宿学。一人嗟异,欲相如之同时;多士推先,服桓荣之稽古。果由时望,特被朝恩。流马木牛,方佐中都之费;金匮石室,遂窥广内之书。窃惟宠数之行,兹实要途之渐。伫跻法从,敦协金言。巩获在下风,侧闻成命。分符海徼,幸依德庇之余;寓直书林,更托隽游之末。其为欣庆,曷可缕陈?

回泉州陈都官启

右巩启:窃审祇奉茂恩,进升宠秩,伏惟庆慰。窃以知府都官周材经务，令德镇浮。席朊仕以弥优，简清衷而有素。循良之政，已洽于民谣；恬退之风，足敦于世教。果膺异数，进陟名曹。侧聆成命之行，方窃同声之喜。岂期厚眷，特枉长笺。载规谦抑之辞，但切感铭之悬。

明州到任谢两府启

右巩启：伏奉敕命，授前件差遣，已于正月二十五日到任上讫。伏念巩才无远用，学殆小知，误蒙假器之恩，愧乏当官之效。属时泰豫，遇上休明，欲治之心复追于三代，非常之旦特起于千龄。顾是孤生，最为远迹。虽逢辰之难得，独揣己之无堪。故群材衒鬻之初，未始自陈于薄技；而众论骋驰之际，何尝辄预于半辞？锱铢动谨于成规，毫发敢萌于私见。以兹循分，庶获寡尤。然而一去本朝，六祇外服。十年荏苒，未谐拱极之诚；万里周流，尚负循陔之念。当至仁之平施，亦微物之可哀。兹者方抵诏以在途，复析符而假守。惟四明之穷裔，处百奥之东偏。浮海之航，鼎来于远国；践山之筑，益起于坚城。猥出选抡，冒应寄属。此盖伏遇某官辅成世教，乐育士伦。阴推覆护之私，每借吹嘘之力。致兹顽钝，与在甄收。然而察无他恶之肠，方赖兼容之度。草茅之质，使遂于向阳；菽水之欢，许伸于反哺。尽待曲成之赐，俯厌难止之情。誓在糜捐，用酬钧播。

贺赵大资致政启

右巩启：窃审进秩宫朝，归荣里闬，伏惟庆慰。恭以致政宫保大资言为蓍蔡，行应准绳。肩一德以在躬，历三朝而遇主。谠言大论，著在朝堂；善政流风，被于藩服。引年求谢，抗疏弥坚。屡降德音，方倚老成之重；难回壮节，闵有官职之劳。躐升储寀之华，退遂家居之乐。门开祖帐，众叹大夫之贤；庭列赐车，自知稽古之力。惟能谐于素志，实何愧于昔人。巩叨荷陶钧，与游门馆。观大贤出处之迹，足劝士伦；知儒者进退之宜，敢忘师慕？其为欣跃，倍万等俦。

亳州到任谢两府启

右巩启：蒙恩授上件差遣，已于今月十六日到任上讫。伏念巩少虽好学，长乏异能。烛理甚疏，盖聪明之难强；受材素薄，顾齿发之已衰。误窃宠灵，叨尘器使。兹者缘避亲之著令，蒙易地之推恩。距畿甸以非遥，就庭闱而甚便。夫何蕞质，乃尔冒居？此盖伏遇某官，以广爱之心而辅成世教，以并容之度而奖育士伦。致是颛愚，及于推齿。慰倚门之望，已出于埏熔；谢推毂之言，敢忘于策励！庶收薄效，仰答误知。过此以还，未知所措。

到亳州与南京张宣徽启

　　右巩启：蒙易近藩，获邻乐境。虽未得就诸生之列，请益于《诗》《书》；然足以闻长者之风，仰高于道谊。始敢通笺记参候之礼，庶几将心诚饥渴之勤。载省孤蒙，实为幸会。今者杪秋伊始，严气将升，仰惟吐纳之宜，无爽燕间之喜。伏惟某官言为蓍蔡，行应准绳。茂劳烈于三朝，耸仪刑于四海。仲山之明且哲，宜保令名；鲁公之寿而臧，永膺全福。更冀上为邦国，善保寝兴。祷颂之诚，叙陈罔既。

回陆佃谢馆职启

　　右巩启：伏审祗膺诏检，入践书林，伏惟庆慰。伏惟侍讲学士敏识兼人，英辞华国。翰林子墨之赋，蚤擅雄名；玉杯繁露之篇，多明大义。岂独坐收于士望，固能自结于主知。特启书筵，密邻禁户。凡将急就之字，已赖发明；广内石室之藏，更资是正。兹惟异选，奚测远途。方喜托于余光，遽先承于华问。烨如黼藻，实骇于弥文；沛若江河，更钦于善下。其为感幸，曷罄敷陈！

与定州韩相公启

右巩启：伏念巩转走江湖，推移岁月，望门墙而既远，通书问以无缘。兹者蒙易近藩，匪遥台席。虽未得就诸生之列，请益于《诗》《书》；犹足以闻长者之风，仰高于道谊。始敢修笺记参候之礼，庶几将心诚饥渴之勤。载省孤蒙，实为幸会。属晏阴之在序，当严气之方升。仰惟吐纳之宜，无爽燕间之喜。伏惟判府相公言为蓍蔡，行应准绳。茂劳烈于三朝，耸仪刑于四海。韩侯之韠革金厄，暂殿方维；周公之衮衣绣裳，伫还钧轴。更冀上为邦国，善保寝兴。祷颂之诚，叙陈罔既。

贺韩相公赴许州启

右巩启：伏审远持信瑞，入奉清闲，假泰筮以诹辰，命馆人而饬驾。百灵奔卫，宜无陟降之劳；六气节宣，当遂神明之适。伏以判府相公材为人杰，行备天常。出尧舜之盛时，绍韦平之庆阀。忠纯之操，简注于三朝；恺悌之风，仪刑于四海。比辍庙堂之任，少留藩辅之雄。力抗至言，屡辞于荣禄；眷求旧德，方属于上心。用均边圉之勤，使易乡邦之便。韠革金厄，已严入觐之装；衮衣绣裳，行允公归之望。

仁膺典册，首秉钧衡。巩处世多奇，误知最久。持心素厚，未忘坠屦之微；引脰永怀，已动扫门之喜。更冀上为宗社，善保寝兴。

授中书舍人谢启

右巩启：伏蒙制命，授前件官者。窃以赞为明命，资讨论润色之工；服在从官，备诹度询谋之用。属非常之兴运，经不世之大猷。方追三代之风，以建一王之法。其于讲求体要，讨正典章，出独断之渊深，号积年之希阔。所以训齐群下，播告四方。非究极于人文，曷宣明于上意？矧参献纳，尤慎选抡。如巩者识虑少通，襟灵多蔽。徒恐黩于先绪，颇能味于经言。有颛愚好古之心，自知迂散；无广博为人之学，分甘弃捐。顾齿发之已衰，困风波而且久。晚逢真主，独赐误知。取于寡与之中，假以逾涯之宠。俾专史法，非薄质之能堪；遂掌训辞，岂谀能之可称？况策名于近要，预责实于论思。揣己以惭，瘝官可畏。何缘致此？固有繇然。兹盖伏遇某官翼亮天功，弥纶世务。仁接于物，每乐育于时材；谊在承君，故旁招于众俊。致兹顽钝，获备甄收。惟殚许国之诚，弥坚素志；庶达知人之遇，不在他门。

张孝先曰：先颂君恩，后申私意，固立言之体。

贺提刑状

右，伏审祗奉诏恩，总持使务，伏惟庆慰。伏以提刑屯田躬高明之德，席熙盛之期，起收科荣，光映朝序。发明吾道，则有文章之深淳；推行当时，是为治行之尤异。果膺迅用，以允金言。自江之东，握节而使，固将粹美于风俗，岂特是正于刑书？不次之升，为端于此。巩获分郡寄，得与公麻。幸喜之深，叙陈罔既。

太平州回转运状

右巩启：伏念巩夙惟孤质，最荷误知。属仗节以来思，得通名而觐止。辱为殊礼，尤出过恩。委曲拊循，丁宁顾访。轸艰难于即路，则许之假宠于舟艎；悯匮乏于腾装，则期以致怜于教墨。侧思寒陋，何用克堪；聚集感惭，岂胜指数？去违再宿，怀向兼年。伏惟通久祷于万灵，享洪休于百顺。窃以运使郎中受材闳廓，经德粹冲，布盛府之诏条，树外台之风绩。洽于人望，简在天心。行被命书，即膺远用。伏惟顺遵气节，安养寝兴。

太平州与本路转运状

　　右巩启：伏念更移岁序，阻越道途，音尘莫及于宾阶，书问不通于记室。飞驰精思，徯仰风威。伏惟顺履川流，安行舟御，享神明之协相，具福禄之来成。伏以运使郎中德绍家声，材周世用，隽望倾乎天下，壮猷蔼于朝端。建使者之节旄，宣扬惠泽。佐大农之计策，蕃长货财。拊劳烈以甚隆，席宠灵而宜厚。仁膺诏召，以协舆言。伏惟上为朝廷，善绥寝悚。

越州贺提刑夏倚状

　　右巩启：伏审祗奉诏封，荣分使节，伏惟庆悰。伏以提刑屯田抱材精敏，涵德粹温，文章为国之光华，治行乃时之表则。辍于朝著，处以使台，士望蔼然，时名籍甚。官用视年之丰耗，已食仓储；邦刑以世而重轻，仁清狱系。使仁声之既洽，则嚚讼之可无，然后入奉命书，进升法从，在于公议，实允舆情。巩于此备官，云初托庇，喜趋风之甚迩，谅考履之惟和。更冀副上倚毗，顺时调护。其为祷颂，曷究敷陈？

贺转运状

伏审祗奉诏封，就更使节，伏惟庆慰。伏以运使司封受材闳远，植性粹冲，风猷为世之表仪，治行乃时之轨则。果用详刑之最，来分将漕之权。威名已动于连城，惠术行周于比户。岂止调盈虚于岁计，内足邦储；方且知缓急于人情，下流主泽。然后进陪侍从，入奉询谋，在公论以犹稽，实舆诚之所系。巩备官于此，托庇云初。将承望于余光，但欣愉于懦思。属祁寒之在序，谅福履之保和。敢冀上为朝廷，善调兴寝。祷颂之至，叙述奚周？

贺杭州赵资政冬状

右巩启：窃以布律而候，气萌动于黄宫；立表以须，景长至于南极。伏惟知府资政受材闳廓，含德粹纯，壮经国之大猷，济格天之盛业。履兹令序，茂集休祺。典册衮衣，仁履三公之位；旂常鼎鼐，当传万世之功。巩祗服冠篾，远违门著，素积依归之望，弥深祷颂之勤。

贺北京留守韩侍中正旦状

右巩启：伏以岁起于东，茂对三阳之盛；物生于震，聿开万化之端。伏惟某官行应中和，道含纯粹。属四方之系望，简三后之眷怀。德为民彝，故称宗庙之器；功在王室，是为社稷之臣。顺履昌期，具膺繁祉。仁奉承于典册，复登翊于岩廊。巩限守印章，阻趋墙屏，仰望威重，不任祷颂之至。

贺郓州邵资政改侍郎状

右巩启：窃审祇被明缗，进升宠秩，伏惟庆慰。伏以安抚资政侍郎材经世务，文擅国华。攀日月之高衢，践机衡之要地。方兼荣于秘殿，用均逸于价藩。属时靖嘉，维上豫动。访昔游于博望，怀旧学于甘盘。乃升宗伯之联，居贰卿曹之重。惟隆名异数之锡，已绝当时；固元勋盛德之殊，岂稽图任？仁还柄用，式允舆情，驰庆末由，依归滋剧。

襄州回相州韩侍中状

右巩启：僻守陋邦，远违严屏。永言向慕，但倾茅塞之心；自便退藏，莫驰竽牍之问。敢期赐教，出自过恩。形意爱之拊循，枉题评之奖引。譬如寒谷，幸蒙六律之吹；有若秋毫，遂借千钧之重。秘藏巾衍，铭镂肺肝。惟偃息于便藩，素充盈于浩气。百神所相，万福来绥。伏以司徒侍中行应准绳，言为蓍蔡，肩一心之忠谊，弼三后之谋谟。安社稷之元功，传于竹帛；被华夷之盛德，布在管弦。方且辞钧轴于庙堂，拥旌幢于乡国。然而人咏方叔，克壮元老之猷；时思谢安，出慰苍生之望。宜就赞书之拜，伫谐华衮之归。

回枢密侍郎状

右巩启：伏念巩久兹外补，利在退藏。一切不为京师之书，以此亦疏左右之问。分当弃置，理绝收怜。岂期尚记于姓名，特赐亲纡于翰墨。处大寒而不变，乃知松柏之坚；兼庶类而并容，则维江汉之广。孤怀易感，重谊难忘。但注仰于门阑，实镂铭于肺腑。今者景风扇物，畏日御躔。伏惟襄赞万机，顺膺百福。敢觊上为邦国，善保寝兴。祷颂之诚，指陈难既。

回亳州知府谏议状

　　右巩启：伏念自违墙屏，浸易岁时，比潜伏于外邦，久弃捐于人事。虽向往之意不暂弭忘，而参候之勤至于旷绝。敢谓曲敦雅旧，尚记庸虚。赐劳问于华笺，致殷勤于亲笔。文如黼藻，加一字以为荣；操若松筠，贯四时而不改。以惭且感，欲报奚言？今者窃审固避机衡，出临屏翰，始敢沥茅心之至恳，具竿牍之常仪，少赎旷疏，觊蒙开察。盖天时之迭运，属春令之方行。伏惟开阁之初，偃藩甚乐。休有神明之助，茂臻福履之宜。镇抚名城，暂屈承流之寄；旋归宰路，伫膺图旧之求。更惟上为宗祏，善调寝饩。祷颂之至，但切下情。

回运使郎中状

　　右巩启：伏念巩仰高所至，驰思为深，恋势之殊，属书以进。枉遇恩之特厚，流华问以见存。文辞烂然，意气勤甚。虽德心之大，遗名秩以自谦；而士品之微，顾材资而安称？其为佩服，曷罄指陈！急景云初，祁寒将盛。伏惟遵道途之易，询采于风谣；察闾里之勤，布行于德惠。神灵所护，福禄攸宜。恭以运使郎中材足兼人，志存及物。出高明之庆族,接熙洽之盛期。通班于朝,揭节而使。自簿书期会之纤悉,莫不注心;至山岩窟穴之幽深,举皆受赐。足以救一时之敝,故能得万事之宜。休声所归,远用行及。伏惟遵时之顺,养气以恬。庶允舆人之情,不违拙者之望。

到任谢职司诸官员状

右巩启:比者祗命守邦,涓辰视事。惟是孤蒙之质,幸依庇冒之余。窃念巩才不逮人,学多泥古。久备官于册府,徒窃食于累朝。兹假便藩,实缘私请。伏遇某官体仁为任,充美在躬。素自结于主知,方出宣于使指。敛时利泽,播在东南;籍甚休声,洽于中外。顾忝属城之任,实谐德宇之依。尚阻参承,但深欣忭。

福州回曾侍中状

右巩启:伏念自远门阑,荐更时序,顾兹艰拙,利在退藏。虽有心诚向往之勤,而无书记候问之礼。敢期眷与,特赐诲存。获承黼藻之褒,弥见松筠之操。其为感激,但切铭藏。属凝冱之在辰,惟燕闲之均福。伏以致政太傅侍中素推人杰,畣代天工。意诚心正而家齐,已仪刑于王室;功成名遂而身退,遂表则于士伦。聊曼衍以穷年,坐优游而进道。矧臧孙之有后,继周公之拜前。阿衡之格于天,《书》载君臣之德;司徒之善其职,《诗》称父子之功。方赖壮猷,阴裨至治。更冀上为邦国,善保寝兴。祷颂之诚,不胜恳悃。

移亳州回人贺状

右巩启:比缘恳请,得假善藩。既谐窃禄之私,实获事亲之便。惭无善政,可称厚恩。岂谓某人特枉缄封,曲垂奖录。言为黼藻,饰陋质以为荣;操若松筠,处大寒而不变。其为感愧,曷尽指陈?惟溽暑之方隆,谅燕居之多适。更祈保摄,用仦迁升。

东府贺冬状

右巩启:伏以气动于微,升一阳而方长;物资其始,萌万宝于将亨。伏惟某官,行蹈中庸,业存久大,为生民之蓍蔡,任王室之股肱。四岳之亮天功,其凝庶绩;百揆之熙帝载,攸叙彝伦。茂对休辰,具膺繁祉。巩方祇官次,阻诣门阃。

西府贺冬状

右巩启:伏以物资其始,萌万宝于将亨;气动于微,升一阳于方长。伏惟某官业存久大,行蹈中庸,为蓍蔡于生民,任股肱于王室。共武之服,久专总于枢机;秉国之均,仁首当于衡轴。对休辰而茂协,膺繁祉以具宜。巩限此守邦,未缘为寿。

回人贺授史馆修撰状

右巩启:误被上恩,进专史事,顾惭孤陋,曷称选抡?伏念巩齿发蚤衰,材质素薄。差池一纪,久流落于风波;推徙七州,浸沉迷于簿领。讵期皓首,获奉清光。拔于多士之中,宠以非常之遇。惟累朝之盛典,垂列圣之鸿名,宜得异能,使之实录。岂伊鄙钝,可尽形容?惧莫副于简求,方内怀于兢愧。敢意眷思之厚,特迁庆问之勤。矧奖饰之逾涯,俾夤缘而借重。其为感幸,难既敷陈。

张孝先曰：南丰久徙外州，淡于进取。及是加史馆修撰，专典国史，时盖已老矣。故其言特凄惋。

回人贺授舍人状

右巩启：叨奉制恩，进登词掖，误蒙任属，私积兢惭。巩器识少通，性资多蔽，非有为人之学，徒坚好古之心。矧齿发之已衰，困风波而且久。晚逢真主，独赐重知。取于寡与之中，假以逾涯之宠。甫专史笔，遂掌训辞。惟清切之近班，实论思之要地。方惊冒处，良用怓颜。未遑削牍之勤，遽辱腾书之贶。其为感佩，曷罄敷陈。

张孝先曰：学非为人，心坚好古，此南丰一生立脚处。文之传世而行远，岂偶然哉！

卷之十七　曾文定公文

唐　论

　　成康殁，而民生不见先王之治，日入于乱，以至于秦，尽除前圣数千载之法。天下既攻秦而亡之，以归于汉。汉之为汉，更二十四君，东西再有天下，垂四百年。然大抵多用秦法，其改更秦事，亦多附己意，非放先王之法而有天下之志也。有天下之志者，文帝而已。然而天下之材不足，故仁闻虽美矣，而当世之法度，亦不能放于三代。汉之亡，而强者遂分天下之地。晋与隋虽能合天下于一，然而合之未久而已亡，其余不足议也。代隋者唐，更十八君，垂三百年，而其治莫盛于太宗。太宗之为君也，讪己从谏，仁心爱人，可谓有天下之志。以租庸任民，以府卫任兵，以职事任官，以材能任职，以兴义任俗，以尊本任众。赋役有定制，兵农有定业，官无虚名，职无废事。人习于善行，离于末作。使之操于上者，要而不烦；取于下者，寡而易供。民有农之实，而兵之备存；有兵之名，而农之利在。事之分有归，而禄之出不浮。材之品不遗，而治之体相承。其廉耻日以笃，其田野日以辟。以其法修则安且治，废则危且乱，可谓有天下之材。行之数岁，粟米之贱，斗至数钱，居者有余蓄，行者有余资，人人自厚，几致刑措，可谓有治天下之效。夫有天下之志，有天下之材，又有治天下之效，然而不得与先王并者，法度之行，拟之先王未备也；礼乐之具，田畴之制，庠序之教，拟之先王未备也；躬亲行阵之间，战必胜，攻必克，天下莫不以为武，而非先王之所尚也；四夷万里，古所未及以政者，莫不服从，天下莫不以为盛，而非先王之所务也。太宗之为政于天下者，得失如此。

由唐、虞之治五百余年而有汤之治，由汤之治五百余年而有文、武之治，由文、武之治千有余年而始有太宗之为君。有天下之志，有天下之材，又有治天下之效，然而又以其未备也，不得与先王并而称极治之时。是则人生于文、武之前者，率五百余年而一遇治世；生于文、武之后者，千有余年而未遇极治之世也。非独民之生于是时者之不幸也，士之生于文、武之前者，如舜、禹之于唐，八元、八凯之于舜，伊尹之于汤，太公之于文、武，率五百余年而一遇。生于文、武之后千有余年，虽孔子之圣、孟轲之贤而不遇，虽太宗之为君而未可以必得志于其时也，是亦士民之生于是时者之不幸也。故述其是非得失之迹，非独为人君者可以考焉，士之有志于道而欲仕于上者可以鉴矣。

茅鹿门曰：文格似弱，而其议则正当。

张孝先曰：唐太宗之治虽未及于古，然三代以下言治者必以贞观为极盛。由太宗有其志，有其材，而遂有其效也。其论太宗为政于天下，著其所以得而又原其所以不及于古者，炯炯如指上罗纹。子固留心经世如此！

佛　教

建隆初，诏佛寺已废于显德中不得复兴。开宝中，令僧尼百人许岁度一人。至道初，又令三百人岁度一人，以诵经五百纸为合格。先是泉州奏僧尼未度者四千人，已度者万数。天子惊骇，遂下诏曰：古者一夫耕，三人食，尚有受馁者。今一夫耕，十人食，天下安得不重困？水旱安得无转死之民？东南之俗，游惰不职者跨村连邑，去而为僧，朕甚嫉焉，故立此制。

张孝先曰：子固尝论佛氏之教无用而食民之食，法止于今之为者而不许复入，则旧徒之尽也不日矣。诚如开宝之诏，则不特可以正人心，而且可以足民食，其益于世道，岂浅鲜哉！

讲　官　议

孔子之语教人曰：不愤悱，不启发；举一隅不以三隅反，则不告也。孟子之语教人曰：有答问者。荀子之语教人曰：不问而告谓之傲，问一而告二谓之囋。傲，非也。囋，非也。君子如响。故《礼》无往教而有待问，则师之道，有问而告之者尔。世之挟书而讲者，终日言，而非有问之者也，乃不自知其强聒而欲以师自任，何其妄也！

古之教世子之法，太傅审父子君臣之道以示之，少傅奉世子以观太傅之德行而审喻之。则示之以道者，以审喻之为浅，故不为也。况于师者，何为也哉？正己而使观之者化尔。故得其行者，或不得其所以行；得其言者，或不得其所以言也。仰之而弥高，钻之而弥坚，德如是，然后师之道尽。故天子不得而召也，诸侯不得而友也，又况得而臣之乎？此伊尹、太公、子思、孟子之徒所以忘人之势，而唐、虞、三代大有为之君所以自忘其势也。

世之挟书而讲于禁中者，官以侍为名，则其任固可知矣。乃自以谓吾师道也，宜坐而讲，以为请于上，其为说曰："必如是，然后合于古之所谓坐而论道者也。"夫坐而论道，谓之三公，作而行之，谓之卿大夫，语其任之无为与有为，非以是为尊师之道也。且礼于朝，王及群臣皆立，无独坐者；于宴皆坐，无独立者，故坐未尝以为尊师之礼也。昔晋平公之于亥唐，坐云则坐。曾子之侍仲尼，子曰参复坐。则坐云者，盖师之所以命学者，未果有师道者。顾仆仆然以坐自请者也，则世之为此者非妄欤？故为此议以解其惑。

茅鹿门曰：严紧而峻，必因当时伊川争坐讲，故有此议。

张孝先曰：上半篇论讲非师道，谓其不待问而告，则疑于强聒也。后半篇论坐讲不足以为尊师之礼，而不当以坐自请。其辨甚峻，然观其意有似乎激而过者。夫必待问而后告，苟不问，则不告矣。不问之时固多也，因而不问而遂可以废讲乎？坐而讲不足为尊师，苟立而讲，其体不已亵乎？以坐请者，所以重道，非自重也。则讲固未可废，而请坐讲固亦未可议也。南丰此论，其殆有激而过者耶！

为人后议

《礼》，大宗无子，则族人以支子为之后。为之后者，为所后服斩衰三年，而降其父母期。《礼》之所以如此者，何也？以谓人之所知者近，则知亲爱其父母而已；所知者远，则知有严父之义。知有严父之义，则知尊祖；知尊祖，则知大宗者上以继祖，下以收族，不可以绝，故有以支子为之后者。为之后者，以受重于斯人，故不得不以尊服服之。以尊服服之而不为之降己亲之服，则犹恐未足以明所后者之重也。以尊服服之，又为之降己亲之服，然后以谓可以明所后者之重，而继祖之道尽，此圣人制礼之意也。

夫所谓收族者，《记》称与族人合食，序以昭穆，别以礼义之类。是特诸侯别子之大宗，而严之如此。况如《礼》所称天子及其始祖之所自出者，此天子之大宗，是为天地、宗庙、百神祭祀之主，族人万世之所依归，而可以不明其至尊至重哉！故前世人主有以支子继立而崇其本亲，加以号位，立庙奉祀者，皆见非于古今。诚由所知者近，不能割其私爱，节之以礼，故失所以奉承正统、尊无二上之意也。若于所后者以尊服服之，又为之降己亲之服，而退于己亲，号位不敢以非礼有加也，庙祀不敢以非礼有奉也，则为至恩大义，固已备矣。而或谓又当易其父母之名，从所后者为属，是未知考于《礼》也。《礼》"为人后者，为所后者之祖父母、父母、妻之父母、昆弟、昆弟之子若子"者，此其服为所后者，而非为己也。为其父母期，为其昆弟大功，为其姊妹适人者小功，皆降本服一等者，此其服为己，而非为所后者也。使于其父母，服则为己，名则为所后者，则是名与实相违，服与恩相戾矣。圣人制礼，不如是之舛也。且自古为人后者，不必皆亲昆弟之子，族人之同宗者皆可为之，则有以大功、小功昆弟之子而为之者矣，有以缌麻、袒免、无服昆弟之子而为之者矣。若当从所后者为属，则亦当从所后者为服。从所后者为服，则于其父母，有宜为大功、为小功、为缌麻、为袒免、为无服者矣。而圣人制礼，皆为其父母期，使足以明所后者重而已，非遂以谓当变其亲也。亲非变，则名固不得而易矣。戴德、王肃《丧记》曰：为人后者，为其父母降一等，服齐衰期，其服之节、居倚庐、言语、饮食，与父在为母同，其异者不祥不禫。虽除服，心丧三年。故至于今，著于服令，未之有改也。岂有制服之重如此，而其名遂可以绝乎？又崔凯《丧服驳》曰：本亲有自然之恩，降一等，则足以明所后者为重，无缘乃绝之矣。夫未尝以谓可以绝其亲，而辄谓可以绝其名，是亦惑矣。且支子所以后大宗者，为推其严父之心以尊祖也。顾以尊祖之故，而不父其父，岂本其恩之所由生，而先王教天下之意哉？又《礼》"适子不可为人后"者，以其传重也；"支子可以为人后"者，以非传重也。使传重者后己宗，非传重者后大宗，其意可谓即乎人心，而使之两义俱安也。今若使为人后者以降其父母之服一等，而遂变革其名，不以为父母，则非使之两义俱安，而不即乎人心莫大乎如是也。夫人道之于大宗，至尊至重，不可以绝，尊尊也。人子之于父母，亦至尊至重，不可以绝，亲亲也。尊尊、亲亲，其义一也，未有可废其一者。故为人后者，为之降其父母之服，《礼》则有之矣；为之绝其父母之名，则《礼》未之有也。

或以谓欲绝其名者，盖恶其为二，而使之为一，所以使为人后者之道尽也。夫迹其实，则有谓之所后，有谓之所生；制其服，则有为己而非为所后者，有为所后而非为己者。皆知不可以恶其为二而强使之为一也。至于名者，盖生于实也，乃不知其不可以恶其为二而欲强使之为一，是亦过矣。藉使其名可以强使之为一，而迹其实之非一，制其服之非一者，终不可以易，则恶在乎欲绝其名也。故古之圣人知不可以恶其为二而强使之为一，而能使其属之疏者相与为重，亲之厚者相与为轻，则以礼义而已矣。何则？使为人后者，于其所后，非己亲也，而为之服斩衰三年，为其祭主，是以义引之也。于其所生，实己亲也，而降服齐衰期，不得与其祭，是以礼厌之也。以义引之，则属之疏者相与为重；以礼厌之，则亲之厚者相与为轻，而为人后之道尽矣。然则欲为人后之道尽者，在以礼义明其内，而不在于恶其为二而强易其名于外也。故《礼·丧服·齐衰不杖期》章曰："为人后者为其父母服。"此见于《经》"为人后者于其本亲称父母"之明文也。汉祭义以谓宣帝亲谥宜曰悼，魏相以谓宜称尊号曰皇考，立庙。后世议者皆以其称皇立庙为非，至于称亲、称考，则未尝有以为非者也。其后魏明帝尤恶为人后者厚其本亲，故非汉宣加悼考以皇号，又谓后嗣有由诸侯入继正统者,皆不得谓考为皇,称妣为后。盖亦但禁其猥加非正之号,而未尝废其考妣之称。此见于前世议论"为人后者于其本亲称考妣"之明文也。又晋王坦之《丧服议》曰:"罔极之重,非制教之所裁;昔日之名,非一朝之所去。"此出"后之身所以有服本亲"也。又曰:"情不可夺,名不可废,崇本叙恩,所以为降。"则知为人后者未有去其所出父母之名,此古人之常理,故坦之引以为制服之证。此又见于前世议论"为人后者于其本亲称父母"之明文也。是则为人后者之亲,见于《经》,见于前世议论,谓之父母,谓之考妣者,其大义如此,明文如此。至见于他书及史官之记,亦谓之父母,谓之考妣,谓之私考妣,谓之本亲。谓之亲者,则不可一二数,而以为世父、叔父者,则不特《礼》未之有,载籍已来固未之有也。今欲使从所后者为属,而革变其父母之名,此非常异义也。不从经文与前世数千载之议论,亦非常异义也。而无所考据以持其说,将何以示天下乎?且中国之所以为贵者,以有父子之道,又有六经与前世数千载议论以治之故也。今忽欲弃之,而伸其无所考据之说,岂非误哉!

或谓为人后者,于其本亲称父母,则为两统二父,其可乎?夫两统二父者,谓加考以皇号,立庙奉祀,是不一于正统,怀二于所后,所以若其非,而非谓不变革其父母之名也。

然则加考以皇号,与《礼》及立庙称皇考者有异乎?曰:皇考一名,而为说有三。《礼》曰考庙,曰王考庙,曰皇考庙,曰显考庙,曰祖考庙。是则以皇考为曾祖之庙号也。魏相谓汉宣帝父宜称尊号曰皇考,既非《礼》之曾祖之称,又有尊号之文,故魏明帝非其加悼考以皇号。至于光武亦于南顿君称皇考庙,义出于此,是以加皇号为事考之尊称也。屈原称:"朕皇考曰伯庸。"又晋司马机为燕王告祢庙文,称:"敢昭告于皇考清惠亭侯。"是又达于群下,以皇考为父殁之通称也。以为曾祖之庙号者,于古用之;以为事考之尊称者,于汉用之;以为父殁之通称者,至今用之。然则称之亦有可有不可者乎?曰:以加皇号为事考之尊称者,施于为人后之义,是干正统,此求之于《礼》而不可者也;达于群下以皇考为父殁之通称者,施于为人后之义,非干正统,此求之于《礼》而可者也。然则以为父殁之通称者,其不可如何?曰:若汉哀帝之亲称尊号曰恭皇,安帝之亲称尊号曰孝德皇,是又求之于《礼》而不可者也。且《礼》,父为士,子为天子,祭以天子,其尸服以士服。子无爵父之义,尊父母也。前世失礼之君,崇本亲以位号者,岂独失为人后奉祀正统、尊无二上之意哉!是以子爵父,以卑命尊,亦非所以尊厚其亲也。前世崇饰非正之号者,其失如此;而后世又谓宜如期亲故事增官广国者,亦可谓皆不合于《礼》矣。

夫考者,父殁之称,然施于礼者,有朝廷典册之文,有宗庙祝祭之辞而已。若不加位号,则无典册之文;不立庙奉祀,则无祝祭之辞。则虽正其名,岂有施于事者?顾言之不可不顺而已。此前世未尝以为可疑者,以《礼》甚明也。今世议者纷纷,至于旷日累时,不知所决者,盖由不考于《礼》,而率其私见也。故采于《经》,列其旨意,庶得以商榷焉。

茅鹿门曰：引据最严密，盖以濮园之后，故有此议。

张孝先曰：濮园之议，欧阳公以为为人后者，为其父母降服三年为期，而不没父母之名，以见服可降而名不可没也。子固此篇，援据反复，皆所以发明欧阳公之议也。后竟诏称濮王为亲，廷议纷然攻之。程子以为宜称皇伯父濮国太王，在濮王极尊崇之道，于仁宗无嫌贰之失。则子固此议，亦未为定论也。当以程子之说为是。

救 灾 议

河北地震、水灾，隳城郭，坏庐舍，百姓暴露乏食。主上忧悯，下缓刑之令，遣拊循之使，恩甚厚也。然百姓患于暴露，非钱不可以立屋庐；患于乏食，非粟不可以饱，二者不易之理也。非得此二者，虽主上忧劳于上，使者旁午于下，无以救其患、塞其求也。

有司建言，请发仓廪与之粟，壮者人日二升，幼者人日一升，主上不旋日而许之，赐之可谓大矣。然有司之所言，特常行之法，非审计终始，见于众人之所未见也。今河北地震、水灾所毁败者甚众，可谓非常之变也。遭非常之变者，亦必有非常之恩，然后可以振之。今百姓暴露乏食，已废其业矣，使之相率日待二升之廪于上，则其势必不暇乎他为，是农不复得修其畎亩，商不复得治其货贿，工不复得利其器用，闲民不复得转移执事，一切弃百事而专意于待升合之食以偷为性命之计，是直以饿殍之养养之而已，非深思远虑为百姓长计也。以中户计之,户为十人,壮者六人,月当受粟三石六斗,幼者四人,月当受粟一石二斗。率一户,月当受粟五石,难可以久行也。不久行,则百姓何以赡其后?久行之,则被水之地,既无秋成之望,非至来岁麦熟,赈之未可以罢。自今至于来岁麦熟,凡十月,一户当受粟五十石。今被灾者十余州,州以二万户计之,中户以上及非灾害所被、不仰食县官者去其半,则仰食县官者为十万户,食之不遍,则为施不均,而民犹有无告者也;食之遍,则当用粟五百万石而足,何以办此?又非深思远虑为公家长计也。至于给授之际,有淹速,有均否,有真伪,有会集之扰,有辨察之烦,措置一差,皆足致弊。又群而处之,气久蒸薄,必生疾疠,此皆必至之害也。且此不过能使之得旦暮之食耳,其于屋庐构筑之费将安取哉?屋庐构筑之费既无所取,而就食于州县,必相率而去其故居,虽有颓墙坏屋之尚可完者,故材旧瓦之尚可因者,杂器众物之尚可赖者,必弃之而不暇顾,甚则杀牛马而去者有之,伐桑枣而去者有之,其害又可谓甚也。今秋气已半,霜露方始,而民露处不知所蔽,盖流亡者亦已众矣。如是不可止,则将空近塞之地。空近塞之地,失战斗之民,此众士大夫之所虑而不可谓无患者也。空近塞之地,失耕桑之民,此众士大夫所未虑而患之尤甚者也。何则?失战斗之民,异时有警,边戍不可以不增尔;失耕桑之民,异时无事,边籴不可以不贵矣。二者皆可不深念欤?万一或出于无聊之计,有窥仓库,盗一囊之粟、一束之帛者,彼知已负有司之禁,则必鸟骇鼠窜,窃弄锄梃于草茅之中,以扞游徼之吏,强者既嚣而动,则弱者必随而聚矣。不幸或连一二城之地,有桴鼓之警,国家胡能晏然而已乎？况乎外有夷狄之可虑,内有郊祀之将行,安得不防之于未然,销之于未萌也？

　　然则为今之策,下方纸之诏,赐之以钱五十万贯,贷之以粟一百万石,而事足矣。何则？令被灾之州为十万户,如一户得粟十石,得钱五千,下户常产之赀,平日未有及此者也。彼得钱以完其居,得粟以给其食,则农得修其畎亩,商得治其货贿,工得利其器用,闲民得转移执事,一切得复其业而不失其常生之计,与专意以待二升之廪于上、而势不暇乎他为,岂不远哉？此可谓深思远虑,为百姓长计者也。由有司之说,则用十月之费,为粟五百万石；由今之说,则用两月之费,为粟一百万石。况贷之于今而收之于后,足以赈其艰乏,而终无损于储偫之实,所实费者,钱五十万贯而已。此可谓深思远虑,为公家长计者也。又无给授之弊,疾疠之忧,民不必去其故居,苟有颓墙坏屋之尚可完者,故材旧瓦之尚可因者,杂器众物之尚可赖者,皆得以不失。况于全牛马,保桑枣,其利又可谓甚也。虽寒气方始,而无暴露之患；民安居足食,则有乐生自重之心；各复其业,则势不暇乎他为,虽驱之不去,诱之不为盗矣。夫饥岁聚饿殍之民,而与之升合之食,无益于救灾补败之数,此常行之弊法也。今破去常行之弊法,以钱与粟一举而赈之,足以救其患,复其业。河北之民闻诏令之出,必皆喜上之足赖,而自安于畎亩之中,负钱与粟而归,与其父母妻子脱于流亡转死之祸,则戴上之施,而怀欲报之心,岂有已哉！天下之民,闻国家措置如此,恩泽之厚,其孰不震动感激,颂主上之义于无穷乎?如是,而人和不可致,天意不可悦者,未之有也。人和洽于下,天意悦于上,然后玉辂徐动,就阳而郊;荒夷殊陬,奉币来享;疆内安辑,里无嚣声,岂不通变于可为之时,消患于无形之内乎?此所谓审计终始,见于众人之所未见也。不早出此,或至于一有桴鼓之警,则虽欲为之,将不及矣。

或谓方今钱粟恐不足以办此。夫王者之富,藏之于民,有余则取,不足则与,此理之不易者也。故曰:"百姓足,君孰与不足?百姓不足,君孰与足?"盖百姓富实而国独贫,与百姓饿殍而上独能保其富者,自古及今,未之有也。故又曰:"不患贫而患不安。"此古今之至戒也。是故古者二十七年耕,有九年之蓄,足以备水旱之灾,然后谓之王政之成。唐水汤旱而民无捐瘠者,以是故也。今国家仓库之积,固不独为公家之费而已,凡以为民也。虽仓无余粟,库无余财,至于救灾补败,尚不可以已,况今仓库之积尚可以用,独安可以过忧将来之不足,而立视夫民之死乎?古人有言曰:"剪爪宜及肤,割发宜及体。"先王之于救灾,发肤尚无所爱,况外物乎?且今河北州军凡三十七,灾害所被十余州军而已。他州之田,秋稼足望,今有司于籴粟常价斗增一二十钱,非独足以利农,其于增籴一百万石易矣。斗增一二十钱,吾权一时之事,有以为之耳。以实钱给其常价,以茶莼香药之类佐其虚估,不过捐茶莼香药之类,为钱数巨万贯而其费已足。茶莼香药之类,与百姓之命孰为可惜,不待议而可知者也。夫费钱五巨万贯,又捐茶莼香药之类,为钱数巨万贯,而足以救一时之患,为天下之计,利害轻重又非难明者也。顾吾之有司能越拘挛之见,破常行之法与否而已。此时事之急也。故述斯议焉。

茅鹿门曰:子固大议,其剖析利害处最分明。

张孝先曰:灾荒之行,国家所不能免,故先王以荒政救民,贵讲之豫,则民不至于饿殍流离。不幸而至于饿殍流离,尤在上之人破常格而速救之。倘拘于有司之议,惮于仓廪之发,迁延时日,而死亡者已不忍言矣。读子固此议,下为百姓计,上为公家计,大要存破去常法而速为之赈救。深思远虑,无微不彻,真经济有用之文,学者所当留心者也。

洪渥传

洪渥,抚州临川人。为人和平。与人游,初不甚欢,久而有味。家贫,以进士从乡举,有能赋名。初进于有司,辄连黜。久之乃得官。官不自驰骋,又久不进,卒监黄州麻城之茶场以死。死不能归葬,亦不能返其柩。里中人闻渥死,无贤愚皆恨失之。

予少与渥相识,而不深知其为人。渥死,乃闻有兄年七十余,渥得官而兄已老,不可与俱行。渥至官,量口用俸,掇其余以归,买田百亩居其兄,复去而之官,则心安焉。渥既死,兄无子,数使人至麻城抚其柩,欲返之而居以其田。其

419

孱盖弱，力不能自致，其兄益已老矣，无可奈何，则念辄悲之。其经营之犹不已，忘其老也。渥兄弟如此无愧矣。渥平居若不可任以事，及至赴人之急，早夜不少懈，其与人真有恩者也。

予观古今豪杰士传，论人行义，不列于史者，往往务撼奇以动俗，亦或事高而不可为继，或伸一人之善而诬天下以不及，虽归之辅教警世，然考之《中庸》或过矣。如渥所存，盖人人所易到，故载之云。

> 茅鹿门曰：有深思，有法度。
>
> 张孝先曰：渥为小官，得禄以奉兄，友爱如是，故生而人悦，死而人悲。世未有薄天性之爱，而能与人有恩者也。南丰特为传以讽世，文愈简质，而其愈可思焉。

书魏郑公传

余观太宗常屈己以从群臣之议，而魏郑公之徒，喜遭其时，感知己之遇，事之大小无不谏诤，虽其忠诚自至，亦得君以然也。则思唐之所以治，太宗之所以称贤主，而前世之君不及者，其渊源皆出于此也。能知其有此者，以其书存也。及观郑公以谏诤事付史官，而太宗怒之，薄其恩礼，失终始之义，则未尝不反复嗟惜，恨其不思，而益知郑公之贤焉。

夫君之使臣与臣之事君者何？大公至正之道而已矣。

大公至正之道，非灭人言而掩己过，取小亮以私其君，此其不可者也。又有甚不可者，夫以谏诤为当掩，是以谏诤为非美也，则后世谁复当谏诤乎？况前代之君有纳谏之美，而后世不见，则非惟失一时之公，又将使后世之君，谓前代无谏诤之事，是启其怠且忌矣。太宗末年，群下既知此意而不言，渐不知天下之得失。至于辽东之败，而始恨郑公不在世，未尝知其悔之萌芽出于此也。

夫伊尹、周公何如人也？伊尹、周公之谏切其君者，其言至深，而其事至迫也。存之于书，未尝掩焉。至今称太甲、成王为贤君，而伊尹、周公为良相者，以其书可见也。令当时削而弃之，成区区之小让，则后世何所据依而谏？又何以知其贤且良欤？桀纣、幽、厉、始皇之亡，则其臣之谏词无见焉，非其史之遗，乃天下不敢言而然也。则谏诤之无传，乃此数君之所以益暴其恶于后世而已矣。

或曰："《春秋》之法，为尊亲贤者讳，与此戾矣。"夫《春秋》之所以讳者，恶也，纳谏诤岂恶乎？然则焚稿者非欤？曰：焚稿者谁欤？非伊尹、周公为之也，近世取区区之小亮者为之耳，其事又未是也。何则？以焚其稿为掩君之过，而使后世传之，则是使后世不见稿之是非，而必其过常在于君，美常在于己也，岂爱其君之谓欤？孔光之去其稿之所言，其在正邪，未可知也。而焚之而惑后世，庸讵知非谋己之奸计乎？或曰："造辟而言，诡辞而出，异乎此。"曰：此非圣人之所曾言也。令万一有是理，亦谓君臣之间，议论之际，不欲漏其言于一时之人耳，岂杜其告万世也？

噫！以诚信持己而事其君，而不欺乎万世者，郑公也。益知其贤云，岂非然哉！岂非然哉！

茅鹿门曰：借魏郑公以讽世之焚稿者之非，而议论甚圆畅可诵。

张孝先曰：纳谏乃盛德之事，太宗怒魏郑公以谏诤事付史官，盖好名之心胜，所以不及古帝王之大公无我者，在此也。南非特表魏郑公之贤，而并辨焚稿者之非。其文透迤曲到，足以发人识见而正其心术，非苟作者。

祭王平甫文

呜呼平甫！决江河不足以为子之高谈雄辩，吞云梦不足以为子之博闻强记。至若操纸为文，落笔千字，倘徉恣肆，如不可穷，秘怪恍惚，亦莫之系，皆足以高视古今，杰出伦类。而况好学不倦，垂老愈专，自信独立，在约弥厉。而志屈于不申，材穷于不试。人皆待子以将昌，神胡速子于长逝！

呜呼平甫！念昔相逢，我壮子稚，间托婚姻，相期道义。每心服于超轶，亦情亲于乐易。何堂堂而山立，忽泯泯而飙驶。讣皎皎而犹疑，泪汶汶而莫制。聊寓荐于一觞，纂斯言而见意。

张孝先曰：其文学人品具见于尺幅中。

祭宋龙图文

嗟乎次道！公于古今典章沿革，得之于心，山藏海积。又于旧闻，隐显纤悉，析之以口，天高日白。公在朝廷，群公百司，解惑释疑，公为蓍龟；公在太史，维僚与属，正谬辨讹，公为耳目。今公亡矣，廷有大议，问故事者，众失其归；国有大典，考前载者，人失其师。况公行不绝俗，而动有常度；言不忤物，而辞无可疵。靖退之风，愈老而弥邵；方直之操，自信而不回。至于笃友尚旧，比义亲仁，追往烈而竞逐，岂庸态之能邻？然而蚤蹈历于儒官，晚委蛇于从臣，曾未得历禁林之献纳，任廊庙之弥纶。何鸾仪而鹄峙，忽飘逝而星沦。哭公之丧者，客不绝于门庭；吊公之家者，使相望于道路。维昏钝之少与，独绸缪而有素，泪淋浪而莫收，情忉怛而奚愬。

呜呼！唐季五君，史旷其录，公搜亡而集赘，盖旁劳而远属。至于帝宅神州，祖功宗德，咸在笔削，具存万册，争日月之光辉，与天地而终极。则公位虽屈而未尽，名益久而愈章。彼富贵而磨灭，岂得公之毫芒？纂余哀而以此，聊寓荐于一觞。

张孝先曰：宋公尝修五代史，故末幅及之。通篇称赞其学行，亦典切而非谀。

苏明允哀词

明允姓苏氏，讳洵，眉州眉山人也。始举进士，又举茂材异等，皆不中。归，焚其所为文，闭户读书，居五六年，所有既富矣，乃始复为文。盖少或百字，多或千言，其指事析理，引物托喻，侈能尽之约，远能见之近，大能使之微，小能使之著，烦能不乱，肆能不流。其雄壮俊伟，若决江河而下也；其辉光明白，若引星辰而上也。其略如是。以余之所言，于余之所不言，可推而知也。明允每于其穷达得丧，忧叹哀乐，念有所属，必发之于此。于古今治乱兴坏，是非可否之际，意有所择，亦必发之于此。于应接酬酢万事之变者，虽错出于外，而用心于内者，未尝不在此也。

嘉祐初，始与其二子轼、辙复去蜀游京师。今参知政事欧阳公修为翰林学士，得其文而异之，以献于上。既而欧阳公为礼部，又得其二子之文，擢之高等。于是三人之文章盛传于世，得而读之者皆为之惊，或叹不可及，或慕而效之，自京师至于海隅障徼，学士大夫莫不人知其名，家有其书。既而明允诏试舍人院，不至，特用为秘书省校书郎。顷之，以为霸州文安县主簿，编纂太常礼书。而轼、辙又以贤良方正策入等。于是三人者表见于当时，而其名益重于天下。

治平三年春，明允上其礼书，未报。四月戊申以疾卒，享年五十有八。自天子辅臣至闾巷之士，皆闻而哀之。

明允所为文集有二十卷，行于世。所集《太常因革礼》，有一百卷,更定《谥法》二卷,藏于有司,又为《易传》未成。读其书者,则其人之所存可知也。

明允为人聪明辩智过人,气和而色温,而好为策谋,务一出己见,不肯蹑故迹。颇喜言兵,慨然有志于功名者也。

二子,轼为殿中丞直史馆,辙为大名府推官。其年,以明允之丧归葬于蜀地,既请欧阳公为其铭,又请予为辞以哀之,曰:"铭将纳之于圹中,而辞将刻之于冢上也。"余辞不得已,乃为其文。曰:

嗟明允兮邦之良,气甚夷兮志则强。阅今古兮辨兴亡,惊一世兮擅文章。御六马兮驰无疆,决大河兮啮扶桑。灿星斗兮射精光,众伏玩兮雕肺肠。自京师兮洎幽荒,矧二子兮与翱翔。唱律吕兮和宫商,羽峨峨兮势方飏。孰云命兮变不常,淹忽逝兮汴之阳。维自著兮昈煌煌,在后人兮庆弥长。嗟明允兮庸何伤!

茅鹿门曰:叙明允生平,亦尽有生色可观。

张孝先曰:苏明允奋起西川,文章之杰也。南丰叙其为文处,即可以想象其为人。古人文字不溢美一词,而其人精神愈见,此类是也。

王君俞哀词

京师多尊官要人,能引重后辈,公卿家子,有宾客亲党之助,略识文书章句,辄出与寒士较重轻,由此名称多归之,而主升绌者,因得与大位。君俞在京兆,门外不交人事,读书慕知圣人微言大法之归趣,孜孜忘昼夜寒暑之变,其为辞章可道,耻出较重轻,漠然自如,由此名与位未充也。

庆历元年,予入太学,始相识。馆余于家,居数月,相与讲学。会余归,遂别。常爱君俞气貌端然,虽燕休未尝慢,在众中恂恂,或不知其为朝士也。至相与言天下士,白黑无所隐,其方且勇亦少及也。

太夫人素严,君俞怡怡奉子职,退事寡嫂无闲言,蓄妻子不骄,为家不问田宅,平居无亵私流侈之好。以某年某月疾,遂不起。

始,丞相冀文穆公无主祀,拔君俞以托其后,君俞亦尽诚奉之,兹可以不坠矣。今太夫人年高,而天夺君俞之命,是于君俞之心不为大恨欤?夫为人如前之云,而不享于贵且寿,曾未少施其所学,又负其所承之心,是于众人之情不能泯哀也。况重以相知,其悲塞可胜乎?作辞以泄其哀,且系曰:君俞姓王氏,讳寅亮,官至殿中丞,年二十六云。

维相其初兮拔嗣于宗,君褆而秀兮乃立于宫。庙门有戟兮祭祀以时,相不失托兮君无坠恭。庭闱乐康兮妻子不骄,又事寡嫂兮端其服容。众人颙颙兮趋慕要津,我躬处方兮不夸以从。诗书百家兮其博而羧,我讲其疑兮往趋于中。虽裕于心兮不耀其华,维友则信兮其位未充。方期显行兮羽仪于世,孰尸变化兮巫昪之凶。汹穆无端兮莫敢责辞,维旧及知兮哀搅余胸。老母无抚兮少妇失

依,赖有息子兮可望其隆。呜呼哀哉兮予悲曷胜,托辞于
牍兮恨与天终。

张孝先曰:写其好学恬静处,悠然世俗之外,而至性过人尤不可
及。此所以不能已于哀,而作辞以纾之也。

虞部郎中戚公墓志铭

余观三王所以教天下之士,而至于节文之者,知士之出
于其时者,皆世其道德,盖有以然也。去三王千数百年之
间,教法既以坏,士之学行世其家,若汉之袁氏、杨氏、陈氏,
唐之柳氏,其操义风概有以厉天下,矫异世否耶? 以予所
闻,若宋之戚氏,其事可以次叙焉。公其家子也。叙曰:

公,宋之楚丘人。大父讳同文,唐天祐元年生,历五代
入宋,皆不仕,以文学义行为学者师。殁,其徒相与号为正
素先生。后以子贵,赠兵部侍郎。考讳纶,事太宗、真宗,以
贤能为枢密直学士,与其兄职方郎中维以友爱闻。祥符、天
禧之间,学士以论天书出,而郎中亦举贤良不就,以为曹国
公翊善,不合去。盖其父子、兄弟之出处如此。学士后以子
贵,赠司徒。

公讳舜臣,字世佐,司徒之少子也。恭谨恂恂,举措必
以礼,择然后出言。与其兄某官舜宾、某官舜举,复以友爱
能帅其家,有先人之法度闻。自天祐至今,百有五十余年,

天下六易，士之名一能，守一善，或身不终，或至子孙而失者多矣，而戚氏之世德独久如此，何其盛哉！然世之谈者，方多人之嚚子恢孙，隆名极位，世世苟得者，以为能守其业，是本何理哉！公少以荫补将作监主簿，然三十犹在司徒之侧。司徒终而贫，乃出监雍丘税，又监衢州酒。迁知舒州太湖县，兼提举茶场。治有惠爱，民乞留，诏从之。复三年，乃得代。献诗言赋茶之苛，岁用万数，愿弃勿采，以感动当世。归，监在京盐院，言盐之利宜通商，听之。出通判泗州，能使转运使不得以暴敛侵其民，而民之养其父者得以其义贳死。又通判濮州，当王则反于贝，濮民相惊且乱，公斩一人摇濮中者，惊乃止。已而提点刑狱，以为功得改官，公不自言。转知抚州，其治大方，务除苛去烦，州之诡祠有大帝号者，祠至百余所，公悉除之，民大化服。徙知南安军，至，未及有所施为，而公盖已病矣，以皇祐四年六月七日卒于官，年五十有七。自主簿凡十一迁，其官至尚书虞部郎中。公濮州之归也，以其属与公之配陈氏，凡十三丧，葬宋之北原。皇祐六年正月八日，公之子师道遂以公从陈氏葬。

戚氏者，卫之大夫孙文子，食于河上之邑曰戚，为姬姓之后，至后世失其所食邑，而更自别曰戚氏。汉有以郎从高祖封临辕侯者，曰戚鳃，鳃侯四世而失。梁有以三礼为博士入陈卒者，曰戚衮，衮称吴郡盐官人。侍郎之曾祖曰远，祖曰琼，父曰圭。其谱曰：琼自长丰之戚村徙居楚丘，故今为楚丘人。此戚氏之先后可见者也。

观公之守其业者，可以知其恭；观公之施于事者，可以知其厚矣。然人亦少有能爱之者，盖世之为聪明立声威者，荒诞悖冒无不遇于世；至恭让质直、不能驰骤而遇困蹶者，独不可称数，余甚异焉。夫赴时趋务，则材者固亦重矣；而立人成俗，则洁身积行，岂可轻也哉？然时之取舍若此，亦其不幸不遇，处之各适其理也。铭曰：

隆隆戚宗自姬出，临辕盐官辉名实。侍郎家梁自祖琮，违世恬幽树儒术。司徒郎中艺且贤，诋符绳公事魁崛。恂恂南安得家规，庄容愸辞若遵律。盛哉世徽后宜闻，刻铭方珉告幽室。

张孝先曰：本其世德，以见守其业之恭；叙其宦迹，以见施于事之厚。一篇关键如是，而文字苍劲峻洁，全学太史公来。

戚元鲁墓志铭

戚氏，宋人，为宋之世家。当五代之际，有抗志不仕，以德行化其乡里，近远学者皆归之者，曰同文，号正素先生，赠尚书兵部侍郎。有子当太宗、真宗时为名臣，以论事激切至今传之者，曰纶，为枢密直学士，赠太尉。有子恭谨恂恂，不妄言动，能守其家法，葬宋之北原，余为之志其墓者，曰舜臣，为尚书虞部郎中。元鲁其子也，名师道，字元鲁，为人孝友忠信，质厚而气和，好学不倦，能似其先人者也。盖自五代至今百有六十余年矣，戚氏传绪浸远，虽其位不大，而行应礼义，世世不绝如此，故余以谓宋之世家也。

元鲁自少有大志，聪明敏达，好论当世事，能通其得失。其好恶有异于流俗。故一时与之游者，多天下闻人。皆以谓元鲁之于学行，进而未止，意其且寿，必能成其材，不有见于当世，必有见于后。孰谓不幸而今死矣！故其死也，无远近亲疏，凡知其为人者，皆为之悲，而至今言者尚为之慨然也。

元鲁初以父任于建州崇安县尉，不至。以进士中其科，为亳州永城县主簿，以亲嫌为楚州山阳县主簿。嘉祐六年三月二十九日，以疾卒于官，年三十有五。娶陈氏，内殿承制习之女。再娶王氏，参知政事文宪公尧臣之女。有子一人。皆先元鲁死，而元鲁盖无兄弟。呜呼！天之报施于斯人如此，何也？

元鲁且死时，属其僚赵师陟乞铭于余，师陟以书来告。余悲元鲁不得就其志，而欲因余文以见于后，故不得辞也。以熙宁元年某月某甲子，葬元鲁于其父之墓侧，以其配陈氏、王氏祔。将葬，其从兄遵道以状来速铭，铭曰：

> 行足以象其先人，材足以施于世用，而于元鲁未见其止也。生既不得就其志，死又无以传其绪，曷以告哀？纳铭于墓。

张孝先曰：戚氏家世已详虞部志内，此只以元鲁学行进而未止，致其悲惋之感。因其文而识其人，元鲁可谓得所托矣。

卷之十八　王文公文

上仁宗皇帝言事书

臣愚不肖，蒙恩备使一路。今又蒙恩召还阙廷，有所任属，而当以使事归报陛下。不自知其无以称职，而敢缘使事之所及，冒言天下之事。伏惟陛下详思而择其中，幸甚！

臣窃观陛下有恭俭之德，有聪明睿智之才，夙兴夜寐，无一日之懈；声色狗马、观游玩好之事，无纤介之蔽；而仁民爱物之意，孚于天下；而又公选天下之所愿以为辅相者，属之以事，而不贰于谗邪倾巧之臣。此虽二帝三王之用心，不过如此而已。宜其家给人足，天下大治。而效不至于此，顾内则不能无以社稷为忧，外则不能无惧于夷狄；天下之财力日以困穷，而风俗日以衰坏；四方有志之士，偲偲然常恐天下之久不安。此其故何也？患在不知法度故也。

今朝廷法严令具，无所不有，而臣以谓无法度者，何哉？方今之法度，多不合乎先王之政故也。孟子曰："有仁心仁闻，而泽不加于百姓者，为政不法于先王之道故也。"以孟子之说，观方今之失，正在于此而已。

夫以今之世，去先王之世远，所遭之变、所遇之势不一，而欲一一修先王之政，虽甚愚者犹知其难也。然臣以谓今之失，患在不法先王之政者，以谓当法其意而已。夫二帝三王，相去盖千有余载，一治一乱，其盛衰之时具矣。其所遭之变、所遇之势，亦各不同，其施设之方亦皆殊；而其为天下国家之意，本末先后，未尝不同也。臣故曰：当法其意而已。法其意，则吾所改易更革，不至乎倾骇天下之耳目，嚣天下之口，而固已合乎先王之政矣。

虽然，以方今之势揆之，陛下虽欲改易更革天下之事，合于先王之意，其势必不能也。陛下有恭俭之德，有聪明睿智之才，有仁民爱物之意，诚加之意，则何为而不成，何欲而不得？然而臣顾以谓陛下虽欲改易更革天下之事，合于先王之意，其势必不能者，何也？以方今天下之人才不足故也。

臣尝试窃观天下在位之人，未有乏于此时者也。夫人才乏于上，则有沉废伏匿在下，而不为当时所知者矣。臣又求之于间巷草野之间，而亦未见其多焉。岂非陶冶而成之者非其道而然乎？臣以谓方今在位之人才不足者，以臣使事之所及则可知矣。今以一路数千里之间，能推行朝廷之法令，知其所缓急，而一切能使民以修其职事者甚少，而不才苟简贪鄙之人，至不可胜数。其能讲先王之意，以合当时之变者，盖阖郡之间，往往而绝也。朝廷每一令下，其意虽善，在位者犹不能推行，使膏泽加于民；而吏辄缘之为奸，以扰百姓。臣故曰：在位之人才不足，而草野间巷之间，亦未见其多也。夫人才不足，则陛下虽欲改易更革天下之事，以合先王之意，大臣虽有能当陛下之意，而欲领此者，九州之大，四海之远，孰能称陛下之指，以一二推行此而人人蒙其施者乎？臣故曰：其势必未能也。孟子曰："徒法不能以自行。"非此之谓乎？然则方今之急，在于人才而已。诚能使天下人才众多，然后在位之才可以择其人而取足焉。在位者得其才矣，然后稍视时势之可否，而因人情之患苦，变更天下之弊法，以趋先王之意，甚易也。今之天下，亦先王之天下，先王之时，人才尝众矣，何至于今而独不足乎？故曰：陶冶而成之者非其道故也。

商之时，天下尝大乱矣。在位贪毒祸败，皆非其人。及文王之起，而天下之才尝少矣。当是时，文王能陶冶天下之士，而使之皆有士君子之才，然后随其才之所有而官使之。《诗》曰："岂弟君子，遐不作人。"此之谓也。及其成也，微贱兔罝之人，犹莫不好德，《兔罝》之诗是也。又况于在位之人乎？夫文王惟能如此，故以征则服，以守则治。《诗》曰："奉璋峨峨，髦士攸宜。"又曰："周王于迈，六师及之。"言文王所用，文武各得其才，而无废事也。及至夷、厉之乱，天下之才又尝少矣。至宣王之起，所与图天下之事者，仲山甫而已。故诗人叹之曰："德輶如毛，维仲山甫举之，爱莫助之。"盖闵人才之少，而山甫之无助也。宣王能用仲山甫，推其类以新美天下之士，而后人才复众。于是内修政事，外讨不庭，而复有文、武之境土。故诗人美之曰："薄言采芑，于彼新田，于此菑亩。"言宣王能新美天下之士，使之有可用之才，如农夫新美其田，而使之有可采之芑也。由此观之，人之才，未尝不自人主陶冶而成之者也。

所谓陶冶而成之者何也？亦教之、善之、取之、任之有其道而已。

所谓教之之道何也？古者天子诸侯，自国至于乡党皆有学，博置教导之官而严其选。朝廷礼乐刑政之事，皆在于学。士所观而习者，皆先王之法言、德行、治天下之意，其材亦可以为天下国家之用。苟不可以为天下国家之用，则不教也。苟可以为天下国家之用者，则无不在于学。此教之之道也。

所谓美之之道何也？饶之以财，约之以礼，裁之以法也。何谓饶之以财？人之情，不足于财，则贪鄙苟得，无所不至。先王知其如此，故其制禄，自庶人之在官者，其禄已足以代其耕矣。由此等而上之，每有加焉，使其足以养廉耻，而离于贪鄙之行。犹以为未也，又推其禄以及其子孙，谓之世禄。使其生也，既于父子、兄弟、妻子之养，婚姻、朋友之接，皆无憾矣；其死也，又于子孙无不足之忧焉。何谓约之以礼？人情足于财而无礼以节之，则又放僻邪侈，无所不至。先王知其如此，故为之制度。婚丧、祭养、燕享之事，服食、器用之物，皆以命数为之节，而齐之以律度量衡之法。其命可以为之，而财不足以具，则弗具也；其财可以具，而命不得为之者，不使有铢两分寸之加焉。何谓裁之以法？先王于天下之士，教之以道艺矣，不帅教，则待之以屏弃远方终身不齿之法；约之以礼矣，不循礼，则待之以流杀之法。《王制》曰："变衣服者，其君流。"《酒诰》曰："厥或诰曰：群饮，汝勿佚。尽拘执以归于周，予其杀！"夫群饮、变衣服，小罪也；流杀，大刑也。加小罪以大刑，先王所以忍而不疑者，以为不如是，不足以一天下之俗而成吾治。夫约之以礼，裁之以法，天下所以服从无抵冒者，又非独其禁严而治察之所能致也；盖亦以吾至诚恳恻之心，力行而为之倡。凡在左右通贵之人，皆顺上之欲而服行之，有一不帅者，法之加必自此始。夫上以至诚行之，而贵者知避上之所恶矣。则天下之不罚而止者众矣。故曰：此养之之道也。

所谓取之之道者，何也？先王之取人也，必于乡党，必于庠序，使众人推其所谓贤能，书之以告于上而察之。诚贤能也，然后随其德之大小、才之高下而官使之。所谓察之者，非专用耳目之聪明，而听私于一人之口也。欲审知其德，问以行；欲审知其才，问以言。得其言行，则试之以事。所谓察之者，试之以事是也。虽尧之用舜，亦不过如此而已，又况其下乎？若夫九州之大，四海之远，万官亿丑之贱，所须士大夫之才则众矣。有天下者，又不可以一一自察之也，又不可以偏属于一人，而使之于一日二日之间，考试其行能，而进退之也。盖吾已能察其才行之大者，以为大官矣，因使之取其类，以持久试之，而考其能者以告于上，而后以爵命、禄秩予之而已。此取之之道也。

所谓任之之道者，何也？人之才德，高下厚薄不同，其所任有宜有不宜。先王知其如此，故知农者以为后稷，知工者以为共工。其德厚而才高者，以为之长；德薄而才下者，以为之佐属。又以久于其职，则上狃习而知其事，下服驯而安其教；贤者则其功可以至于成，不肖者则其罪可以至于著。故久其任而待之以考绩之法。夫如此，故智能才力之士,则得尽其智以赴功,而不患其事之不终、其功之不就也;偷惰苟且之人,虽欲取容于一时,而顾僇辱在其后,安敢不勉乎?若夫无能之人,固知辞避而去矣。居职任事之日久,不胜任之罪,不可以幸而免故也。彼且不敢冒而知辞避矣,尚何有比周、谗谄、争进之人乎?取之既已详,使之既已当,处之既已久,至其任之也又专焉,而不一一以法束缚之,而使之得行其意。尧、舜之所以理百官而熙众工者,以此而已。《书》曰:"三载考绩,三考,黜陟幽明。"此之谓也。然尧、舜之时,其所黜者则闻之矣,盖四凶是也。其所陟者,则皋陶、稷、契,皆终身一官而不徙。盖其所谓陟者,特加之爵命、禄赐而已耳。此任之之道也。

夫教之、养之、取之、任之之道如此,而当时人君又能与其大臣悉其耳目心力,至诚恻怛,思念而行之,此其人臣之所以无疑,而于天下国家之事无所欲为而不得也。

方今州县虽有学,取墙壁具而已,非有教导之官,长育人才之事也。唯太学有教导之官,而亦未尝严其选。朝廷礼乐刑政之事,未尝在于学。学者亦漠然自以礼乐刑政为有司之事,而非己所当知也。学者之所教,讲说章句而已。讲说章句,固非古者教人之道也。近岁乃始教之以课试之文章。夫课试之文章,非博诵强学穷日之力则不能。及其能工也,大则不足以用天下国家,小则不足以为天下国家之用。故虽白首于庠序,穷日之力以帅上之教,及使之从政,则茫然不知其方者,皆是也。盖今之教者,非特不能成人之才而已,又从而困苦毁坏之,使不得成才者,何也?夫人之才,成于专而毁于杂。故先王之处民才,处工于官府,处农于畎亩,处商贾于肆,而处士于庠序,使各专其业而不见异物,惧异物之足以害其业也。所谓士者,又非特使之不得见异物而已,一示之以先王之道,而百家诸子之异说,皆屏之而莫敢习者焉。今士之所宜学者,天下国家之用也。今悉使置之不教,而教之以课试之文章,使其耗精疲神,穷日之力以从事于此。及其任之以官也,则又悉使置之,而责之以天下国家之事。夫古之人,以朝夕专其于天下国家之事,而犹才有能有不能;今乃移其精神,夺其日力,以朝夕从事于无补之学,及其任之以事,然后猝然责之以为天下国家之用,宜其才之足以有为者少矣。臣故曰:非特不能成人之才,又从而困苦毁坏之,使不得成才也。又有甚害者,先王之时,士之所学者,文武之道也。士之才,有可以为公卿大夫,有可以为士。其才之大小,宜不宜则有矣,至于武事,则随其才之大小,未有不学者也。故其大者,居则为六官之卿,出则为六军之将也;其次则比闾族党之师,亦皆卒两师旅之帅也。故边疆宿卫,皆得士大夫为之,而小人不得奸其任。今之学者,以为文武异事,吾知治文事而已,至于边疆宿卫之任,则推而属之于卒伍,往往天下奸悍无赖之人。苟其才行足自托于乡里者,亦未有肯去亲戚而从召慕者也。边疆宿卫,此乃天下之重任,而人主之所当慎重者也。故古者教士以射、御为急;其他技能,则视其人才之所宜而后教之;其才之所不能,则不强也。至于射,则为男子之事。人之生,有疾则已;苟无疾,未有去射而不学者也。在庠序之间，固当从事于射也。有宾客之事则以射，有祭祀之事则以射，别士之行同能偶则以射。于礼乐之事，未尝不寓以射，而射亦未尝不在于礼乐、祭祀之间也。《易》曰："弧矢之利，以威天下。"先王岂以射为可以习揖让之仪而已乎？固以为射者，武事之尤大，而威天下、守国家之具也。居则以是习礼乐，出则以是从战伐。士既朝夕从事于此而能者众，则边疆宿卫之任，皆可以择而取也。夫士尝学先王之道，其行义尝见推于乡党矣，然后因其才而托之以边疆宿卫之事。此古之人君所以推干戈以属之人，而无内外之虞也。今乃以夫天下之重任，人主所当至慎之选，推而属之奸悍无赖、才行不足自托于乡里之人。此方今所以谔谔然常抱边疆之忧，而虞宿卫之不足恃以为安也。今孰不知边疆宿卫之士不足恃以为安哉？顾以为天下学士以执兵为耻，而亦未有能骑射行阵之事者，则非召募之卒伍，孰能任其事者乎？夫不严其教，高其选，则士之以执兵为耻，而未尝有能骑射行阵之事，固其理也。凡此皆教之非其道故也。

方今制禄，大抵皆薄。自非朝廷侍从之列，食口稍众，未有不兼农商之利而能充其养者也。其下州县之吏，一月所得，多者钱八九千，少者四五千，以守选、待除、守阙通之，盖六七年而后得三年之禄，计一月所得，乃实不能四五千，少者乃实不能及三四千而已。虽厮养之给，亦窘于此矣。而其养生、丧死、婚姻、葬送之事，皆当于此。夫出中人之上者，虽穷而不失为君子；出中人以下者，虽泰而不失为小人。唯中人不然，穷则为小人，泰则为君子。计天下之士，出中人之上下者，千百而无十一；穷而为小人，泰而为君子者，则天下皆是也。先王以为众不可以力胜也，故制行不以己，而以中人为制。所以因其欲而利导之，以为中人之所能守，则其志可以行乎天下，而推之后世。以今之制禄，而欲士之无毁廉耻，盖中人之所不能也。故今官大者，往往交赂遗，营资产，以负贪污之毁；官小者，贩鬻乞丐，无所不为。夫士已尝毁廉耻以负累于世矣，则其偷惰取容之意起，而矜奋自强之心息，则职业安得而不弛，治道何从而兴乎？又况委法受赂，侵牟百姓者，往往而是也。此所谓不能饶之以财也。

婚丧、奉养、服食、器用之物，皆无制度以为之节，而天下以奢为荣，以俭为耻。苟其财之可以具，则无所为而不得，有司既不禁，而人又以此为荣。苟其财不足，而不能自称于流俗，则其婚丧之际，往往得罪于族人亲姻，而人以为耻矣。故富者贪而不知止，贫者则强勉其不足以追之。此士之所以重困，而廉耻之心毁也。凡此所谓不能约之以礼也。

方今陛下躬行俭约，以率天下，此左右通贵之臣所亲见。然而其闺门之内，奢靡无节，犯上之所恶，以伤天下之教者，有已甚者矣，未闻朝廷有所放绌，以示天下。昔周之人，拘群饮而被之以杀刑者，以为酒之末流生害，有至于死者众矣，故重禁其祸之所自生。重禁祸之所自生，故其施刑极省，而人之抵于祸败者少矣。今朝廷之法，所尤重者，独贪吏耳。重禁贪吏，而轻奢靡之法，此所谓禁其末而弛其本。然而世之识者，以为方今官冗，而县官财用已不足以供之,其亦蔽于理矣。今之入官,诚冗矣。然而前世置员盖甚少,而赋禄又如此之薄,则财用之所不足,盖亦有说矣。吏禄岂足计哉?臣于财利,固未尝学,然窃观前世治财之大略矣。盖因天下之力,以生天下之财;取天下之财,以供天下之费。自古治世,未尝以不足为天下之公患也,患在治财无其道耳。今天下不见兵革之具,而元元安土乐业,人致己力,以生天下之财。然而公私常以困穷为患者,殆以理财未得其道,而有司不能度世之宜而通其变耳。诚能理财以其道而通其变,臣虽愚,固知增吏禄不足以伤经费也。方今法严令具,所以罗天下之士,可谓密矣。然而亦尝教之以道艺,而有不帅教之刑以待之乎?亦尝约之以制度,而有不循理之刑以待之乎?亦尝任之以职事,而有不任事之刑以待之乎?夫不先教之以道艺,诚不可以诛其不帅教;不先约之以制度,诚不可以诛其不循理;不先任之以职事,诚不可以诛其不任事。此三者,先王之法所尤急也,今皆不可得诛;而薄物细故,非害治之急者,为之法禁,月异而岁不同。为吏者至于不可胜记,又况能一一避之而无犯者乎?此法令所以玩而不行,小人有幸而免者,君子有不幸而及者焉。此所谓不能裁之以刑也。凡此皆治之非其道也。

方今取士,强记博诵而略通于文辞,谓之茂才异等、贤良方正。茂才异等、贤良方正者,公卿之选也。记不必强,诵不必博,略通于文辞,而又尝学诗赋,则谓之进士。进士之高者,亦公卿之选也。夫此二科所得之技能,不足以为公卿,不待论而后可知。而世之议者,乃以为吾常以此取天下之士,而才之可以为公卿者,常出于此,不必法古之取人而后得士也,其亦蔽于理矣。先王之时,尽所以取人之道,犹惧贤者之难进,而不肖者之杂于其间也。今悉废先王所以取士之道,而驱天下之才士,悉使为贤良、进士,则士之才可以为公卿者,固宜为贤良、进士,而贤良、进士,亦固宜有时而得才之可以为公卿者也。然而不肖者,苟能雕虫篆刻之学,以此进至乎公卿;才之可以为公卿者,困于无补之学,而以此绌死于岩野,盖十八九矣。夫古之人有天下者,其所慎择者,公卿而已。公卿既得其人,因使推其类以聚于朝廷,则百司庶物,无不得其人也。今使不肖之人,幸而至乎公卿,因得推其类聚之朝廷,此朝廷所以多不肖之人,而虽有贤智,往往困于无助,不得行其意也。且公卿之不肖,既推其类以聚于朝廷;朝廷之不肖,又推其类以备四方之任使;四方之任使者,又各推其不肖以布于州郡。则虽有同罪举官之科,岂足恃哉?适足以为不肖者之资而已。其次九经、五经、学究、明法之科,朝廷固已尝患其无用于世,而稍责之以大义矣。然大义之所得,未有以贤于故也。今朝廷又开明经之选,以进经术之士。然明经之所取,亦记诵而略通于文辞者,则得之矣。彼通先王之意,而可以施于天下国家之用者,顾未必得与于此选也。其次则恩泽子弟,庠序不教之以道艺,官司不考问其才能,父兄不保任其行义,而朝廷辄以官予之,而任之以事。武王数纣之罪,则曰:“官人以世。”夫官人以世,而不计其才行,此乃纣之所以乱亡之道,而治世之所无也。又其次曰流外,朝廷固已挤之于廉耻之外,而限其进取之路矣,顾属之以州县之事,使之临士民之上。岂所谓以贤治不肖者乎?以臣使事之所及,一路数千里之间,州县之吏,出于流外者,往往而有,可属任以事者,殆无二三,而当防闲其奸者,皆是也。盖古者有贤不肖之分,而无流品之别。故孔子之圣,而尝为季氏吏,盖虽为吏,而亦不害其为公卿。及后世有流品之别,则凡在流外者,其所成立,固尝自置于廉耻之外,而无高人之意矣。夫以近世风俗之流靡,自虽士大夫之才,势足以进取,而朝廷尝奖之以礼义者,晚节末路,往往怵而为奸,况又其素所成立,无高人之意,而朝廷固已挤之于廉耻之外,限其进取者乎?其临人亲职,放僻邪侈,固其理也。至于边疆宿卫之选,则臣固已言其失矣。凡此皆取之非其道也。

方今取之既不以其道,至于任之又不问其德之所宜,而问其出身之后先;不论其才之称否,而论其历任之多少。以文学进者,且使之治财;已使之治财矣,又转而使之典狱;已使之典狱矣,又转而使之治礼。是则一人之身,而责之以百官之所能备,宜其人才之难为也。夫责人以其所难为,则人之能为者少矣。人之能为者少,则相率而不为。故使之典礼,未尝以不知礼为忧,以今之典礼者未尝学礼故也。使之典狱,未尝以不知狱为耻,以今之典狱者未尝学狱故也。天下之人,亦已渐渍于失教,被服于成俗,见朝廷有所任使,非其资序,则相议而讪之,至于任使之不当其才,未尝有非之者也。且在位者数徙,则不得久于其官,故上不能狃习而知其事,下不肯服驯而安其教,贤者则其功不可以及于成,不肖者则其罪不可以至于著。若夫迎新将故之劳，缘绝簿书之弊，固其害之小者，不足悉数也。设官大抵皆当久于其任，而至于所部者远，所任者重，则尤宜久于其官，而后可以责其有为。而方今尤不得久于其官，往往数日辄迁之矣。

取之既已不详，使之既已不当，处之既已不久，至于任之则又不专，而又一一以法束缚之，不得行其意。臣故知当今在位多非其人，稍假借之权而不一一以法束缚之，则放恣而无不为。虽然，在位非其人，而恃法以为治，自古及今未有能治者也。即使在位皆得其人矣，而一一以法束缚之，不使之得行其意，亦自古及今未有能治者也。夫取之既已不详，使之既已不当，处之既已不久，任之又不专，而又一一以法束缚之，故虽贤者在位，能者在职，与不肖而无能者，殆无以异。夫如此，故朝廷明知其贤能足以任事，苟非其资序，则不以任事而辄进之，虽进之，士犹不服也。明知其无能而不肖，苟非有罪，为在事者所劾，不敢以其不胜任而辄退之，虽退之，士犹不服也。彼诚不肖无能，然而士不服者何也？以所谓贤能者任其事，与不肖而无能者，亦无以异故也。臣前以谓不能任人以职事，而无不任事之刑以待之者，盖谓此也。

夫教之、养之、取之、任之，有一非其道，则足以败乱天下之人才，又况兼此四者而有之？则在位不才、苟简、贪鄙之人，至于不可胜数，而草野间巷之间亦少可任之才，固不足怪。《诗》曰："国虽靡止，或圣或否。民虽靡膴，或哲或谋，或肃或艾。如彼泉流，无沦胥以败。"此之谓也。

夫在位之人才不足矣,而间巷草野之间亦少可用之才,则岂特行先王之政而不得也,社稷之托,封疆之守,陛下其能久以天幸为常,而无一旦之忧乎？盖汉之张角,三十六万同日而起,所在郡国,莫能发其谋;唐之黄巢,横行天下,而所至将吏无敢与之抗者。汉、唐之所以亡,祸自此始。唐既亡矣,陵夷以至五代,而武夫用事,贤者伏匿消沮而不见,在位无复有知君臣之义、上下之礼者也。当是之时,变置社稷,盖甚于弈棋之易,而元元肝脑涂地,幸而不转死于沟壑者无几耳。夫人才不足,其患盖如此,而方今公卿大夫,莫肯为陛下长虑后顾,为宗庙万世计,臣窃惑之。昔晋武帝趣过目前,而不为子孙长远之谋,当时在位,亦皆偷合苟容,而风俗荡然,弃礼义,捐法制,上下同失,莫以为非,有识固知其将必乱矣。而其后果海内大扰,中国列于夷狄者,二百余年。伏惟三庙祖宗神灵,所以付属陛下,固将为万世血食,而大庇元元于无穷也。臣愿陛下鉴汉、唐、五代之所以乱亡,惩晋武苟且因循之祸,明诏大臣,思所以陶成天下之才,虑之以谋,计之以数,为之以渐,期为合于当世之变,而无负于先王之意,则天下之人才不胜用矣。人才不胜用,则陛下何求而不得,何欲而不成哉？夫虑之以谋,计之以数,为之以渐,则成天下之才甚易也。

臣始读《孟子》,见孟子言王政之易行,心则以为诚然。及见与慎子论齐、鲁之地,以为先王之制国,大抵不过百里者;以为今有王者起,则凡诸侯之地,或千里,或五百里,皆将损之至于数十百里而后止。于是疑孟子虽贤,其仁智足以一天下，亦安能毋劫之以兵革，而使数百千里之强国，一旦肯损其地之十八九，比于先王之诸侯？至其后，观汉武帝用主父偃之策，令诸侯王地悉得推恩封其子弟，而汉亲临定其号名，辄别属汉。于是诸侯王之子弟各有分土，而势强地大者，卒以分析弱小。然后知虑之以谋，计之以数，为之以渐，则大者固可使小，强者固可使弱，而不至乎倾骇、变乱、败伤之衅。孟子之言不为过，又况今欲改易更革，其势非若孟子所为之难也？臣故曰：虑之以谋，计之以数，为之以渐，则其为甚易也。

然先王之为天下，不患人之不为，而患人之不能；不患人之不能，而患己之不勉。何谓不患人之不为，而患人之不能？人之情所愿得者，善行、美名、尊爵、厚利也，而先王能操之以临天下之士。天下之士有能遵之以治者，则悉以其所愿得者以与之。士不能则已矣，苟能，则孰肯舍其所愿得，而不自勉以为才？故曰：不患人之不为，患人之不能。何谓不患人之不能，而患己之不勉？先王之法，所以待人者尽矣，自非下愚不可移之才，未有不能赴者也。然而不谋之以至诚恻怛之心，力行而先之，未有能以至诚恻怛之心，力行而应之者也。故曰：不患人之不能，而患己之不勉。陛下诚有意乎成天下之才，则臣愿陛下勉之而已。

臣又观朝廷异时欲有所施为变革，其始计利害未尝熟也，顾一有流俗侥幸之人不悦而非之，则遂止而不敢为。夫法度立，则人无独蒙其幸者，故先王之政虽足以利天下，而当其承弊坏之后、侥幸之时，其创法立制，未尝不艰难也。

使其创法立制,而天下侥幸之人亦顺悦而趋之,无有龃龉,则先王之法,至今存而不废矣。惟其创法立制之艰难,而侥幸之人不肯顺悦而趋之,故古之人欲有所为,未尝不先之以征诛,而后得其意。《诗》曰:"是伐是肆,是绝是忽,四方以无拂。"此言文王先征诛而后得意于天下也。夫先王欲立法度,以变衰坏之俗而成人之才,虽有征诛之难,犹忍而为之,以为不若是,不可以有为也。及至孔子,以匹夫游诸侯,所至则使其君臣捐所习,逆所顺,强所劣,憧憧如也,卒困于排逐。然孔子亦终不为之变,以为不如是不可以有为。此其所守,盖与文王同意。夫在上之圣人,莫如文王,在下之圣人,莫如孔子,而欲有所施为变革,则其事盖如此矣。今有天下之势,居先王之位,创法立制,非有征诛之难也。虽有侥幸之人不悦而非之,固不胜天下顺悦之人众也。然而一有流俗侥幸不悦之言,则遂止而不敢为者,惑也。陛下诚有意乎成天下之才,则臣又愿断之而已。

夫虑之以谋,计之以数,为之以渐,而又勉之以应,断之以果,然而犹不能应天下之才,则以臣所闻,盖未有也。

然臣之所称,流俗之所不讲,而今之议者以谓迂阔而熟烂者也。窃观近世士大夫所欲悉心力耳目以补助朝廷者,有矣。彼其意,非一切利害,则以为当世所不能行者。士大夫既以此希世,而朝廷所取于天下之士,亦不过如此。至于大伦大法,礼义之际,先王之所力学而守者,盖不及也。一有及此,则群聚而笑之,以为迂阔。今朝廷悉心于一切之利害,有司法令于刀笔之间,非一日也。然其效可观矣,则夫所谓迂阔而熟烂者,惟陛下亦可以少留神而察之矣。昔唐太宗贞观之初,人人异论,如封德彝之徒,皆以为非杂用秦、汉之政,不足以为天下。能思先王之事,开太宗者,魏文正公一人尔。其所施设,虽未能尽当先王之意,抑其大略,可谓合矣。故能以数年之间,而天下几致刑措,中国安宁,夷蛮顺服,自三王以来,未有如此盛时也。唐太宗之初,天下之俗,犹今之世也。魏文正公之言,固当时所谓迂阔而熟烂者也,然其效如此。贾谊曰:"今或言德教之不如法令,胡不引商、周、秦、汉以观之?"然则唐太宗之事,亦足以观矣。

臣幸以职事归报陛下,不自知其驽下无以称职,而敢及国家之大体者,以臣蒙陛下任使,而当归报。窃谓在位之人才不足,而无所称朝廷任使之意;而朝廷所以任使天下之士者,或非其理,而士不得尽其才。此亦臣使事之所及,而陛下之所宜先闻者也。释此不言,而毛举利害之一二,以污陛下之聪明,而终无补于世,则非臣所以事陛下惓惓之义也。伏惟陛下详思而择其中,天下幸甚!

茅鹿门曰:荆公以王佐之学与王佐之才自任,故其一生措注,已尽于此书中,所以结知主上,亦全在此书中。然其学本经术,故所言非汉、唐以来宰相所能见。而其偏拗自用,大较与商鞅所欲变法处相近。故其功业亦遂大坏,而反不如近世浮沉者之得。学者须具千古只眼看之。

又曰:此书几万余言,而其丝牵绳联,如提百万之兵,而钩考部曲,无一不贯。

张孝先曰:介甫胸中,原将一代弊政看得烂熟,欲取先王之法度来改易更革一番。其志其才，皆是不可一世。惜其所讲求者，皆先王法度之迹，而本领则未之知也。程子曰："有《关雎》《麟趾》之意，然后可以行周官之法度。"介甫不知此意，而徒讲求于法，又以坚僻之意见主张其间，其贻害不亦甚哉！此书滚滚万言，援据经术，操之则在掌握，放之则弥六合，诚千古第一奇杰文字。读者要觑破介甫学术本领，则得之矣。按吕东莱曰：介甫变法之蕴，略见此书。特其学不用于嘉祐，而尽用于熙宁，世道升降之机，盖有在也。

本朝百年无事札子

臣前蒙陛下问及本朝所以享国百年、天下无事之故。臣以浅陋，误承圣问。迫于日晷，不敢久留，语不及悉，遂辞而退。窃惟念圣问及此，天下之福，而臣遂无一言之献，非近臣所以事君之义，故敢冒昧而粗有所陈。

伏惟太祖躬上智独见之明，而周知人物之情伪。指挥付托，必尽其材；变置设施，必当其务。故能驾驭将帅，训齐士卒，外以捍夷狄，内以平中国。于是除苛赋，止虐刑，废强横之藩镇，诛贪残之官吏，躬以简俭为天下先。其于出政发令之间，一以安利元元为事。太宗承之以聪武，真宗守之以谦仁，以至仁宗、英宗，无有逸德。此所以享国百年，而天下无事也。

仁宗在位，历年最久，臣于时实备从官，施为本末，臣所亲见。尝试为陛下陈其一二，而陛下详择其可，亦足以申鉴于方今。

　　伏惟仁宗之为君也，仰畏天，俯畏人；宽仁恭俭，出于自然；而忠恕诚悫，终始如一。未尝妄兴一役，未尝妄杀一人。断狱务在生之，而特恶吏之残扰。宁屈己弃财于夷狄，而终不忍加兵。刑平而公，赏重而信。纳用谏官御史，公听并观，而不蔽于偏至谗；因任众人耳目，拔举疏远，而随之以相坐之法。盖监司之吏，以至州县，无敢暴虐残酷，擅有调发，以伤百姓。自夏人顺服，蛮夷遂无大变，边人父子夫妇得免于兵死，而中国之人安逸蕃息以至今日者，未尝妄兴一役，未尝妄杀一人，断狱务在生之，而特恶吏之残扰，宁屈己弃财于夷狄，而不忍加兵之效也。大臣贵戚，左右近习，莫敢强横犯法，其自重慎，或甚于间巷之人：此刑平而公之效也。募天下骁雄横猾以为兵，几至百万，非有良将以御之，而谋变者辄败；聚天下财物，虽有文籍，委之府史，非有能吏以钩考，而断盗者辄发；凶年饥岁，流者填道，死者相枕，而寇攘者辄得：此赏重而信之效也。大臣贵戚，左右近习，莫能大擅威福，广私货赂，一有奸慝，随辄上闻；贪邪横猾，虽间或见用，未尝得久：此纳用谏官御史，公听并观，而不蔽于偏至之谗之效也。自县令京官，以至监司台阁，升擢之任，虽不皆得人，然一时之所谓才士，亦罕蔽塞而不见收举者：此因任众人之耳目，拔举疏远，而随之以相坐之法之效也。升遐之日，天下号恸，如丧考妣：此宽仁恭俭，出于自然，忠恕诚悫，终始如一之效也。

　　然本朝累世因循末俗之弊，而无亲友群臣之议。人君朝夕与处，不过宦官女子；出而视事，又不过有司之细故；未尝如古大有为之君，与学士大夫讨论先王之法，以措之天下也。一切因任自然之理势，而精神之运，有所不加；名实之间，有所不察。君子非不见贵，然小人亦得厕其间；正论非不见容，然邪说亦有时而用。以诗赋记诵求天下之士，而无学校养成之法；以科名资历叙朝廷之位，而无官司课试之方。监司无检察之人，守将非选择之吏，转徙之亟，既难于考绩，而游谈之众，因得以乱真。交私养望者，多得显官；独立营职者，或见排沮。故上下偷惰取容而已，虽有能者在职，亦无以异于庸人。农民坏于徭役，而未尝特见救恤，又不为之设官，以修其水土之利；兵士杂于疲老，而未尝申饬训练，又不为之择将，而久其疆场之权。宿卫则聚卒伍无赖之人，而未有以变五代姑息羁縻之俗；宗室则无教训选举之实，而未有以合先王亲疏隆杀之宜。其于理财，大抵无法，故虽俭约而民不富，虽忧勤而国不强。赖非夷狄昌炽之时，又无尧汤水旱之变，故天下无事，过于百年。虽曰人事，亦天助也。盖累圣相继，仰畏天，俯畏人，宽仁恭俭，忠恕诚悫，此其所以获天助也。

伏惟陛下躬上圣之质，承无穷之绪，知天助之不可常恃，知人事之不可怠终，则大有为之时，正在今日。臣不敢辄废将明之义，而苟逃讳忌之诛。伏惟陛下幸赦而留神，则天下之福也。取进止。

茅鹿门曰：自"本朝"以下，节节议得的确，而荆公所欲为朝廷节节立法措注处，亦自可见。神庙所以伊、傅、周、召任之信之。而惜也荆公之志虽劙画,而学问渊源则得之讲习考核者多,而非出于疏通博大之养也。况其强愎自用,得之天授,而偏见所向,遂至于并其同心同志稍稍隔绝。及其位高而势危,宠专而气锐,所以材佞之士得投间以入,而平生所自喜者,反为左右所阋,而国家亦多故矣。惜哉!

又曰:此篇极精神骨髓。荆公所以直入神宗之胁,全在说仁庙处,可谓搏虎屠龙手。

张孝先曰:仁宗,宋之贤主也。百年无事,皆其宽仁恭俭之效。至于累世因循不振,诚有如介甫所云者。但欲佐其君以大有为,而不进修德、讲学、兴贤、去奸之说,其大旨仅在于富国强兵之术而已。宋朝百年无事,如人元气尚完,然未免稍弱。介甫汲汲以理财为急,如庸医妄投丹药,而元气为之剥丧矣。此篇条陈凿凿可听,乃其所以结主知,即其所以祸人国者欤!

论馆职札子

臣伏见今馆职一除,乃至十人,此本所以储公卿之材也。然陛下试求以为讲官,则必不知其谁可;试求以为谏官,则必不知其谁可;试求以为监司,则必不知其谁可。此患在于不亲考试以实故也。

孟子曰:"国人皆曰贤,然后察之;见贤焉,然后用之。"今所除馆职,特一二大臣以为贤而已,非国人皆曰贤。国人皆曰贤,尚未可信用,必躬察见其可贤而后用,况于一二大臣以为贤而已,何可遽信而用也?臣愿陛下察举众人所谓材良而行美,可以为公卿者,召令三馆祗候;虽已带馆职,亦可令兼祗候。事有当论议者,召至中书,或召至禁中,令具条奏是非利害,及所当设施之方。及察其才可以备任使者,有四方之事,则令往相视问察,而又或令参覆其所言是非利害。其所言是非利害,虽不尽中义理可施用,然其于相视问察能详尽而不为蔽欺者,即皆可以备任使之才也。其有经术者,又令讲说。如此至于数四,则材否略见。然后罢其否者,而召其材者,更亲访问以事。访问以事,非一事而后可以知其人之实也;必至于期年,所访一二十事,则其人之贤不肖审矣。然后随其材之所宜,任使其尤材良行美可与谋者,虽常令备访问可也。此与用一二大臣荐举,不考试以实而加以职,固万万不侔。

然此说在他时或难行。今陛下有尧、舜之明,洞见天下之理,臣度无实之人不能蔽也,则推行此事甚易。既因考试可以出材实,又因访问可以知事情,所谓敷纳以言,明试以功,用人惟己,辟四门,明四目,达四聪者,盖如此而已。以今在位乏人、上下壅隔之时,恐行此不宜在众事之后也。

然巧言令色孔壬之人,能伺人主意所在而为倾邪者,此尧、舜之所畏,而孔子之所欲远也。如此人当知而远之,使不得亲近。然如此人亦有数。陛下博访于忠臣良士,知其人如此,则远而弗见;误而见之,以陛下之仁圣,以道揆之,以人参之,亦必知其如此;知其如此,则宜有所惩。如此则巧言令色孔壬之徒消,而正论不蔽于上。今欲广闻见,而使巧言令色孔壬之徒得志,乃所以自蔽。畏巧言令色孔壬之徒为害,而一切疏远群臣,亦所以自蔽。

　　盖人主之患在不穷理：不穷理，则不足以知言；不知言，则不足以知人；不知人，则不能官人；不能官人，则治道何从而兴乎？陛下尧、舜之主也，其所明见，秦、汉以来欲治之主，未有能仿佛者，固非群臣初能窥望。然自尧、舜、文、武，皆好问以穷理，择人而官之以自助。其意以为王者之职在于论道，而不在于任事；在于择人而官之，而不在于自用。愿陛下以尧、舜、文、武为法，则圣人之功必见于天下。至于有司丛脞之务，恐不足以弃日力、劳圣虑也。以方今所急为如此，敢不尽愚？

　　臣愚才薄，然蒙拔擢，使豫闻天下之事。圣旨宣谕富弼等，欲于讲筵召对辅臣，讨论时事。顾如臣者，才薄不足以望陛下之清光，然陛下及此言也，实天下幸甚！自备位政府，每得进见，所论皆有司丛脞之事。至于大体，粗有所及，则迫于日暮，已复旅退。而方今之事，非博论详说，令所改革施设，本末、先后、小大、详略之方，已熟于圣心，然后以次奉行，则治道终无由兴起。然则如臣者，非蒙陛下赐之从容，则所怀何能自竭？

　　盖自古大有为之君，未有不始于忧勤，而终于逸乐。今陛下仁圣之质，秦、汉以来人主未有企及者也，于天下事又非不忧勤。然所操或非其要，所施或未得其方，则恐未能终于逸乐、无为而治也。则于博论详说岂宜缓？然陛下欲赐之从容，使两府并进，则论议者众而不一，有所怀者或不得自竭。谓宜使中枢密院迭进，则人各得尽其所怀，而陛下听览亦不至于烦。陛下即以臣言为可，乞明喻大臣，使各举所知,无限人数,皆实封以闻,然后陛下推择召置以为三馆祗候。其不足取者,旋即罢去,则所置虽多,亦无所害也。

　　茅鹿门曰:若今之经筵官,当亦准此,博访考言,以为储养公卿之选。

　　张孝先曰:馆职所以储公卿之材,必亲考试以实。既得实材,而又可因访问以知四方之事情。此法甚善。其后段云:方今之事,非博论详说,熟于圣心,以次奉行,则治道无由兴起。此荆公所以欲自竭其怀于神宗者也。夫君臣遇合千古所难,幸而得遇,亦观其所以自竭于君者何为耳。士君子隐居求志,尚慎旃哉!

进 戒 疏

　　臣某昧死再拜,上疏皇帝陛下:臣窃以为陛下既终亮阴,考之于经,则群臣进戒之时,而臣待罪近司,职当先事有言者也。窃闻孔子论为邦,先放郑声,而后曰远佞人;仲虺称汤之德,先不迩声色,不殖货利,而后曰用人惟己。盖以谓不淫耳目于声色玩好之物,然后能精于用志;能精于用志,然后能明于见理;能明于见理,然后能知人;能知人,然后佞人可得而远,忠臣良士与有道之君子,类进于时,有以自竭。则法度之行,风俗之成,甚易也。若夫人主虽有过人之材,而不能早自戒于耳目之欲,至于过差以乱其心之所思,则用志不精;用志不精,则见理不明;见理不明,则邪说诐行，必窥间乘殆而作。则其至于危乱也，岂难哉？

伏惟陛下即位以来，未有声色玩好之过闻于外。然孔子圣人之盛，尚自以为七十而后敢从心所欲也。今陛下以鼎盛之春秋，而享天下之大奉，所以惑移耳目者为不少矣，则臣之所豫虑，而陛下之所深戒，宜在于此。

天之生圣人之材甚吝，而人之值圣人之时甚难。天既以圣人之材付陛下，而人亦将望圣人之泽于此时。伏惟陛下自爱以成德，而自强以赴功，使后世不失圣人之名，而天下皆蒙陛下之泽，则岂非可愿之事哉？

臣愚不胜惓惓，唯陛下恕其狂妄，而幸赐省察。

茅鹿门曰： 于亮阴初以声色二字，为远佞人之本，便是荆公得力的学问。

张孝先曰： 荆公此篇，极得格心之道。

上时政疏

臣某冒死再拜，上疏尊号皇帝陛下：臣窃观自古人主享国日久，无至诚恻怛忧天下之心，虽无暴政虐刑加于百姓，而天下未尝不乱。自秦已下，享国日久者，有晋之武帝、梁之武帝、唐之明皇。此三帝者，皆聪明智略有功之主也。享国日久，内外无患，因循苟且，无至诚恻怛忧天下之心，趋过目前，而不为久远不计，自以祸灾可以无及其身，往往身遇灾祸，而悔无所及。虽或仅得身免，而宗庙固已毁辱，而妻子固已困穷，天下之民固已膏血涂草野，而生者不能自脱于困饿劫束之患矣。夫为人子孙，使其宗庙毁辱；为人父母，使其比屋死亡，此岂仁孝之主所宜忍者乎？然而晋、梁、唐之三帝，以晏然致此者，自以为其祸灾可以不至于此，而不自知忽然已至也。

盖夫天下，至大器也，非大明法度，不足以维持；非众建贤才，不足以保守。苟无至诚恻怛忧天下之心，则不能询考贤才，讲求法度。贤才不用，法度不修，偷假岁月，则幸或可以无他；旷日持久，则未尝不终于大乱。

伏惟皇帝陛下有恭俭之德，有聪明睿智之才，有仁民爱物之意，然享国日久矣。此诚当恻怛忧天下，而以晋、梁、唐三帝为戒之时。以臣所见，方今朝廷之位，未可谓能得贤才；政事所施，未可谓能合法度。官乱于上，民贫于下，风俗日以薄，财力日以困穷。而陛下高居深拱，未尝有询考讲求之意。此臣所以窃为陛下计，而不能无慨然者也。夫因循苟且，逸豫而无为，可以侥幸一时，而不可以旷日持久。晋、梁、唐三帝者，不知虑此，故灾稔祸变生于一时，则虽欲复询考讲求之自救，而已无所及矣。以古准今，则天下安危治乱，尚可以有为；有为之时，莫急于今日；过今日，则臣恐亦有无所及之悔矣。然则以至诚询考，而众建贤才；以至诚讲求，而大明法度，陛下今日其可以不汲之乎？

《书》曰："若药不瞑眩，厥疾弗瘳。"臣愿陛下以终身之狼疾为忧，而不以一日之瞑眩为苦。臣既蒙陛下采擢，使备从官,朝廷治乱安危,臣实预其荣辱。此臣所以不敢避进越之罪,而忘尽规之义。伏惟陛下深思臣言,以自警戒,则天下幸甚!

> 茅鹿门曰:荆公劫主上之知处,往往入人主肘腋。细看自觉,与他人不同。
>
> 张孝先曰:语语欲人主以至诚恻怛之心询考贤才、讲求法度,隐然有平治天下、舍我其谁之意。其以瞑眩为言,则又逆知众论之不容,而预为此言以先入之也。文锋妙在不露。

观文殿学士知江宁府谢上表

臣操行不足以悦众,学术不足以趣时,独知义命之安,敢望功名之会!值遭兴运,总领繁机,惟睿广之日跻,顾卑凡而坐困。秋水方至,因知海若之难穷;大明既升,岂宜爝火之弗息?加以精力耗于事为之众,罪戾积于岁月之多,虽恃含垢之宽,终怀覆悚之惧。伏蒙陛下志存善贷,为在曲成。记其事国之微诚,闵其吁天之至恳,挠黜幽之常法,示从欲之至仁。经体赞元,废任莫追于既往;承流宣化,收功尚冀于方来。

> 茅鹿门曰:文有典型。
>
> 张孝先曰:流动自然,而恳恻之意见于行间。

卷之十九　王文公文

送孙正之序

　　时然而然，众人也；已然而然，君子也。已然而然，非私己也，圣人之道在焉尔。夫君子有穷苦颠跌，不肯一失诎己以从时者，不以时胜道也。故其得志于君，则变时而之道若反手然，彼其术素修而志素定也。时乎扬、墨，己不然者，孟轲氏而已；时乎释、老，己不然者，韩愈氏而已。如孟、韩者，可谓术素修而志素定也，不以时胜道也。惜也不得志于君，使真儒之效不白于当世。然其于众人也卓矣。呜呼！吾观今之世，圆冠峨如，大裙襜如，坐而尧言，起而舜趋，不以孟、韩之心为心者，果异众人乎？

　　予官于扬，得友曰孙正之。正之行古之道，又善为古文，予知其能以孟、韩之心为心而不已者也。夫越人之望燕为绝域也，北辕而首之，苟不已，无不至。孟、韩之道去吾党，岂若越人之望燕哉？以正之之不已而不至焉，予未之信也。一日得志于吾君，而真儒之效不白于当世，予亦未之信也。

　　正之之兄官于温，奉其亲以行，将从之，先为言以处予。予欲默，安得而默也？

茅鹿门曰：两相箴规、两相知己之情可掬。

张孝先曰：圣人之道，天下之公也，固不徇时，亦非执己。"己然而然"、便是荆公执拗语病。然其文镂刻极矣。

繁昌县学记

奠先师先圣于学而无庙，古也。近世之法，庙事孔子而无学。古者自京师至于乡邑皆有学，属其民人相与学道艺其中，而不可使不知其学之所自，于是乎有释菜、奠币之礼，所以著其不忘。然则事先师先圣者，以有学也。今也无有学，而徒庙事孔子，吾不知其说也。而或者以谓孔子百世师，通天下州邑为之庙，此其所以报且尊荣之。夫圣人与天地同其德，天地之大，万物无可称其德，故其祀，质而已，无文也。通州邑庙事之，而可以称圣人之德乎？则古之事先圣，何为而不然也？

宋因近世之法而无能改，至今天子，始诏天下有州者皆得立学，奠孔子其中，如古之为。而县之学士满二百人者，亦得为之。而繁昌小邑也，其士少，不能中律，旧虽有孔子庙，而庳下不完，又其门人之像，惟颜子一人而已。今夏君希道太初至，则修而作之，具为子夏、子路十人像，而治其两庑，为生师之居，以待县之学者。以书属其故人临川王某，使记其成之始。夫离上之法，而苟欲为古之所为者，无法流于今俗而思古者，不闻教之所以本，又义之所去也。太初于是无变今之法，而不失古之实，其不可以无传也。

茅鹿门曰：论学处亦严确。

张孝先曰：文不满幅，而古今庙学兴废离合之故，洞悉始末，其腕力高古无以过之矣。

慈溪县学记

天下不可一日而无政教，故学不可一日而亡于天下。古者井天下之田，而党庠、遂序、国学之法立乎其中。乡射饮酒、春秋合乐、养老劳农、尊贤使能、考艺选言之政，至于受成、献馘、讯囚之事，无不出于学。于此养天下智仁圣义忠和之士，以至一偏之伎、一曲之学，无所不养。而又取士大夫之材行完洁，而其施设已尝试于位而去者，以为之师。释奠、释菜，以教不忘其学之所自。迁徙逼逐，以勉其怠而除其恶。则士朝夕所见所闻，无非所以治天下国家之道。其服习必于仁义，而所学必皆尽其材。一日取以备公卿大夫百执事之选，则其材行皆已素定；而士之备选者，其施设亦皆素所见闻而已，不待阅习而后能者也。古之在上者，事不虑而尽，功不为而足，其要如此而已。此二帝、三王所以治天下国家而立学之本意也。

后世无井田之法，而学亦或存或废。大抵所以治天下国家者，不复皆出于学。而学之士，群居族处，为师弟子之位者，讲章句、课文字而已。至其陵夷之久，则四方之学者废而为庙，以祀孔子于天下，斫木抟土，如浮屠、道士法，为王者像。州县吏春秋帅其属释奠于其堂，而学士者或不豫焉。盖庙之作出于学废，而近世之法然也。

今天子即位若干年，颇修法度，而革近世之不然者。当此之时。学稍稍立于天下矣，犹曰州之士满二百人，乃得立学。于是慈溪之士不得有学，而为孔子庙如故，庙又坏不治。今刘君居中言于州，使民出钱，将修而作之，未及为而去，时庆历某年也。

后林君肇至，则曰："古之所以为学者，吾不得而见；而法者，吾不可以毋循也。虽然，吾有人民于此，不可以无教。"即因民钱作孔子庙，如今之所云，而治其四旁为学舍，构堂其中，帅县之子弟，起先生杜君醇为之师，而兴于学。噫！林君其有道者耶！夫吏者，无变今之法，而不失古之实，此有道者之所能也。林君之为，其几于此矣。

林君固贤令，而慈溪小邑，无珍产淫货以来四方游贩之民；田桑之美，有以自足，无水旱之忧也。无游贩之民，故其俗一而不杂；有以自足，故人慎刑而易治。而吾所见其邑之士，亦多美茂之材，易成也。杜君者，越之隐君子，其学行宜为人师者也。夫以小邑得贤令，又得宜为人师者为之师，而以修醇一易治之俗，而进美茂易成之材；虽拘于法，限于势，不得尽如古之所为，吾固信其教化之将行，而风俗之成也。

夫教化可以美风俗。虽然，必久而后至于善。而今之吏，其势不能以久也。吾虽喜且幸其将行，而又忧夫来者之不吾继也,于是本其意以告来者。

茅鹿门曰:予览学记,曾、王二公为最,非深于学不能记其学如此。

张孝先曰:前篇详立学缘起,此则兼言立学本旨,而寓规劝之意,更为有关系文字。

君子斋记

天下诸侯谓之君,卿大夫谓之子,古之为此名也,所以命天下之有德。故天下之有德,通谓之君子。有天子、诸侯、卿大夫之位,而无其德,可以谓之君,盖称其位也;有天子、诸侯、卿大夫之德,而无其位,可以谓之君子,盖称其德也。位在外也,遇而有之,则人以其名予之,而以貌事之。德在我也,求而有之,则人以其实予之,而心服之。夫人服之以貌而不以心,与之名而不以实,能以其位终身而无谪者,盖亦幸而已矣。故古之人以名为羞,以实为慊,不务服人之貌,而思有以服人之心。非独如此也,以为求在外者,不可以力得也。故虽穷困屈辱,乐之而弗去,非以夫穷困屈辱为人之乐者在是也,以夫穷困屈辱不足以概吾心为可乐也已。

河南裴君主簿于洛阳,治斋于其官而命之曰"君子"。裴君岂慕夫在外者,而欲有之乎?岂以为世之小人众,而躬行君子者独我乎？由前则失己，由后则失人，吾知裴君不为是也，亦曰勉于德而已。盖所以榜于其前，朝夕出入观焉，思古人之所以为君子，而务及之也。独仁不足以为君子，独智不足以为君子；仁足以尽性，智足以穷理，而又通乎命，此古之人所以为君子也。虽然，古之人不云乎："德辖如毛，毛犹有伦"，未有欲之而不得也。然则裴君之为君子也，孰御焉！故余嘉其志而乐为道之。

茅鹿门曰：宋文之格不入西汉，正在此。而宋人之所自以为得，亦在此。

张孝先曰：主簿以君子名斋，必于穷困屈辱之况，意有未甚释然者，故借位衬德以勖之。古人立言，非如今之汩汩导谀、有文无题者也。

同学一首别子固

江之南有贤人焉，字子固，非今所谓贤人者，予慕而友之。淮之南有贤人焉，字正之，非今所谓贤人者，予慕而友之。二贤人者，足未尝相过也，口未尝相语也，辞币未尝相接也。其师若友岂尽同哉？予考其言行，其不相似者何其少也！曰：学圣人而已矣。学圣人，则其师若友必学圣人者。圣人之言行，岂有二哉？其相似也适然。

予在淮南，为正之道子固，正之不予疑也。还江南，为子固道正之，子固亦以为然。予又知所谓圣人者，既相似，又相信不疑也。

子固作《怀友》一首遗予，其大略欲相扳以至乎中庸而后已。正之盖亦尝云尔。夫安驱徐行，辅中庸之庭，而造于其堂，舍二贤人者而谁哉？予昔非敢自必其有至也，亦愿从事于左右焉尔，辅而进之，其可也。

噫！官有守，私有系，会合不可以常也。作《同学一首别子固》，以相警且相慰云。

茅鹿门曰：文严而格古。

张孝先曰：略朋友别离之情，而叙道义契合之雅，使人读之油然有感。

读孔子世家

太史公叙帝王，则曰本纪；公侯传国，则曰世家；公卿特起，则曰列传。此其例也。其列孔子为世家，奚其进退无所据邪？孔子，旅人也，栖栖衰季之世，无尺土之柄。此列之以传宜矣，曷为世家哉？岂以仲尼躬将圣之资，其教化之盛，舄奕万世，故为之世家以抗之？又非极挚之论也。夫仲尼之才，帝王可也，何特公侯哉！仲尼之道，世天下可也，何特世其家哉！处之世家，仲尼之道不从而大；置之列传，仲尼之道不从而小。而迁也自乱其例，所谓多所牴牾者也。

茅鹿门曰：荆公短文字转折有绝似太史公处。

张孝先曰：孔子之道虽火于秦，黄、老于汉，而其为天下万世尊仰者，则未尝间断也。世讥太史公以孔、老并称，然置孔子于世家，置老子于列传，义例却自分明。此文又从而推勘其牴牾处，孔子之道愈尊矣。

读孟尝君传

世皆称孟尝君能得士，士以故归之，而卒赖其力以脱于虎豹之秦。嗟乎！孟尝君特鸡鸣狗盗之雄耳，岂足以言得士？不然，擅齐之强，得一士焉，宜可以南面而制秦，尚何取鸡鸣狗盗之力哉？夫鸡鸣狗盗之出其门，此士之所以不至也。

张孝先曰：孟尝君一段佳话，被明眼人觑破，真是不直一钱，与孟子比富贵利达于墦间之乞，同一例看。世之赫奕动人者，方自以为得意，充其类吾不欲观之矣。

节度推官陈公墓志铭

人之所难得乎天者，聪明辨智敏给之材。既得之矣，能学问修为以自称，而不弊于无穷之欲，此亦天之所难得乎人者也。天能以人之所难得者与人，人欲以天之难得者徇天，而天不少假以年，则其得有不暇乎修为，其为有不至乎成就，此孔子所以叹夫未见其止而惜之者也。

陈君讳之光，年二十七，为武昌军节度推官以卒。自其为儿童，强记捷见，能不劳而超其长者。少长，慨然慕古人所为，而又能学其文章。既以进士起家，则喜曰："无事于诗赋矣，以吾日力，尽之于所好，其庶乎吾可以成材。"于是悉橐其家书之官，而早夜读以思。思而不得，则又从其朋友讲解，至于达而后已。其材与志如此，使天少假以年，则其成就当如何哉？然无几何，得疾病，遂至于不起。嗟乎！此亦所谓未见其止而可惜者也。君某州之某县人，曾祖曰某，祖曰某，考曰某。以嘉祐某年某月某甲子，其兄之方为之卜某州某县某乡某所之原以葬。而临川王某为铭曰：

浮扬清明，升气之乡；沉翳浊墨，降形之宅。其升远矣，其孰能追？其降在此，有铭昭之。

茅鹿门曰：入宋调，然亦有一段风致。
张孝先曰：只写其好学之笃，而惜其进而未止，此人便自可传。

王深父墓志铭

吾友深父，书足以致其言，言足以遂其志。志欲以圣人之道为己任,盖非至于命弗止也。故不为小廉曲谨以投众人耳目,而取舍、进退、去就必度于仁义。世皆称其学问文章行治,然真知其人者不多,而多见谓迂阔不足趣时合变。嗟乎! 是乃所以为深父也。令深父而有以合乎彼,则必无以同乎此矣。

尝独以谓天之生夫人也,殆将以寿考成其才,使有待而后显,以施泽于天下。或者诱其言,以明先王之道,觉后世之民。呜呼! 孰以为道不任于天,德不酬于人,而今死矣。甚哉,圣人君子之难知也! 以孟轲之圣,而弟子所愿,止于管仲、晏婴,况余人乎? 至于扬雄,尤当世之所贱简,其为门人者,一侯芭而已。芭称雄书以为胜《周易》,《易》不可胜也,芭尚不为知雄者。而人皆曰: 古之人生无所遇合,至其没久而后世莫不知。若轲、雄者,其没皆过千岁,读其书知其意者甚少。则后世所谓知者,未必真也。夫此两人以老而终,幸能著书,书具在,然尚如此。嗟乎深父! 其智虽能知轲,其于为雄,虽几可以无悔,然其志未就,其书未具,而既早死,岂特无所遇于今,又将无所传于后。天之生夫人也,而命之如此,盖非余所能知也!

深父讳回,本河南王氏。其后自光州之固始迁福州之侯官,为侯官人者三世。曾祖讳某,某官;祖讳某,某官;考讳某,尚书兵部员外郎。兵部葬颍州之汝阴,故今为汝阴人。深父尝以进士补亳州卫真县主簿,岁余自免去。有劝之仕者,辄辞以养母。其卒以治平二年七月二十八日,年四十三。于是朝廷用荐者以为某军节度推官,知陈州南顿县事，书下而深父死矣。夫人曾氏，先若干日卒。子男一人，某；女二人，皆尚幼。诸弟以某年某月某日葬深父某县某乡某里，以曾氏祔。铭曰：

　　呜呼深父！维德之仔肩，以迪祖武。厥艰荒遐，力必践取。莫吾知庸，亦莫吾侮。神则尚反，归形此土。

　　茅鹿门曰：通篇以虚景相感慨，而多沉郁之思。
　　张孝先曰：深父不合于时。曾南丰尝荐其文于欧公，公亟称之。介甫志其墓，以未及著书为恨，所以致惜其人者深矣。

王逢原墓志铭

　　呜呼！道之不明邪，岂特教之不至也，士亦有罪焉。呜呼！道之不行邪，岂特化之不至也，士亦有罪焉。盖无常产而有常心者，古之所谓士也。士诚有常心，以操圣人之说而力行之，则道虽不明乎天下，必明于己；道虽不行于天下，必行于妻子。内有以明于己，外有以行于妻子，则其言行必不孤立于天下矣。此孔子、孟子、伯夷、柳下惠、扬雄之徒所以有功于世也。

　　呜呼！以予之昏弱不肖，固亦士之有罪者，而得友焉。余友字逢原，讳令，姓王氏，广陵人也。始予爱其文章，而得其所以言。中予爱其节行，而得其所以行。卒予得其所以言,浩浩乎其将沿而不穷也;得其所以行,超超乎其将追而不至也。于是慨然叹以为可以任世之重,而有功于天下者,将在于此,余将友之而不得也。呜呼! 今弃予而死矣,悲夫!

逢原,左武卫大将军讳奉谭之曾孙,大理评事讳珙之孙,而郑州管城县主簿讳世伦之子。五岁而孤,二十八而卒。卒之九十三日,嘉祐四年九月丙申,葬于常州武进县南乡薛村之原。夫人吴氏,亦有贤行,于是方娠也,未知其子之男女。铭曰:

> 寿胡不多? 天实尔啬。曰天不相,胡厚尔德? 厚也培之,啬也推之。乐以不罢,不怨以疑。呜呼天民,将在于兹。

茅鹿门曰:通篇无事迹,独与虚景相感慨。

张孝先曰:以议论为志铭,而不及其事迹,原是别体。中以扬雄与孔、孟、夷、惠并称,此择焉不精之过。大抵诸子百家未及程、朱辨正,往往如此。韩文公尚以孔、墨并称,况余人乎? 以此知程、朱之功大也。

祭欧阳文忠公文

夫事有人力之可致,犹不可期,况乎天理之溟漠,又安可得而推？惟公生有闻于当时，死有传于后世，苟能如此足矣，而亦又何悲？

如公器质之深厚，智识之高远，而辅学术之精微，故充于文章，见于议论，豪健俊伟，怪巧瑰琦。其积于中者，浩如江海之停蓄；其发于外者，烂如日星之光辉。其清音幽韵，凄如飘风急雨之骤至；其雄辞闳辩，快如轻车骏马之奔驰。世之学者，无问乎识与不识，而读其文则其人可知。

呜呼！自公仕宦四十年，上下往复，感世路之崎岖，虽屯邅困踬，窜斥流离，而终不可掩者，以其公议之是非，既压复起，遂显于世。果敢之气，刚正之节，至晚而不衰。

方仁宗皇帝临朝之末年，顾念后事，谓如公者可寄以社稷之安危。及夫发谋决策，从容指顾，立定大计，谓千载而一时。功成名就，不居而去，其出处进退，又庶乎英魄灵气，不随异物腐散，而长在箕山之侧与颍水之湄。

然天下之无贤不肖，且犹为涕泣而歔欷，而况朝士大夫平昔游从，又予心之所向慕而瞻依？

呜呼！盛衰兴废之理自古如此，而临风想望不能忘情者，念公之不可复见而其谁与归！

　　茅鹿门曰：欧阳公祭文，当以此为第一。

《国学典藏》丛书已出书目

周易 [明] 来知德 集注

诗经 [宋] 朱熹 集传

尚书 曾运乾 注

周礼 [清] 方苞 集注

仪礼 [汉] 郑玄 注 [清] 张尔岐 句读

礼记 [元] 陈澔 注

论语·大学·中庸 [宋] 朱熹 集注

孟子 [宋] 朱熹 集注

左传 [战国] 左丘明 著 [晋] 杜预 注

孝经 [唐] 李隆基 注 [宋] 邢昺 疏

尔雅 [晋] 郭璞 注

说文解字 [汉] 许慎 撰

战国策 [汉] 刘向 辑录
　　　　　[宋] 鲍彪 注 [元] 吴师道 校注

国语 [战国] 左丘明 著
　　　　　[三国吴] 韦昭 注

史记菁华录 [汉] 司马迁 著
　　　　　　[清] 姚苧田 节评

徐霞客游记 [明] 徐弘祖 著

孔子家语 [三国魏] 王肃 注
　　　　　（日）太宰纯 增注

荀子 [战国] 荀况 著 [唐] 杨倞 注

近思录 [宋] 朱熹 吕祖谦 编
　　　　　[宋] 叶采 [清] 茅星来等 注

传习录 [明] 王阳明 撰
　　　　　（日）佐藤一斋 注评

老子 [汉] 河上公 注 [汉] 严遵 指归
　　　　　[三国魏] 王弼 注

庄子 [清] 王先谦 集解

列子 [晋] 张湛 注 [唐] 卢重玄 解
　　　　　[唐] 殷敬顺 [宋] 陈景元 释文

孙子 [春秋] 孙武 著 [汉] 曹操 等注

墨子 [清] 毕沅 校注

韩非子 [清] 王先慎 集解

吕氏春秋 [汉] 高诱 注 [清] 毕沅 校

管子 [唐] 房玄龄 注 [明] 刘绩 补注

淮南子 [汉] 刘安 著 [汉] 许慎 注

金刚经 [后秦] 鸠摩罗什 译 丁福保 笺注

维摩诘经 [后秦] 僧肇等 注

楞伽经 [南朝宋] 求那跋陀罗 译
　　　　　[宋] 释正受 集注

坛经 [唐] 惠能 著 丁福保 笺注

世说新语 [南朝宋] 刘义庆 著
　　　　　[南朝梁] 刘孝标 注

山海经 [晋] 郭璞 注 [清] 郝懿行 笺疏

颜氏家训 [北齐] 颜之推 著
　　　　　[清] 赵曦明 注 [清] 卢文弨 补注

三字经·百家姓·千字文
　　　　　[宋] 王应麟等 著

龙文鞭影 [明] 萧良有等 编撰

幼学故事琼林 [明] 程登吉 原编
　　　　　　[清] 邹圣脉 增补

梦溪笔谈 [宋] 沈括 著

容斋随笔 [宋] 洪迈 著

困学纪闻 [宋] 王应麟 著
　　　　　[清] 阎若璩 等注

楚辞 [汉] 刘向 辑
　　　　　[汉] 王逸 注 [宋] 洪兴祖 补注

曹植集 [三国魏] 曹植 著
　　　　　[清] 朱绪曾 考异 [清] 丁晏 铨评

陶渊明全集 [晋] 陶渊明 著
　　　　　　[清] 陶澍 集注

王维诗集 [唐] 王维 著 [清] 赵殿成 笺注

杜甫诗集 [唐] 杜甫 著 [清] 钱谦益 笺注

李贺诗集 [唐] 李贺 著 [清] 王琦等 评注

李商隐诗集 [唐]李商隐 著
　　　　　　[清]朱鹤龄 笺注
杜牧诗集 [唐]杜牧 著 [清]冯集梧 注
李煜词集（附李璟词集、冯延巳词集）
　　　　　　[南唐]李煜 著
柳永词集 [宋]柳永 著
晏殊词集·晏幾道词集
　　　　　　[宋]晏殊 晏幾道 著
苏轼词集 [宋]苏轼 著 [宋]傅幹 注
黄庭坚词集·秦观词集
　　　　　　[宋]黄庭坚 著 [宋]秦观 著
李清照诗词集 [宋]李清照 著
辛弃疾词集 [宋]辛弃疾 著
纳兰性德词集 [清]纳兰性德 著
六朝文絜 [清]许槤 评选
　　　　　　[清]黎经诰 笺注
古文辞类纂 [清]姚鼐 纂集
乐府诗集 [宋]郭茂倩 编撰
玉台新咏 [南朝陈]徐陵 编
　　[清]吴兆宜 注 [清]程琰 删补
古诗源 [清]沈德潜 选评
千家诗 [宋]谢枋得 编
　　　　　　[清]王相 注 [清]黎恂 注
瀛奎律髓 [元]方回 选评
花间集 [后蜀]赵崇祚 集
　　　　　　[明]汤显祖 评
绝妙好词 [宋]周密 选辑
　　[清]项絅 笺 [清]查为仁 厉鹗 笺

词综 [清]朱彝尊 汪森 编
花庵词选 [宋]黄昇 选编
阳春白雪 [元]杨朝英 选编
唐宋八大家文钞 [清]张伯行 选编
宋诗精华录 [清]陈衍 评选
古文观止 [清]吴楚材 吴调侯 选注
唐诗三百首 [清]蘅塘退士 编选
　　　　　　[清]陈婉俊 补注
宋词三百首 [清]朱祖谋 编选
文心雕龙 [南朝梁]刘勰 著
　　　　[清]黄叔琳 注 纪昀 评
　　　　李详 补注 刘咸炘 阐说
诗品 [南朝梁]钟嵘 著
　　　古直 笺 许文雨 讲疏
人间词话·王国维词集 王国维 著

戏曲系列
西厢记 [元]王实甫 著
　　　　　　[清]金圣叹 评点
牡丹亭 [明]汤显祖 著
　　　[清]陈同 谈则 钱宜 合评
长生殿 [清]洪昇 著 [清]吴人 评点
桃花扇 [清]孔尚任 著
　　　　　　[清]云亭山人 评点

小说系列
儒林外史 [清]吴敬梓 著
　　　　　　[清]卧闲草堂等 评

部分将出书目

公羊传	水经注	古诗笺	清诗别裁集
榖梁传	史通	李白全集	博物志
史记	日知录	孟浩然诗集	温庭筠词集
汉书	文史通义	白居易诗集	封神演义
后汉书	心经	唐诗别裁集	聊斋志异
三国志	文选	明诗别裁集